南门外

小乔／著

·北京·

图书在版编目（CIP）数据

南门外 / 小乔著.—北京：中国计划出版社：中
国市场出版社有限公司，2024.12

ISBN 978-7-5182-1649-9

Ⅰ.①南… Ⅱ.①小… Ⅲ.①散文集－中国－当代
Ⅳ.①I267

中国国家版本馆 CIP 数据核字(2024)第 026762 号

南门外
NAN MEN WAI

著　　者：小　乔
责任编辑：张再青（632096378@qq.com）
出版发行：中国计划出版社　中国市场出版社
社　　址：北京市西城区月坛北小街 2 号院 3 号楼（100837）
电　　话：（010）68024335
经　　销：新华书店
印　　刷：四川科德彩色数码科技有限公司
规　　格：145mm×210mm　　　32 开本
印　　张：11.75　　　　　　字　　数：260 千字
版　　次：2024 年 12 月第 1 版　印　　次：2025 年 1 月第 1 次印刷
书　　号：ISBN 978-7-5182-1649-9
定　　价：68.00 元

好鸟枝头皆朋友

——小乔散文集《南门外》序

章以武

20 世纪 90 年代中期，因纪念先烈柔石的活动，我回到阔别多年的家乡浙江宁海。又见跃龙山上玲珑文峰塔、山下清澈千丈岩，还有南门孔庙边的缑城小学（旧址）、西门杏树脚的老屋……我的心情十分激动。在这个风光秀美的浙东小城初见小乔，她给我留下的第一印象：好一位温婉清丽、爱好文学的女生！

2012 年，我读她第一本散文集《田田一池荷》，小女子出手不凡，悟性高，行文晓畅，很有画面感，很具视觉冲击力！岁月匆匆，又过了十个年头，我在南国细雨绵绵的秋夜读她的新作——散文集《南门外》，可谓心潮澎湃，多么朴实耐人寻味的书名。小乔的文笔优雅、生动、干净、有趣；视野开阔、深邃、新颖、独特。我受邀为小乔的新作写序，心里忐忑，为挚友写序是"考人"，要写得靠谱！我想了想，忽从心里蹦出一句：好鸟枝头皆朋友。对了，就照这个思路写吧。

　　小乔在观察生活、思考生活、分析生活时有一种渴望与情怀，她是怀着"星斗其文，赤子之心"写文章的。她不是飞来飞去、游山玩水，而是把许家山的石屋当成朋友，把南门外的好山好水当成朋友，把成都的茶市盛况当成朋友，把挪威的峡湾和伦敦的细雨当成朋友……这些都经她的生花妙笔，形象地表达了出来。瞧，她家12楼的阳台，那阳台的西北角种着一株棉藤，就在旁边，很隐蔽的一角竟然有个鸟窝，鸟妈妈孵出了鸟仔并不停地找食喂食，多么伟大的母爱、多么有意思和令人难忘的阳台。小乔深情地说："守候着阳台便如守候着一份淡然和安逸，守候着一份温馨和宁静。"阳台便是小乔的至交、闺蜜、好友！

　　凡拿得出手的散文，看起来写的是个人情怀、身边小事，但细细品味，里面包含着时代风云的变幻、时代脉搏的温度、时代风尚与烟火的气息，听得见时代前进的声声号角。小乔的散文就具备这个特点，比如《健身步道，走起》一文，身居国外的宁海人都知道家乡有出色而优质的健身步道，回来省亲都要去走走；又如《南门外》中在外地工作的宁海人，回到家乡也自然爱上大有变化的南门外，走在风光旖旎的徐霞客大道上，想的是：宁海怎么变得这么美了呢？人说：天还是这个天，地还是这个地，人还是宁海人，但南门外美得让人不认识了。为何？一个字"变"。时代在一日千里地变化！城市变漂亮了，乡村变美丽了，人们的视野变开阔了，观念不断更新，去国内外看山看水不再是少数人的特权了，普通百姓也悠然自得地过上了走出去看世界的好日子。这些在小乔的散文中都有所体现。

小乔是一位有责任感和使命感的女作家，她的散文创作内敛、平实，但如今更是越来越成熟、越来越具有精神境界了。

做文学，是聪明的傻瓜干的事，"青灯黄卷"，一个人对着电脑熬、对着纸笔想，无数的信息在脑海里交流、碰撞、取舍、组合，然后才能写成新的篇章。

它是一个人的上天入地！

做文学，看起来好自由，没期限、无任务、没人逼，它是自己给自己设立目标、设立高度、设立难度，不达目的誓不罢休！

它是一个人的奥林匹克！

做文学，作品完成之后，要怎么看怎么好，要自信，要自得其乐、自我鼓舞。"我"心中有阳光就一定能温暖他人。

它是一个人的张灯结彩！

这就是小乔所写文章的境界，她为人、为文及成长和生活环境一目了然，我从《南门外》中感受到了。

宁海是浙东的一个龙口宝地，有着1700多年的历史，是千古奇书《徐霞客游记》的开篇地，是"中国旅游日"的发祥地，还是首批入选国家全域旅游的示范区。自古以来地杰人灵、名家辈出，这里有过《资治通鉴》的注释者、宋元之际史学家胡三省；有过傲骨铮铮的明朝大儒、读书种子方孝孺；这里还走出了"左联五烈士"之一的柔石；走出了著名国画大师潘天寿……可以说这里人文荟萃、翰墨生辉。生活在这里的小乔真是得天独厚，沐浴在这片文化沃土的灵气之中。

经济社会各个领域已发生翻天覆地变化的宁海，正在大踏步、高质量地迈着前进的步伐，向现代化不断挺进！现代化是科学、是宽容、是气度、是富足、是辽阔与时尚！小乔身处福地，愿她华章连篇。

（作者系广州大学人文学院教授，广东省作家协会原副主席，广州市作家协会原主席，中国作家协会会员，广东省文艺终身成就奖获得者，荣获"广州有突出贡献的文艺家"称号。）

目录
CONTENTS

日子

第一辑

庸常琐碎的日子在忙碌中流逝，守候着阳台便如守候着一份淡然和安逸，守候着一份温馨和守静。

——《阳台》

儿子的毕业季

5 月，是美国大学的毕业季。经过 4 年的学习，儿子本科如期毕业。

在美国，无论是中学还是大学都非常重视毕业典礼，校方会邀请家长出席，而家长们则尽可能多地邀请亲朋好友参加，让大伙儿一起见证孩子这一刻的成长。

春节刚过，儿子便和我商量，表示非常希望爸妈去他的学校看看，但是爸爸工作很忙，他又不好意思开口。为娘的当然知道儿子的心思，于是明里暗里做先生的思想工作，最后决定抽一个星期去美国一趟。当儿子得知爸爸妈妈会在 5 月初去看他时，高兴坏了，马上向学校申请家长参加毕业典礼，并细心地拟了一份图文并茂的赴美攻略帮助不懂英文的我俩出行，大到做签证、过境、转机，小到如何在机场吃饭、上洗手间、拿行李等，最后还不忘早早在学校附近的酒店订好房间，就是为了让我们倒时差休息得好一点。

4 月 30 日，我们夫妻俩飞芝加哥并顺利转机到哥伦布市，因是半夜，不大的机场几乎没有人，儿子早早就等在了出口，一看见我们就狂奔而来。选修双学士课程的儿子为了早点毕业，寒暑假都在修学分，已一年半没回家了，今天一见到我们那个开心啊，一连串地问我们路上累不累、入境美国海关时是否顺利……妥妥的暖男一枚。

儿子驾轻就熟地驱车驶出停车场，直奔学校所在地阿森斯（雅典市）。等我们在酒店安顿好已是凌晨两点多了，于是赶紧催他回去，然而儿子却慢悠悠地说不睡了，回去看一会儿书，把最后一门课考完。我心里顿感内疚，怪自己时间没选好，来得太早了，显然我是一个粗心的妈妈。

5月3日一早，儿子把我们接到寝室，他有两个室友，上海来的小陈瘦瘦高高的，明年毕业；东北孩子小彭今年也毕业了，小彭高大帅气，我们看他情绪有点低落，原来他爸妈本来说好要一起来参加毕业典礼，不想临时有事来不了，孩子那个失落呀。我们安慰他，就当是我们的孩子吧，懂事的年轻人很快管理好了自己的情绪。两个孩子在雪白的衬衣外套上早就买好的学士服，端端正正戴上学位帽，再穿上平时不怎么穿的、擦得锃亮的皮鞋，在我们面前一站，瞬间房间都亮堂起来，我们情不自禁地拥抱了他俩。

因为毕业生要提前集中，儿子把我们交给小陈照顾，自己和小彭早早地去了学校。俄亥俄大学坐落在温馨美丽的阿森斯，学校创办于1804年，是美国东北地区最古老的一所综合性公立大学，体育管理和版画专业全美排名第一，还有橄榄球也非常出色。漂亮的开放式校园，周边是清澈的河流、葱郁的森林和几个州立公园，环境优美，绿意荡漾。学校如过节一般，到处飘着彩旗，车来人往热闹非凡。来自世界各地的、来参加孩子毕业典礼的家长们穿着盛装，喜气洋洋。5 月初乍暖还寒，但爱美的人们好多都穿上了吊带衫、飘起了长裙。

当地人也挺会做生意，在体育馆门口设立了好几个售卖鲜花的摊位，我们在小陈的陪同下买了两束鲜花，准备一会儿祝贺两孩子。这所学校就读的中国留学生不是很多，因此我们座位边上都是一些金发碧眼的外国人，当然他们也当我们是"老外"，很有礼貌地和我们微笑致意。环视四周，屋顶上是明亮的彩灯，各国国旗装饰成一个圆圈，我很快便找到我国的五星红旗，鲜艳庄重，在花花绿绿的各国国旗中很是醒目。中心的篮球场上摆满了学生们坐的椅子，主席台上是几把高高的软皮椅，估计是校长、院长们坐的。台子一隅是一组乐队，正起劲地奏乐。家长、宾客们陆陆续续走进会场，阶梯式会场一会儿就坐满了人。这时忽然看见前排一个有一头火红头发的少女站起来和我们后面的人打招呼，我转身一看，好家伙，来了一长溜的来宾，还有两位小婴儿。他们叽里呱啦开心地依次坐进小姑娘预先留好的位置。我好奇地数了数，竟有 13 个人，好大一家子，都皆大欢喜地参加孩子的毕业典礼来了。

上午 9 点，典礼正式开始，全体起立，国歌奏起。几位旗手举着美国国旗和校旗在会场中绕一周，然后学生们举着系旗和系徽入场，几乎同时，校长及各学院院长们也身着不同的学位服入场。孩子们掩饰不住兴奋与激动，有吹口哨、抛飞吻的，有使劲挥舞着手中学位帽的，也有相互拥抱、击拳的，看似乱糟糟但又喜气洋洋的入场式却是孩子们放飞心情的好时刻。

我和先生睁大眼睛不停地找，哪个才是我们家的小子呢，学生太多，根本看不清楚。看我着急，小陈灵机一动，拿出手机打电话给儿子告诉他我们所坐的方位，正好那天我穿了一件喜庆的红色外套。儿子眼尖先看到了，他跳上椅子，向我们挥手，而我也使劲地挥着手上的丝巾，激动得泪眼婆娑，都不知道如何表达此刻的心情。思绪又把我拉回到四年前，高中毕业的儿子单枪匹马来到陌生的国度，来到这所鲜有中国学生的陌生校园读大学。第一天到校已是晚上十点，他在寝室里安顿好后才想起自己二十多个小时没怎么吃东西，那会儿已饿得头晕眼花，可是口袋里虽有美元，却不知去哪里买吃的，生生地又饿了一晚。幸亏儿子英语还行，接下来几天，居然也办好了新生入学该办的所有手续。然后去银行开户，去超市买吃的用的，还买了一辆自行车，并很快和同寝室的几位美国学生交上了朋友。为了不让我们担心，他乐呵呵地报喜不报忧，说到学校后一切顺利、非常开心云云。后来在圣诞节回家时才告诉我们说饿了三十多个小时，让我好一个心疼。可是，出国求学是他自己选择的道路，是个男子汉就要有担当，既然选择了，那就得坚持。好在儿子乐观、懂事，中小学时几年的寄宿生活他也磨炼了他的意志，提升了他的心智和独立能力。

四年来，他虽然有在冰雪路上差点出车祸、去克利夫兰看球赛深夜驾车在山路中迷路、不小心醉酒等有惊无险的经历，但儿子还是平安度过留学时光并且取得了本科双学位，顺利毕业。此时此刻，我的心里暖暖的，儿子没有辜负我们，他阳光、善良、情感丰富。虽然他成绩不是最优秀的，可普通平凡一点也没什么不好，我不求他出类拔萃，但求他的人生能拥有平安、幸福、快乐！

校长站到话筒前讲话，显然我们是听不懂的，幸好有小陈翻译，但是也仅仅了解了一半。学生时不时大笑，看样子校长的致词风趣幽默，几位教授和院长发言均言简意赅，富有人生哲理，大意是鼓励学生们再接再厉，学无止境，让学到的知识百分之百服务于社会，为国家做出贡献之类的话。

整个典礼安排得紧凑而丰富，最后激动人心的时刻到了，毕业生一个个上台从校长手中接过颇具象征意义的毕业证书。每一个学生的名字校长都不辞辛苦地念一遍并和他们一一握手表示祝贺。当学生走下主席台时，有专业的摄影师让他们站在国旗和校旗中间留影，这无疑是对学生们的尊重。我一边举着手机不停地拍，一边竖起耳朵认真听各种各样的名字。终于听到儿子的名字啦，我和先生忍不住站了起来，虽然距离有些远，仍然拍下了儿子坚定的步伐和庄重的面容。

毕业典礼结束，是师生、家长们一起相聚祝贺的时刻，校园就像一个嘉年华，教学楼、体育馆、草坪、林间到处都是拍照留念的身影。他们留下了成长中最美好的瞬间，我们也徜徉其中，参观、拍照，听儿子介绍，忘了吃饭、忘了疲劳，忘了所有的烦恼，心里是满满的幸福和甜蜜。

孩子终于长大了，去工作抑或继续深造，这都得由他自己决定，大学毕业并不意味着学业结束，这仅仅是走向新的人生旅途的开始！儿子说他接下去把硕士也念了吧，行啊，我们做父母的当然举双手赞成。

2014 年 5 月

风雪夜归人

　　清明前后，江淮普降雨水，淅淅沥沥的春雨应了杜牧的"清明时节雨纷纷，路上行人欲断魂"一诗，而内蒙古赤峰等西北地区则气温骤降，大雪纷飞。看到电视屏幕里的皑皑白雪，忽然想起孩童时和大雪的一次亲密接触，不禁思绪连绵，难以自抑。近半个世纪过去了，当时的情景恍若昨日，和父亲的一次风雪夜归路实在令人难忘。而今，老父作古已十多年，记下此文仅为怀念。

　　那是 20 世纪 70 年代中期的一个寒冬，乡下一位叫娟娟的大姐姐要出嫁了，她是我父母朋友的女儿，父亲带我一起去喝喜酒。忘了母亲为什么不去，也不知道为什么父亲带 8 岁的我而不是更懂事的哥哥姐姐。或许我是家里最闲的一个，或许父母疼我，那个时候物资极度匮乏，喜宴上怎么也得有好吃的吧，他们可能想让这个从小体弱多病的小女儿吃点大鱼大肉补补。反正，那天一早，我换上母亲给我准备的干净衣服，脖子上系一条花围巾，一蹦三跳地跟着父亲徒步去乡下了。

　　出城一直向西北走，父亲看我开心而不知疲倦地在他前面跑跑停停，就拿出一根烟，边抽边笃悠悠地说：要走十多里路呢，不要跑累了，赶得上吃中饭就行。宁海人嫁女儿，一般都放在中午办酒席，大家喝完喜酒送走不知是真哭还是假哭的新娘，便算是嫁完女儿了。

冬日的田野上看不到劳作的农人，空旷静谧，枯黄的茅草在寒风中摇曳，庄稼差不多都收割完了，露出黝黑的土地，金黄的稻草被整理成一个个草垛子堆在田地上，特有的芳香弥漫在田野中。

天气似乎不错，淡淡的阳光一路陪伴，让人感到寒冷却心情愉悦。

喝完喜酒，看完大姐姐被接亲队伍热热闹闹地接走后，我便和村子里的小伙伴们去田野玩了。当时我就是一个没心没肺的黄毛丫头，早把父亲叮嘱我不要乱跑的话扔脑后了。我们在散发着泥土芬芳的野地里找野菜，捡拾农民没有收干净的稻穗，在香喷喷的稻草垛里躲猫猫，躺在软软的稻草上晒太阳……忘了回村，忘了父亲，忘了母亲还在城里的家中等我们父女俩回去。直到黄昏，天空忽然暗了下来，冷风嗖嗖的，冻得人直哆嗦。小伙伴们一个个撒开小脚丫往村子里跑，我也没多想地跟在后面。回到阿姨家才知道父亲之前一直在找我，可转眼不见了我的踪影，父亲着急地在村子里找来找去，他没想到小小的我会出村去田野上玩。那时候没有人贩子，也没有很多的私家车，孩子不见了一点都不用怕。叔叔们安慰说小囡自己会回来的，无奈的父亲只好客随主便，留下喝茶等我，并决定吃了晚饭再回家去，反正女儿喜欢玩，就让她玩个够吧。

好客的主人让我们父女先吃了晚饭，然后把一个装了喜馒头和喜蛋的袋子交给父亲，把我们送出了村口。

疯玩了一个下午的我，有点累了，一路上慢吞吞地磨蹭着，一点都走不快，心里还想着下午玩得开心的事。可是生性不急的父亲这会儿却不停地催我快点走，因为天已黑了下来，空中落下密密的雪粒子，还飘起了细细的雪花。要下雪了吗，我很兴奋，一下子来了劲，要知道江南是很少下雪的。快要过年了，农民最喜欢下雪，"瑞雪兆丰年"呢。不一会儿雪花密起来，一朵一朵洁白如棉花糖般的白雪飘飘洒洒地在眼前飞舞，父亲在前面大步走，我一边在后面碎步跟，一边用手接一朵雪花看它在手心里化成水，玩着乐着竟也不觉得冷。不一会儿就落下一大截，于是父亲停下脚步在前面等我，追上了，还没等我喘口气他就又迈开了步子，看来是真的急了。

漫天飞舞的大雪很快给大地披上了银装，一只麻雀飞离电线柱上的电线嗖地惊下一片碎雪，田野上的稻草垛变成了一个个白色的"大馒头"，一些还来不及收归的小捆稻草披上白雪后，如战场上埋伏着的战士，令人有无限的遐想。乡间小路变得泥泞，父亲打开一把黄布伞，他不再让我一个人在后面跟着，把袋子背在肩上，一手拉着我，一手打着伞。我忘了父亲穿的什么鞋，反正我穿着母亲亲手做的棉鞋，红底黑花的灯芯绒面子，鞋底也是母亲自己纳的，这是我最喜欢的一双棉鞋。可是随着路上积雪的加厚，鞋底很快湿透，一会儿工夫鞋帮也不可避免地湿了，雪水很快渗进了鞋子里。

寒风凛冽，我不再有玩雪的心情，全身冷得不停地打战，又心疼自己喜欢的棉鞋，于是耍起小脾气不想走路。父亲没有多说话，把雨伞交给我让我拿，蹲下身子背上我就走。开始，听着父亲踩在雪地上的"嚓嚓"声，我也蛮享受并不高大的父亲那薄薄的脊背，尽管瘦弱的父亲后背也不怎么温暖。渐渐地，我的双脚更冷了，可能没走路少运动的缘故，不一会儿就冻麻木，变成了冰坨子。那时候没有羽绒服、羊毛绒衣、保暖裤，更没有暖宝宝，棉衣里面是用拆了纱手套的纱线打起来的纱毛衣和纱背心、纱毛裤，在这零下几度的风雪之夜根本挡不住寒冷。于是我又嚷嚷着要下来自己走，想着回家的路还有一半呢，父亲把我放了下来，这时感觉麻木的双脚着地时一阵钻心的疼，父亲帮我搓揉了一会，我自己又蹦跶几下，于是踩在雪地上自己走。这时我才意识到因贪玩而耽误了回家的后果也蛮严重的，本来下雪前我们肯定就能回到温暖的家，而现在却还在雪夜中深一脚浅一脚地赶路。

　　雪越下越大，如群蜂般狂舞，我们完全踩在泥浆雪水里了，不但布棉鞋湿透，连裤子下半截也没能幸免。我一边走一边眼泪汪汪，然而父亲并没有责备我，只是说，我们快点走，很快就会到家的，到家里就不冷啦。可是早上走过的感觉并不太远的路怎么现在变得那么遥远了呢。乡间小道上几乎没有行人，黑乎乎的，路过山边时还会听到一些怪异的声音，有点惊悚，有点吓人。父亲把围在自己脖子上的一条旧格子围巾解下包在我的头上，我忽然乖得像一只小猫，紧紧地拽着父亲的手。这会儿除了雪落下的沙沙声，就是父女俩机械地踩在积雪中吱嘎吱嘎的声音。双脚泡在雪水里完全失去了知觉，曾经那么喜欢的白雪，洁白、柔美、轻盈，美好如精灵般的白雪，此时此刻却化作了一张冷酷无情的冰毯把我们紧紧地裹住，禁锢住了我所有的想象和兴致，心里只有一个念头：快点回到家里。

"乱山残雪夜，孤独异乡人"所写的就是我们父女俩当时的情景吧。大雪纷纷扬扬，山丘、道路、房屋、枯枝树叶都染成了同一个颜色，发出惨淡的白光。寒冷似乎也冻住了我的舌头，一路上不再和父亲说话，只是麻木地跟着走。不知走了多久，忽然父亲说："大湾塘到喽，唉，你妈肯定担心坏了。"毕竟是小孩子，我瞬间开心起来，过了大湾塘就是小湾塘了，小湾塘一路向南就是城区的小北门，我家住在小北门，家就在眼前了啊。这时我竟不觉得冷了，也许是冻得麻木不知道冷！

　　那晚，母亲果然着急得很，她不知道我们究竟是留宿在乡下还是连夜回家，但母亲还是将煤饼炉子烧得通红，等待我们回家。记得到家后母亲竟不管父亲，而是先把我的双脚擦干，用棉被捂着舒缓一下之后才让我泡热水、烤火取暖。她认为那么晚回家是父亲的错，不停地埋怨父亲，可好脾气的父亲竟什么都不解释，只是默默地把自己擦干。

　　晚上，我几乎没有睡觉，一直絮絮叨叨地向母亲诉说着路上彻骨的寒冷，好像很委屈似的。

　　记忆在，世事俱在。清明这天写下这些文字，或许是想念离开我多年的父母了。

2023 年 4 月

父　亲

　　清明，数次梦见父亲，尘封的琐碎往事又历历再现，对父亲的思念渐渐塞满内心。老父离开人世已整 10 年，随着岁月的流逝，父亲渐渐远去了。我这个人好梦，即便睡个午觉，也会或长或短做个梦。但是自 2012 年入春以后，便再也没有在梦里见过他老人家。算起来如果他还在世，应该有 94 岁了。

　　父亲过于平凡，刚去世那会儿，有位朋友建议我写写父亲，我一口回绝，说老父太简单太普通，没什么可写的。是的，父亲就是一个悄没声息的人。他淡泊安静，生活中几乎不麻烦子女。我有时想起来打个电话说要过去看他，总是被拒，他百般地为我们考虑，说他没事儿，你们尽管忙去。

　　父亲新中国成立初期就入党了，但直至退休，仍是一名默默无闻的老工人。他的好脾气和对工作的认真令他口碑不错。父亲性格内向、善良木讷、生性胆小，他同事曾开他玩笑：老赵，你走路这样轻手轻脚，怕踩死蚂蚁吗？父亲乐意做个普通工人，做好分内事的同时也帮同事代代班，只要有一份养家糊口的收入，就满足了。每每说起这些，母亲便会深深地叹一口气："没办法，生好的性，订好的秤!"

那天，梦见父亲懒懒地躺在藤椅中晒太阳，戴一顶灰色的花呢帽子，父亲天生头发稀少，喜欢戴帽子。只见他皱着眉头在说什么，可是嘴巴在动却听不见声音，我有点着急就大声叫他，这一叫就醒了……父亲在说什么呢？他又嫌母亲晚饭煮粥吃吗？父亲不爱喝粥。记得我上小学时，家里经常有番薯干和玉米，那是去粮站买米时搭配来的杂粮。母亲有时将杂粮加一点米煮粥，而父亲不爱吃，于是母亲就炒冷饭给他，一般都用猪油炒，再放点葱花，香香的，弄得我们喝粥都没劲。母亲已作古多年，那么梦里的父亲在说什么呢？他在埋怨我把他的鸡冠花花籽弄丢了吗？父亲有空时喜欢种点花花草草，家里没有好的花盆，他便充分利用破碎瓮罐，装上泥土，种上含羞草、午时花、鸡冠花等一些不怎么需打理的花草，也不见得用心照拂，却也花儿妖娆、芳草菁菁，美美地摇曳出对生活的一分热爱! 而我有点顽皮，喜欢用指甲去抠花籽，为此父亲很是头疼。上了年纪后，父亲竟不太种花了，他操起年轻时干过的农活，在家门口的空地上开起荒来，围上竹篱笆，种上丝瓜、蒲瓜、茄子、青菜……收获了就打电话让我们去拿有机蔬菜。当然数量不会很多，但我们都很知足，因为瘦弱的父亲看上去很没有力气的样子，能种菜已相当不错了。

父亲文化不高，这个可以从他给孩子起名字上看出来。小时候，有一个和我名字一样的邻居女孩，我猜想是否父亲偷懒，不费脑子，直接把这个名字嫁接在自己的姓氏下就成了他小女儿的名字了？答案不得而知，但我为这个多得数不清的重复名字而懊恼，没有特色又不好听的名字常常让我有想要改掉它的冲动，可总也下不了决心，或许这是父母给的名字，土是土了点，可留着也算是一种纪念吧。

我是家里最小的孩子，父亲对我似有偏爱。小时候，每年一到酷暑天我就要生病，高烧昏睡，经常去医院输液，还要喝又苦又涩的中药。每次父亲都会买半个西瓜让我用汤匙舀着吃，哥哥姐姐们是没有份的，输完液父亲还会把我背回家。母亲说也只有我享受过这份呵护，内向的父亲不善言辞，因而对孩子们的爱也显得有些吝啬。

父亲是个老好人，有点中庸。那时候他们单位设了一个油库，汽油味大，没人去看管，领导自然就想到了好脾气的父亲。一天，母亲让我和姐姐去送衣服，发现偌大的油库中汽油桶整齐地排列着，父亲的办公桌放在门口的一个角落里，油味浓得化不开，我们掩鼻逃离。爱抽烟的父亲却愣是戒掉香烟，一个人捧一杯浓茶默默地守着油库，数年安全无事故。

父亲除了种点小花拉个二胡什么的，完全是家里的"甩手掌柜"，他把工资交给母亲便没什么事儿了，我想这一切缘于母亲太勤劳、太能干。别人家"严父慈母"，我们家正好相反，母亲认为皮肤白皙、身材瘦小的父亲是需要照顾的对象，哪承想，一直认为自己身体很好的母亲却先他而去，那年父亲才六十有二，不会洗衣、不会烧饭……看着六神无主的父亲，哥姐曾接他去同住，但喜欢自由的老人拒绝了，他说得学着过日子。

母亲走了，我们各自都有孩子，工作又忙，就没怎么去照顾孤独的父亲。大概他觉得自己做饭不行，就请了一个保姆阿姨来烧饭，慢慢地，这个阿姨竟教会了他怎么烧菜。于是老人"过河拆桥"，辞了阿姨一个人过起了自在的日子，直到后来患上帕金森，又因肺气肿经常住院，才又重新请了保姆，那会儿他已年近八十。

2010 年 5 月至 10 月，上海举办世界博览会，从来没有向孩子们提过要求的父亲，很不好意思地说想去上海看看。无奈这一年父亲的健康亮起红灯，接连住院，而世博会上人山人海，于是这一年没有成行。第二年国庆节，我和哥姐三人专门陪父亲去上海，我还特意买了高铁票，让年迈的父亲体验一把飞驰的感觉。上车伊始，少言寡语的 83 岁的老父亲竟像个孩子一样坐不安稳，一会儿说这椅子坐着真舒服，一会儿又看看窗外说火车那么快，我怎么感觉不到快呢。哎哟，这个老头居然还嫌不够快，要知道那会儿时速已达 245 公里了。一年过去，世博园里好多的国家馆都拆了，但中国馆还在。我们借了一辆轮椅，推着因患帕金森，走路已不怎么利索的父亲，一路走"绿色通道"。参观过程中父亲啧啧称奇，除了感叹还是感叹，他说有生之年看到国家发展这么厉害，算是三生有幸了！没想到半年后父亲便溘然长逝，那天是 2012 年 3 月 20 日。

如烟往事，令人唏嘘。离开我十年的父亲为何又到我的梦里来？母亲去世时，我看到生活能力很弱的父亲，似乎觉得没有了娘家。殊不知，老父走了之后我却悲从中来，从此我真的没有娘家了，休息日、节假日想去看看老人，都没地方去了。

我的平凡普通的父亲，一生从善，无欲无求，日子过得清贫而踏实。

这又何尝不是我想要的生活呢。

2022 年 4 月

谷雨摘茶去

谷雨，春天最后一个节气，"清明断雪，谷雨断霜"，雪与霜相伴的日子，将暖欲寒，恰是"采茶对雨"的好时节。那么，你有在谷雨这天去采摘茶叶吗？今年的谷雨，我就在腰间绑起一个小竹篮，去摘茶叶了。

4月中旬，打电话给阿春找她聊天，无人接听。大半天后她回电过来说在山上摘茶叶。嚯，这一听差点惊掉下巴，我问她是玩玩的吗，"不是啊，我们摘下来后拿去加工，回家就可以美美地品味自己亲手摘的香茗啦。"说得倒是轻松自如，知道她爱喝茶，可也没必要自己去摘。她说爱人喜欢喝绿茶，所以要亲手为他采摘。这就对了。

第二天我俩约饭，她津津乐道这几天的摘茶成果，原来清明前她就随朋友去王爱山岗的山野摘过一次。那天春寒料峭，还下着毛毛雨，她说尽管冻得瑟瑟发抖，而且采摘的是野茶，可第一次正儿八经摘茶叶的她，坚信明前茶是最好的，于是顶着寒风，摘了不少嫩茶芽，一称竟有一斤多鲜叶。这令她信心和兴趣大增，继而一发不可收拾，跟着朋友转战城南水车村附近又摘了几次。聊起摘茶的事儿，她神情无比愉悦，说山里空气好得令人陶醉，穿越在茶树丛中神清气爽。这个站了三十多年讲台的高中语文老师，俨然已由退休教师变身为采茶女。

她兴致勃勃地鼓动我："不妨一起去玩一把！"我有点怀疑她的兴奋点，不就是摘个茶叶嘛。记得20世纪70年代中期，高中毕业的大姐到双峰公社上山下乡，生产队里的活儿常常就是翻山越岭去摘茶叶，姐姐累得眼泪汪汪，回城里便在妈妈面前诉说摘茶有多苦多累。妈妈尽管也心疼却无奈，农村是个广阔天地，知识青年下乡就是去锻炼的啊。那么，难道以前的摘茶和现在的不一样了吗？难道又苦又累变成了轻松加愉快？我心里没底，兴趣也不大，所以回绝了她。后来时不时她会失联，原来都在摘茶。这就怪了，摘个茶叶何来如此大的魅力？我有了好奇心，她说我们谷雨这一天去摘吧。她内行如茶农，说上枫槎村一个做茶叶的阿姨说过，谷雨这天摘的茶可以入药的。"多好呀，这一天摘了，今年摘茶结束，明年继续。"阿春兴头十足，可我分明看到她比以前憔悴了，山野的风终究还是有点硬，会伤女人的皮肤。

谁都知道谷雨前茶是最好喝的，明代钱塘人许次纾在他的《茶疏》中有写：清明太早，立夏太迟，谷雨前后，其时适中。清明过后便是"新芽一粟叶间藏""万人争啖春山催"的季节，气温渐渐升高，百花盛开、蜂蝶纷飞，茶芽在生长的过程中贮满了雨露、阳光和春天的气息，养分也越来越丰富，这时候采下来做成一枚枚绿色精灵般的茶，泡在杯中，鲜爽的滋味便是喜茶人的最爱啦！

好吧，去摘个谷雨茶。

驾车从下枫槎村穿过，然后在山中绕啊绕，直向山顶而去。随着山势的增高，一片片翠绿的茶园迎面扑来，高大的风车像卫兵一样守卫着一浪又一浪的山冈，转动着宽大的叶片发出嗡嗡嗡的鸣叫，摘茶、赏景两不误。阿春和阿芳早已联系好茶园的主人，因此到了茶园就如同到自己家里般自然。停好车子，她俩熟练地穿戴起来，帽子、魔术巾、手套一样不少，阳光会越来越强烈，可别晒黑喽。

　　清晨，凉风习习，初升的太阳在茶园中游移，鸟儿在轻捷地忙碌。看着眼前漫山遍野的茶园，我这个摘茶菜鸟有点兴奋、有点忙乱。眼下绝对不是小时候唱的采茶歌、跳的采茶舞了，优美的动作只能在舞台上呈现，现在可是真正要摘茶叶！她们告诉我摘的时候一叶一芽或一叶二芽、三芽都行，只要别用指甲掐，说完一眨眼便没入茶垄中不见了身影，因为没有修剪过的茶树葱茏青翠，长得差不多有一人高了。我站在路边嘟囔着，怎么摘都行，难道用嘴巴咬也行吗？念叨完不禁莞尔，对啊，茶史上确实流传有一种"口唇茶"呢，是处女用嘴轻轻地咬下茶芽，放在胸口用体温进行烘焙、窨制，再然后，这种茶就作为贡品到了皇宫里，谁享受就不言自明了。不知道是民间传说还是炒作，或真的有这种茶，感觉有点难以想象。上百度查了一下，果然有这么一说，说信阳毛尖史上就有这种茶，但不一定是放在胸口窨制的，世上之事无奇不有。

　　毕竟是谷雨了，静悄悄的茶园里就我们仨。茶园主人早在清明前后就采摘完嫩叶，他们要的是精品茶，现在采摘下来的茶于他们来说，卖不出好价钱不如放弃，人工费太贵。但茶树生命依旧，春雨和阳光仍会让嫩芽绿满树梢。

我不知从何下手，干脆摘下几只油亮的茶芽扔进嘴里咀嚼，先让味蕾感受一下，激发起自己的精神吧。鲜叶清香中带点淡淡的苦味，想起前年初春曾到望府茶基地采风，也曾在修整得非常漂亮的茶园中摘茶。但那真的是所谓装个样子，浅尝辄止，采摘下的就一个个嫩芽尖尖，这种嫩芽需采摘8万个才能炒制成一斤精品茶叶，这种茶似乎只能用来品，用一个"喝"字都显得有点粗鄙。当时我就摘了不到一捧，还没有体验到摘茶的苦与乐，就"偃旗息鼓"了。

这一次就不问收获，只享受采摘过程吧。

茶园从半山腰向山顶延伸，我们采摘过程中似乎一直在爬山。"炎炎日正午，灼灼火俱燃"，谷雨日天气好得出奇，太阳晒得人有点晕。我专心地挑选着一叶一芽摘，显而易见效率是不高的。前几年写过县里不少种茶大户的长篇通讯和报告文学，采访过程中看到了专职摘茶女工，看她们在茶树前双手同时采摘，两只手翻飞灵巧，速度快得眼花缭乱。她们早出晚归，练就了快速摘茶的本领。那都是按斤两算工钱的，她们靠这个收入养家糊口呢。阿春和阿芳这时早已奔山顶而去，说要去摘高山云雾茶，可这里也是高山啊。看到那么多的嫩芽，我感觉有点摘不过来，想着每一片叶子都是茶，成就感陡然而生。想把每一个叶芽都收入小篮子中，可是体力竟渐渐不支，尽管很多的嫩芽在向我招手，可人却累得坐在绿意盈盈的茶垄中不想动了。睡意蒙眬中想象着茶园主人们当年开山挖坎做茶园时的辛苦，种下株株茶树时他们满怀的希望，施肥除虫时他们的艰辛及收获的喜悦……

山风徐来，沐浴清香馥郁的茶树丛中终究睡不着，却醉人。她俩各自拎着一篮鲜茶回来了，而我的胜利果实竟不到她们的五分之一。上枫槎村做茶叶加工的阿姨说："你是第一次摘茶啊，不错了哦，摘来的茶质量蛮好的呢。"她又手把手地教我做茶，让我开开心心地体验了一番杀青、搓揉、烘干……

写到这里，忽然想起那天做好的三两绿茶还躺在冰箱里。嗯，该去取来，泡一杯亲手摘的谷雨茶啦。

2022 年 7 月

抲蛏记

一

蛏子可以说是我从小吃到大的，水煮、爆炒、葱油、盐烤、咸蛏，或者割了筋一根根竖在竹筒里用咸菜卤蒸……母亲变着花样烧，我们享受着各式美味。有人称它是"西施舌"，是在薄薄的硬壳里伸展自如、柔软无骨的美味。喜欢的人，可以风卷残云般地吃掉好几斤而安然无恙；有些人的胃却很奇怪地抗拒这种美食，竟不能碰，一吃就拉肚子或者一吃就肚子疼。

"抲蛏去吗？现在海涂上野生的蛏子正壮。"越溪搞滩涂养殖的张大哥来电，我的内心不安分起来，真的很想去抲蛏，可眼下正是梅雨季节，一会儿雨一会儿又是热辣辣的大太阳，我有点举棋不定，但又挡不住想去体验一把的好奇心。纠结了几天，忍不住直接置烈日于不顾，午饭后接上姐姐驱车前往海边的小村子。

生活在东海之滨，几乎每天可以享受东海里美味的海鲜，鱼、虾、蟹、各种螺及蛏子，却从来没有亲手捕获过任何活的海产品，哪怕是蛏子这种听说挖开海涂泥就能摸到的海鲜。宁海很多地方都有蛏子，但是数长街镇和一市牛台的蛏最好吃，特别是长街，是有名的蛏子之乡。"长街蛏子"便是全国农产品地理标志，每年的"蛏子节"，既有媒体上连篇累牍的关于蛏子的文章，又有当地举办的各种活动，比如蛏乡书画、趣味抲蛏、烧蛏比赛等。今年因新冠疫情影响，清明期间蛏子最肥时却有滞销的趋势，于是长街镇的书记、镇长亲自挂帅拍视频，为养殖户们排忧解难，推销蛏子，同时举办了"2020 云上蛏子节"。

车过越溪乡歧头村不远，就看到了大太阳底下等在路边的张大哥。看到我们的车子，他转身拿起放在脚边的一个编织袋，上了车。车子在不宽的土路上开，两边全是大大小小的养殖塘，每个塘边都建有一个小房子，说是给养殖户晚上值班用的，因为现在塘里养着的对虾大部分快要出塘了，需要更仔细的照料看管。车子拐上群英塘塘坝，不一会就在尽头停下，我们换上旅游鞋，穿上防晒衣，戴上帽子，全副武装地走到海边。一艘自制的简陋的平板船"哒哒哒"地从海港里开了过来，这是早就联系好的三门师傅的船。海港两边是一大片青绿色的芦苇，船平稳地前进着，张大哥打开编织袋，取出一双可以拉到大腿的连裤雨靴。从来没有穿过这样的鞋子，我兴奋地马上穿戴起来，一根绳子把雨裤系在裤子的皮带圈上，鞋子有些大，穿上后，张大哥又找出两根绳子把我的旅游鞋和连裤雨靴紧紧地绑住，貌似万无一失了。

"麦碎花开三月半，美人种子市蛏秧"，虽说蛏子最肥的时候是春天的清明期间，但一年里还有最冷的春节和最热的六七月份也都是品尝蛏子的最佳时机，比如这两个月，蛏子也是最壮的。今天，虽然没有到蛏子之乡的长街去抲蛏，但我相信自己抲来的蛏子一定也是鲜美的。

看似笨拙的平板船在河港中灵活地穿梭着，不一会儿就在一个海塘边停下了，三门师傅拿一个木梯子当作跳板，我们踩在上面走到了塘岸上。岸上建着一个窝棚，几根钢管柱子用水泥固定着，四周用厚厚的帆布围起来可以挡风挡雨，这就是三门夫妻的家了，上面住人，下面堆放一些杂七杂八的东西，还有几把椅子、几个水桶。原来，他们承包了海港两边数十亩的海塘，经营水产养殖。三门师傅说，一会儿退潮后他的船不能行驶了，让张大哥用小竹排把我们送出去。说完，他自己就去养殖塘里干活了。

"等一下要退潮的吗？"

"是的，退潮了，我们才可以在海涂上抲蛏子啊。"张大哥回答道，然后他分给我和姐姐每人一个袖套和手套，说另一个手不会脏的，抲蛏子的这个手要保护起来，免得让蛏壳划破。我看了一下时间，下午两点五十分，看来退潮是午后的事了。

二

很快准备好，我和姐姐看着各自的模样开心地拿出手机一顿狂拍，然后一人拿一个小塑料桶跟着张大哥沿着海塘向滩涂走去。

天阴了下来，烈日已跑得没了踪影。我暗喜，身处海中，居然没有惧怕感，难道是因为跟着经验丰富的张大哥的缘故吗？至此，我们还是自信满满的，而张大哥更是高估了我们的能力，他在前面走了一会儿，然后下坡走进了芦苇丛生的海涂。我们似乎也一点都不胆怯，马上紧跟而下，穿着雨裤呢，不怕泥水的！没想到刚踩到泥涂上，一个打滑，控制不住重心，"砰"地一下，重重坐在了泥地上，幸好这里还不是很软的海涂，只是两只手和整个屁股上都是泥巴了。想来这是给我的见面礼，为了拉住我，姐姐也差点滑倒。听到我们的惊呼，张大哥可能意识到自己疏忽了，他马上返回来说，慢一点走，这海涂泥上太滑不好走的。何止是不好走啊，简直太难啦，在软软的海涂上，一脚踩下去竟拔不出来，好不容易拔出右脚，左脚又进去了，而且越陷越深，我是怎么费劲儿都拔不出来，是海涂把我的双腿咬住了吗？马上想到电影上红军过草地的情景，有点害怕，感觉这泥涂要吃人似的。看我寸步难行，张大哥只好一边扶我一边用手帮我把腿拉出泥地，他简直在帮我走路，而雨鞋的底又脱离了我的脚，原来绑住的绳子松了。张大哥又帮我解开重新绑，就这样折腾着，不到十米的滩涂我们走得大汗淋淋，累得气喘吁吁，完全精疲力竭了，这还没开始抲蛏呢，脸上、手上及衣裤上已全是海涂泥了。

终于走到海港边，潮水果然在退，港里的水在慢慢浅下去。海涂上有很多小拇指般大小的弹涂鱼（也叫跳跳鱼），两只小眼睛一眨一眨的，灵活得不行。我想去抓，却根本抓不住，就像小精灵在逗你玩似的。张大哥指着好多黄豆大的小洞洞说，这里就有很多蛏子，只要翻开泥涂，掏下去就有，两只洞洞就有一个蛏子。看着也蛮简单的，感觉也没有多少技术含量。我马上开始挖泥，不多久就摸到一个蛏子了，举起小小的蛏子，我开心地大叫起来。姐姐陷在泥涂里没法动弹，羡慕地看着我。张大哥又走过去扶着姐姐慢慢走到了我的身边。奇怪的是，在我们看来非常艰难的一步步，张大哥却轻松搞定，他的脚在泥涂里是怎么拔出来的呢?！

抲蛏真的不难，翻开泥土，掏得越深，蛏子越大，有高人指点，我们终于抲到了不少蛏子，差不多有一海碗吧。这些蛏子真的就在深深的泥土里安家，我们伸手下去抓，它们呆萌地一点都不会逃跑——也是，它们在泥窝里生活，怎么跑呢？海港边听到远处似有人声，看来还有别人在抲蛏子，这些野生的蛏对人们的吸引力还是挺大的。

　　我们由于两只脚窝在泥涂里无法挪动，每移一步都困难万分，不一会儿便腰酸背疼、眼冒金星了。开始，张大哥还说只有抲蛏子的手戴上手套就行，另一只手不会搞脏的，没想到，我们现在是一身泥一身水，不但两只手都是泥，脸上、衣服上更是被海涂泥画上了花。幸亏带了干净的衣服放在车上，看来我们还是有先见之明的。

　　姐姐一边在泥涂中摸来摸去，一边絮絮叨叨地说：抲蛏太累，太累了！以后去菜场买蛏坚决不还价！

　　是啊，真没想到，市场上卖的一篮篮蛏子，原来是这样一个一个地抲来的，那该多么不容易，费劲费力，可能还有危险。而张大哥却笑着说，还好的，这算是最轻松的活了，人家养殖蛏子的，有专门的工具抲蛏。

　　看来今天要和海涂泥来个"卿卿我我"了，才抲了这么一会儿蛏子我却已累得直不起腰，但又黑又瘦的张大哥却能在海滩上自如地走来走去。看我和姐姐搞得一身的泥，他有点不忍心，说你们先上岸去吧，玩过了就好。

　　说句实在话，抲蛏还是蛮容易的，困难的是脚在泥涂中拔不出来，这样，就显得很难。怎样走回去呢？那几米的滩涂让我望而却步，张大哥放下塑料桶又扶着我和姐姐一步一步艰难地走过泥涂。终于到了硬一点的泥地上了，我长长舒了口气，而张大哥又回滩涂上去抲蛏，他说再抲一点，好让我们带回去当"下饭菜"。

我和姐姐搀扶着走到窝棚里休息，姐姐体质比我好，她还在海水中洗了满是泥巴的连裤雨靴，而我只剩下坐着喘气的份了。

明净的蓝天上朵朵白云，海风徐徐，凉爽舒服，手机上的朋友圈中却被宁海城区暴风雨刷屏，可是距离城区十几公里的海中却完全是悠悠然的好天气，真所谓雷雨隔田岸啊。筑起来的养殖塘里，三门师傅的妻子划着竹排给养殖品喂食，而三门师傅又到更远的海塘去做生产管理了。不一会儿，女主人回来了，只见她染一头淡黄的头发，浑身上下晒得乌漆墨黑的，脖子和手腕上却戴着沉甸甸的黄金项链和镯子。我问她搞养殖累不累，只见她操着三门方言爽朗地笑着说：不累，习惯啦。原来累也可以习惯的。说话间，张大哥拎着一桶蛏子回来了，动作真是迅速。我们在时，他为了帮我们自己几乎没有抲蛏，偶尔抲到几个也扔进我们的小桶子里了，这会儿起码抲了差不多二十斤，这是怎样的差距啊。

三

在海上待了近两个小时，我们准备回去。张大哥拎着蛏子和一个装着雨靴等杂物的袋子，大姐扛一根长长的竹竿，说一会儿撑竹排用，而我空着双手还走不稳。海水已退下去，很浅了，裸露出肥沃滑溜的海涂泥，海风吹来，浑身舒坦。我们沿着芦苇丛里一条铺满芦苇的小道，向塘边走去。开始旅游鞋还能应付，随着海涂越来越近，海涂泥越来越湿漉漉，泥水顺着鞋帮渗进来很快脏了袜子。憨厚的张大哥也忘了提醒，那竹排搁在泥涂上，我们要穿雨靴才能走上去的，而刚才休息时我和姐姐已迫不及待地脱掉了穿着闷气的雨靴，换上了自己干燥的鞋子。

这可咋办？

张大哥说，等一下我去拿泡沫浮子，你们坐上去，我把你们推到竹排上去。

"不不不!"我和姐姐连连拒绝。因为又要走回窝棚，太远。我一着急，干脆一脚踩到了海涂泥里，哈哈，泥涂太软了，马上吞没了我的双脚，抽出脚，鞋子却深陷泥涂中不见了，我的裤子很快裹上了泥浆，两条腿就像即将下锅待炸的麻花。伸手下去捞回满是海涂泥的旅游鞋，这会儿真成了十足的泥人啦。没想到光脚在泥涂中反而容易走，早知道这样，刚才抲蛏子时就不该穿什么雨靴。可是张大哥却说不穿鞋子抲蛏，容易割伤脚。

反正两只手都是泥浆了，我捧起柔软湿滑的海涂泥，搓揉着，把玩着，这些看似普通的泥和海水，却孕育出了餐桌上最受人们喜欢的海鲜，不能不说大自然是慷慨和神奇的，但它们源源不断地馈赠给人类美食的前提，是要我们好好保护好海洋资源和环境，可是随着人类社会的发展，地球转暖、过度捕捞、石油泄漏及噪音、垃圾污染等，这些已造成海洋和海涂不可遏制的污染，甚至导致海洋食品积聚毒素、海产品减少、浮游生物死亡……想起来也是非常的后怕。幸好现在人们的环保意识已越来越强，早就定了一年四个月的禁渔期，还大海一个洁净的家园也是指日可待的。

我问张大哥：这些蛏子偏小，以后会长大吗？我们把它抲掉，是否有些残忍？他回答道：不会再长大了，它的个头就这样，如果我们不来抲，它们也就死在海涂泥里了。原来是这样，心稍安。

所谓的竹排，并不是竹子扎起来在旅游景点清清的江水上悠然滑行的漂亮排子，而是在两根竹子（好像是木头）中间用油毛毡铺上做成的简易的竹排。当然，这种竹排在海港中划行一点问题都没有。我和姐姐浑身"拖泥带水"地坐在油毛毡上，张大哥站在排头左一下右一下地撑着排子，行驶在原来小船轰轰轰开进来的海港中。现在退潮了，海水有点浅。大姐在海水中洗了洗手，拿出套着保鲜袋的手机，把我全身是泥的狼狈的模样拍了下来。

小竹排慢慢地前进着，两边黑黑的泥涂里有活蹦乱跳着的弹涂鱼和红蚶蟹，还有渔民布放的蟹笼。

午后的阳光也毒辣，晒在身上还挺烫，海涂泥无意间变身为防晒霜。张大哥说："不好意思，没有安排好，让你们受累了，还搞得那么脏。"这是什么话呢，真正受累的是他啊。是的，这里没有清澈蔚蓝的海水，没有洁白细腻的沙滩，也没有婀娜摇曳的椰林，更没有浪花和浪漫。然而此刻，我却无比的满足开心，今天第一次穿上连裤雨靴，坐了简陋的船和小竹排，看到了近海大片大片碧绿的芦苇；今天亲手抲到了不少喜欢吃的蛏子，体验到了抲蛏的辛苦；今天光着脚在软软的海涂泥中跋涉，令人陶醉……

这种体验可不是每个人都能享受到的！

2021 年 6 月

和梅山谈一场恋爱

"一年时间说长不长，说短也不短，就当与梅山谈一场恋爱吧。"我和穿一双黑布鞋、一身蓝色麻料衣裙的静，走在梅山祥和安宁的村子中，聊着聊着，她忽然淡定地道出一连串如诗般的佳句。

我吃了一惊，这是一个怎样的女子？从电视台办公室来到偏僻的小乡村担任第一书记，和村民一起共谋山村的幸福生活，应该说是很不容易的，静却将这视为谈一场风花雪月般的恋爱，好一个浪漫的心态、一个无我的境界！油然，便喜欢上了这位睿智、豁达又不乏幽默的小女子。

我将随手拍的几张梅山村容村貌照片发到朋友圈，呼啦啦，一下子点赞无数，有几位朋友竟不知梅山在何处，于是统一回复：宁海胡陈乡的一个小村子。

梅山，这个名字对于在报社工作的我并不陌生，该村党支部一心为民的优秀事迹媒体上已有报道。几年前领命撰写报告文学，我却不经意间错过了梅山村，转而写了力洋平岩村的党支部书记。这次县作协以"梅山文韵"为主题，做客梅山，正好满足了我一直想去这个村子看看的愿望。于是，在村口，在"梅花山庄"，在杨柳轻扬的池塘边，我认识了剪一头短发、眸子清澈，洋溢着热情的静，认识了沉稳、朴实的蒋书记、胡主任。

原来梅山并不是山旮小村，而是一个有山有水的美丽乡村，山上种着茶树、杨梅树、白枇杷树、青梅树、板栗树、柿子树、葡萄……如今，村领导班子正在努力争取实现一年十二个月，月月瓜果飘香。一条清澈的梅山溪洋洋洒洒地绕村入海，一座已有数百年历史的古桥横亘其上，见证着梅山自明末清初建村以来的风风雨雨。

三伏将出，黄昏的梅山异常闷热，一场暴雨如期而至。

这雨似特意为迎接我们而来！在崭新的"梅山村文化礼堂"，即"蒋氏宗祠"，大家驻足听雨、参观、采访。

"春露秋霜昭百代，子兰孙桂冠三台"，正门廊柱上的这副对联昭示着梅山蒋氏祖上人才辈出，有汉朝光禄大夫兼枢密院礼部尚书右丞相蒋宏仁，唐朝光禄大夫御史中丞蒋诜、吴郡太守蒋枢，以及殿前将军蒋铁爬等，不一而语。而今，梅山人依然崇学重教，以培养出本土学者为荣。

几百年来，梅山村民守着几亩薄田、几座矮山，守着一份古老的传统，春耕、夏耘、秋收、冬藏，世世代代繁衍生息。时光走到了新世纪，小山村的脚步日显滞缓，精壮村民陆续外出打工，村子几近沦为空心村，泥泞的村路再难以焕发出活力。村民们怨声载道，村领导班子纠结彷徨。

"当生活像一首歌那样欢快流畅时，笑颜常开乃易事；而在一切事情都不顺时，仍能微笑的人，是真正的乐观。"十多年前，以蒋善斌为首的领导班子成员意识到，如此捉襟见肘的村经济、贫穷落后的村容村貌、人心不齐的村民，必将让这个美丽的小山村成为一个荒芜村、留守村，成为人们记忆中的故园。不改变不行，不发展更不行！统一了思想的村领导班子不失望、不悲观，树起信心，鼓起勇气，抛却私心杂念，砥砺向前，开始新农村建设。显然，这就是他们的"中国梦"。

圆梦，需要求实、务实、落实的作风。美丽的梦想需要在共同的奋斗中去实现。现如今，向幸福梅山、一品梅山推进的小村子已成为胡陈乡的一颗明珠。静说，她很幸运，能来到梅山担任第一书记，感觉自己骨子里似有梅山人的平和、婉约，当然也有梅山人的坚毅和勤勉。

雨后，清新的空气让人无比惬意，走在洁净的村子中，恬静、轻松的生活气息扑面而来。村民的小院子里、村大路边摆放着四个一组、用四种颜色区分的垃圾桶，那是村子为保护环境推出的一项力作——垃圾分类。这项措施在国内城市中尚未普及，而在这小小的山村中却已经做得非常出色，村民们的自觉性超乎干部们的预想。

静一路上同老少村民打着招呼，仅四个月时间，她已经完全融入村民之中。

走在村子的马路上，我发现路旁一边种着江南少见的高粱、粟米，另一边种着毛豆、茄子等，想起另外一条村路边一长溜已长出粉红胡须的玉米，我开玩笑地问，这是为装扮村子种的吗？静说，是的，这是村领导班子鼓励村民种植的。不让泥土浪费一丁一点，是他们的宗旨，并且还能美化村道，何乐而不为呢？"绿玉枝头一粟黄，碧纱帐里梦魂香"，当我急忙拿出手机拍照时，静却在一畦绿油油的水稻田边停住了脚步。这是一片肥沃的水稻田，长势出奇好，浓得化不开的绿，不禁让人遥想待稻子熟透时那沉甸甸的金黄。年轻的静眯起双眼，显出和年龄不相称的成熟。她说她最喜欢站在这里，每当工作遇到困难、生活遇到不愉快时，就会到这儿来站上一阵子，内心马上被治愈，思路也会清晰起来。这片碧绿的水稻田神奇地俘获了这位女子的"芳心"，从而让她全身心地投入到和村子"谈恋爱"的使命中，书写着生命的长度和厚度。

美丽，改写了农村人的新生活，美丽乡村就是一张"金名片"，诗意地栖居在小小的梅山村已成为我的向往。这让我想起十多年前习总书记"绿水青山就是金山银山"的重要讲话。今天，梅山人不正脚踏实地地践行着这个理念吗？他们已经找到了致富之门的金钥匙，接下去，要做的美丽事业还有很多，如将"梅花山庄"更名为"心宿"，村子道路改为柏油路、石板路，全面打造"美丽庭院"，让山满果、池满鱼……这些都是实实在在的举措，决不是表面功夫。当然，这一切都将在尊重自然、理解自然的基础上进行，同时与人文建设相结合。创建良好的环境，才是最普惠的民生福祉，才能享受到最自然的美！

散发着泥土的清芬、有着淡淡果香的梅山，如镶嵌在绿水青山中的一颗宝石，在寻梦山水、打造幸福梅山的过程中，村干部和全体村民都做出了不懈的努力，共同提升了美丽山村的美誉度！

2015 年 8 月

花语茶香

九月，秋阳灼灼，但早晚的清凉让人很受用。晚饭后是最惬意悠闲的时光，泡一杯清苦的柠檬茶，拿着手机慵懒地倚在桂香阵阵的阳台上浏览，不啻是一种小小的享受。

黄昏，我和宁海城市网创办人花瓣雨相会在微信朋友圈中，花姐发在朋友圈里关于"免费培训茶艺师"的信息吸引了我。最终她把我的名字写进了培训班学员的名录中。

"喝茶是一门艺术和美学，如果自己学点茶艺，你会觉得喝茶原来是如此的美妙。"第一堂茶艺课，来自宁波的年轻茶人刘老师如是说。

阿王，是一位安静的女子，闲时喜欢在家弹弹钢琴，周末则可以整天窝在家里看书，平时也总是给人以十指不沾阳春水、不食人间烟火的印象。但她却是一位事业心强、温柔贤淑的好女子，惦记老公，疼爱孩子，既有女人的柔情，又有几分坚韧。经我游说，她欣然报名，也想学做一名茶艺师。

喝一杯好茶，赏一曲丝韵，读一本好书……周末的午后，我总是陶醉在无我的境地，不思柴米油盐，不想掸尘抹几。想着晚上有茶艺课，于是在家里用茶道的方式泡起普洱茶来。小小的品茗杯，玲珑雅致，欣赏、品茗之余想起花瓣雨。这会儿，花姐不定又在哪处山坳中徒步呢。然而，到了晚上她就会洗去一身的尘土，优雅地出现在茶艺培训教室中。

作为女人，偶尔我也会感叹容颜易老，感叹家务琐碎，感叹事业的繁难……然叹则叹矣，自感生活得还是蛮充实的。但自从认识了花瓣雨——一个沉着、恬静、周身散发着幽幽茶香的女人之后，我忽然发现，原来女子的生活还可以这样有滋有味、这样充实灵动：工作时认真投入，周末则徒步放松，闲暇时约上三两姐妹茶室品香；此外，她还创办了茶艺培训班。

曾问花姐，为何在繁忙的工作之余还要举办一期又一期茶艺师培训班，而且还都是免费的？"茶已成为国饮，茶也蕴含着厚重的文化品位，如今说茶、品茶、用茶已蔚然成风，我算是跟风吧，当然还有一个原因，主要是有宁海城市网这个平台。里面那个《小资生活》栏目上，经常有网友探讨，作为一个女人，怎样才能提升自己的品位，如何越活越美丽，如何面对生活中的清风和寒霜，如何用独特的思绪去思考问题等。"花瓣雨微笑着说，最后还加上一句，"都说茶滋润出来的女人不简单，希望姐妹们都爱上喝茶，做一个不简单的茶香女人！"

"做一个有茶香味道的女人！"说得真好。

环顾室内，皆一色温婉女子。莫不是她们都和我一样，想让自己在喝茶中掺进些许艺和道。

轻轻地托起茶盘，收腰、挺胸，微笑着缓缓步入茶艺师操作试场——置杯、注水、洗杯、观势、闻香、品茗。凝神屏气，从容不迫地操作。

现代女性已不再仅仅被家庭角色所定义，也不再束缚于家庭琐事。她们也要健康快乐每一天，她们也追求雅致的生活。而今，有范儿又有内涵的女人其实还是挺多的。近来，我常常想起一位在茶室中邂逅的爱茶女子叶，我们是经花瓣雨介绍认识的，这个历经生活百味却自始至终爱茶如命的女人，让我很是侧目。

叶出生在山乡，有一个非常喜欢喝茶的父亲。打小便看着父母种茶、制茶，当然，那茶都是放在自己家灶锅里炒制，并放到茶壶里泡着喝的绿茶。叶被茶氛浸润，最喜欢看母亲炒茶，有时自己也会来几下，而后，炒过茶的双手是那样的光滑和清香，这让她着迷，不可遏制地喜欢上了喝茶和研究茶。

水雾袅袅，茶香淡淡。那天在静静的茶室里，叶轻轻地讲述道，从大学毕业之初做一名法官，到后来下海经商，再因为喜欢茶而开茶馆，后又因身体不好而放弃茶馆……

癌症算什么？当你不把它当一回事时，那便是浮云，可以忽略不计。坐在脸色苍白的叶面前，我早已忘了她是一位病患。我和花姐一边享用着她冲泡的红茶，一边听她侃侃而谈，恍惚中感觉眼前的女人是那样的美丽、风华楚楚，恰如杯中的红茶，安宁、醇和。

认真的女人最美。听她们谈茶、解读茶是一种享受，安静地泡茶，轻轻地品茗，没有张扬和浮躁，没有世俗的炫耀，有的只是淡淡的馨香。

人的容颜易老，但是有些女人却会在岁月的磨砺中越见迷人。谈起茶来滔滔不绝的叶、创办免费茶艺培训班乐此不疲的花瓣雨，还有许许多多的她，对未来、对梦想的执着，对生活的积极和乐观，对家庭的热爱和深情，使她们周身散发出一般女子身上少见的从容和坚毅的气质。

原来，真正美丽的女人，其魅力可以超越年龄的限制。

女人的美，在容貌，在气质；女人的可爱，在爱心，在胸怀，在智慧。

2014 年 9 月

南门外

一千个宁海人便有一千个心中的南门外。

南门外，因一条洋溪而叫响，其实南门外包括了洋溪附近的所有地标：跃龙山、十里红妆博物馆、滨水广场、飞凤山于飞阁、徐霞客大道、西门城楼、霞客体育公园……我心中的南门外便是一个时时想去那里走走、坐坐的地方，一个无论过去、现在还是将来，都令我向往的地方。

一个月前，一张机票把朋友送到了澳大利亚，她去看望在那边工作的女儿。前几天，她在微信上说：想念宁海的新鲜蔬菜，想念南门外的徐霞客大道，想念逶迤清亮的洋溪。她信誓旦旦地说：回国后要天天去南门外。这是大实话。去澳大利亚前，只要晚上没事儿，我们就在晚饭后相约去南门外的徐霞客大道、洋溪边散步。暮色四起，我们边散步边聊天，感受着清风徐来、皓月当空，感受着灯影迷离、溪水潋滟。时而还能碰见在溪边摆上音响唱歌自娱的发烧友们，虽然不认识，我们也会坦然地拿起话筒吼上一吼。

开心啊，不想念才怪呢。

小时候，她住城区的东门，我住小北门，我们都喜欢去南门外玩，但各自玩耍并没有什么交集。高中毕业后，她去了外地求学、工作，而同桌的我却留在了县城。她说每次假期回家都感觉宁海在变化，特别是南门外，常常让她这个东门囡找不着北。现在她在城区里开个车还要导航，虽然有点夸张但也是事实，离开宁海四十年的她显然是不认识路了。一晃那么多年过去，变化是翻天覆地的，县城在"长高长大且越长越漂亮"，南门外则华丽地转身成为老百姓最喜欢的休闲娱乐的好去处。

20世纪60年代中期出生的我们懂事时，南门外还完全是一副纯天然、没有雕饰的样貌。那时，大片的土地上是农民种的水稻和各种蔬菜，田塍间有艾草、兔草、马兰头，稻田里有泥鳅、黄鳝、青蛙。在没有电视、电脑、游戏机的时代，那便是调皮孩子们的游乐场，阡陌间可以随便"捡拾"他们洒落的欢声笑语和打架干仗的哭喊声。土墩南面的洋溪清澈如许，是宁海城区百姓的"大水缸""洗衣机"，每到星期天，大人们会整理出家里所有要洗的东西，拖家带口地去南门外的洋溪浣洗，有的还带上午饭、点心什么的，在溪边美美地过上一天。溪滩上布满了白花花的圆润光滑的鹅卵石，那是天然的晒衣架子，洗好的被单、衣服摊在上面，不消几个小时便贮满了喷喷香的阳光。

斗转星移中我们在长大，南门外也在悄悄地变化着，食品厂、丝绸厂、钢瓶厂、罐头厂等相继在洋溪边落户。一条细碎沙石铺成的滨溪路，便是工人们上下班的必经之路，路两边种满了楝树、樟树，碎石虽然硌脚但并不妨碍热恋中的年轻人，因为滨溪路幽静、偏僻，着实是约会的好地方。"50后""60后"或许至今还会有美好的回忆。如果没有1988年7月30日的那场洪灾，我不知道南门外如今会是怎样的情形，但事实是，那次突然而至的灾难，让南门外在老百姓心目中完全失去了魅力——漂亮的鹅卵石被冲得所剩无几，河床难看地裸露着，东一个坑西一个墩，清冽的溪水没有了，高高的铁桥被洪水卷成了麻花，民房价格一落千丈。如今一位住在徐霞客大道边的朋友美滋滋地说，他们就是那时买的房子，超便宜。想来，他们莫非有先知先觉，知道南门外会变成今天这般可圈可点？

四百多年前，一位千古奇人历经三十多年栉风沐雨的考察，用脚步丈量了 21 个省份的山山水水，终于撰写出了极具文学价值的、多达 60 万字的地理名著《徐霞客游记》，他便是明代地理学家、旅行家和文学家徐霞客。令人意想不到的是四百多年后的今天，"徐霞客"三个字会根植于宁海，无人不知无人不晓，这也都是缘于他这本千古奇书。徐霞客走一路写一路，厚厚的手稿装满了书箱，他去世前委托自己的家庭教师季梦良整理。不知道因部分手稿遗失，还是徐霞客确实是从宁海出西门开始记录的，《徐霞客游记》的开篇在宁海已是不争的事实。"癸丑之三月晦，自宁海出西门，云散日朗，人意山光，俱有喜态……"这一天算算日子是 1613 年 5 月 19 日，短短二十四字为宁海的文化旅游留下了瑰宝。

明嘉靖年间，宁海城区曾筑东、南、西、北及小北门五个城门，徐霞客立志"丈夫当朝碧海而暮苍梧"，于是从宁海西门出发开始了 30 年的跋涉江河、遍览名山大川之旅。南门也叫迎薰门。那时候，南门外是青翠苍绿的田地，田地南面是一条又长又高的土墩，土墩外面是洋洋洒洒的母亲河——洋溪，这条源于西麓的宁海第一大溪流白溪最大的支流，蜿蜒盘旋在城区南面向东南而去，千百年来它一直镶嵌在宁海人民的生活中，演绎着、记录着、承载着。

进入 21 世纪，南门外改造工程也接近尾声，洋溪清淤、两边筑起拦洪坝、溪中间建起弧形缓冲坎，滨溪路拓展成 50 米宽，并更名为"徐霞客大道"。大道南侧鲜花簇拥，绿树成荫；大道东首有十里红妆博物馆，西门城楼也在西南方复建，《徐霞客游记》开篇的二十四个字被篆刻在石雕中，大道旁则屹立着各个年龄段的徐霞客人物雕像，"霞客文化"巧妙地融进了城市化建设中并与景观大道无缝衔接。

自 2003 年第一届"5·19 徐霞客开游节"起，这一以"开游"为主题词、不断探寻古人旅游心境的品牌活动已有 20 年的积淀。"中国旅游日"的确立，无疑引领了宁海这片古老的土地。摄影者扛起相机，写作者妙笔生花，书画者挥洒笔墨，大家同时有了一个惊人的发现：静城宁海原来如此美轮美奂，拥有拍不完的美景、抒不完的篇章、画不完的情怀，旅游文化气息是一年浓似一年。

兴宁路、桃源路、兴海路，条条宽敞的大道通到南门外，方便了百姓的休闲娱乐。青山霭霭、碧水迢迢，蓊蓊郁郁的徐霞客大道、灯火灿灿的兴宁廊桥、飞檐翘角的于飞阁，南门外景观越来越丰厚。时装秀、汉服文化、一展歌喉的百姓舞台，不断丰富着洋溪两岸。年前，又一座景观大桥——南门大桥横跨洋溪之上，让南门外景美如画。

水是生命之源，"逐水而居"是人类亘古不变的自然生存和发展的基本原则。无论是为丰美的水草而不断迁徙的游牧民族，还是为安居乐业而选择定居的汉族或其他民族，水永远是第一考虑要素。一千七百多年前，宁海先祖是否就因为有这么一条宽阔的溪流而选择在此建城呢？

南门外因洋溪而惊艳了岁月，洋溪则因南门外而生生不息。这条河流已存在千年，愿它继续流淌千年，清澈千年，并且丰饶千年。

原载于 2022 年 10 月 3 日《宁波晚报》

吴素瑛的爱情

　　吴素瑛，一个普普通通的中国女子的名字，然而，当这个名字和柔石联系在一起，当这个名字前冠以"柔石夫人"4 个字时，便不再普通，并且成了唯一。吴素瑛和柔石的初次见面颇有"蓦然回首，那人却在灯火阑珊处"的浪漫。1919 年，在宁海黄坛的"十四夜"元宵节灯会上，他们偶遇了，情窦初开的这对少男少女四目相对，这一对视，成就了一段两人都欲罢不能的婚姻。追述一段美好的姻缘，人们往往会说男女双方是在对的时间、对的地点，碰到了对的人。那么吴素瑛和柔石呢？他们婚后不久，便有了性格上的差异、沟通上的困难，对于如何处理好夫妻关系，都表现得有些无奈。难道说他们是在不对的时间，不对的地点，不对地见面的缘故吗？吴素瑛曾坦言，如果没有那个元宵之夜，他们或许这辈子都不会结合在一起。柔石于 1931 年 1 月被捕，至 2 月 7 日喋血龙华荒场时还不足 30 岁。他与吴素瑛 11 年的婚姻中，夫妻在一起生活的时间加起来不足两年，但英年早逝的柔石却为吴素瑛留下了日渐年老的父母、3 个幼小的子女和日渐衰落的家境。

1971 年，吴素瑛临终时曾言：没有想到做人会是这样，这一辈子活得太苦、太累！可是，尽管活得苦、活得累，但吴素瑛从没有后悔过，她始终认为这一切都是她命中该有的。

吴家有女

清末封建皇权统治已处于风雨飘摇中，中华大地创办新式学堂热情高涨，更有大批海外传教士对中国士人进行大规模的教义宣讲。自隋唐以来延续了一千三百多年的科举制度，已岌岌可危。然而，在宁海一个比较封闭的仅百十来户人家的小山村——东溪，拥有着几亩田地的读书人吴桂馥却仍然埋头苦读，一心想要考个功名。一年年的努力赶考，一次次的秀才落第，让吴桂馥倍感失望，然而他却以读书人的身份幸运地娶到了黄坛望族的女儿为妻。

1900 年冬，该千金小姐为他生下一名女婴，老童生吴桂馥欣喜若狂，给女儿取名素瑛，从此视为掌上明珠。

素瑛从小聪明、乖巧，深得父母、祖父母的疼爱。当时尽管家里有下人，但对于一个封建礼教浓厚的家庭来说，女孩子要缠足，从小要学女红、学持家……吴素瑛也不例外，但她没有让父母操心，小足缠了，女红也学了。

然而遗憾的是 5 岁那年母亲病逝，老童生面对小小的吴素瑛和两个更小的儿子，不知所措，于是只好续弦。从城里嫁过来的继母是个善良的女人，她以女人特有的细心照顾着吴素瑛和她的两个弟弟，将他们视为己出。但懂事的素瑛从此收敛起活泼的个性，安静而自觉地帮继母照顾弟弟，个子矮小的她搬个小凳子垫脚，竟也在高高的灶台上学会了做饭。13 岁时，她已经能烧出一桌子的菜肴了。

吴素瑛5岁那年,即光绪三十一年(1905年),慈禧太后下诏书,宣布自光绪三十二年(1906年)开始废除科举。千年古制,一朝废止,吴桂馥一心想"朝为田舍郎,暮登天子堂"的梦想成为一枕黄粱。读书几十年,既不会种田地又不会做生意,只能偕妻儿靠祖上传下的几亩田地过日子,偶尔也教女儿、儿子读书写字。当然,老童生主要是教儿子读书,对于家里唯一的女儿,他认为"女子无才便是德",只要知道"三从四德"就行了。那年,吴素瑛的姑父严瑞五在黄坛办了一家私塾,吴素瑛想去念书,老童生虽不赞同,但也拗不过宝贝女儿的请求,只好让吴素瑛去念了几年书。

略有识字的吴素瑛,出落得清秀可人,还写得一手漂亮的小楷,针线等家务活更是拿得起放得下。这是一位性格沉稳、善良、大度、朴实的好姑娘。

父母、姑姑、外婆一心想为她找个好婆家,可不知为什么她直到二十岁,还没有定下终身。冥冥之中,似乎她正在等一个人,那么等谁呢?吴素瑛姑姑家所在的黄坛每到元宵节前夜,即"十四夜"都要举办灯会,鸣群锣、放铳花、抬鼓亭、耍狮、舞龙也穿插其中,这些特色娱乐活动,主要是为了祈求有个丰收的好年景,因此深得老百姓欢迎。

那年素瑛也和表姊妹们在黄坛观看灯会。她们一起在彩灯丛中开心地玩着、走着,品尝着沿路百姓摆放的花生、桂圆、红枣……五彩的灯光映照出姑娘们娇柔的身形和美丽的面庞,无形之中吸引了不远处几位书生男儿的目光。他们便是正在浙江省立第一师范学校读师范的柔石和他曾在正学高等小学时的老同学严雅惠、胡兆虎等。男孩们利用假期也来黄坛闹"十四夜"。哪个少男不钟情、哪个少女不怀春，吴素瑛心里萌动着爱的情怀，她看到柔石眉清目秀、举止温文尔雅，暗暗地产生了一种别样的情愫，然而女子的矜持和含羞让她不能有丝毫的造次。

柔石回家和父亲说起这一次的相遇。早就希望小儿子早点结婚的父亲赵子廉听说后非常高兴。他想当然地以为，柔石一定是看上那个姑娘了。经多方打听，得知朋友董竹溪先生的父亲董六斋和吴家有交往，于是托请董六斋去吴家做媒，希望两家结为"秦晋之好"。

吴素瑛的父母得知城里说媒男方既有家境、又是有才有貌的读书郎时，甚是欣慰。如此，父母之命、媒妁之言的一桩婚事便算定下了。父母还为女儿准备了全套的"十里红妆"嫁妆。尚在读书、满心幻想美好爱情生活的柔石虽然不想早早结婚，但他是个孝顺的孩子，一则不想违背父母之命，二则自黄坛一见，颇有姿容、娇小玲珑的吴素瑛也给他留下了不错的印象，因此，就在第二年，便迎娶了吴素瑛，这位来自西乡的新嫁娘和她那"全堂红"的嫁妆，一时间让西门人津津乐道。过年的时候，柔石作为新女婿非常开心地去东溪岳父家拜年，拜会了素瑛的叔伯、堂叔伯兄弟及素瑛的弟弟们，三天的游山玩水，礼貌、温和、善良的柔石给吴家留下了很好的印象。

婚后十年

应该说，他们婚后的生活一度是甜蜜和幸福的。

那时柔石、父母、哥嫂侄儿都在一起生活，大家庭由父母当家，生活不愁，日子过得丰衣足食。柔石是家里的一个大闲人，没有赚钱，还在读书，因此是家里花大钱的人。哥哥赵平西和父亲经营着"赵源泉咸货店"，家务事则由母亲、嫂子及吴素瑛一起料理，一大家子人倒也其乐融融。

吴素瑛是个实心眼的人，满脑子是嫁夫随夫那种"三从四德"的礼教思想，嫁了一个自己喜欢的青年，当时内心是满足的。柔石小她两岁，她便像大姐姐一般照顾柔石的生活。本来，吴素瑛在娘家就是老大，下面有四个弟弟（继母又给她生了两个弟弟）要照顾，自然会显得特别成熟和稳重，加上她固有的性格，便有些内向、不善言辞，因此素瑛留给柔石一家人的印象是沉默寡言。而柔石从小聪明，父母疼爱又多才多艺，琴棋书画、金刻样样爱好，生性浪漫。当时不满十八岁的柔石还没成年，他对吴素瑛的好感是少年的情窦初开，其实他对恋爱、婚姻这个重要的人生问题是不甚明白的，以为两个年轻人结婚了，一定会有愉快的合拍的感情生活。因此，婚后这几天小两口倒也恩爱有加，晚饭后，柔石还会陪素瑛在家附近散散步。寒假结束，柔石便回杭州读书，吴素瑛的新婚蜜月也画上了句号。他们的关系就凭往来信件维系，年轻的吴素瑛只有等到柔石放假了，才能见到丈夫。

吴素瑛安静地生活在柔石的大家庭中，上有公婆、兄嫂，下有小姑、侄儿，关系虽然复杂，但懂事的素瑛尚能处理得好，因此，柔石也没多大的后顾之忧，读书空余写写信件，一封给父母、一封给妻子。收到柔石的来信，素瑛总是非常开心，她其实是多么想去杭州和丈夫在一起啊，可是家里的条件不可能再支付另一人在杭州的费用，她明白且也体谅家里，尽管非常想念，但还是不敢向公婆提，只能暗暗地将自己的愿望埋在心底。

暑假，柔石回到家乡，小夫妻久未相见胜似新婚。

多情、好浪漫的柔石将自己的感情毫不吝啬地表露出来，白天也忍不住要牵手、拥抱，无奈吴素瑛接受的教育是封建的、拘谨的，她认为白天搂搂抱抱有失风雅，因此不但没有配合柔石，甚至还责备柔石不稳重。这不免让柔石感到失望，素瑛的拒绝让他感觉自己和妻子的关系有点尴尬，沟通出现了困难，他因此而有些痛苦。

那年秋天，吴素瑛怀孕了，丈夫不在身边，只能独自面对强烈的妊娠反应。漫漫长夜，没有丈夫的呵护，独自经历十月怀胎，那种失落是无以言说的，可是吴素瑛忍受下来了。第二年5月生下一个儿子。父亲开心地写信告诉在杭州的柔石，柔石虽然在回信中没有表露出不高兴的心境，但在当天的日记中却记下了自己收到信后居然没有兴奋和幸福的感觉。

当然这些日记吴素瑛是看不到的，她有了孩子，便伴着对丈夫的思念，一心一意好好在家带儿子，侍奉公婆。

然而，由于柔石这一房没有收入，只有支出，如今多了一个孩子，费用更大，日久，家里难免出现一些龃龉。吴素瑛很无奈，写信向丈夫吐露烦恼，希望柔石能帮帮她。吴素瑛在信中寄希望于从长年不在身边的丈夫处得到一些慰藉，是人之常情，做妻子的有烦心事不向丈夫诉说向谁去倾诉呢？然而，柔石却不这样看，他在杭州读书，接触的都是一些觉醒了的青年，他们在新文化活动中追求自由、赞美男女浪漫的爱情生活，反对封建的旧式婚姻和家庭。他认为家长里短的纠纷很没有意思，何况他是一个非常孝顺父母的人，认为吴素瑛不应该有这种思想波动，而应该安分守己地做好儿媳妇的角色。因此，对吴素瑛提出帮助的请求，他拒绝了。他在自己的日记中写道："……伊诉说伊的愁情，而且要我扶助……我总对伊说——你是个裹足的小孩子；我虽是能攀援藤树的男童，对你实在无能为力。"其实，柔石是在逃避，这一点吴素瑛却全然蒙在鼓里。

柔石想要的是那种罗曼蒂克的爱情，那种你唱我和、琴瑟和谐的爱情，而这一切，从来没走出过封闭落后乡村的旧式小脚女子吴素瑛又如何给得了他呢？

这一方面，比柔石早十年出生的中国新文化运动先驱胡适，却做得非常不错。胡适的夫人江冬秀也是一位小脚女人，也是识字不多的乡村旧式妇女，和吴素瑛有很多相似之处。只不过相比较吴素瑛，江冬秀性格更加强悍，有魄力，很有男子气概，而吴素瑛对丈夫则顺从多了。胡适，这位风度翩翩、仪表不凡的留洋博士，却遵从母训，和江冬秀这位"小脚夫人"相安、和谐地共同走过了人生的 45 年，这不能不说是一个奇迹。其实，一开始对于母亲定下的这门亲事胡适也是反对的，但当他感到反对没有用时，便决定改变江冬秀。胡适通过母亲督促江识字，然后又鼓励江练习写字，他看到江冬秀写的字时，便给予热情鼓励，同时告诉她，不仅要识字、写字，还要懂得字的意思。当胡适读着江写给他的第一封信时，心中特别高兴。虽然信的内容简单，字迹也歪歪扭扭的，但还是赋诗一首："病中得她书，不满八行字。

全无要紧话，颇使我欢喜。"1917年，胡适已是名声响亮的北京大学教授。可是，回到家里他一点都不端教授架子，仍像以前那样耐心地辅导江冬秀读书识字。这一点真的非常难能可贵。当然了，江冬秀因为是胡适母亲选中的，婆母就是她坚实的后盾，江冬秀的"腰杆"自然可以在老公面前挺得直直的，而胡适又是一个特别孝顺的儿子，加上聪明的江冬秀在生活上无微不至地照顾胡适，饮食上又将老公的胃牢牢掌握，因此他们一生相随……

　　柔石和吴素瑛，按理说两人婚前曾见过面，算是有一点点感情基础的，相比胡适的婚姻可以说先进了一步，而且，柔石也曾亲自教素瑛读书，推荐一些名著给她看。可是，素瑛不够活泼、有点倔的性格，让她在柔石眼里不那么可爱。柔石追求完美的浪漫爱情生活，希望自己的妻子是温婉可人、优雅娴静的。然而，长年见不到丈夫的小媳妇身处关系复杂的家庭环境，且没有厚实的经济基础，你叫她如何做到优雅、淡定？

　　尽管柔石对吴素瑛不是很满意，但吴素瑛是喜欢柔石的。正如张爱玲所言：于千万人之中遇见你所要遇见的人，于千万年之中，时间的无涯的荒野里，没有早一步，也没有晚一步，刚巧赶上了，那也没有别的话可说……吴素瑛在"十四夜"灯会中和柔石见着了，她是赶上了，于是她便一根筋地爱上了柔石。她喜欢柔石的温柔善良，崇拜柔石的才学，对柔石从事的革命工作总是默默地支持。在柔石面前她绝不会像江冬秀那样蛮横不讲理，这就导致了她总是把自己的愿望扼杀在萌芽状态，将自己的情感牢牢地锁在心房，因而也无法左右自己的生活。对于他们的感情，柔石最终也感叹"有一部分纯粹的爱，但缺少人生元素上的材料"。如此，吴素瑛终究没有办法得到柔石全心全意的爱。

聚少离多的婚姻生活，也使吴素瑛渐渐地对柔石失望，而柔石为了追求理想人生、为了寻求进入文学殿堂的光明大道，不惜终年漂泊在外。从浙江省立第一师范学校毕业后，柔石虽然在家赋闲了几天，但天天读书、写文章，不思赚钱。其实任何时代都是一样的，经济基础决定上层建筑，没有收入，便没有地位。吴素瑛很苦闷。后来，柔石去杭州做家教、去慈溪普迪小学教书，终因不喜欢而没有坚持，然后又去北京做旁听生。

其间，吴素瑛也为自己和柔石不太和谐的夫妻关系努力过。但自大儿子夭折后，吴素瑛伤心难过，非常失落。她感觉自己和"读书人"的丈夫确有差距，因此，想离开婆家到黄坛姑父的私塾去念书，希望自己在学识上能与丈夫比肩，聊起话题也有共同语言。可惜的是，旧时代的妇女，如果没有经济实力强大的丈夫支持，没有公婆的应允，想自己抗争命运真的很难。最终吴素瑛想继续读书的想法不了了之。

其实，吴素瑛绝不是一个小气的女人，相反还是一个比较大度的旧时代妇女。

1924 年 1 月柔石回家，之前做妻子的曾听说柔石在杭州有"风花雪月"之事，因此心头有些不快，关于此事小两口的对话，柔石在日记中如此记录：

吴：你的心之痛苦，何必要我明白，自然有人明白你！

柔：素瑛啊，你的这些话从何说起呢？

吴：从西湖边手挽手走路说起！这些话传到我的耳朵里，会谎吗？我是不明白的人，我是只能晓得一年六筐谷，三十元钱就够了的人！你真结婚得太早。

……

吴：我一切可以随你！我决不阻止你心上的计划，我也没有能力阻止你！我更要告诉你，假如你有心爱的，你可以同她重新结婚，你的父母如不承认，我帮你设法。

从这里可以看出吴素瑛很有肚量，她甚至说如果柔石真的不要自己，即使父母不同意，她会去做说客，这种气度是非常难得的，同时也看出吴素瑛对丈夫是又爱又恨。

年轻的柔石眉清目秀，才华横溢，感情世界又特别丰富敏感，对新潮女性有好感是正常的。但他又天性敦厚、心地善良。或许，柔石确实意识到了自己的不负责任。他开始努力改善和妻子的关系，不但教素瑛读书，而且还提笔写了两封情意绵绵的信，让吴素瑛好好读读。这两封信，可以说是支撑了吴素瑛一辈子的精神支柱，吴素瑛一直保存到新中国成立以后。

"我爱！你现在一定奇怪我了！我许久没有写信给你了，你会疑我病了么？其实，我现在健得非常，我能走很长的路，昨日环着西湖绕了一周……"

"亲爱的人：我此刻快乐极了！因为我现在坐在花前的绿草上，旁边有黄莺的叫声，太阳挂在西山上，我真似云中的仙人啊！我除出了你以外，没有别的思念，没有别的要求……"

这两封信写得情真意切，可谓真正的情书。正因为有了这两封信，吴素瑛对柔石的感情又有了坚定的信心，即便是在上海，冯铿热烈追求柔石及至与其同居，吴都不是很相信。她抱着小儿子去上海探望柔石，看到柔石陪自己玩、为自己采购物品、为自己忙前忙后，心里非常感动。什么风言风语、什么漫漫长夜独守空房皆抛到脑后。她心满意足地回到了宁海的家里，对柔石在上海为革命理想奔走呼号，不再有二话。

孤苦但坚强

吴素瑛是一个很简单的女人，她也奢望过上那种相夫教子的幸福生活，但柔石心高气傲，他的理想、他所从事的革命工作让吴素瑛不敢对丈夫有过高的要求。她只能默默地支持和关心柔石。她始终认为自己的丈夫是一个有出息的人；是一个善良、正直、热情的人。

1928 年春，柔石任宁海县教育局局长，吴素瑛着实为他骄傲过一阵子。平时只要能帮得上丈夫，她总是努力去做好。

1927 年 10 月，为帮助被国民党缉捕的时任宁海中学教导主任、共产党员邬逸民，柔石让邬逸民藏在家里并吩咐妻子素瑛好好照顾，吴素瑛没有二话地尽心尽责，宁可饿着自己也要让邬逸民吃饱、穿暖，最后帮邬安然脱险，离开宁海。新中国成立后，邬逸民曾去看望吴素瑛，说她做的蛋炒饭实在好吃，并说自己起码在吴素瑛家里吃过二百多次饭。由此，也可看出吴素瑛是非常大方、好客的，更可以看出丈夫在她心目中的地位。

柔石牺牲后，开始吴素瑛并不知晓，大家都不清楚柔石到底在哪里。父母日夜盼着儿子归来共享天伦之乐，母亲甚至哭瞎了双眼；三个孩子盼望在上海的爸爸回家，能带来上海好吃的好玩的东西；小妹妹盼哥哥回家来讲一些新鲜的事物听听；而作为妻子的吴素瑛更是盼夫回家，盼得心痛。然而，作为革命志士的柔石，已抛头颅，洒热血，亲人哪里还能见到他。

渐渐地，白色恐怖越来越严重，国民党统治下的中国，共产党几无藏身之地，吴素瑛的日子更是艰难，物质无法满足日常开支，精神上又处处遭人白眼。年仅三十出头的吴素瑛，本应是一位风韵犹存的少妇，一个可以在丈夫面前撒娇的小女人，然而，却因为柔石的牺牲，她开始了艰难的人生。

她的儿子赵帝江在回忆母亲的文章中说："在我稍懂世事时，母亲还是一个30多岁的人，但在我印象中却只烙下一个老妇人的印记。个子瘦小，脸色灰暗，眼窝深陷。额上布满皱纹，头发稀疏苍白……"由于老百姓认识上的不足，他们认为吴素瑛的丈夫是被"枪毙"的，因此处处瞧不起她，那时吴素瑛常常做噩梦，梦见丈夫戴着手铐脚镣，步履蹒跚。多少个夜晚，吴素瑛被自己的哭声惊醒，那时候里常常充满悲哀抑郁气氛。吴素瑛有时回娘家都不敢走大路，低着头专门挑田间小路走，她是害怕异样的、鄙视的目光。

尽管这样，有些难堪的事还是不可避免地发生。有一次，不满八岁的儿子赵帝江和邻居小朋友吵了起来，没想到这个孩子的父亲也出来欺侮帝江，而且还连带着骂帝江的爸爸。人说"良言一句暖三冬，恶语伤人寒六月"，吴素瑛听了又难受又生气，瘦小、柔弱的吴素瑛大胆地站出来回击说："小孩子争吵总是有的，你为什么咒骂他的父亲？"从吴素瑛勇敢捍卫丈夫的名声可以看出她对柔石的爱是多么的深沉。

那时，柔石一家早已从父母、大哥他们的大家庭中分家出来。柔石，一个读书人，不管在与不在当然都不会种田地的，何况生死未卜，吴素瑛是不指望他了。家里没男人，为了孩子们，吴素瑛只好事事亲力亲为。她穿着旧衣衫，挽起袖子去地里翻土、下种、施肥、浇水、除草等；她在烈日下晒谷子打豆子，寒冬里刨番薯丝、割菜……她养猪、养鸡，细粮、小菜留给孩子吃，自己吃粗粮、吃剩饭。

当时家里有几亩水田，但女人再怎么能干，下田种水稻总是男人的事。帮工们特别喜欢帮吴素瑛干活。为什么呢？因为吴素瑛客气，她正直、硬气，也没有瞧不起穷苦帮工的眼神。她总是烧出好饭好菜招待帮工，宁可自己饿着也要让帮工们吃饱喝足。因此，那些打短工的穷苦百姓一听说去吴素瑛家干活，都非常乐意。

吴素瑛就这样，一个人苦苦地支撑着，为了孩子们，她心无旁骛、静如止水，她把对柔石的爱都倾注到三个孩子身上。她要让孩子们都上学读书，宁肯卖家具、借钱也要让孩子读书识字。那年，大儿子从正学高小毕业，准备去宁海中学读中学时，却因受柔石牵连而不能入学读书。为此她费尽周折、想尽办法，终于让儿子进入宁海中学。平时她总是教育孩子们要像父亲那样有骨气，要"宁死刀锋、不死刀背"。在当时，吴素瑛堪称是一个不糊涂的旧时代女性。她历经千难万苦，终于把三个子女都培养成人民教师，而自己也熬白了一头青丝。

新中国成立后，吴素瑛终于得到了毛泽东主席亲自签发的"革命牺牲工作人员家属光荣纪念证"。二十多年，吴素瑛盼穿双眼，总算盼来了政府给予丈夫的高度赞誉和公正评价，盼来了政府对自己的尊重。年过半百的她还被光荣地推选为县人大代表。吴素瑛，终于可以抬起头、挺起胸，扬眉吐气地过正常人的生活了。可是她依然勤劳、俭朴、低调，依然善良、热情、大度。唯一不一样的是，当她教育下一代时，再也不需要遮遮掩掩地悄悄要求孩子们像柔石那样有骨气了。她可以大声地和孩子们说：你们做人一定要像你们的父亲一样，以国家为重，要有强烈的正义感！

如果说柔石烈士甘为革命舍身忘己是伟大的，那么作为他的夫人，一个普普通通的女子，她所做出的牺牲、她留给后人的精神同样值得我们敬佩和尊重。

原载于2012年10月《早春》

误走象山港大桥

一

绿草鲜嫩的五月，清香悠悠；百花含笑的五月，姹紫嫣红。

五月，是一个葱茏温馨的季节，暖暖的春阳夹着几场恰到好处的春雨，让一直困扰人们的雾霾总算有所收敛。周六，县作协组织会员代表去鄞州区作协交流学习，"君子以文会友，以友辅仁"是也！

春雨柔软绵长，在潇潇细雨中行车别有一番味道。

会议在"月湖·盛园"的"美好饭店"举办。早就对"月湖·盛园"有所耳闻，知道这是一个集商贸、办公、休闲、文化展示等于一体的城市综合街区，这里的建筑很有特色，据说基本上由旧时的江南院落改造衔接而成，处处散发着宁波商帮文化的韵味，可谓宁波历史保护和价值再造的典范。

灰墙黑瓦，古建筑风貌迎面扑来，"月湖·盛园"就在眼前。环境清幽，在保留原有江南院落风貌的同时，更赋予了它全新的商业经营价值，"美好饭店"应该是其中之一的新商家。

看到我们终于到了，等候多时的区作协主席卢小东，副主席葛姬华、成风、吕悦、天涯，秘书长叶敏等连忙站起来欢迎。大家款款落座，互相介绍。令大家眼睛一亮的是桌子上叠放的一叠叠新书，《鄞州当代作家散文集》《鄞州优秀短篇小说选》《鄞州当代诗人诗歌选》等，这些都是鄞州区作协近期的创作成果，可谓硕果累累。

鄞州这块土地人文荟萃，文化底蕴深厚，宋词大家、元曲大家、清代史学和散文家比比皆是，还有近代著名作家苏青、萧珊、朱镜我等。这是一个藏龙卧虎、钟灵毓秀的地方。而今，鄞州文坛继承先贤的人文精神，不懈追求，蓬勃发展，已然成为县域文学的模范，文坛高手如林，涌现出周时奋、卢小东、钱利娜、高雅菊、葛姬华、崔海波、赵嫣萍、天涯、吕悦等一批作家。

窗外春光流溢，室内春意融融。

偷得浮生半日闲。尽管文友都是第一次见面，然而共同的爱好、共同的梦想让大家携一份随意，掬一捧诗情，揽一份友谊，敞谈着文学的美好前景。

二

下午，参观东钱湖畔的"南宋石刻公园"。我邀请鄞州区作协秘书长叶敏坐到我的车子里，既可带路又可以聊天。

东钱湖，是浙江省最大的天然淡水湖，有"太湖气魄、西子风韵"之誉。1999 年夏天，我曾和朋友去转了一下，那时东钱湖如一位村妇般，布衣素颜，朴素无华，还没有开发旅游业。八月的阳光晒在身上很烫，虽然有一池湖水，却因为太热就没怎么细看风景，而是躲在湖心岛的柳荫下听着蝉声，和卖冰棍的大妈聊了一会儿天便回家了，印象不是很深刻。

"东钱湖在五月份是最漂亮的。"叶敏说。来自台州的叶敏是新鄞州人，大学毕业在鄞州区电视台工作了15年，现在她特别喜欢这里，说早已把这里当成了自己的第二故乡。

说话间，到了"南宋石刻公园"。

公园坐落在东钱湖东岸上水下庄黄梅山麓，确切地说这里其实就是宰相墓。东钱湖及其周边地区人杰地灵，南宋时期出了四位重要的宰相，他们是史浩、史弥远、郑清之、史嵩之。特别是史家，祖孙三代居然出了三位宰相，"一门三宰相，四世两封王"，那份荣耀在中国历史上也是罕见的。这四位宰相除了史嵩之埋在余姚，其余三位都埋葬在东钱湖畔。中国历代的石刻造像精品基本在佛教石窟和皇家陵园，而南宋却是一个例外。偏安江南的南宋皇帝，都想死后安息到河南的宋皇陵那里，与自己的祖宗在一起，因此他们在绍兴的几个陵墓都比较简单，没有留下什么精致的陵园石刻，而这恰恰被几位宰相墓里的石刻所填补。东钱湖宰相墓道边的石刻，在中国石刻艺术史上具有十分重要的价值，2001年6月，东钱湖石刻群被国务院公布为全国重点文物保护单位。2006年，鄞州区修建了这个南宋石刻公园，为人们了解南宋历史文化和鉴赏石刻艺术提供了极大的方便。

公园门口随意又好似刻意地摆放着好多石鼓，听说都是从各地收集来的古物，别有一番景致。我们的同伴还没到，但来了一批老师游客，于是我们随他们一起先参观起来。

公园里非常安静，本来墓地就是一处静谧之地。

进门是五尊文官武将的石像。据介绍这不是真品，是现代石刻，特意放在门口供游客欣赏的。再往里是介绍史门宰相的，同时也是一部南宋历史介绍录，因为这几位宰相任职时期，正是南宋重要的五个历史时代。接下去从宋度宗开始，南宋便江河日下，走向衰败直至灭亡。

　　南北两宋，曾经是那样的繁华和辉煌，以《清明上河图》为例，百姓丰衣足食，市肆莺歌燕舞。这一时期的文化也特别绚丽灿烂，涌现出一大批出色的文学家、画家、诗人、书法家等。然而一切都因南宋这个文弱的政府而灰飞烟灭。这在石刻上也有充分的体现，文臣温良恭俭让，武将则挺着一个个将军肚子。特别是石虎、石羊、石马也都非常的温顺。虎不威，是蹲着的；马低头而立，一点都不烈性；羊则是跪着的。导游介绍说，它们分别代表"忠、勇、节、义、孝"，无比鲜明地再现了当时的历史人文景观，渲染着这是一个闲适，安于现状、害怕战乱的朝廷。然而频繁的战乱、奸臣的当道，让懦弱无能的朝廷不知所措、疲于应对，最后的灭亡是必由之路。即便有岳飞等一大批忠臣的精忠报国，有文天祥"人生自古谁无死，留取丹心照汗青"的豪情壮志，有陆游、辛弃疾等文人的疾呼，却又如何挽救得了病入膏肓的南宋朝廷。

　　史浩的墓道两边有大量的石刻，无论是人还是动物都雕刻得细腻生动、表情丰富，令人动容。来到一个叫"历史沧桑"的景点，眼前都是一些断墙残垣，据介绍这里再现了"江南十八战"的战后情景。宋兵溃败，金兵在明州烧杀抢掠，数百年累积的文明被践踏、被毁灭。百姓在泣血，那一尊尊没有头颅、没有手臂的石刻默默地诉说着那段屈辱的历史。

边上有一堵别致的百家姓墙，墙上的百家姓有阴刻也有阳刻，大多是宋体，字体有大有小，宋朝始祖皇帝赵匡胤的"赵"字大大地刻在第一个。想到自己也姓赵，不由得感慨，千年史书谁与说？是你？是我？

再往南走，便是一个三字经广场，墙上刻的是三字经，石柱上刻的也是三字经，稚态可爱的诵读小儿塑像，令人忍俊不禁。这会儿，卢老师和其他几位老师也都到了公园，分头参观之后，大家在三字经广场不期而遇。

三

离开"南宋石刻公园"，已近黄昏，暮春的暖风夹杂着清新好闻的气息，让人无比的舒心悦目，感觉东钱湖宛如一位待嫁的新娘，清爽秀美，温馨醉人；然而，这个美是属于东钱湖的，我们只能带走一丝念想、一缕情思。

活动结束，卢老师热心地说东钱湖边有一个高速入口，一会儿送我们过去，可直接上高速。十几分钟后到了横溪高速收费站，和卢老师告别后过了收费站，眼前是两个路标，直行写着宁波、右手边转弯是象山，往哪个方向走呢？车里的同伴似乎也不清楚，我竟也没有按常规问一下收费员或导航，没多想就径直朝象山方向开，直觉象山离宁海近一点。

这是一条全新的高速公路，叫甬莞高速，来往车辆不多，在优质的路面上飞驰，令人轻松愉快。然而走着走着，情况不对了，心里忐忑，问同伴是否走错路了，难道应该走宁波方向吗？大家一致说，别担心，不管哪个方向，家总是能到的！可是就在这时，看到路边有几个不大的"甬台温高速"字样，呵呵，没错，没错！高速是互通的，说不定一会儿会通到甬台温高速呢。这样想着，一路上车速仍然不减，同伴风趣、幽默，玩笑不断，说笑间忽然看到前方五个大字：象山港大桥。嗨，这下还真的是错了，怎么到了象山港大桥了呢，过了大桥不就是象山了吗?！

　　南辕北辙？可也不尽然啊，到象山再走象西线也可以回家，就是路途遥远些罢了，这样想着大家释然了。敏说：我们车上只要有油，绕远路怕什么呢，再不济，我们继续去象山作协走亲抑或去松兰山度假村玩一天！方说：象山港大桥建成有六项"之最"，歪打正着，我们在这上面走一趟应该感到有幸。开开心心地说笑，让做司机的我很快放下了因为走错路而耽搁他们回家的内疚。内心里，我暗自欣喜，象山港跨海大桥建成通车已经一年半，这是宁波继杭州湾跨海大桥之后的第二座特大型跨海桥梁。早就有到大桥上开一次车的欲望，可是总是找不到合适的理由，没想到这次误上高速，了却心愿。看来一切都是最好的安排。

　　散落在东海之滨的象山县，被象山港和三门湾相拥，三面环海，就像一个布袋挂在海边。有俗语称：象山象山，开门见山，要出县门不是渡海就是爬山。一直以来象山仅一条陆路通向宁海，去宁波、上海均要走象西线到宁海才能上高速。那还是通高速以后的事，之前交通更是不便。敏的外婆家就在象山，她的父辈最有感受。她早年作为宁波人的父亲到象山丹城教书，认识了她妈妈，结为夫妻后，回一趟宁波那叫一个麻烦，舟车劳顿不说，往往一天时间都到不了奶奶家。后来她爸爸妈妈全部调到宁海工作，去宁波才相对方便多了。

　　说起这些，敏说象山人一直有个愿望：什么时候象山也能通上高速，也可直达宁波。2008 年 5 月 1 日，杭州湾跨海大桥建成通车，这无疑给了象山一个新的希望。果然，在这一年年底，象山港大桥及接线工程正式开工，有杭州湾跨海大桥技术在先，象山港这点海水又奈何得了什么呢？四年后，象山直达宁波的高速公路因象山港大桥的建成而让百姓们的夙愿得以实现。一桥飞架，"天堑"变"通途"。现在从象山县城所在地丹城到宁波的距离由 120 公里缩短到 52 公里，车程由 2 小时变为 35 分钟。特别有意义的是，象山高速是沿海高速公路甬台温高速复线的重要组成部分，它进一步完善了国家和浙江省高速公路网络结构布局，彻底改变了象山半岛交通末梢现状，宁波则实现了所有县（市）区高速公路全覆盖和大市区"一小时高速圈"的目标。

行至大桥，我故意把车速放慢，车子在桥上慢悠悠地行驶着。方说：这大桥主跨长 6000 米。我一愣神，怎么会呢？杭州湾跨海大桥也才 36 公里，难道长度不如这座象山港大桥？此话一出，同伴们哄笑不止。什么情况啊？怎么计算出来的呢，6000 米居然比 36 公里长，痴人一个哟！等我回过神来，自己也笑晕了，难道因为错走高速，思维也发生短路了吗?!

桥是双塔双索面斜拉桥，双向四车道的宽度，加上少有车辆，这样开车真是一种享受。大桥宏伟壮观的气势引得敏急急地拿出手机拍了起来，高高的索塔越来越近，为了拍到这个浙江省同类桥梁中最高的索塔，敏只好在车中弯下了腰。我稍稍摇下一点车窗，风呼呼的非常猛烈，只好迅即又关上。

"我们省是台风多发省份，而象山又是很多台风登陆口中的一个，那桥梁设计在抗风能力、通航等级等方面肯定是超级先进。"

"听说这座跨海大桥及接线工程特别的环保，它最大程度上考虑了沿线地区的经济发展布局，尽量减少对沿线居民生产生活的影响。"

"这个工程还有个特点就是桥梁、隧道多，共有隧道 10 座、大中型桥梁 18 座。桥隧比例占整个线路的 64%。"

车里的同伴热热闹闹地议论着，远方出现了一座红瓦黄墙建筑，是很漂亮的欧式风格，还以为是私家别墅，结果到跟前发现竟是象山高速休息区，建得如此漂亮，真是让人喜出望外。休息区坐落在海边，正是退潮时，黄黄绿绿的海草在风中摇曳，几只海鸟在凌空飞翔。空旷的停车场停了三辆车。目前，房子的利用率不高，显得有些冷清。

在超市买了点象山特产，问售货员，去宁海哪里下高速？她说高速路马上要结束了，下了高速往右走墙头、泗周方向便可去宁海。

在象西线上慢慢地开着，晔的电话响了，有朋友请他去吃饭。他爽快地答应着并保证准时到。他说以为走错路，回家可能要天黑了，没想到还能赶上朋友的晚饭邀约。敏说，感觉上还是走这条路舒服，还可以欣赏到海景。方说，毕竟宁波、宁海、象山都相距不远，走错高速又怎样呢，不到两个小时依然能回到温暖的家。

诗意的五月，如此，甚好！

2014 年 5 月

温泉琐忆

当我在键盘上敲出"温泉"两个字时，记忆深处喷涌出一堆漫漫旧事，脑子里不断叠加出深深浅浅、远远近近的画面。温泉：夏的清凉、秋的斑斓；温泉：诗意的春天、温暖的寒冬。此时此刻，回忆无比美好，发生在温泉的亲情、友情、爱情令我动容，捡拾起难忘的细碎光阴，我心荡漾、情不自禁！

20 世纪 80 年代中期，单位团支部活动开展得有声有色，小年轻们在部门团支部书记的带领下，郊游、野餐、学业务、岗位练兵……特别是唱着当时流行的校园歌曲骑自行车出游，那感觉不要太好。前童、越溪等乡镇都留下了我们一串串的欢声笑语，一长溜的自行车队伍成了马路上一道最靓丽的风景线。年轻可以任性，二十来岁的我们把每一个平凡的日子都过得有滋有味。

一个春暖花开的星期天，更大的挑战来了：自行车游深甽天明山温泉。

一次次骑行活动，让好多人学会了骑自行车，而柔弱的我仍视骑自行车为畏难，依然是一个只会坐同事车子的主儿。然而坐自行车的后座，近距离还好，如果远程，那滋味可就不咋的了。

那会儿县城所有通往乡村的马路都是小碎石子路，因为颠簸，冷冷硬硬的铁架子硌屁股不说，对小蛮腰也是个考验，而汽车开过扬起的灰尘就更让人难受了。幸亏那时候汽车不多。还没到梅林，我就没法坚持了，眼泪汪汪地打起退堂鼓不想去温泉。一时间，十多辆自行车停在路边，有的毫不留情地批评我娇气，有的劝说我还是一起去吧，而有的更甚，说反正公路上汽车不多干脆让我自己骑自行车，他们一路上教我，说不定温泉还没有到，我就会骑了呢……才参加工作不到两年的我被同事说得破涕为笑，开开心心地重新坐上了他们的自行车后座。

山路十八弯，弯弯惊又险，那时候感觉深圳好远，大山深处的温泉更是遥不可及。可是美好的温泉在向我们招手呢，大家骑一程休息一程，或者跑进路边的田畈采野菜玩。那时候才几幢房子的温泉特别简陋，而我们仅仅把温泉当作一个活动的目的地，没有去泡澡。我们在溪边野餐，在树林里游戏。青山葳蕤，绿树盎然，杨柳、银杏奏鸣出曼妙的春色。十多位团员青年纯朴、率真，不屑富贵，大家喜欢美好的瞬间，珍惜同事的有缘相聚，更铭记生命中每一份感动。

自打那天从温泉回家后，我下决心学骑车，后来，皇天不负有心人，我终于学会了。

没法遗忘那些过去的云烟，好山好水总会留下特别美好的印记！人生之路有朋友同行是一种幸福，好友间相互牵挂更是一份难得的情谊。

那年考完驾照，一闺蜜好友自告奋勇地说愿意陪驾一次。驾照在手，心里痒痒的也正想露一露车技，于是我俩将车子开上了去温泉的梅深线。她说，这条路弯道多，车速快不了，但路面状况非常好，风景又绝佳，是练车的好路段。

正是深秋季节，灿黄的水杉尽显金色，山坡上层林尽染。可是我却无暇顾及美好的景色，两手紧紧地握着方向盘，眼睛盯着前方，丝毫不敢松懈，前面一有来车，心里就紧张，任朋友在副驾驶座一路叫着放松、放松，深呼吸、深呼吸……我的精神始终高度集中，完全不理会她比我还紧张，叫沙哑了嗓子，最后终于平安开到了天明山温泉。这时，我的后背已完全湿透，双腿也颤抖得厉害，可心里却特别有成就感，尽管 40 分钟的车程，我开了近两个小时。朋友纤纤玉手一挥：行啦，行啦，以后可以单独驾车去任何地方喽！真可谓初生牛犊不怕虎，拿到驾照不到一个星期呢。而后朋友又在三个月内陪我在梅深线走了好几个来回，用她的话说，这些汽油烧得值，感觉一次比一次进步，最后一次真是轻松愉快，因为不但我的车技突飞猛进，她坐车不再提心吊胆，而且到了天明山温泉后我俩还趁机泡了个露天温泉。

元旦已过，正是一年中最寒冷的季节，朔风萧瑟，雪花一会儿密一会儿疏地飘着。露天浴池客人不多，氤氲的水雾弥漫着一股特有的味道，我们轻轻滑入热腾腾的泉水中，全身放松，身子一动不动静静地泡着。据说泡温泉最高的境界就是静，在水里任泉水轻轻抚弄，养心又养身。空中雪花飘飘，水里温润融融，池边则绿草茵茵。深深地呼吸着饱含负氧离子的清冽甘甜的空气，感觉就两个字：酥爽！

朋友不是驾校的专职教练，仅比我早一年考到驾照，可是，在去温泉的路上，她却帮助我完成了从一名新手司机到能单独驾车一路驰骋至四明山的飞跃。

这份胜似亲姊妹的情意，令我感动，并深深地埋在了心间！

后来我就喜欢上了梅深线这一条有弯度又有坡度的路，时不时驱车一次，当然更喜欢的还是路尽头那个被万亩森林包围着的优质温泉。

记得最早知道宁海有个温泉缘于我的母亲。50 年前，母亲是城关镇一家企业的出纳兼供销员，不说走南闯北，却也频频出差，交往了不少外地朋友。每年她都会邀请朋友来宁海并且陪他们去温泉。那时候，母亲总是说，我们宁海最能拿得出手的便是"深甽的南溪温泉"了，因而拿温泉待客似乎是常理和必需的。当时我还不到 10 岁，是个黄毛丫头，在母亲跟前撒娇，嚷嚷着也要跟着去神秘的温泉看看，母亲哄我说，温泉可不是随便什么人都可以去的，那里是一个疗养院，你一个小孩子如何去得？以后有机会姆妈一定带你去。

母亲的许诺我并不当一回事，在那个物资极端匮乏的年代，不缺衣少吃就很不错了，哪里还会有过多的要求，感觉家长的许诺从来都是骗骗孩子而已，哪曾想小小的我还真的奢侈了一次。快过年的一个下午，母亲带着我和姐姐一起搭一辆货车去温泉，在工作人员宿舍区舒舒服服地洗了一个温泉澡。印象中，那温泉水真的好啊，水温刚刚适宜，香皂都不需要，洗浴后皮肤滑溜溜的，整个人神清气爽，让我们好一个开心。后来，也不知道母亲和这位在温泉工作的阿姨怎么着就成了好姐妹，以后每年过年前我们都会去享受一次，虽然都是来去匆匆，虽然大山里面的疗养院是个什么样子都不知道，可是这又有什么关系呢，我们就是冲着这一池温润爽滑的温泉水去的。后来，姐姐谈了一位做司机的男朋友，为了讨好未来的丈母娘和小姨子，这位准姐夫总是利用晚上时间开车送我们娘仨去深甽南溪泡温泉，那个待遇，呵呵，也不亚于疗养的干部了！

1990 年，过年后不久，母亲忽然就生病了，茶饭不思，什么都吃不下，上海、杭州一圈检查下来诊断为胆囊炎。坚强而又热爱生活的母亲怎么会生病呢？我着急又担心，在母亲稍稍舒服一点的一天，刚结婚不久的我，让先生借了一辆小轿车陪母亲去温泉泡澡，这是母亲最喜欢的事儿。她开玩笑说，有温泉泡，那可是王母娘娘的命哦，我好福气。

"是啊，姆妈你那么勤劳能干，心地又善良，你就是我们家的王母娘娘呢。"

娘儿俩在车里聊着天。清明已过，春天的脚步已遍布山里的角角落落，山坡上翠竹摇曳，路两边的水杉嫩绿嫩绿的，溪流淙淙，景色如画。可是我却因担忧母亲的病情而开心不起来。

母亲看了一会儿途中的景色，忽然叹了口气说道，温泉那么好，今后我恐怕泡不了几次了。一直乐观配合治疗的母亲，怎么会说出这么悲观的话语呢，难道冥冥之中她已猜测到自己的病情？我心如刀绞，却还得强作欢笑地说母亲想多了，温泉的泡澡环境以后会建设得越来越好，届时请您老人家来泡温泉可要赏光哦。母亲开心地点着头。没想到母亲的话却一语成谶，最后在县人民医院确诊为胰腺癌后，仅仅三个月，不到 60 岁的母亲便撒手人寰。悲伤、心痛自是无法言说！母亲离我而去，我心底始终无法释怀。有那么一段时间，我不再去温泉，因为那里有和母亲最后一次泡温泉的回忆。我怕勾起对母亲无尽的思念，怕想起母亲那双慈爱又温柔的眼睛注视我的样子，因为在泡温泉时，她总是看着我笑。

母亲虽已离开我 30 年，然思念之情并没有因岁月而淡薄。

如今温泉一如我猜想的那样，建设得漂亮而环保，不仅人性化、个性化突出，且创新不断，不仅有玫瑰泉、药泉、红酒泉等，还有天明山温泉的文化底蕴、宁海森林温泉别具一格的小木屋、南苑别墅山庄豪华大气的格局。特别是新近特别热的民宿"拾贰忆"，以自然景观和生态资源为依托，融合独特的人文风情，结合东方式的度假设计风格，给客人营造了一份独特的山林野趣和静谧的度假环境。

假如母亲尚健在，那她该是一位耄耋老人了，我定会小心地扶老人家坐上我的爱车，自驾去温泉泡澡。一路上，我会慢慢地开，让母亲得以对窗外的美景细细欣赏。到了温泉，我会挑选一间最适宜老人的房间，让她细细体味温泉水的柔滑和温暖，相信母亲一定又会心满意足地说，她的福气真好！

2020 年 1 月

向茶望府楼

那天和同窗 Linda 信步乡野，天蓝水清，新燕呢喃，所有的植物都张扬了起来，翠绿中点缀着桃花、梨花、迎春花、樱花……好一个绚丽多姿、姹紫嫣红，一年中最鲜活最美丽的季节到了。春天欢快的旋律，终于让讨人厌的新冠病毒渐渐远去。阳春三月，烟花如海，这会儿，似乎该做点什么，才不辜负如此美好的春光。骨子里透着丝丝浪漫的 Linda 忽然萌生出一个念头：何不采茶去？这倒是一个好主意，疫情扼杀不了本真的生活，希望无处不在，春天已然翩翩而至，又是一年春茶绿。

我的向茶情结，在小学时就飘着。

不只因为那时，有个期末文艺会演上跳过采茶舞，也不只因为寒暑假时，跟着下放在双峰的姐姐去茶叶地里疯玩过。而今结缘茶文化促进会后，走过不少茶山，写过几篇零碎稿子。从心底里感觉，哪怕是一座再普通的山，有了一片葱翠的茶园，那份普通便附上了缥缈灵气，清新沁人的香气便久久地缭绕不去。那丝芬芳、那份绿意，如影相随，始终荡漾在心底深处。我本散淡之人，这会儿却紧着拿出手机，和县茶文化促进会（以下简称"县促会"）办公室主任联系，不承想，我们竟想到一块儿了。随着采茶季的到来，县促会正筹划准备组织《宁海茗园》的部分通讯员去茶区采风呢，这不，"自投罗网"来了。

车子从下枫槎村口经过，盘山而上来到了高山之巅。微风熏暖，春意醉人，大家自然而然地摘下了口罩，什么病毒在青山绿水面前都理应却步。漫山遍野的茶园浸润在温婉绚烂的阳光中，清香无比，焕发出勃勃的生机和朝气。远远望去，翠绿的茶园中有几位戴着草帽的采茶女工在忙碌着。之前我还想象着，茶园里可能有穿着花衣服的采茶女，腰上系个小背篓，双手在茶树上翻飞采摘。眼前这些女工当然没有穿青花布的民族服装，但的确正在骄阳下挥汗如雨、埋头采摘。我暗地里嘲笑自己关于采茶画面的想象，采茶是女工们养家糊口的一份生计，你当是玩儿呢?！

"哇，种了那么多茶叶，这个就是茶山吗?"在外乡工作生活了三十多年的 Linda，应该不知道宁海已有五万亩优质生态有机茶基地，她可能也不知道宁海东乡确实有个名副其实的茶山，山上有个茶山林场，有着宁海最早的机器制茶设备。可是眼前这个山叫什么来着?

望府茶业有限公司董事长王总说，这个叫望府楼山，最高处海拔有五百多米，据说很早很早以前，站在山头可望见台州府衙，故得此称。台州府衙距此地可是有六七十公里呢，夸张吧。或许是因为离城区那么近的地方有这么高的山，所以特意叫望府楼山。

望府楼山上的茶山规划得非常漂亮，茶林形状有棱角分明的几何图形，也有喜气富贵的团团圆圆。树梢上伸展出一片片柔软娇嫩的新芽，嫩得几乎掐出水来，这些应该都已成熟，正等着人们来采摘。

山好水好自然能孕育出好茶，高高的望府楼山云滋雾养，花草相依，树木欢愉，润泽出一片平畴绿野。王总的父亲王家福先生自20世纪80年代中期开始开荒种植茶树，执着30多年，把荒山变成了银山，把"望府银毫"茶叶做成了宁波市第一个获得"中国名茶"称号的优质绿茶！继而和儿子一起带领团队研发红茶，产品"望府金毫"再次技压群芳，夺得"中茶杯"名茶评比特等奖和"浙茶杯"优质红茶评比金奖，被授予宁波市唯一的一个"浙江名红茶"称号，为宁海县茶业发展添砖加瓦并获得无数荣誉！茶场挂着一副对联："百家事千秋业万福祥集，一片叶一腔情一生梦缘"。我想这个便是该企业的写照吧。

王总陪我们去茶场边上的一块茶地采茶，他说采茶看似简单，其实技术含量还是有的，采摘过程中必须用指腹掐茶，而不是用指甲折断，不然做出来的茶叶根是黑的，不美观也不好喝。我知道茶叶有很多品种，不一样的品种功效、成熟期都不一样，那么眼前这片茶地上的茶叶是什么品种呢？见我询问，王总说，这是中国茶叶研究所选育而成的"中茶108"，属早茶类，3月中旬便可全面采摘。它具有超强的抗寒、抗旱、抗病毒能力，特别是对茶叶中的炭疽病有较强的抵抗力，因而产量也比较高。

好，我们就在"中茶108"这个品种的茶地里体验一把采茶乐吧。

在王总的指导下我们很小心地采摘着，就掐一个小小的芽头，感觉好浪费。可是一眼看去，一丛丛茶树中，够规格的茶芽似乎都是又不全是。我在茶垄里走来走去找茶芽，费时费力不说，终究技术还不过关，毛毛糙糙地一不小心就采下一芽两叶甚至三叶，虽说也可以制成茶叶，但级别肯定不一样。

同伴们开玩笑说：我们这样子采茶，做出来的茶叶算几级呢？

可是不管怎么样，多采一片绿芽就少一片叶子老去，大家还是争取多采摘点吧。

"白云苍狗几千回，世事变化无常"。以前茶农经常担心倒春寒影响春早茶产量，今年却是暖冬，绿茶长势喜人，本该有相当好的收成，然而却碰上新冠疫情，导致大家过了一个"围城"的庚子年。人们被困在家里，困在"口罩"里，困在大大小小的城市、乡村里。新冠疫情束缚住采茶女工的脚步，她们无奈地待在家里出不来。王总说，以往来自安徽江西的采茶女工起码有两百名左右，今年到目前为止一个都没到岗，现在就本地的几十名妇女在采摘早茶，茶叶都熟在地里了，真是急死人！说着急，那些安徽女工可能更急，每年的采茶季，不到两个月时间，多少能挣个几万元，对于她们家庭来说实在是一笔可观的收入，可是现在都因新冠疫情的阻挡而无法实现。

望府茶业公司缺少采茶工的现状，估计也是其他种茶大户所面临的困难。全县五万亩的茶园，需要多少采茶工才能将茶叶全部采摘并炒制出来呢？隐隐地，很为那些种茶大户担忧。

一杯清茗，糅合着春风阳光，散发着氤氲芳香。隔着透亮的玻璃，看嫩绿的茶芽展示着如花笑靥在沸水里舞动，尔后一根根听话地立了起来。轻轻捧起杯子，视觉和味觉浅浅交织，缓缓地，一股淡淡的清香便沁入心脾，让人忽然有一种清灵的感觉，甘之如饴。

一个，两个，三个……我好奇地数起杯子里的绿芽。王总问，你们知道一斤优质的望府茶有多少根芽儿吗？

"五千？六千？一万……"大家胡乱猜着，在座的都是嗜茶之人，可是这个问题还真难倒了我们。

"有八万个茶芽！"年轻的公司董事长轻声有力的回答，令我们好不惊讶。八万！茶树上最嫩的小芽儿，意味着要伸手采摘八万次，才能得到一斤茶叶。据说一名熟练女工一天可以采 4 斤左右，意味着她每天要伸手 32 万次左右。真的难以想象！莫名地，我又为那些茶树上"待在闺中"的嫩茶芽着急了。毕竟，这种困境终究不是个人能力所能改变的，只能祈祷上苍：让新冠疫情早日消除，早日解封，让采茶女工如期到岗，让满山满坡的绿叶变成清香甘甜的茶叶。届时，希望能看到"银钗女儿相应歌，筐中采得谁最多"，看到"采茶歌里春光老，煮茧香中夏景长"，看到茶山上一片生机勃勃的景象。

2021 年 4 月

寻找珊珊

此刻，在岱山，走在咸湿的街道中，我心里默念着一个名字：阿珊。

珊，你还好吗？你是否仍在岱山生活工作？今天，我终于来到了你的家乡。

清纯如你，开朗、善良如你，我的同学，你在哪里？

很惭愧忘了你的大名，近五十年过去了，偶尔想起，记着的便是你外公、外婆唤你的小名——阿珊，或者可能是阿三，因为姐妹仨中你排行第三。

我清晰地记得：小学三年级秋季开学那天，班主任陈彩湘老师捧着一叠新书和一位老者说笑着走进教室。一个暑假没见面，兴奋地吵闹着的同学们瞬间安静了下来，原来老师身后还跟着一位短头发、穿着粉红衬衫的小女孩呢，不对，应该说是跟我们差不多的小丫头——就是你，只见你紧紧地拉着老师的衣襟，似乎很怕生。

珊，那年是 1975 年，来自海岛岱山的你转学插进了我们的三乙班。岱山在哪儿呢？对于从没出过远门，甚至连县城都没出去过的我们来说，那海岛似乎非常遥远。陈老师把你安排在我的隔壁桌，瘦瘦的你很无奈地坐在位子上，泪眼汪汪地目送你的外公走出教室。

因为太小，不到十岁的我当然不知道，是什么原因令你和比你大三岁的二姐离开父母，辗转到宁海的城西小学上学。当时，你外公似乎在一家农机厂上班，离我家不远，我们很快便成了好朋友，只是小学毕业后，你回到了岱山父母身边，从此杳无音信。

你忽然走进我心里，转眼又离开，而今你可安好？

《往事并不如烟》是前几天看到的储吉旺先生为纪念宁海中学成立90周年而写的一篇纪念文章。这个标题令人感慨：是啊，往事不如烟，储先生在文章中诠释的是浓浓的师生情，而我们虽然仅仅同窗两年多，可回想起来，往事也历历在目！那天真烂漫的童年时光，那细细碎碎的美好回忆，忽然让我有了在岱山寻找你的冲动，可是只有两天的旅程，安排得满满的活动，我知道要找寻你是不现实的，可心里仍固执地认为，你一定还在岱山生活，这个海岛小县城里那些街街巷巷说不定便有你的身影。

你刚转学到我们班时，或许闹情绪，或许因为陌生而害羞，下课了，你也不出去玩，只是趴在课桌上默默地想着心事。终究因为好奇，我小心地和你套起了近乎，问你岱山在哪里？你倒坦率，居然说不知道，就知道家门口不远就是大海。感觉距离宁海好远好远，又要走路，又要坐船坐汽车，还要在宁波住上一个晚上，再坐车才能到外公外婆居住的宁海。

是好远哦！听得一头雾水的我莫衷一是地重复了一句。

珊珊，这次我来岱山，仅仅用了三个小时的时间。两个小时左右车程、五十分钟的汽车轮渡，我便一脚迈进了你美丽的家乡——蓬莱仙岛岱山。40 年的光阴，把岱山和宁海之间的距离由两三天缩短成三个小时，你说咱们国家发生了多大的变化啊。

在岱山著名的新农村样板"上船跳村"，我们参观"徐福文化园"。上船跳，这个村名听起来好奇怪，据说当时这里没有码头，船泊在海水里要搭一个类似于梯子的脚挑才能上岸。那么为什么不叫"上岸跳"呢？或许，大海是岱山人民的粮仓，而"船"是老百姓生活的希望和依赖，这是对能给他们带来幸福生活的"船"寄予了美好的向往吧。漫步在干净、安静的乡村小道，只见用旧机帆船改装成的书吧，以及用汽车轮胎、酒坛子制成的花盆，都颇具艺术感。用一句句岱山方言装点成的壁画、壁挂，让整个村子透出一股春天般的新鲜和活力。想当年不可一世的秦始皇派遣琴棋书画样样精通的方士徐福入海求仙，带着三千童男童女和好多工匠的徐福三次路过并造访岱山，从而为岱山带来了源源不断的仙气。这个崇尚"和、仁、慈、勇、财、调、壮"的方士还擅自留下了部分男孩女孩和工匠，如此说来，岱山的民众貌似是他们的后代了。阿珊，那也包括你吧？

后来我们熟悉了，于是你很快融入学校流行的各种游戏中，跳橡皮筋，接印子，踢石头"造房子"，抑或一下课就奔到操场做老鹰捉小鸡的游戏……在我们一群小女生中，你特别爱笑，笑声像银铃一般，讲起话来语速很快，普通话中带着刚刚学起来的宁海方言，听起来怪怪的。那时候几乎没有家庭作业，我们俩一组养着两只小白兔。记得有一个星期天，我们去田野拔兔草，在窄窄的田埂上看到一条有着美丽花纹的小蛇，你吓得大呼小叫，拉着我跌跌撞撞逃离田畈，而我们的属相就是蛇，为什么那么怕蛇呢。两个小女孩子一屁股坐在路边哈哈大笑起来，还互称为小美女蛇。恍惚如昨，珊，你可记得那年冬天，怕小兔子冻着，你从家里偷出外婆准备做棉衣的棉花，而我干脆拿出自己的一件小棉背心给小白兔取暖，当时我们并不知道这是善良和爱心泛滥，仅凭本能大胆地去做"坏事"。往事不可抑制地涌上心头，原来记忆在生活的长河中是不会流失的，它们总是时时浮现，点点滴滴都温暖着我。

眼前走来一位上船跳村的村妇，是你吗，阿珊？显然不是！你会成为一名农妇吗？小学时你灵气得很，学习成绩很好。后来初中、高中你去哪里上学了？怎么没有留在城西学校？哦，你可能在岱山念完了高中，或许你会直接去工作，或许会考上大学，或许去当了女兵……我想象着你美好的人生！记得四十多年前小小的我们都憧憬过未来，但我真的想不起来你说你长大了想干什么工作，那么你后来是做什么工作了呢？

台风"海马"外围的影响仍时时来袭，一阵风一阵雨，缥缈中，我们来到了海岬公园。本该蔚蓝的海水变成滔滔的黄色，岛海相连，灰蒙蒙的天空，浓云密布，恰似无数的问号在我眼前晃动。

午饭后就要回宁海了，阿珊，我在心里再次和你别过。有缘同学两年，小学一毕业我们就分开了，如此却错过了半辈子，这一错过，让你我隔得好远，然时光拂过，我们的生活旋律依然。

下了轮渡，回首身后的海天一色，秋风染凉，转眼又一季。

珊珊，你应无恙！

别过了，和风细雨中的岱山。别过了，未曾见面的阿珊。唯愿，曾经的我们，依然梦中相依，各安天涯！

2017 年 5 月

阳　台

十多年前买下这套复式的房子，就是因为阳台多，而今依然居住在这座高楼里，仍是因为喜欢的阳台。

住了两年，先生想把南面的阳台封起来做暖房，可我坚持着没有同意，想留下这片天空，想沐浴在纯粹的阳光中，想高楼里的生活有个户外空间，能和自然融为一体。每次洗完衣服，我都会站在宽宽的阳台上远眺，看云卷云舒，看城区的样貌因一个个新楼盘的拔地而起而变得越来越漂亮。晚上，倚在阳台边，眼前是灿若星辰的万家灯火，皓皓月色下给人一份期许、一份希冀。

五六年前，去意大利旅游，飞抵米兰后第一站便是维罗纳——一座古色古香的小城市，很多建筑建于13世纪，有古老的斗兽场、城堡和教堂，还有一条清澈的河流穿城而过，小船悠悠，摇橹吱呀……然而给我留下深刻印象的却是一个小小的阳台，它位于一座有着浓厚中世纪色彩的旧民居中，那是莎士比亚《罗密欧与朱丽叶》中朱丽叶的故居。虽然出自文学作品，虽然谁也说不清楚这是不是真的是朱丽叶曾居住过的房子，但是这个不到两米长、一米宽的小阳台却成了情侣间爱情的见证。数百年前，文学作品中的罗密欧就是在阳台下单膝跪地，向婷婷在阳台上的朱丽叶倾诉爱意并勇敢地爬上阳台，从而获得了美丽的爱情。而今，这处所谓的故居成为旅游达人的打卡地，这个小阳台下的红砖墙上满满的都是游人粘上去的爱情便笺，更有一对对情侣特意来到这里互诉衷肠。

阳台是可以如此浪漫的！

诚然，老夫老妻的我们已难寻浪漫，但烟火日子却过得有滋有味，也发生了不少阳台故事。

刚入住时，我们时常买些盆栽，还在东面的阳台上支起一个花架，把这个方寸之地装扮得生机勃勃，怎一个花香引蝶、绿意茵茵。可是好景不长，春夏走了秋冬来了，萧萧寒风不管不顾地把阳台上的盆花折磨得奄奄一息。冬天过后，总有那么几盆绿植因掉光叶子而被先生戏称为"根雕"。当然有些"根雕"到了第二年春天会复活，在貌似枯木的枝条上忽地钻出细细小小的嫩芽，欢快地见风生长，令你来不及开心便又是满眼的绿了。但大部分的枯枝烂叶被先生果断拔出来扔掉，还美其名曰：旧的不去新的不来。于是在一个春阳正好的日子里，我们去花木市场逛巡一番，搬回一些或许一个冬天后又会变成"根雕"的花木。这样重复了几年，积累了一些经验，终于在12楼的高层阳台上成功地让花木安然过冬，并在第二年的春天依然芳姿绰约。

一次，在同事的朋友圈中看到屋顶平台上种蔬菜的美图，顿时眼睛一亮，阳台上正好空着几个大花盆，于是立马去买了青菜籽撒进泥土中，一阵阳光、一场春雨，黑土中便冒出了许许多多的小脑袋，头碰头、脚碰脚，挤挨着、舒展着……这一片小小的绿，让人心花怒放。第二年，朋友送我几株丝瓜、黄瓜的秧苗，先生也来了兴趣，他买来营养土，再把花盆里的泥土倒出来，在阳台上把两种泥土混合在一起重新装盆，真有点让人刮目相看，似乎很有干农活的潜质啊。

这一年，南面阳台上绿荫如云，宽大的瓜叶迎风摇曳，瓜花儿开得一天一地。美美地嚼着自己种的黄瓜，丰收的喜悦无以言表，朋友圈分享得不亦乐乎、点赞多多。当然也有失败的时候，有一年小青菜种得特别好，嫩娇娇、翠滴滴，竟舍不得吃，把它当作盆景来欣赏，每天跑到阳台上去看看。不日，去重庆旅游，哪曾想五六天后回来，发现菜叶被虫子咬得"体无完肤"。当然也不能怪工作繁忙的先生，家里的锅灶因我出门而变得冰冷，阳台上的青菜他怎会顾得上？只能暗暗心疼，估计那些虫子天天偷着乐呢。

阳台种蔬菜上瘾了，于是我们进行"扩大再生产"，把北阳台小鱼池的水放干，在里面填满泥土，种上了丝瓜、蒲瓜，想着这个夏天将会绿荫满庭。没想到一株蒲瓜夭折，孤独的另一株却一枝独秀，茁壮成长的枝蔓不但缠满了为它准备的竹竿，还不甘寂寞地侵占丝瓜的领地。可是令人意外的是虽结了很多蒲瓜，但就是不长个儿，一根根不到拇指粗的瓜果长出来没几天就枯萎了，弄得"半路出家"做老农民的我俩有点傻眼，暂且遑论收获，现在就盼着它能长大一个呢。

那天钟点工阿姨对我说：你家北面阳台上有个鸟窝。

真的吗？我欣喜地往楼上奔，阿姨赶紧说：轻一点轻一点，不要惊着它们。北阳台西北角种着一株棉藤，只见藤蔓和白色的塑料水管间稳稳地筑着一个咖啡色的圆形鸟窝，很隐蔽的样子，难怪之前我没有发现。三只小雏鸟正在呼呼大睡，不知道鸟妈妈是什么时候开始筑巢，又是什么时候把小鸟孵化出来的？小小的身子不断衔来树枝、杂草、泥土，这得花多大的力气才能筑成这样一个让鸟宝宝安身的窝啊，这就是母爱的力量啊。此刻鸟妈妈不在，估计觅食去了，正是"子在巢中望母归"，我们家的阳台能够为这些小生命遮风挡雨，真好！虽然不是燕子，但鸟雀来安巢也是大吉之兆，心里不禁美美的。为了不打扰它们，我尽量不去北阳台活动，暂且给它们一个安全的家吧。直到有一天鸟巢空空的，想来可能是鸟宝宝已长大，另觅新家去了。

灰岩皱叶报春花即将谢幕之时，清凉的初夏浅浅地来了。混搭风的阳台日渐葱郁，一边是硕果累累的西红柿，二十多个青绿色的果实沉甸甸的；另一边文竹清俊、银边兰飘逸，蓝花矢车菊、马缨丹悄然绽放，非洲菊、白鹤芋盛开了。最喜欢紫竹梅，深紫色的两片叶子间躲着淡紫的小花朵，犹如害羞的小姑娘，娇憨又妩媚……一株多头铁树入驻阳台十多年，霸气地割据一隅，尖尖的叶片时不时刺你一下，要知道开始种时，它只是一棵不到二十厘米高的小铁树。

种菜养花，听风赏霞，阳台按自己的节奏展示姿态，多彩丰盈、清香悦目。它赐予我们满满的希望，悄悄地抚慰着我们被岁月褶皱了的内心。庸常琐碎的日子在忙碌中流逝，守候着阳台便如守候着一份淡然和安逸，守候着一份温馨和宁静。

我喜欢！

2022 年 6 月

又闻桂花香

记不清是从哪一天开始的，在小区里走着走着，便有一股淡淡的清香扑鼻而来，沁人肺腑，让人不禁贪婪地深吸一口，呵，那是桂香呢！于是不经意地留意起来，住宅区、公园、厂区、庭院里……金桂、银桂、丹桂、月月桂，只要是桂树，都已毫不吝啬地舒张开蕴藏了一个春夏的花蕾，细碎饱满而又娇嫩的花瓣热热闹闹地缀满了枝丫，空气中氤氲飘荡着一种好闻的香味。

这个味儿便是秋的味道吗？

秋雨一阵，秋风一阵，桂花开了，枫叶红了，飘零而下的落叶终于宣告漫长夏季的终结，秋踩着爽朗的步子姗姗而来。

高居十二楼，我喜欢在夜深人静时倚窗而望，特别是在这样一个秋意阑珊的夜晚，恍惚间有一种随手能摘下星星的感觉。中秋已过，半弦月在天边高高地挂着，深蓝的夜空明净、深邃。推开窗户，阵阵桂花香似有似无地诱人鼻息。忽然有一股想去小区散步的冲动。略略犹豫，还是披了件外套，舍了电梯从楼梯慢慢下楼。

静静的小区，融融的夜色！"秋树婆娑风露凉"，伴着桂香，一个人踽踽独行，淡白色的路灯下，身影被拉得忽长忽短。芬芳馥郁的桂香令人陶醉，高楼里每一扇窗帘的花色都不一样，丰富的色彩被灯光一照犹如一幅璀璨斑斓的油画，原先笨重、呆板的高楼换上了一种脉脉温情的祥和气息。

如诗如画的秋景，这一刻被夜色笼罩，如梦似幻。水池边依依杨柳在微风中轻扬；加拿利海枣、银杏、桂花、含笑皆树影斑驳，朦朦胧胧。入住这个小区已有四年多了，记得去年桂花恣意开放时，好事的我曾数了数，居然有一百多株。经过一年的阳光雨露，如今更加枝繁叶茂。"疏疏密密未开时。装点最繁枝。分明占断秋思，一任晓风吹。金缕细，翠绡垂。画阑西。嫦娥也道，一种幽香，几处相宜。"徜徉在绿树丛中，忽然想到宋人韩元吉的词，此时此刻便是最好的写照。

国庆长假，有朋友相邀去绍兴赏桂，说是距柯岩风景区五公里处，一个人迹罕至的山坳中，有十里桂林，花香袭人。非常诱惑，没有不去的道理。遗憾的是终因种种事务缠身而没有成行。一千多亩、一万多株桂花同时开放，那芬芳，还不把人醉了去？十多年前，曾去杭州满觉陇赏桂，那是一次愉快的赏桂之旅，喝了桂花茶，吃了桂花糕，品了桂花藕粉，还买回来好多糖桂花。然而印象最深的是那天整个人被桂花香醉晕了，差点迷路。

最是喜欢桂花，喜欢她朴素的不事张扬的那份纤巧，喜欢她不择水土的平民境界，当然也喜欢她久久的淡雅清香。

喜欢桂花，也因为她的亲民。它没有桃花的风姿灼灼，也没有牡丹的雍容华贵，但自古以来，桂花就象征着吉祥和友好。最早可以追溯到春秋战国时，有史书记载，燕、赵两国通过互赠桂花进行友好往来。李白也曾诗曰："何以折相赠，白花青桂枝。"

很多少数民族，男女定情都喜欢互赠桂花，而寻常百姓则会收藏一点糖桂花，客人来了，泡一杯香甜芬芳的桂花茶，作为待客的上礼。

走到中庭，几小时前这里是一道流动的风景。一块半圆形的空地被"快乐佳木斯操"的热爱者们占据着，风靡全国的佳木斯操音乐是晚饭后小区的主旋律，男女老幼跟着节拍，可爱整齐地做着据说对肩颈特别有舒缓作用的健身操。小区的主干道上，散步的人们旁若无人地埋首快走，推着婴儿车的年轻父母们聚在一起，或许正互相切磋育儿经呢！草坪边有打羽毛球的父子，孩子们的小自行车也骑得风生水起。黄昏的小区，角角落落洋溢着深秋浓浓的生活情调。

沐浴在温婉而绵长的清香中，思绪在秋风中飘荡。万家灯火疏朗了，复归安静的小区渐渐进入睡眠时间。

更深露重，秋凉不可抗拒地侵入肌肤，耳边似听到沙沙之声，那是桂雨吗？回答我的却是一阵浓似一阵的桂香。

原载于 2022 年 12 月 15 日《文学报》

粤派文学的一张名片

——读章以武散文集《风一样开阔的男人》

晚上七点多，正在小区散步，收到章以武教授的微信：给你顺丰寄了一本书。不一会儿收到一条短信通知：快件在 7 点 39 分从广州寄出。

章以武，宁海人，广州大学人文学院教授，广东省作协原副主席、广州市作协原主席，第二届广东文艺终身成就奖获得者，获广州突出贡献文艺家称号，而今已进入耄耋之年。

是否老人都很心急？晚上去寄快递，就不能等明天吗？

收到的是章以武的新著《风一样开阔的男人》。尽管之前就知道这本书的封面是章教授的儿媳设计的，封面的剪影是他儿子的头像，收到后，还是为这本设计新颖别致的散文集点赞！

散文集分三辑，题材丰厚、耐读。第一辑：感恩相遇，思念滚烫。开篇便深情追忆逝去多年的母亲。一碗"清蒸臭豆腐"，抒发着作者少年离家，不能侍奉双亲、享受亲情的那种无奈和煎熬。篇幅不长，却字字句句扣人心弦，年迈的母亲记得儿子喜欢吃清蒸臭豆腐，一大早冒着凛冽的寒风冻雨，佝偻着背一次次换乘公交车，就为去郊区买上几块臭豆腐。"老娘撑着油纸伞，浑身湿透，紧攥竹篮子，回来了。她冻得通红的青筋暴起的手，取出几块臭豆腐放进碗里：运道好，买到了，总算买到臭豆腐了……我一个小摊、一个小摊寻过去，真开心，让我寻到了……"字里行间透着浓浓的、疼爱儿子的温情，令人泪目。

　　章以武虽出生在上海，但他读大学、工作都在广东，他的同事、亲朋、文友大都生活在珠江三角洲，有缘相遇成为挚友。本书写了17位朋友，读着这些文章，恍然觉得自己也好似认识了广东文坛的好多文艺家：陈俊年、钟晓毅、苏华……他们或是著名作家、画家、评论家，或是出版人、报人、企业家，甚至还有电影制片人。涉及面如此广泛，和章以武是文学界、影视界及学术界的资深前辈是分不开的。

　　章以武的人物速写文字简约明晰，对话幽默诙谐，寥寥数笔便勾勒出鲜明的人物特征，有视觉冲击力、现场感、镜头感，让你很快就能认识并记住这些人。他写人物细微中透着大手笔，通过几个词、几个排比句、几个动作描述，就能看出所描写人物的品德、喜好和那种拼命三郎的性格。比如他描写做客《花城》主编田瑛办公室时看田瑛找茶叶的情景，"在满柜的茶罐里找，踮脚、昂首、躬身、下蹲，就是不见凤凰单枞的影子。田瑛不甘心道：'教授你等一下，我去别的办公室瞧瞧。'我好生感动：'不用啦，我已喝到人间最清香的茶啦。'"又如《情痴》中写制片主任徐康辛苦了一夜，待摄影机开动后，"老徐头歪着脖子靠着江边的老榕树打呼噜，任蚂蚁在他沾满黄泥巴的小腿上爬着"。如此有画面感地描写一个人，这个人的生动形象便瞬间凸现出来。又比如他写作家程贤章，用"追求、热爱、思变、激活"八个字概括了这位作家侠骨柔肠、爱心满满、大气睿智、幽默风趣、通透豁达的人生境界。在写他的好朋友、70岁的广东省新闻出版局原局长陈俊年时，用的第二人称，"……发言爆出'猛料'，顿时笑声迭起……而你呢，镜片后的眼珠骨碌碌转，信马由缰，照说不误。你是那么投入，那么惟妙惟肖，或庄或谐，让人叫绝。你啊你，风一样开阔的男人"。

章以武孜孜以求文章的动人和情感的丰沛。《天地男儿》中，他夸赞雨纯的报告文学，将一件件动人的事例进行艺术的调整，让它们像光线穿过凸透镜似的，集中在一个热点上，让它光彩照人。《说说黄啸》中，他称赞黄啸的散文，说它们题旨高妙，切入新颖，情景交融，耐读耐思；汩汩而流的感情，不是刻意附加，而是弃矫饰、去斧凿，发乎自然，率意随性。读完《风一样开阔的男人》，感觉章以武自己的文章又何尝不是这样的风格：落拓不羁，飘逸如仙！

第二辑：品咂人生，甜甜苦苦。以一篇《土炕相亲》开首，文中有不少看似平常其实很精彩的对话，人物形象丰满而生动，在一问一答中呼之欲出。接下来几篇是写男人五十岁的一些困惑，如冷战、虚惊、美之焦虑等，这些文章写于1990年7月至1991年2月间，几乎一个月一篇。那个时候章教授正好也五十岁出头，感同身受，为同事、朋友们着急、忧虑、畅怀。他通过文学艺术的方式对人生中的明暗、浓淡、高低一一描述，生活气息浓郁鲜活，他的情感、感悟也自然流于笔端。

章以武深爱广州这个五羊下凡、珠水奔流、绿叶红花的龙口地，这是一片朝气蓬勃的土地，开放的热潮奔腾汹涌。他说散文就要写得有时光的味道，做在大时代的节点上，要有时代脉搏跳动的温度。这在第一辑《木桂赏饭》和第二辑《一个真实的神话》《思维的新边疆》《异想而天开》等篇都有充分的体现。可以将这些作品看作是报告文学，也可以说是长篇叙事散文。

其实早在 20 世纪 80 年代初，处于改革开放前沿的广州率先放开了鱼鲜、蔬菜、水果等市场，彼时，内地众多省份都还以计划经济为主，抱着铁饭碗，而广州的姑娘小伙子们却申领了执照，纷纷在街头巷尾开设鱼档、水果档等，勇敢地迈出了改变命运的步伐。章以武精准地捕捉到了这一新气象。他大胆宣传个体户，热辣地创作出"广味"十足的短篇小说《雅马哈鱼档》，该作品继而又被改编成剧本拍成电影，成为全国首部聚焦改革开放后个体经济的影片，充分体现了它的前瞻性，可以说在广东的文学史上有着里程碑的意义。1988 年初，章以武创作了《一个真实的神话》，他感知到南国大地上的春潮涌动，再次把笔触伸向改革浪潮中的勇士们，写活了广州东华实业股份有限公司的前身——广州市东山区引进外资住宅建设指挥部的发展史。1979 年挂牌成立的广州市东山区引进外资住宅建设指挥部，可以说是全国首例"吃螃蟹"的企业，在 9 年时间里，在没有任何国家拨款的前提下，以 500 元起家，为社会提供了近 40 万平方米的住宅；投入 1 亿多元资金到市政、环保绿化、园林、文教卫生，甚至街道办事处、公安派出所等设施建设，被中华人民共和国住房和城乡建设部誉为"东华模式"。章教授为了写好这篇稿子，深入企业采访，拿到内容翔实的第一手资料，叙事透辟、条分缕析、节奏鲜明地描写出了一个看得见摸得着的神话。

第三辑：脚有泥土，心有真情。章以武教科书式地道出自己创作上的一些体会和心得。从 1958 年第一篇小说《第二次交锋》在《南方日报》上发表至今，他已创作 600 万字的文学作品。章以武热爱南国风貌，感恩珠江三角洲这块热土，他说这儿的水比别处清澈、月比别处柔和、酒比别处醇香、人比别处开放、情比别处包容。四十多年来，他写大时代的巨变，写改革开放的动人故事，写广东儿女的创业史、山海经，他的文章带着浓厚的南国风味，非常接地气，成为粤派文学的代表之一，或者说就是粤派文学的一张"名片"。而今85岁高龄的章以武依然精神矍铄、文思泉涌，笔耕不辍，且年年有精品力作拿出来，他说"人不能闲，闲会生锈"。

写作于他来说，就是"愿得一心人，白头不相离"。

抗战时，章以武曾随父母来宁海老家西门杏树脚住过一段时间，有着挥之不去的宁海情结，他常常谦逊地称自己是"宁海籍写作人"。和章教授认识二十多年，虽然时有联系，但也只见过几次面，可他一直当我是家乡的一个小文友。有微信后，老人如小年青般玩得很溜，而我也就很荣幸地获得时时聆听学习的机会。但是章以武教授从来不摆架子，在我眼里，他就是一位和善仁厚的长者。他告诉我：文学创作要耐得住寂寞，这是一个人的上天入地、一个人的奥林匹克、一个人的张灯结彩；要心向上，脚向下；要读厚厚的书，跟人说浅浅的话。多少岁不重要，看起来多少岁很重要。

真是金句满满，令人获益匪浅。

喝茶、写作、讲学、含饴弄孙，章教授的晚年生活有点忙。他体贴夫人，常常亲自买菜、做饭。偶尔还会在微信上晒晒煲的汤、做的菜，引得我也很想尝试做粤菜，其实老人最喜欢的还是江浙菜。上个月新冠疫情不乐观，老人上午九点去临时点排队买菜，直到中午十二点才抱着一堆青菜、萝卜、苹果、速冻食品回家，被着急担忧的夫人一顿"好骂"，章教授却开心地认为夫人是关心他、在乎他，竟乐呵呵地在微信上和我分享他的"挨骂"。

　　章以武就是一个不老的神话，他说现在仍要继续扛着舢板去寻找河流！

2022 年 5 月

最忆那段远去的岁月

　　2000 年 7 月 1 日，注定是个不寻常的日子，这一天是《宁海报》复刊六周年纪念日，而还算年轻的我，恰好在这一天走进了位于跃龙山脚的宁海报社。

　　尽管三年前我已是《宁海报》的通讯员，也尽管不是第一次走进这所并不"高大上"的楼房，但对于即将成为报社员工的一分子，我惶恐、忐忑，又有一丝丝自豪。报社，这个在我看来极神圣的工作单位，曾经是那样不可企及。但从这天开始，我将每天在这里上班；那些常常在报纸上看到名字的编辑老师们都将成为我的同事。梦，又非梦！唯有努力工作，方能回报。

　　我的岗位任务主要是发展小记者和教育周刊《校园风》的征订及编版。之前，副刊部所属的小记者工作由另外两位老师负责，他们投入了很多精力，工作局面业已打开，社会反响很好。有点小压力的我，狠狠心把儿子送进寄宿学校，心无旁骛，全身心投入到这一行中。从陌生到熟悉、从胆怯到可以独自一人走遍全县乡镇五十多所中小学。

　　一边摸索着做工作，一边熟稔，本来不善言辞的我，慢慢地

"善于推销"了；本来性格内向的我，渐渐地放下矜持，变成了一位开朗热情的爱心大姐。这其中，很多编辑老师给予我极大的帮助，他们放下身段去各中小学讲课，修改小记者的习作，积极帮我策划活动，想办法，抓落实，千方百计把一个个活动搞得有声有色。特别是号称"宁海报社赵本山"的王方，风趣、幽默、点子多多，和他一起组织活动总是很轻松。

当然这项工作也得到了报社领导的高度重视，特别是分管发行工作的副总编应满云。教师出身的他认识不少老师和学校领导，因此常常不辞辛苦，陪我到各中小学去做宣传、搞培训，让不断创新改革中的《宁海报》深入每个学生心中。小记者站授牌、小记者进企业采风、小记者夏令营……无论组织什么活动，应满云副总编总是有热情，也有方法，不遗余力地支持。

就这样，不到三年时间，在全县中小学校中设立小记者站56所，发展小记者3600名，单独发行的周刊《校园风》的发行量达到了三万七千份。无数的孩子爱上写作、爱上语文这一门课，文学的种子在孩子们幼小的心田中生根发芽。那时候，全县中小学有文学社团四十余个，"柔石""雷婆头峰""风华""童声"等校刊如一朵朵奇葩，在学校这块沃土中绽放。几乎所有文学社的成员同时也是《宁海报》的小记者。结合学校素质教育，我们请来大报记者给孩子们上培训课，报社的记者更是手把手辅导。小记者们用手中的笔抒写自己纯真的情怀和美好的少年时光，一篇篇佳作或叙事或抒情，低吟浅唱、高歌雄辩；一篇篇稚嫩的采访稿不乏奇思妙语，浸透着孩子们的努力和付出。他们，犹如夜空中璀璨的群星闪烁着，谱写着健康、向上的校园文化。有小记者陪伴的日子，快乐大于辛苦！

在轰轰烈烈建设中的白溪水库、革命老区、前进中的奉化滕头村、敬老院、老年协会等，几乎都留下了小记者们采风的足迹。

难忘 2001 年 3 月 12 日的植树节，时任县委书记郑金平亲自参加"千名小记者廿亩生态林"植树活动。

那天，春雨潇潇，寒风中孩子们头戴"小记者帽"，脖子上挂着采访证，踩着泥泞的泥土，抬树的抬树、挖坑的挖坑，更有几位机灵的小记者趁机采访起县委书记。

"为什么在桃源北路这片良田中种树？"

"粮田减少了，对老百姓的生活有影响吗？"

"郑书记，您对我们小记者活动有什么看法？"

问题虽然天真，但郑金平书记依然认真地回答着小记者，并鼓励同学们多动笔，打好写作基础；多走向社会，锻炼自己的各种能力，将来长大了可以为国家做贡献！

深深记得当时郑书记曾对我说：你们报社做的这项工作很有意义，孩子们的求知欲和纯真情感很令人感动！

这几年的付出不但得到报社领导、全体师生、社会各界的支持和褒扬，还亲耳听到县委书记的肯定，我内心对这份工作充满了自豪感，一种社会责任感油然而生。如今，每每开车路过桃源北路，路边那郁郁葱葱的廿亩生态林，总会让我回忆起那天壮观的植树场景。

难忘那次在梅林职教中心举办的夏令营，一百多名孩子最小的才八岁。白天，他们听写作课、进工厂、下农村采风；晚饭学着包饺子，尽管形状迥异，但孩子们愉快地说一点都不影响食欲，还把饺子想象成章鱼、飞碟、火箭……他们笨拙地自己洗澡洗衣服，尽管晒在绳子上的衣服都滴着没淘干净的肥皂水。

晚上，我和几位辅导老师对高中年级的几位骨干小记者交代了一下后，就让他们自己组织在学校大操场上举办一场丰富多彩的篝火晚会，吹拉弹唱，加上相声、小品……孩子们尽情地挥洒着才艺，活泼、愉快，他们的潜力是无穷的，他们的可塑性是强大的。与他们为伍，不知不觉间我的心灵也越来越洁净、轻盈。

难忘2003年，知恩中学小记者辅导老师祝林贤不幸患上国内罕见的白血病。病魔无情，但他又是幸运的，校领导的关心、同事们的鼓励，让祝老师有了战胜疾病的信心。学校从校长到普通老师，甚至小记者们都踊跃为祝老师捐款。那天去祝老师的老家桥头胡铜岭采访，面对病容满面却仍然心挂学校小记者工作的祝老师，我也毫不犹豫地捐出了500元钱。

……

歌德说：人不光是靠他生来就拥有的一切，而是靠他从学习中得到的一切来造就自己。我不过是个普通人，可我的情感却因为这项工作而变得异常丰厚。可爱的小记者们喜欢我，至今，每到寒暑假总有长大了的小记者来看我，有的还在念大学，有的早已走上工作岗位。同时，我还结识了一大批老师朋友，他们敬业、勤勉、智慧，他们那种视学校荣誉高于一切的精神，常令我感动。

今年国庆节，我参加"千里走宁海·国家登山健身步道徒步穿越活动"，在人群中看到一个熟悉的身影，这不是原西店东红小学后调到城东小学的那位爱写硬笔书法和散文的杨世扬老师吗？我脱口叫了一声"杨老师"，杨老师闻声回头，看到我不禁乐开了怀："哎呀，赵老师您还记得我！"

怎么会不记得？当年，正是你们在百忙的教学中抽出时间，协助我的工作。原大佳何中学的袁聪莲老师、原职教中心的娄美琴老师、原城西小学的王伟群老师……正是因为有许许多多可敬可爱的老师朋友们，我的工作才得以顺利开展，得以取得喜人的成绩。

2004年，随着《宁海报》更名为《今日宁海》，小记者活动告一段落，我也调离了这一岗位。但孩子们发表习作的平台《校园风》，依然按时刊出，依然可圈可点。

二十年了，许多人和事渐行渐远，但我仍然珍藏着一件小记者夏令营营服、一顶小记者帽，还有若干采访证。不为别的，只为我心底里铭刻着的那段如诗的、激情燃烧的岁月。

2014年写于《今日宁海》复刊20周年

山河

第二辑

　　蕴万古灵气的大峡谷，宛若外星球，感
觉它们完全是另一个世界，这也是大自然赠
予我们人类的厚重礼物！

——《传神奇景之峡谷》

成都，人民公园喝茶

　　成都，这座遍布茶馆的城市，你去了如果不去茶馆喝个茶就好比去重庆不吃火锅、去昆明不吃米线、去新疆不吃羊肉一般，多少是件憾事。

　　之前去过两次成都，还真没有喝过茶。第一次是 2005 年，和念初中的儿子去九寨沟玩，回程时在成都住了两天，那年正是湖南卫视和天娱传媒联合推出的大众娱乐节目"超级女声"最疯狂的那一年，春熙路商业区的几个广场有一场又一场的海选，喜欢唱歌的少女们青春飞扬、歌声清亮，我们在逛街的时候顺便看了两场歌手的演唱。印象中，围观的人不少但也不是很多，支持她们的歌迷非常投入，呼喊声在步行街上空飘荡。那时候我们并不知道后来夺得冠军的李宇春是成都人，或许那次看的正好是李宇春在演唱吧，因为站得比较远，人看得并不是很清楚。少年郎不是歌迷也不追星，却被那种氛围感染，于是当妈的连着两晚陪他看海选的"超女"唱歌而没有去喝茶。十多年后，和同事们去重庆天坑游玩，最后一站是成都，第二天回宁波。晚上大家在锦里老街走了走，红灯笼、明末清初的古民居、客栈、宅邸、府第、万年台……吸引了我们，热闹休闲的锦里也就几百米长，但在灯火中我们竟流连了一个晚上……再去成都便是这次了，事不过三吧，怎么也该去体验一次喝茶。

四川人喝茶历史之早令人惊讶，竟始于战国时期。明代顾炎武在《日知录》中说："自秦人取蜀而后，始知有茗饮之事。"也就是说自从秦国打败了小小的古蜀国后，才知道世上有一种叫茶的东西可以饮用。如此，四川差不多便是世界上最早喝茶的地方。几千年历史绵延下来，号称我国慢生活城市代表的成都，遍地都是茶馆也就不足为怪了。据《成都通览》记载，清末宣统年间成都有街巷六百六十七条，茶铺就有六百多间，几乎每条街都有一间。新中国成立前，成都仍有数百家茶馆，分布之广，特别方便老百姓喝茶。而老百姓也好茶，有钱没钱、有事没事、开心或不开心都去茶馆。除了家，茶馆是他们最爱的去处，没有七七八八的理由，就是喜欢！因而便有了适应各阶层的茶楼，有高档的茶肆，也有露天的茶摊；有提着热水瓶直接冲泡的，也有优雅地用长嘴壶花式冲泡的，技艺了得。

明天就要返甬，还有大半天时间呢，伙伴们一商量，决定去有代表性的人民公园喝茶。

两辆的士分别被停在了公园两个入口，我们从祠堂街入口下车，进门便是"川军抗日阵亡将士纪念碑"。纪念碑上刻着一位即将冲锋的士兵，只见他胸前挂着两颗手榴弹，身背大刀，手握长枪，目光炯炯。看了碑文介绍才知道抗日战争爆发时，共有三百五十多万勇敢的川军投入保家卫国战争中，当时每五六个战士中就有一个是川军，最后牺牲了六十四万多员将士，还有三十五万多官兵负伤。可以说抗战的胜利川军功不可没！1944 年，为纪念抗日战争中牺牲的将士，在此立碑以永久铭记。如果不是来公园喝茶，我还真不是很清楚这一段历史，无意中在这个爱国主义教育基地给自己上了一课。

酷暑炎炎，蝉鸣声声。美丽的金水溪在公园内蜿蜒，假山瀑布，曲径通幽；廊檐亭阁，林木葱郁……环境优美的公园自带的那一份清凉扑面而来。一边走一边联系从另一个入口进来的伙伴，六个人最后在人民公园内的鹤鸣茶社会合。歪打正着，原来这是一家有着一百多年历史、在成都最具影响力的大众茶社。

场面好大，一眼望不到边。小桌子、竹椅子分散在长廊和树荫下，有些还没有摆放好，椅子叠放在一起。桌子规格大小不一，有三两人坐的，也有五六人坐的，还有把小桌子拼在一起让更多人可以坐的座位，以满足不同客人之需。正午时分，茶客陆陆续续来了，古色古香的亭子里已坐满了人。我们把目光投向大树下，反正有一顶大帐篷撑着遮阴，于是就挑了河边一个相对比较安静的角落。帐篷下的桌子是水泥浇铸的六边形台子，上面覆盖着一块黑色的花岗岩。六个人擦干竹椅上的水渍依次坐下，那水渍便是昨晚那场大雨留下的吧。抬头正好是茶社门楣，上面是大大的"鹤鸣"二字的草书。始建于1923年的鹤鸣茶社是成都历史上比较悠久的茶社之一，简陋的桌椅、川西风格的古建筑契合了老百姓的消费水准和审美情趣，因此百年来这里便是成都人最喜欢的喝茶地方，看川剧、听评书、打快板，再看看耍猴子……热闹又安静，令人流连。

一位中年女服务员（当地人称点茶嬢嬢）过来，操着一口很有意思的川腔，爽快地递过本子让我们点茶。本来大家就不是专业的品茶人，仅慕名而来，好奇心所使。有民谣："扬子江中水，蒙山顶上茶"。看本子上有蒙顶黄茶，那就喝这个吧，位列全国十大名茶之列呢。不一会儿，服务员端来一个脸盆，从里面拿出六套白底蓝边的盖碗，每一套都有茶盖、茶碗、茶托，茶盖上印有"鹤鸣"二字，一个淡粉红的大热水瓶，碗里已放好一小撮黄茶，就自己冲泡啦。有点新鲜，自己家里或者在宁海的茶馆喝茶，不管是绿茶、老白茶还是普洱，一般都是泡好一壶再用公道杯分送到各个小杯子里。总感觉盖碗茶是昔日大户人家的丫鬟用托盘捧给主人或客人享用的，喝茶者掀起茶盖在碗中轻轻刮一刮、吹一下，再美美地抿一口……怎么看都透着一种韵味、一份优雅。

买了瓜子花生，点了叶儿粑、桂花糕、熊猫汤圆、凉粉、担担面、卤菜等川味特色菜肴，喝茶、午饭一起解决吧！大家天南海北地拉起家常，毕竟平时忙于工作，也不经常聚在一起聊天。拿起茶盖随手放下，听说放盖子很有讲究，但我们渴了，端起茶碗便喝，早忘了用茶盖"刮一刮、吹一下"这些讲究。茶汤黄亮，闻闻有一丝清香，喝一口倒是沁人心脾。说盖碗茶只能泡八分满，可是捧着一个大热水瓶冲泡还真不好拿捏，一会儿溢出杯子，一会儿又加得不够，大家开心地笑翻了天。

喝茶的人越来越多，一会儿工夫周边几张桌子就坐满了。一桌桌的喝茶人操着天南地北的口音，有当地的，也有像我们一样慕名而来的外地人。忽然想起卞之琳写给心仪女生张充和的诗："你站在桥上看风景，看风景的人在楼上看你。"这会儿颇有同感，看看周边几桌喝茶人，一不小心也会与他人的目光相撞，喝茶的人都成了一道风景。看到不远处一位藏族衣着的老太太，花白头发编成的辫子大多盘在头上，有几根则垂在脑后，竹椅旁斜靠着一根拐杖，正手拿佛珠默念，她对面坐着一位中年男人，貌似她的儿子。藏族人喜欢喝酥油茶，在加热的牛奶、羊奶中提炼出脂肪，然后在里面加入砖茶、茯茶、普洱等紧压茶类，再经熬煮就是一壶香喷喷的营养丰富的酥油茶了。看来，出远门的他们也喜欢去茶馆喝上一杯不一样的茶。

喝了茶解了渴，我离开椅子让自己由茶客重新变为游客，在公园中晃悠、在茶桌间穿梭。原以为喝茶的以老人为主，其实不然，中青年人也不在少数，简陋低矮的茶桌椅子边，有衣着随意眯着眼休息的退休老人，也有或许正为一笔买卖聊得起劲的生意人，还有姐儿妹儿聚在一起喝茶解闷的女人们……总之，嗑着瓜子嚼着脆饼打牌下棋的有，打盹聊天玩手机的也有，当然好奇地东张西望的人也不少，人气不是一般的旺，似乎这就是喝茶人生活的日常。茶铺中看到三个大字"老虎灶"，很有气势，台子上排放着一只只很旧的铜茶壶，不知道还在使用否，架子上则摆放着各种茶，峨眉香茗、碧潭飘雪、铁观音、碧螺春、西湖龙井、菊花茶……还有成都名小吃、传统川菜等。院子角落有一块大石头，上书"百年鹤鸣"四字，旁边雕塑了一只铜制的茶壶和洗手盆，哈，喝茶之前忘了在这儿洗个手。听说晚上来喝茶的人更多，一座难求，是为消暑还是悠闲？显然他们是来感受那一份茶水的醇香、生活的随意。

"叮、叮"，传来清脆的金属敲击声，原来是采耳师傅在操作，把耳钳摇得叮叮作响，以吸引茶客的注意。成都民间有俗语曰："人生三大乐：喝茶、采耳、搓麻。"由此可管窥成都人慵懒、舒适的生活状态。曾有人夸张地说，飞机飞过成都上空都能听到巷弄中搓麻将的声音。来自重庆的同事小张曾建议有时间的话不妨体验一下掏耳朵，说这也是一种特色文化。一位五十岁左右的采耳师傅正好从我们桌旁走过（他们穿统一的服装），于是连忙叫住了他，一问价格吓一跳：30元服务3分钟，有点小贵。在宁海采耳，85元可以享受40分钟。罢了，不管怎样美美地享受一回吧，就当又喝了一杯茶。想到有六个人，每人三分钟再加上几句说笑就有点费时，我看旁边有一位师傅闲着，就请他采耳。没想到，他手指正在为朋友认真服务的师傅说：你让他掏嘛。哦，这是行规呢，同一桌的生意不能两个人做！

虽然有"少不入川"一说，但成都依然是一个经济发达的大都市，慢生活并没有阻碍它发展的脚步，反而使之成为一座烟火气息浓厚的幸福城市。谁都会有疲了倦了的时候，特别是生活在"北上广"三个城市，你追我赶的快节奏生活让人的神经绷得紧紧的，偶尔去成都等安静的古城度个假，放松一下身心，给自己一个发呆的空间和一段柔软的时光，未尝不是一种好的生活方式。生命的价值不在于长度而在于厚度，充实丰盈自己的生活内容，有为事业的拼搏努力，也有读书、品茶、赏花的闲情逸致，如此张弛有度，方为岁月静好。

喝茶、采耳、聊天、瞎逛……安逸自在地度过了大半天，体味了老成都的慢时光，怎一个轻松加愉快。离开时回头，发现桌子很快被服务员收拾出来，新的茶客已落座。

"……分别总是在九月，回忆是思念的愁。深秋嫩绿的垂柳，亲吻着我的额头。在那座阴雨的小城里，我从未忘记你。成都，带不走的只有你，和我在成都的街头走一走，直到所有的灯都熄灭了也不停留……"一曲《成都》始终在耳边萦绕。这次成都之行虽然没有看茶艺表演，也没看川剧，但在百年茶社喝了茶，这就够了，留点遗憾也未必不好。哪天有时间了，再飞"天府之国"成都，去宽窄巷、锦里闲闲地逛、慢慢地吃；去茶馆放肆地喝茶、掏耳朵、摆龙门阵。

2022 年 6 月

传神奇景之峡谷

美国作家约翰·缪尔在 1890 年游历科罗拉多大峡谷后曾写道：不管你走过多少路，看过多少名山大川，你都会觉得大峡谷仿佛存在于另一个世界、另一个星球。2010 年秋，我和先生共赴美国拉斯维加斯时，我曾撇下他一个人游览科罗拉多大峡谷，那是第一次近距离接触如此震撼人心的地质地貌。站在峡谷边缘，感觉自己是如此的渺小。这一次新疆之旅，再次亲临神奇的峡谷，身处如洪荒蛮夷般的景区时，真的有一种在另一个星球上的奇妙感！

去温宿峡谷景区，我一直怀疑路到底走得对不对，在一望无际的茫茫戈壁滩上开了数小时的车，却未见山的影子，没有山哪来的峡谷？可是，行驶在最前面的车依然一路前行。

也是，有导航带路，愁什么呢。

戈壁滩上的公路笔直笔直的，前方几乎没有来车，但车速却没法加快，因为限速 60 千米/小时，且交警在路上隐秘处设有不少测速探头，如果不怕扣分不怕罚款那也可以飞车过个瘾。可是我们还要在新疆自驾大半个月，驾照里的分数宝贵着呢。

远处有隐隐的山形出现，真的是平地起山峰。当车快要开到景区大门口时，天气突变，天很快暗了下来，狂风横扫、黄沙飞舞，遮天蔽日，沙石打在车窗玻璃上噼里啪啦地乱响，是沙尘暴要来了吗？生活在江南的我们哪里见过这样的阵势呢，大家有些慌了，可是不管如何，到了景区总得先进去吧。

看到我们三辆车子轰隆隆开进景区，工作人员赶紧拦住说：峡谷里要下大雨，你们不能进去，因为一下雨，景区里面就要发大水，人就出不来啦。说得怪吓人的，难道我们远道而来却要错过这奇景吗？我们的队长下车，冒着让人睁不开眼睛的风沙和工作人员商量，于是工作人员又给了我们一点希望地说，你们先在这里吃个午饭吧，等一下天气可能会好转。哦，是婉转地做生意吗，反正也快到饭点了，我们12个人就点一大桌菜和啤酒，又买了他们的西瓜和杏子。工作人员开心得很，说你们在这里休息一下，等一下太阳会出来的。果然，不久就云开日朗，明晃晃的太阳毫无遮挡地灼得人浑身发烫，热浪阵阵，酷热难耐。我们在售票口买票时发现旁边写着"托木尔大峡谷"，但因为这个峡谷坐落在南疆阿克苏温宿县境内，因此我更愿意叫它"温宿大峡谷"。

必须坐景区的景观车进去，炎炎烈日，于是我们一个个把自己包裹得像粽子一样以抵挡超强的紫外线。

车子沿着有千万年的河谷长驱直入4号谷，说是先从最精彩的部分看起，然后出来依次再看3号谷、2号谷。

一大片高耸、粗犷的赭红色绵延数公里，弯曲的线条、很有规律的褶皱，断裂的一块块岩石镶嵌在崖壁中显得奇峰突兀、山石嶙峋，清晰的岩层五颜六色、色彩浓烈、姿态各异。这就是拥有中国西部最美丹霞地质奇观之称的温宿大峡谷吗？分明是一幅苍劲雄浑的油画、一条神奇而自然原始的画廊。

司机留着光头，戴副墨镜，很健谈。他说这个景区位于天山山脉中段南麓，属温宿县博孜敦柯尔克孜民族乡，总面积二百多平方公里，目前仅开发了南北方向约十公里，2016 年正式对外开放。司机继而又大声地介绍说，当年唐僧去西天取经曾路过这个地方，峡谷里面盐的贮藏量够全世界的人吃上好几百年呢，因为这儿是我们国家最大的岩盐喀斯特地区！

信，或者不信，都不重要！瞧，那明黄色山体上泛出的白花花山岩可能就是岩盐。司机又说，在 2600 万年前，这里都是湖泊，后经过洪水和狂风暴雨的冲刷慢慢变成了这个样子。现在有着丰富的地质地貌，如雅丹、次雅丹、丹霞、岩盐喀斯特及盐丘底辟等，简直就是一座"地质博物馆"。很佩服这位司机，看上去相貌平平，却能说出一堆专业术语，说实在的，"盐丘底辟"地貌我听都没听说过。车子摇摆着一路不停地开进景区，感觉景观和美国的科罗拉多大峡谷还是有蛮大的区别，但它们都是活的地质教科书，这一点毋庸置疑。

在一个非常开阔的地带，司机终于把车停了下来，这里就是4 号谷。脚下的沙土厚厚的，可能是雨水冲刷的结果，踩在上面软绵绵的使不上劲，行走颇为吃力。原来，工作人员让我们坐景区的景观车是有道理的，这些车好像经过改装，底盘高，轮胎大，行驶在这种软软的沙土地上还真需要这样子的车子，如果是普通的小车，不陷进去才怪呢。

司机瞅了一眼窗外说：给你们一点时间，看看咱们的"镇谷之宝"！说着随手往前方一指。

"这就是镇谷之宝啊!"随着一声惊呼,大家失声大笑起来。原来我们看到了几个生命之根,就那么大大方方地高举在山坡上,一个、两个、三个……听说旁边还有一个生命之源,逼真又诡谲,羞得我们转身掩面。但这是生命的本真,大自然是魔术师吗?它用一只魔手在这个峡谷里造就了生命的象征!它也知道世界的一切源于生命吧。生生息息一辈子,或坎坷磨难或璀璨斑斓,那么珍惜生命、敬畏生命吧,或许这样才能拥有一个不一样的人生。

离开 4 号谷,车子一路颠簸着继续向 3 号谷、2 号谷进发。蜿蜒的峡谷神秘而神奇,岩土中看不到一点绿色,山崖经雨水冲刷,呈现各种各样的形状,生动有趣。尽管车子晃得像一艘在波涛汹涌的海上行驶的船,但大家还是颤抖着拿出手机拍照、拍摄,英雄谷、双塔谷、胡杨双雄、万僧朝圣、情俑、千古壁画、太空来客、男人谷、三心石、巨轮飞渡……这些令人叹为观止的奇特景观都一一被摄入了相机中。

相较温宿大峡谷,第二天参观的天山神秘大峡谷是一个成熟的景区,20 世纪 90 年代末被发现,然后边开发边接待游客,如今已成为古丝绸之路黄金旅游线上的一颗耀眼的明珠。

正是暑期旅游旺季,游客蜂拥而至,进入峡谷口时居然碰到一位 95 岁高龄的维吾尔族大爷,精神矍铄,由孙女陪着来看大峡谷。这身体也太棒了,一位同伴姐姐忍不住和大爷合影。

谷口地势开阔,尽管烈日当头,进入峡谷却别有洞天,凉风习习、泉水潺潺。山崖也是由赭色的泥质砂岩构成,峰峦叠加、崖奇石峭。一路上蜿蜒曲折、峰回路转,一步一景,无论你抬头还是转身或随意靠在崖壁上,每一种姿态都是一张精彩而有韵味的美照。约 4 公里长的峡谷幽深、险峻、宁静而神秘，如处在史前洞穴一般让你有一种回归原野的心境。如果没有那么多的游人，那么这里是安静而荒凉的。里面还有一个据考证是盛唐时期的千佛洞，因处在大峡谷悬崖上，人迹罕至，保存完好。遗憾的是，这一天千佛洞没有开放，我们错失了一次难得的欣赏机会。

正所谓有失必有得，距天山大峡谷 50 公里处便是世界著名遗产克孜尔千佛洞，这个古代龟兹国（如今的库车）的文化遗产，我们不能再错过了。

入口检查非常严格，背包、水、相机都不能带进洞窟，而且严格限制进洞人数。管理人员拿着一串钥匙，参观完一个洞窟马上重新锁上。

佛教从公元一世纪由丝绸之路传入新疆，到公元十三世纪被伊斯兰教代替，整整盛行了一千多年，留下了不少规模宏大、气势不凡的佛教洞窟和深厚的文化艺术。令人遗憾的是，在历史长河中，珍贵的艺术和建筑被损坏、被盗挖得太多，留给世人的是重重的叹息。比如克孜尔千佛洞，大部分佛龛都是空的，壁画上所有佛像左半边袈裟都被剥去了，因为这是金箔贴成的，有的整片画壁被揭去，只留下斧凿后斑驳的痕迹！盗挖者为生活抑或为利益所驱使，他们不知道这一破坏使其成了历史文化的罪人。愤慨之余，我们仍被眼前精湛的艺术所折服：古时候的生产和生活场面，西域山水、飞禽走兽及飞天、佛塔、菩萨、佛本生故事……这些场景都非常精彩地一一呈现在眼前，卓越的画师居然把复杂的故事巧妙地描绘在一个个菱形格中，让人忍不住想偷偷拍几张照片。

离开千佛洞，返途也都是类似峡谷的地形地貌，蕴万古灵气的大峡谷，宛若外星球，感觉它们完全是另一个世界，这也是大自然赠予我们人类的厚重礼物！这种峡谷地貌其实在新疆还有很多，有保护地合理开发和利用这种宝贵的地质资源，或许是我们对这片土地最好的回馈！

2018 年 8 月

春走长寿村

　　一个好天气，春的气息在空气中流淌，内心莫名地躁动起来，似乎不该再在家里猫着，不如出去走走。可是去哪里呢？想起不久前曾参加徐学会活动，地点定在"宁波第一长寿村"河洪村，当时和与会人员走了走村子一角，并没有深入其中。所谓"河洪走一走，平添三年寿"，今天干脆再访长寿村，好好游走一番吧。

　　农村有句老话：山中难寻千年树，世上难得百岁人。这话如今看来已不怎么准确了，随着生活条件的提高、生活环境的改变及医疗条件的不断改善，百岁寿星已不足为奇，城乡间寻觅几位百岁老人也不在话下。十年前的一个重阳节，《今日宁海》策划了一期长寿老人专访，县民政局提供了四位百岁老人，接到任务的我一一进行采访并写成一个版面。除了一位居住在桃源街道的101岁老爷爷，其余三位都是老奶奶，其中最年长的就是下河村（如今的河洪村）的朱土花，当时老人105岁。那时河洪村还没有"长寿村"一说，村里的环境也乏善可陈。印象深刻的是老人灵活健康的身体和乐天派性格。当时老人拿起针线在没有戴老花眼镜的情况下穿针引线，把大家看呆了。后来我们又去探访一棵百年红豆杉，这棵树距老人的家不远，非常高大。陪同的村支书介绍说，这棵树有五百多年历史，村子里长寿老人蛮多，或许和这棵红豆杉有关系。不知道真的有没有关系，但可以肯定的是这棵红豆杉一定起着不少的作用。

在村西的停车场停好车子，走不了几步，一眼便又看见那棵红豆杉，想起十年前和105岁的朱土花老人站在树下的对话，犹历历在目。

"阿婆，您老那么高寿，这棵树功劳不小吧？"

"可能是的，我就吃树旁这口井的水。"

"那这个水的味道怎么样呢？"

"好像差不多，我也吃不出来。"老人咧着没几颗牙齿的嘴呵呵笑着。

我笑自己愚，一位105岁的期颐老人，我能从她嘴里问出什么呢。大家都知道，红豆杉是一种天然珍稀抗癌植物，从树皮和树叶中提炼出来的紫杉醇对多种癌症疗效显著，而且红豆杉还具有利尿消肿、温肾通经的功效。总之，红豆杉的全身都是宝，老人经常饮用树旁边的井水，身体自然棒棒的！支书笑笑说，有这个可能，但我们这里风水好、山清水秀也是事实。

可不是嘛，清清的凫溪水绕村子而过，背靠灵秀的雁苍山，东边有凤鸣潭。青山妩媚、绿水婉约，如此环境出几位百岁人瑞还是容易的。遗憾的是树还在，老人却已驾鹤西去，2016年离世时享寿112岁，历经清朝、民国、抗日战争、解放战争，至今在宁波地区是首屈一指的寿星。2015年，河洪村被评为宁波市第一长寿村。坊间有说：一位长寿老人，成就了一个村子。此话虽有失偏颇，却也不无道理，村子里祖辈皆仁德，高寿者不少，现如今1400多个村民中80岁以上的老人就有60多个，有位101岁的何和水老爷爷尚健在，生活能自理。

十年了，村子变化太大，还成了网红村。午后的阳光在窄窄的巷陌中若隐若现，鹅卵石小路蜿蜒幽深，一幢幢民居默默地守望着一份寻常。踽踽独行，感觉到的是静谧和安宁，这会儿什么都可以想，什么都可以不想！我悠闲地游走在村子里，异常干净的鹅卵石路没有一根树枝一片落叶，新旧房子、残墙断壁，间杂在路边，看上去竟也没有违和感。我的身心被一种古旧的气息包围着，这种气息来自散落在村子里的历经数百年甚至千年的古建筑、古井、古老的石窗花……

小路边有一扇朱红木门，门两边分别挂着"宁波市第一长寿馆""宁海县土花长寿文化研究中心"两块铜牌。是的，这里是朱土花老人的旧居，那年我们就坐在院子里聊天。这会儿木门紧闭，不知道老人93岁的大儿子是否还居住在此，老人生前都是这个儿子照顾的。通常，一个人如果上了80岁高龄，不要说照顾他人，生活自理也是很难的，而他却还能照顾一百多岁的老母亲，不得不说也是个奇迹。

一路踽踽，继续向东。路边一块写着"文艺廊"的牌子吸引了我，走近一看，原来介绍的是乡贤、县文联原主席、音乐名家干富伟。再一路看去，边上还有励志廊、享寿廊……在"能人学子"一栏中看见邬开娟、干晴等熟悉的名字，原来她们都来自长寿村。该村自古以来鼓励耕读、恪守技艺持家，诚然她们的娟秀、聪慧、温文尔雅是无须赘言的。我掏出手机想给她们打电话，拨了号码却又摁掉了，为什么要去叨扰呢？从这个村子里走出去，大家忙碌在各自的行业里，就别浪费宝贵的时间了。

小巷峰回路转，走着走着便来到古树林立的五树广场。这是村子的中心，依两棵茂盛的古树修建了一条供村民休闲的文化长廊，挂着红灯笼，散放着一些竹椅。不禁想起"徐学会走进梅林仪式"启动那天，同人在这里拍合照，大家的欢声笑语声撒落一地，现在却空空如也，只有一位老婆婆闲坐在椅子上。我走上台阶，看到两棵糙叶树（沙朴）、两棵苦槠树，树龄都有四五百年，还有一棵躲在"寿"字碑后的重阳木，虬枝交错，树龄也有415年了。

看我东瞧瞧西望望，老婆婆站了起来，主动搭讪道："妹，你哪里来的啊？这两棵树好，那棵杨树会生毛毛虫，夏天要刺人的。"

我看老人颇健谈，笑着回答是从城里来的。

"嗯，天气介好，是该出来走走。"老人戴着毛线帽，穿着深红色的丝绒厚棉袄、蓝格子的棉裤、保暖鞋，看上去蛮精神的。行走长寿村碰到的第一位老人，于是问她高寿。老人也坦率，告诉我说她叫刘杏女，快90岁了。

我吃了一惊，老人的脸庞虽有深深浅浅的"沟壑"，但仍不失饱满、肤色红润，行动灵便，说70来岁还差不多。看我似有不信，老人笑着说，老喽，生活倒是蛮好过的，就是一个人寂寞。闲谈中得知老人有两儿两女，都没有住在村子里，有的在城关生活，有的在镇子里工作，不过到了周末，他们会轮换着来看望这个独居的老妈。我问她那么大年纪了，为什么不和孩子们住在一起。老人很大度地说，小孩们都有各自的忙碌，我自己能动，就不给他们添麻烦啦。一个快90岁高龄的老人，居然独自一个人生活，我心底里为她叫好。想到自己的婆婆，除高血压外也没什么大病，但自 75 岁开始请保姆，直至 89 岁去世，几乎就没做过什么家务。

看着眼前的刘婆婆，我又想到朱土花老人，其实长寿老人们都是有共同点的，他们大多出身贫苦人家，家庭经济不宽裕，一生均以粗茶淡饭果腹，殊不知这就是健康饮食！当然他们还爱劳动，比如眼前的刘婆婆，和朱土花一样，看上去手脚都粗壮有力；加上平和的心态、淡泊的性格以及乐于助人、宽厚善良的品格，你不想长寿都难啊。

陪着老人聊了半个小时，她居然鼓励我去爬佛手山，这让我感觉到老人年轻的心态。抬头看村子北面的山，果然，山顶上有一个五指并拢的佛手在夕阳的余晖中金光闪闪。或许不是周末，村子里游人不多，天色向晚，我不敢一个人上山。老人呵呵笑着说："是的，是的，今天太晚了，以后有机会去山上看看啊。"

离开五树广场，我又逛到了长寿博物馆。博物馆建在"明正第"内，为清式的两层四合院，上次活动结束时，午饭就安排在博物馆旁的一家农家乐里。这会儿，大门敞开，空旷的院子中央摆着一个佛手盆景。"百岁堂"中一个金色的"寿"字很醒目。上次参观了二楼，那里有从全国各地征集来的有关长寿文化主题的藏品，藏品很丰富，方方面面展示了长寿文化发展的历史和深刻的内涵。我踅进西厢房，里面展示的是"山水养生、享寿河洪""河洪名人故事"等宣传栏。在"寿星榜"意外发现刚才碰到的刘杏女老婆婆的照片，她出生于 1931 年 11 月，还真年近九旬了。

穿梭在长寿村狭窄小弄堂中，手上的相机一直在拍，没有宏阔的远景，也没有精致的画面，但三五步就有的小竹楼、象棋模型道地、练武场、童趣雕塑、"和寿农家乐"、"长寿面馆"等接地气的画面让我很陶醉，无一例外地都摄入了我的相机中。当然还有承载着历史风云和沧桑岁月的古民居——"云深处"、"兼受益"、"斯为美"……如此书香浓郁的古建筑名称，蕴含着前辈们的崇学向善，令人为之回味、为之动容。时光流转千百年，在漫长的岁月中，人们对长寿的期盼和追求可以说从来没有改变过。

收藏大家马未都说：境地决定追求，追求决定快乐。河洪村的百姓们在长寿文化的追求中享受着朴素的快乐。

离开村子，再次拐到"人民公社"景点，这里是该村为推进乡村文化旅游、深挖长寿文化主题、提升基础设施而修建的一处供村民、游人休闲娱乐的地方。有两幢泥土平房、一个巨大的石碾、一个广场。走进挂着"公社小憩"匾额的小屋，里面正在做长寿糕，年轻的店主热情地拿起一块刚出锅的粉红色的糕饼递给我，说这是火龙果味的，放心吃。我咬一口，呵，还真软糯香甜。看着桌子上各种颜色的长寿糕，看来这绿色的是青菜汁、黑的掺了芝麻、黄的揉进了番薯……她们说平时几乎不做，有人预订才做，看来我运气不错，就买点带给家人尝尝吧。拿出手机扫了码，两盒喷喷香的长寿糕便拎在了手上。

走出小泥屋，沐浴在暖暖的夕阳下。今天是大寒，却一点都不寒冷。下午走出蜗居就对了，似乎只有走出家门才能感知生命的美好，其实，这纯粹是一种借口，借此为自己浮躁的内心找个地方安放而已，而河洪长寿村无疑是最佳的安放点。

2019 年 3 月

纯美禾木

如果说上帝不小心打翻了调色板，把缤纷的色彩、迷人的风情馈赠给了新疆，成就了那片土地无边无际的魅力，那么他把最艳最美的一抹投掷在了禾木。去布尔津的禾木，是我们万里新疆自驾游接近尾声时的计划，大家犹如小女孩一般把最漂亮最心仪的宝贝偷偷地藏在最后去欣赏。

禾木就像躲在深闺的含羞少女，见她可谓一波三折。到达景区就看到售票处，检票入内，是一条鲜花簇拥着的禾木公路，游客们必须坐景观区间车进入。区间车不温不火缓缓地在山路上盘旋，貌似特意让我们慢慢欣赏路两边的美景。陡峭的山路边鲜花摇曳，蝶群莺莺，绿树浓郁，这会儿你即便想打个瞌睡都舍不得。一个小时后到了停车场，坐上公交车才能进入禾木村。

于是，一个小小的原始安详的小村子便呈现在眼前。这就是有"中国第一村"美誉的禾木村，是中国仅存的最古老的游牧民族图瓦人聚居的三个村子（喀纳斯、白哈巴、禾木）之一。湛蓝纯净的天空下是一个群山环抱着的开阔的峡谷，依山傍水的村子错落有致地撒在峡谷中。没有锃亮的柏油路，没有车水马龙，没有高楼和大片的玻璃幕墙，甚至见不到一个警察。葱郁的绿树丛中是一幢幢原木建成的小木屋，原始古朴，尖尖的屋顶在正午的阳光下闪耀着丝丝温暖的金黄色。每幢小木屋前都有一个大院子，木制的围栏朴素却不乏实用。

晚上就住这种小木屋吗？太开心啦，用松树原木垒砌成的房间散发着阵阵清香，房间门口便是一大片碧绿的草地，茂盛的绿草间点缀着五颜六色的小花，简陋却处处透着浪漫。

放下行装，我们便去探秘这个有着 400 年历史的神秘的小村子。正是暑期旅游旺季，游客纷至沓来，给宁静的禾木带来了些许的嘈杂。路边院子里格桑花、百合花、金盏菊……各种鲜花烂漫，成群的牛羊悠闲地溜达，更有马儿欢快地驮着游客"哒哒哒"地撒欢。图瓦人被称作云间部落，他们生活在树林中，以放牧和狩猎为生。牲畜、牧草、牧场、山林便是他们的生命。

村边的禾木河汹涌奔腾、水质清澈，醒目的禾木桥横亘溪上，显然，这座木桥是小村子的标志性建筑。桥头桥尾各有一个高大的拱门，门扇却矮小有趣。原来这里距离边境线仅几十公里，桥上设门是战备需要。以前可能曾经是个边境关口，现在也就一个形式吧，这门能防得了什么呢？何况我们的邻国都是友邦，是朋友！虽然图瓦人居住此地已有 400 年，可是简单的小村子没有什么历史遗迹，能见证历史的或许就这座桥。听说原先的木桥已损坏，这座是 20 世纪 70 年代重新修建的。

过桥，是一条蜿蜒而上通往山顶的木制徒步栈道，陡峭的阶梯是个挑战，高大的白桦树上蓬勃漂亮的叶子在向我们招手，满山满坡的花儿诱惑着我们。被蓝天白云下村子的美景所深深吸引的我们惊叹着、开心着，移步换景，拿着手机拍拍、看看，陶醉中不知不觉登上了制高点——观景台。

山顶平坦开阔，一条游步道伸向远方。极目远眺，晶莹洁白的雪峰下是深深浅浅的绿，弯弯的禾木河缠绕着禾木村尽收眼底。被大片大片浓密的松树林、白桦林包围着的那些小木屋，就像一块块积木搭在绿色的地毯上，特别有画面感，袅袅炊烟如梦似幻。这种原始的柔美与宁静并存的自然生态，真的太美啦，恍惚中好似来到人间仙境。

正当我痴痴地目视前方之时，一声"阿姨"把我拉回到眼前。一个七八岁的男孩在路上玩滑板，被我挡住了去路。小男孩长得虎头虎脑的，穿着绿色的毛衣和牛仔裤，脚上穿着一双运动鞋，很是精神帅气。我来了兴趣，先夸他能干、平衡技术好，然后问他怎么一个人在山上、是不是图瓦人。孩子落落大方地用普通话告诉我他是哈萨克族，家住村子东头，和妈妈一起在山上，过了暑假就要上学去喽！问他学校在哪，他说就在村子里。

和孩子边走边聊，见到了他的妈妈，一个皮肤黑里透红、憨笑着的胖胖的年轻妇女。我夸她们的村子很漂亮，没想到她呵呵笑着说，这儿的秋天更漂亮，你们以后再来玩吧！可以想象，当热烈而明朗的秋天来临时，天高云阔、层林尽染，绚丽多姿的秋色该有多么的美丽，禾木村肯定变得更加绚烂和富有魅力。反正我已退休了，如果有机会，秋天再来住几天也不是没有可能。然后就邀请孩子和我们拍合照，完了小家伙很有礼貌地招手和我们道别。真是一个懂事而又乖巧的男孩！哈萨克族是一个能歌善舞的民族，也是一个勇敢善骑的民族。十年后，男孩肯定成长为一个骑着骏马，高歌、豪放、勇猛的汉子！

下山，走过浮桥，穿过白桦林，经过一幢又一幢古朴的木屋，看到村民们简单的生活设施和安静淡定的神态，我的内心忽然有一种轻轻的触动：他们的纯粹、他们简单的生活状态、他们热爱自然保护环境的纯朴之心是多么的难能可贵！或许千百年来所信仰的藏传佛教早就让他们的灵魂去除了浮躁和虚荣，而归于安宁了吧！

入夜，已十点多了，天空才慢慢变成蓝灰色，成群的黑鸦在小木屋上空飞来飞去。虽七月流火，夜晚却出奇的清凉，披上外套仍有冷风侵入肌肤的感觉。村子里所有的木屋都亮起朦朦胧胧橘黄色的灯光，散发着温暖的光晕。烤羊肉串的吆喝声中掺杂着嘻嘻哈哈的欢笑声，一家家木屋商店摆出了琳琅满目的商品，酒吧飘出时尚的音乐……小小的禾木，同样虎虎生气，富有活力，这边陲小乡村纯朴的村民正用最热烈的情感欢迎来自远方的朋友。

原载于 2018 年 9 月 4 日《羊城晚报》副刊

丰饶广丰

广丰怎么样？显然这是一个简单而笼统的问题，但我仍然思索良久。短短的两三天之行，能概括出一个怎样的广丰呢？最后我想到两个字：丰饶。不说广丰的"华家源故事"——夏布小镇新农村建设之超前，不说龙溪令人侧目的文昌阁、祝氏宗祠、江浙社之建筑风格和文化传承，不说广丰人之朴实热情好客……单说广丰的山之奇景、水之温婉、夜之妖娆，足以颠覆我曾经对江西的偏见。之前总感觉江西务工人员遍布全国，在我们宁海也不在少数，他们干着辛苦的工作、住在不尽如人意的环境里……殊不知江西的广丰有铜钹山、九仙湖；有唐朝末年诗人王贞白，著名的千古名句"读书不觉已春深，一寸光阴一寸金"便出自他；更有闻名全国的广丰建筑业，据说世界上每个国家都有广丰人在造房子，广丰的经济在江西省名列前茅。

华家源故事

8个月的时间能干成什么？谈一场恋爱？孕育一个孩子？抑

或赚进满盆满钵的钱财？江西上饶市广丰区壶桥镇华家源村给出的答案是：在短短 8 个月时间里，村干部偕 10 名党员带领全村261 户村民，让村子发生了天翻地覆的变化。去年底，华家源村以全新秀美的乡村面貌呈现在人们面前，迄今为止，接待慕名而来的游客达 13 万人次之多！

村子里洁净如洗，所有民房都是统一的青砖黛瓦，看似是古徽派建筑风格，却又有现代感。每户人家门口都栽花植树，草坪用漂亮的竹篱笆装点，木制的栏杆、清澈的流水，偶尔还会看到用鹅卵石镶嵌成的小小水井，细竹、石雕、摆设，处处体现着曼妙的诗情画意。更有墙上大幅的"朱子家训""夏布生产图景"。我们一路走，一路惊奇，伸张有度的河塘村道、错落有致的民居布局，这哪是在乡村中溜达，分明在一个鸟语花香的公园里散步。

荷花池边，精致的木制步行道伸向湖心，边上一个硕大的圆形水车哗哗地转动着。听村主任介绍，村民都姓朱，是朱熹的后人，而村子又有悠久的生产夏布历史，因而在政府统一规划的基础上，请来中国美院的专家专门设计，以朱子理学、夏布文化及流水韵味为主线，匠心独具地倾力打造出这个一流的新农村。

小桥、荷塘、墙画、雕塑、栈道……无须刻意取景，随手一拍，便是一幅美图。葱郁的大樟树下是悠闲的村民，有卖零食、鲜藕的，也有闲坐着聊天的。慢生活改变了农民的生活模式和状态，新农村赋予村民们良好的"三观"，简而净的生活让他们的精神面貌发生了很大的改变。在"夏布堂"，我们从墙上的宣传画中了解了一根苎麻是如何变成一套漂亮的裙子、一条柔软的围巾的。我不禁感叹民间工艺的精湛和古人的智慧，好想挑选点透气清凉的夏布回家做件飘逸的衣裙，可惜时间不允许。算了，留点遗憾，就有理由再来一次，不是吗？

灵秀九仙湖

一位朋友问：你要去广丰吗？那里有座铜钹山！我不置可否，山嘛，哪儿都有，铜钹山有什么特别的吗？不过这山的名字倒有点神秘色彩，说是山形犹如一个铜钹，故得此称。

离开广丰的永利国际大酒店一路向南，正是仲春季节，花香馥郁、满目葱茏，心旷神怡。半个小时后，即驶入位于赣、闽两省边陲的景区。同行的景区负责人介绍说，铜钹山既是一座山，又指方圆三百多平方公里的景区，当然最有名的数"白花岩""九仙湖"等。

说话间，九仙湖到了。远远的，山峰环抱中但见一泓清泉，静如处子，这个坐落在海拔 500 米高山上的湖泊，水色清冽，澄碧的湖水宁静恬淡，恍如"江南的天池"。虽然水面清浅，但并不影响它的秀美和茵茵仙气。湖边一个个丹霞地貌的山峰在蓝天的映衬下，各具形态，妙趣横生。"神仙打鼓""龟蟒石恋""关公石"等惟妙惟肖，特别是一座叫龟寿山的巨岩山峰，石上一个大大的"寿"字，不知道是谁刻上去的。一大一小两块巨石可以看作是龟的身子和头部，而小的那块又可以单独看作一只向上面攀爬的勇敢的石龟，活灵活现的神态煞是可爱。徜徉景区，空气清新、花香扑鼻，阳光下，湖面波光粼粼，即便没有"水澹澹兮生烟"的奇妙，却似有万点金光在水面上闪烁，黛青色的群山青翠欲滴，别有一番韵味，好一幅美妙的山水画卷。我们离开时，走的是一座奇妙的"鹊桥"，在颤悠悠的摇晃中，记住了难忘的九仙湖。

神奇白花岩

盘山公路继续向深山密林中延伸，到了一个山冈上，大巴车上不去了，于是我们下车徒步，目标白花岩。据说那是"一眼看三省"的地儿，我作为徐霞客研究会的一员，去白花岩又多了一层意义：因为四百年前即明崇祯元年，42岁的徐霞客从江苏江阴出发，经浙赣边南游福建，过仙霞关到江西的铜钹山，游览了白花岩，由于下雨，在白花岩的寺庙中借宿两夜。

白花岩，又称白华岩，它就像一个斜立的大石盖，盖在山顶。其实不用导游介绍，我们也可以感受到这块巨石的奇特，光滑的岩壁，高高耸立，站在白花岩下的广福寺院子中，如头顶有个盖子，下雨天肯定淋不到。广福寺最初建于唐朝末年，后因屡屡毁坏，又不停地修建。现在部分建筑是清代的，其余都是新中国成立后修建的。白花岩下的洞穴面积有2500平方米，依岩修建的寺庙总体比较简陋，禅房不多，都漆成很奇怪的红色。或许临近中午，游客零星，仅有几位善男信女在烧香拜佛。听说寺庙里有珍贵的元代壁画，我们跑进去看了一下，还真有两幅，是《二十四诸仙图》，画中仙人们神态迥异、衣袂飘飘，特别是一位老者，那眼神画得非常俏皮有趣，可见作者画工之精湛。遗憾的是，因年代久远，好几处墙体开裂，橱窗玻璃碎损，大大破坏了原画的完整性，可惜了。走出寺庙，回头，只见高悬的岩壁上刻着"白花岩"三个大字，据说是明代广丰籍天文学家、文学家吕怀亲手刻上去的。旁边岩石上还有好多石刻，刻着"东南第一峰""界外福地"等。

我们在广福寺中逗留、寻觅，企图寻找出徐霞客当年留宿此地的点滴踪影，然而，却是徒劳。

据《徐霞客游记》记载："初二日，登仙霞，越小竿岭……遍询登山道。一牧人言由丹枫岭而上，为大道而远；由廿十八都溪桥之左越岭，经白花岩上，道小而近。余闻白花岩益喜，即迂道且趋之，况其近也！……又五里，大石磊落，棋置云罗，松竹与石争隙。已入胜地，竹深石转，中峙一庵，即白花岩也。僧指其后山绝顶，峦石甚奇。庵之右冈环转变而左，为里山庵。由里山庵越冈两重，转变下山之阳，则大寺也，右有犁尖顶，左有石龙洞，前瞰犁岭，可俯而挟矣。余乃从其右二里，憩里山庵。里山至大寺约七里，路小而峻。先跻一冈，约二里，冈势北垂。越其东，坞下水皆东流，即浦城界。又南上一里，越一冈，循其左而上，是谓狮峰。雾重路塞，舍之，逾冈西下，复转南上，二里，又越一冈，其冈左亦可上狮峰，右即可登龙洞顶。乃南向直下，约二里，抵大寺。石痕竹影，白花岩正得其具体，而峰峦环列，此真独胜。雨阻寺中者两竟日。"文中所谓的大寺，就是白花岩下的广福寺，而狮峰，或许就是寺左侧的螺蛳峰。

我们转而去螺蛳峰，此峰特别险峻，高高地侧立在白花岩旁边。沿着鹅卵石小路不一会儿就到了山峰脚下，抬头是直入云霄的陡峭山路，同伴们小心攀爬，不敢轻视，双手紧握着山道两边的铁链。这条路显然是后人修的，真不知道当年人到中年的徐霞客是怎么徒手爬上山峰的，想想都难。其实不用猜，他游记中已清楚记载，这位旷世游圣就是凭着坚强的意志，不怕困难、不畏艰险，三十多年许身山水，与风雨为伍、云霞相伴，攀险峰、涉山涧、栖荒野、千辛万苦……古往今来，喜欢游历名山大川的文人墨客很多，但是像徐霞客那样认真、执着地进行科考、描写祖国山川河流的，可以说是前无古人后无来者！

登上峰顶，真可谓一览众山小。"一眼看三省"是一处绝好的观景台。远眺、近眺，分不清浙江、福建、江西三省的位置，却看到林立的山山岙岙等各种丹霞地貌，群峰如画，山中植被葳蕤，自然风光非常的优美。想起导游曾介绍说铜钹山是"封禁山"，是江西省最原始的生态养生地，珍稀动物种类繁多，名贵树种比比皆是，那都是"千年封禁"的缘故。据记载，因为铜钹山林深山密，自唐末以来一直是农民起义的大本营，他们在这险要的山峦中与官兵周旋，因而被朝廷下令封禁。歪打正着，正好也实实在在地为后人留下了一块丰厚的原始生态圣地，不能不说是江西广丰人的福祉。

厚重龙溪村

有着一千两百多年历史积淀的广丰，含有深厚的文化底蕴，不但孕育出一大批历史文化名人，同时也造就了灿烂的文化，比较典型的代表就是东阳乡的龙溪村。该村扼守在广丰的东大门，与浙江省衢州的江山相邻，最近相距仅几公里，生活互往，男婚女嫁，语言也是一致的江山话。

接待我们的村支书就是从江山嫁过来的，是个浙江姑娘。一头特精神的短发，干练的她陪同我们从一座古石拱桥进入村子，桥下是潺潺的龙溪。村支书说这溪水一直流到杭州的钱塘江。是啊，华夏中国，不都是山水相连、血脉相通的嘛！桥头一座古建筑吸引了我，原来这就是我们要首先到访的清乾隆年间的观音阁。因没找到保管钥匙的村干部，我们就在外面观赏这座玲珑别致、古朴典雅的清代建筑，据说当地政府于三年前修缮了它，并保护性地将其开发成一个观光休闲的旅游胜地和修身养性、净化心灵的精神高地。遗憾不能进入参观，但这个观音文化博物馆无疑是一张传承和了解观音文化精髓的金名片。

走过一个有八卦图形的广场，一座更漂亮的建筑出现在眼前，这就是著名的"文昌阁"！这座建于清同治七年的古建筑，虽有修葺痕迹，但总体保存良好。屋顶是三重檐歇山顶，雕梁画栋。整体有十多米高，看上去庄重又不失轩昂。方方正正的天井绿草茵茵，两边廊沿的墙上布满字画，一边是孔子、孟子、荀子的画像及名句，另一边是"礼、义、孝"等国学精髓。墙上蓝色的"鸢飞鱼跃"四个大字寄托着先人对后辈学有所成的美好夙愿。厅堂里挂着"家风家训"，两边各有两间"六艺馆"和"典籍馆"，在"典籍馆"看到四块牌子："中国乡愁文化教学基地""龙江书院""国学讲堂""青少年游学营地"。显然这里已成为传播优秀传统文化和弘扬崇尚教育的优良基地。

龙溪自元末建村以来，一直是一个重教尚学、耕读传家的村子，为了给后人造就良好的读书环境，建造了文昌阁，子孙后裔可以说是名流辈出。这个仅有两千人的村子，拥有硕士学位者十多人，更有科学家、学者、教授、作家、画家、书法家，以及知名记者……不能不令人侧目，是勤奋还是因为有文昌阁、文昌帝君保佑，只有村民能回答！

接下去我们走访了省级非物质文化遗产——始建于明代成化

年间的"祝氏宗祠"和"江浙社",包括文昌阁、观音阁,它们都是全国重点文物保护单位。一个村子里,居然有那么多的"国"字号文保单位,全国又有几个呢。至今仍拥有二十多幢明代建筑,一百三十多幢清代建筑,真不知道这些宝贝是怎样保护下来的,历经几百年风风雨雨,经过抗日战争、解放战争及"文化大革命",它们依然默默地守望在村子里,见证着岁月的盛衰。而今,政府高度重视,抢救文物、保护历史的呼声高涨。那么龙溪村的人们更加有理由热爱文化、尊重文化,并获得厚重文化的回馈了!

广丰归来,我不由感叹,除了丰盈富饶,广丰还有着丰厚的旅游资源和绵长、深厚的人文历史文化。

2019 年 10 月

健身步道，走起

　　春节刚过，微信上关于"千里走宁海"第五站的帖子便多了起来，各户外俱乐部的朋友们热烈地发送着、点赞着。时间定在2月28日，起点梅林街道的仇家，终点白龙潭，全程12公里左右。沿路有仙人桥脚、篮掼岙、吊筋岙、白岩口等景观，看了不免让人有些心动，正好一位朋友相邀，于是欣然应约。

　　28日，暖风徐徐，一个爬山徒步的好日子。车到仇家，装备齐全的新老"驴友"们举着各俱乐部的队旗，汇聚成一股彩色的人流，向仇家三坑水库方向走去。有从村边进入的，有从村子里出来的，队伍庞大，全民运动的高涨热情超出我的想象，瞧这阵势，恐怕有几千人吧！

　　彩旗飘飘，群情烈烈，徒步的朋友们甚是开心。是啊，说起来还是新年呢，周末，新春，还有什么比这么多人一起度过假日更开心的事吗！音乐在山岙中跳跃，京剧、越剧、民歌，更有激情澎湃的迪斯科，不约而同地全都开着最大的音量，唯恐同伴听不清，一位装扮潮萌的小美女甚至啥都不带就背着一个大音箱。

　　爬了一段山路感觉有点气喘，想想还有十多公里的山路呢，得悠着点走，不然怎么撑到最后。想起 2014 年国庆节那天第一次参加"千里走宁海"徒步穿越活动，那是从大佳何的冯家走到外袁，也有十公里的山路，由于没有经验，跟着队伍走得很快，生怕掉队。结果走到后来竟没了力气，好不容易挨到终点，人累得散了架，前车之鉴啊！

靠在山路边休息，眼前的人流犹如一道流动的风景。拎着一袋袋垃圾的环保达人，登山不忘捡垃圾，令人敬佩。身着整齐的冲锋衣、戴一副金丝边眼镜的白领，光着膀子的汉子，蒙着头巾、脖子上挂一根超粗金项链的帅哥，天真可爱的孩子，更有一位据说是 89 岁高龄的老者，背着双肩包、拎着一把"哗哗"响的镲，健步如飞……此刻，职业、身份都不重要，大家相约着来"千里休闲健身步道"，内心是阳光的，是热爱生活、珍惜生命的，是值得尊重的！

遍布全县东南西北的这 500 公里登山健身步道，就像一根美丽的项链，把位于山旮旯角角落落中的景区、文化遗迹、村落、户外运动场所、农家乐和农业产业基地等有机地串联起来，成为一条热爱户外运动爱好者的健身之路。"走步道，爱户外，享生活！"是的，健身步道的创建，目的就是倡导百姓健康的生活方式。这条被国家体育总局评为国家登山健身步道示范工程的健身路已享誉国内外。一次我在爬梁皇山过程中碰到一位回家度假的美籍华人，她说，在美国的宁海人中，很多都知道家乡有这么一条休闲登山健身步道，这不，喜欢大自然的她也趁着假期来体验一把。

"加油哦，走起！"身着迷彩服背着单反相机的塔峰晓日和围着漂亮头巾的梅子从我们身边走过。这是一对琴瑟和谐的恩爱夫妻，生活方式健康环保。他们一个是农技工程师，一个是金融行业的白领，到了周末，则双双去徒步，品味酸甜的山野果子，享受情趣相投的平凡日子，走遍宁海的山山水水，让一草一木见证他们二十多年不老的爱情神话！

受到鼓舞，我和同伴再次融入登山队伍开始向山峰挺进。

叮咚的溪流一路陪伴，大大小小的龙潭一个接着一个，形状各异，千奇百态，有的圆如脚桶，有的形如畚斗，有的如扇子，有的如美女。清澈的潭水如一面面镜子，树枝倒影，山水浑然，恰如一幅幅精美的油画，现在都成了"驴友"们休息和洗脸的好去处。半山腰中，有一块杂草丛生、荒芜的用石头垒成的山地，同伴猜测这可能是一块田地，昔日老百姓为了生活，为了吃饱饭，到处开垦荒地，所谓"勺一块、碗一块、蓑衣一块、笠帽一块"，就是形容田地的分散和面积之小，如此，百姓艰辛的日子可见一斑。

继续走起，目标影潭山。

影潭山也称隐潭山，主峰高达800米，和双峰的高山可有一比。据说阳春三月会有漫山遍野的杜鹃花，美艳得无法形容。可是山太高了，欣赏的游客不多，有点遗憾。山路越来越陡，几乎是垂直的，虽有登山杖，仍感觉困难重重，爬不到20米就要停下喘喘气。想着自己虽不是运动达人，但平时偶尔也是乐于山野中的，依然感觉体力不支，看来真是岁月不饶人。

终于到了山顶，竟然有一块非常漂亮的草坪，一群"驴友"用自带的小烧炉煮年糕汤当午饭。听口音好像有台州椒江的，也有象山的。我们走上去搭讪，果然是来自象山的一个户外俱乐部，他们非常热衷宁海的登山步道，几乎每一次穿越活动都参加，比如西林水库到龙潭、山洋至响亭山、望海岗至张辽、石舌章至海洋湿地公园……

"都去走过啦，这些登山步道杠杠的哦！"一位头上缠着魔术巾的年轻小伙子如是说。"但也有不足之处，十公里以上的长距离徒步，很有必要中途补给，举办方最好设几个服务岗，如给我们添些茶水、弄个小卖部什么的。"小伙子又毫不客气地提了不少意见。

　　离开草坪，前方是一个更高的山峰，那便是影潭峰了，波浪式地连着三座山峰。极目远眺，城区的天明湖、梅林水库、西店的紫江似乎都近在咫尺，甚至雁苍山的吉祥禅寺都隐约可见。真正的"无限风光在险峰"啊！

　　接下去是数个小时的下山路，没想到下山一点不比上山轻松，又是正午时分，恰好又是早春少见的高温，骄阳下，酷热难耐，整个人软绵绵的。水杯里的水早没了，一位来自三门叫"远山"的"驴友"慷慨地将自己的开水分了一部分给我和同伴，感觉很是贴心。实际上，一路走来互帮互助的感人故事很多，爱心爆棚，正能量满满！

　　"我运动、我健康，我健康，我快乐！"很喜欢这个运动口号。而今，有益身心健康的活动已成为全球的生活追求。近年来，市里也常常举办群众登山大会，今年更有了新的创意——"十峰联动"攀登各县市区最高峰活动。就在 28 日这一天，市区也有近 600 名登山爱好者齐聚匡堰镇，一起攀登海拔 446 米的慈溪最高峰——蹋脑岗，从而拉开了 2016 年宁波市十峰登山大联动活动。我们这次"千里走宁海"，也算是助力了这一个群众性的体育健身活动啦！

2016 年 3 月

江郎奇景 "三爿石"

同事小王来自江山，一年国庆前夕，他跑到我办公室说，放假了，想组织同事一起去他家乡江山玩，那儿有江郎山、仙霞关、廿八都等景点，很不错的哦！年轻人热爱家乡的情感自然不能打击，我欣然答应。过了几天，小王有点沮丧地说：响应的同事不多，可能家里事儿比较多，看来只能下次去了。弹指间，十年过去了，小王也调离了单位。回想那天看到他落寞离去的背影，我心里默默地念道：江山，什么时候一定去一次！

接到县徐霞客研究会将组织会员去江山考察交流的通知时，我正在上海，周边环境很吵，可我依然清晰地听到了"江山"两个字。十年情结呀，哪有不去之理。

出发那天，春雨潇潇，二十来位"徐学"爱好者老中青占齐，说笑间，才得知好多人都已经不止一次去过江山了，特别是江郎山。有去露营拍日出的，有旅游度假去的，也有半道转到江山专门去看"三爿石"的……非常敬佩那些老同志，距离江山有近6个小时的车程呢，可见他们对徐霞客研究会的热爱，一往情深，令人动容！

途中暴雨如注，不禁令人担心。下午考察的第一站便是江郎山，也是当年小王积极推荐的景点之一。徐霞客会保佑我们，让江郎山"云开日朗"吗？

车子里大家热议着天气，讨论着徐霞客对江郎山的钟情，猜想着为什么徐公三过此山，却一次也没有爬上山峰的缘由。

车到江郎山，一路伴随的大雨竟然戛然而止，令人称奇。换乘环保车到海拔五百多米的开明禅寺，下车时顿感神清气爽，但见云雾弥漫，景色朦胧，一眼望去根本看不到雄伟奇特的旖旎风光，山谷中的翠竹也被浓密的云雾所笼罩。我拿出手机拍下几张白雾，发到朋友圈中并冠以"雾锁江郎山"。朋友们嘻嘻哈哈点赞议论的一大堆，有惊奇的，更有人说我这次江郎山之行将什么都看不到！

负责全程陪同并接待的江山市旅游局的徐科长淡定地说：我们上山去吧，江郎山经常有这样天气的，不足为怪，一忽儿太阳说不定就会出来。

说笑吧，这样的阴雨天气，太阳能出来？如果我们真能看到神奇的"三爿石"那就是霞客先生在护佑我们了。将信将疑中，大家还是虔诚地随徐科长一起走上了登山步道。

路口，一块大鹅卵石上凿着江郎山旅游示意图，有几个凹凸处想必就是著名的"三爿石"了，所谓"神州丹霞第一峰"，平面图看着也不咋地呀。山道弯弯，走了几步看到路边一块牌子上盖了两个印章——"世界遗产""中国国家级风景名胜区"，还有"AAAAA级旅游风景区"。这可是几个重量级的荣誉，我们宁海有条国家级登山步道，距风景名胜似乎还有一定的差距。牌子下面是一组说明，题为"三爿石底座上的风化壳"，读后得知此处为三爿石底座下的山坡，海拔450~500米，坡上残留了数米厚的棕黄色黏土层，黏土层下砾岩半风化及球状风化。这种覆盖在新鲜岩石表面的风化层称为风化壳。这个风化壳很大程度上表明了这是一个上新世末的夷平面，而三爿石则是这个夷平面上残留下的孤峰。江郎山这种夷平面与孤峰的组合是老年期丹霞地貌的典型代表。还未看到三爿石，我们却学到了不少新知识和术语——"夷平面""风化壳"，原来丹霞地貌也分老年期、青年期。

转过一个山岙，看到一块特别大的石头展翅欲飞般立在路边，下边斜卧着一块形似鸡蛋的大石头，这便是第一个景点"会仙岩"。看到好似要压下来的大岩石，心跳不由得加快：这里果然有着不一般的岩层。继续在浓雾中穿行，目标"三石峰"！脚下不断打滑，登山步道可能鲜见阳光，长了不少苔藓，山体的峻峭和奇险可见一斑。路边山坡上有大片大片粉紫色、形状酷似倒挂金钟、又如一只只小喇叭的花儿吸引了大家，原来江郎山威武之余不乏柔美、纤细，如此娇嫩的花儿竟与伟岸的山体相依相偎，令人赞叹！

爬上陡峭的石阶，山坡处立有徐霞客的塑像，还有一个亭子，那便是"霞客亭"了。1620年春，大地理学家徐霞客出游福建仙游的九鲤湖和福清的石竹山，途经江郎山，被眼前三爿石景致所惊，后又两次驻足江郎山，虽山高路险，未曾登上山峰，但留了绝佳的文字。后人为了纪念他，特地立了"霞客游踪"石碑并建了该亭。石碑上的字为杭州西泠印社书法家吕国璋所书。凉亭柱子上有对联："千卷记游地学独辟蹊径，九州览胜江郎三印行踪。"精辟地概括了徐公霞客探求自然、坚韧不拔的精神。

"徐学会"同人在霞客亭前合影留念，阅读着石碑上徐霞客描写三爿石的精彩文字之余感叹今天可能要与三爿石美景失之交臂了。正在这时，不知谁大喊了一声："快看!"转身，抬头，瞬间惊呆了，只见天空中、灰白色的浓雾里，两座山峰好似一把尖刀若隐若现。怎么可能? 刚才还是浓雾弥漫的，真的是山峰吗? 看上去那样的不真实! 不容你多想，云雾好似被一双有力的大手轻轻地拨开，露出了第三座山峰! 一抹金色的阳光灿烂地照在三爿石上。太神奇啦! 果然如徐科长所说，太阳出来了! 更如徐霞客所言"云开日朗"! 大家不约而同地拿出相机一齐对准了三爿石。越来越清晰的三座山峰，完美地高高地展现在我们眼前，在半山上拔地而起，犹如"川"字形排列，赫然屹立于茫茫群山之上!

古时候传说江郎山是由江郎、江亚、江灵三兄弟因迷恋仙子登上山顶变为三大巨石而成，一个伟岸高大，边上两个则如两片刀锋，直插云天。

虽然山峰下依旧有白雾缭绕，但我们却很是感动。毕竟，我们一路的念叨终于得到了回应，心诚则灵啊! 更奇怪的是，10 分钟不到，一团浓雾再度飘来，严严实实地遮盖住了三座山峰，真是"昙花一现"呵!

三爿石，也许在天高云淡的深秋，会旁若无人地坦然矗立在山坡上; 也许在皎洁的月夜，会轻盈地在山顶上舞蹈; 可是更多时候，它宛如一位娇羞的新娘，披着白纱，羞于见人，特别是春天，总是被浓浓的白雾锁住。今天，令人震惊的一刻，撩开了神秘的面纱，只为远道而来的我们，这是江郎山赐予我们的最佳见面礼! 如此壮观，让人不禁肃然起敬!

离开霞客亭，看到旁边竖着一块牌子，写着: 此处为三爿石最佳观景点。三爿石以残存的孤峰耸立于众山之上，268～324米，孤峰挺立、拔地通天、气势雄伟，是全球迄今所知最大的被陡崖环绕的砾岩孤峰之一。原来霞客亭就是最佳观景点，我们幸运地看到了这三座神奇的山峰。想当年，徐公因重重大山阻隔，为看三爿石走了很多的路。《徐霞客游记》《游九鲤湖日记》中记载："二十三日始过江山之青湖，山渐合，东支多危峰峭嶂，西伏不起。悬望东支尽处，其南一峰特耸，摩云插天，势欲飞动。问之，即江郎山也。望而趋，二十里，过石门街，渐趋渐近，忽裂而为二，转而为三；已复半岐其首，根直剖下；迫之则又上锐下敛，若断而复连者，移步换形，与云同幻矣！夫雁宕灵峰、黄山石笋，森立峭拨，已为瑰观；穹然俱在深谷中，诸峰互相掩映，反失其奇。即缙云鼎湖，穹起独起，势更伟峻；但步虚山即峙于旁，各不相降，远望若与为一。不若此峰特出众山之上，自为变幻，而各尽其奇也。"有徐公霞客如上精准描述，想我无论用怎样的语言赞美都显苍白。

如果说我们仅仅看到了雾中三峰，那还是不完美的，当来到"一线天"景点时，才体会到南宋辛弃疾"三峰一一青如削，卓立千寻不可干。正直相扶无倚傍，撑持天地与人看"的赞歌。"一线天"处在亚峰和灵峰之间，是一个又深又窄又陡的峡谷，高深均300米左右，最窄处仅仅3.5米，两壁如刀削一般平滑陡险。仰视"一线天"，气势雄伟。风呼呼地吹进峡谷，奇怪的是灵峰那一边寸草不生，而亚峰这一边却是满目绿意、生机盎然。云雾中一条石阶漫漫伸向前方，恍惚间我们犹如登上了天梯，感觉特别奇妙。快走到尽头时，居然还看到了迷人的彩虹，这是何等秀丽的景致！难怪被专家定为"中国一线天之最"。

这个峡谷曾让世界翼装联盟倾心不已，特别是美国翼装飞行大师杰布·克里斯。翼装飞行运动是目前不借助机动装置的情况下，全球速度最快的体育运动，冠居"极限运动之最"。被江郎山雄奇俊美的自然景观和独特性所吸引的杰布·克里斯表示，此生能飞过"一线天"将是自己飞行以来最危险最具挑战性最疯狂的一次飞行。机会总是给有准备的人！2013 年 9 月 28 日，首届"中国·衢州 2013 年江郎山国际旅游节"开幕，为了助兴，杰布要挑战"一线天"，意为大家献上一场视觉盛宴。当天下午 4 点 29 分，在确保风速平稳的情况下，杰布·克里斯身穿美国翼装从 1524 米的高空纵身跃下，以 170 公里的时速成功穿越"一线天"，用时仅 49 秒。勇士和世界自然遗产江郎山，共同谱写了一曲传奇之歌！

走完"一线天"，便到郎峰脚下，如果继续前行便是景点"郎峰天游"。郎峰虽然垂直高度仅 360 米，可是抬头仰望，"青如削"淋漓尽致地展现眼前，笔直笔直的，令人晕眩。那是真正的千山鸟飞绝，更不要说人类了。据传明代江山人周文兴曾请来大批工匠，想搭"天梯"登上郎峰，未果。游圣徐霞客三次来到心仪的郎峰脚下，最终面对壁立千仞的悬崖也只能抱憾兴叹。没想到这个愿望在 400 年后得以实现。1987 年，江山市政府开始开凿登峰石阶。历时三年多，共开出三千五百多级石阶，终于圆了古人的登峰之梦。可是听说石阶非常险峻，以"之"字形曲折而上，宽度只有 70 厘米左右，有的仅容一人侧身通过，最陡处竟垂直上下。"蜀道难，难于上青天"，上郎峰或许不亚于蜀道。日暮黄昏，我们已没有登峰的时间，感叹之余，大家望峰兴叹。说真的，那么险峻的山峰，没有一定的勇气还真没法成行。

下山路上，徐科长介绍说，江郎山还有好多景点，如十八曲、塔山、牛鼻峰和仙居寺等，欢迎我们下次再来参观考察。这次因时间关系不能一一走访，我们也不遗憾了，因为我们已领略江郎山最精华部分。正如世界地貌家协会副主席、地理学教授皮特·米根亲临江郎山时所说："今天，我看到了这样一处神秘壮美的自然奇观，以前我无论如何也想象不到，这世界上居然还存在如此美丽、如此壮观的自然地貌，可以说这是世界上最奇美的自然景观之一，我非常感谢有机会让我享受这样的非凡经历。"

是的，我也非常感谢宁海"徐学会"，让我有机会享受到这一视觉美宴！

2017 年 5 月

金銮湾沙滩

　　"叮"，一条视频传送到"东山之行"群里。视频中，只见先期到东山的老马在东山金銮湾海滩上悠闲地溜达，她边走边拍边说："海滩上的人貌似比往年多，但非常凉快，沙滩也很好，走着可舒服了。呀，那边在卖鱼……"视频戛然而止。要知道近期家乡天天高温，火球似的红猛日头似乎要把人烤焦。于是，十来个即将去东山度假的同龄人你一言我一语，急迫的心已经不管不顾地飞向福建那个偏远的小岛。其实我们也就比老马晚去两天而已。

　　到达金銮湾边的领海国际小区已是晚饭时分，老马和紫薇请民宿老板小朱帮忙，在厨房里弄出了一桌丰盛的欢迎宴，迎接来自东海之滨的同学们。都说东海的海鲜是最好吃的，其实东山的海鲜似乎更有特色，肥胖的巴浪鱼、独特的小管、大个儿的黑虎虾，还有野生鲍鱼、龙虾、小银鱼、剑虾等。吃完鲜香的南海海鲜，大伙儿扔下满桌的碗筷，着急忙慌地去海滩吹凉风。

　　出小区便是沙滩柔软、海浪阵阵的金銮湾，也就五六分钟的步程。记得 2019 年 8 月初，曾和朋友来过东山，那时住在马銮湾，那边似乎更漂亮更规整些，相比而言，这里略显原生态，但仍有大拨大拨的游客，携男女老幼来海边消暑。

经营民宿的小朱说：平时鲜见的外地牌照的小车现在都停满了小区，挤挤挨挨的。烈日炎炎，大家都冲着金銮湾、马銮湾这两个漂亮的海滩来东山度假。正值旺季，小朱两个手机一刻不停地响，似要被打爆，她操着南京口音的普通话耐心地回复电话那头的游客，心里着实乐开了花。

漫步海滩，裙裾迎风飘起，舒爽、惬意。踩着细沙，我们干脆光脚感受它的细腻。正是涨潮时分，清凉的海水漫过脚背，一点点漾上沙滩。大家就像孩子一样在海滩上逐浪、嬉笑、打闹。远远的有一排半圆形的明亮灯光，似乎把海围成了一个内海，浪涛声夹杂着远处机器的轰鸣，噪声显得有点大。我不明就里，问老马远处是否是工地？她大笑着说，那是大海啊，哪儿来的工地？那一排是抓小管的渔船，发电机发起来，挂在船上的灯便亮起来了，那些类似于鱿鱼的小管特别喜欢灯光，它们成群结队、飞蛾扑火般地游向渔船，渔民趁机把它们收入网中。哦，原来晚饭吃的特鲜美的小管是这样捉来的。老马说小管是东山特有的海鲜，其他地方没有呢。

清晨，早起的同伴看了日出，拍了唯美的照片发在群里，把我们羡慕坏了。晚起的我和阿芳只好迎着初升的太阳去海边逛逛。看日出的人们都回去了，玩沙的孩子和玩水的年轻人还没来，五千多米长的海滩一眼望不到边。此刻不知道是涨潮还是退潮，海浪轻拍沙滩，哗哗哗地淘洗着绵软的沙子。昨晚猜想的"工地"当然是没有的，所有抓小管的渔船也都奇迹般地不见了，估计去卖小管了。一阵阵马达声由远而近，接着远远地一艘艘像渔船又有点像坦克的行驶器冒着黑烟由海上驶过来。我俩猜着这个是什么船，我说是渔船，芳说有长长的炮呢，肯定不是渔船，是部队的船吧。驶近了一看，果然是有编号的军船，船身布满迷彩，仔细看有点像坦克，正匀速有秩序地从我们眼前驶过，到远处的海滩边一字排开，海滩顿时弥漫着浓浓的柴油味。不一会儿，一艘船上跳下一位穿迷彩服的兵哥哥，他点起一支烟抽了起来。我们好奇地上前问这是什么船？兵哥说是水陆两用的坦克。我们又问这么热的天训练很辛苦，坦克里一定像汽车那样装有空调吧。

"没有的，有时里面会达到五十多度，热是热，但也必须忍！"露一口洁白牙齿的兵哥哥微笑着说。我们油然而生敬佩之心。

福建是距离台湾地区最近的一个省，而东山又和台湾隔海相望。晒得黑不溜秋的兵哥哥灭掉烟蒂说：你俩是来旅游的吗？先离开海滩吧，一会儿这里有活动，下午正常开放。这时，我们才注意到海滩上多了一条 L 形的由绿色沙包铺成的硬路。是了，三天后便是建军节，金銮湾海滩暂时成军事重地了。

晚饭时大家聊得正欢，紫薇在群里发了一条消息说，晚上金銮湾海滩上有渔民拉网捉鱼，如果有兴趣可以去看看。紫薇曾在东山工作十多年，她购买的房子就在海滩边，现在退休了，宁海东山两地轮流着住，倒也乐在其中。海滩是肯定要去的，这几天，顶着大太阳去了东门屿、风动石景区、澳角渔村……每天晚上还去海边晃，都把自己晃成"黑美人"了，可仍感觉没看够，这会儿又有渔民拉网可看，那真是赶巧又赶趟了。小草说你们去吧，我来整理碗筷，于是大伙儿不客气地把一片狼藉的餐桌扔给她，又迎着海风奔向了海边。

夜色中的金銮湾沙滩凉爽无比，没进海水里的双脚已感觉有点冷了，但仍有不少人在游泳。玩沙的孩子们陶醉其中，自顾自地"筑"着城堡，"雕塑"着只有他们自己知道的作品。已做外婆的芳想起她那对可爱聪明、即将上小学的双胞胎外孙，连声说两个孩子最喜欢玩沙了，以后一定要找个时间带他们来这里玩玩。是啊，蓝天、白云下的沙滩永远是孩子们的乐园，他们在这里寻找小贝壳、小海螺、小鱼、小虾、小蟹，他们动手、动脑，想象、创造……这何尝不是另一个课堂呢。

远处影影绰绰，似有两艘小船，我们飞奔过去，这里就是渔民拉网的地方。不知道海里的网是什么时候放下去的，只见好多穿着花花绿绿衣服的中年妇女戴着尖顶笠帽（不明白晚上为什么还要戴帽子）、蒙着面孔仅露出眼睛，腰上系一根宽宽的布带，布带前是一条带小块木头的绳子。她们排成两排，每个人分别用布带前的绳子绕上粗绳，那个小木头"啪"地卡住粗绳，便把人固定在拉网的队伍中。然后等距分开，身子向后倾斜，一步一步在海滩上倒退着走。两列拉网人呈喇叭形向后走，末端各有一位专门收绳子的人，这两个人把粗绳卷得像一朵花儿。仔细一看，队伍中也有老头，还看到一个瘦瘦的年轻小伙子哈哈地谈笑着拉渔网。这会儿似乎应该唱一曲"拉网小调"：

"依呀嗨，兰索兰，索兰——索兰——索兰，聆听那海哭声声在歌唱呀在歌唱，勇敢的渔民爱海洋，爱海洋，呀萨嘿，恨你呀，萨诺，多宽秀，哦，多宽秀，多宽秀……"

绳子好长，他们拉到末端就放掉腰上的绳子，又走到海水里变成第一个拉网人，然后慢慢地又轮为最后一个，这样不断轮回，一拨又一拨，终于看到渔网了。网似乎很大，看来这一网会有大收获，我心里暗暗想着。干瘦的拉网人不停地拉着，拉着……我拍了视频又拍照片，还跑到他们中间去拉了一把，呵，挺沉的。最后的高光时刻到了，大家围成一圈齐声喊着"嗨，嗨"，就收网了。令人大跌眼镜的是收获居然不多，才半筐鱼。那么多人呐，费了半天劲就捕这么一点吗？旁观的人们失望地散去了，我也一样，脑海里跳出"事倍功半"这个成语。可大海的馈赠又不是你想要多少就有多少的。不过看这些捕鱼人却蛮开心的，心态不错！他们抬着鱼"哗"地一下倒在铺着塑料布的沙滩上，鱼儿闪着金光跳着集体舞，有细细的带鱼、小小的鳊鱼，还有一种像青钻鱼一样的长条鱼，不知是不是野生巴浪鱼。据说所有鱼类中只有巴浪鱼是养殖的好吃，野生的鱼太瘦，也不香。问大妈们这个长条的鱼叫什么，她们用方言回答我们，居然一句也听不懂，只好无奈地离开。

往回走时已近九点，夜幕下的海滩上游人不多，一位粗心的父亲着急地找寻丢失的孩子，一声声呼喊中透着浓浓父爱。这会儿他可能为自己的疏忽肠子都悔青了，幸好后来找到了调皮的小孩，皆大欢喜。

默默地走着、想着，东山才二十来万人口，以前是一个贫困的小县城，渔民居多，所谓靠山吃山、靠海吃海，他们的粮仓就是海洋，可海洋资源越来越匮乏，刚才几十个人才捕到那么一点点鱼，渔民日子的不容易可想而知。十多年前，东山县委县政府引进房地产开发公司，利用优质的海滩资源开发了好几个面向海滩的楼盘，如我们租住的领海国际小区就是那时候宁海县的一位企业家开发的。如今的东山今非昔比，环境优美、道路宽阔，民风朴实，已跻身"中国优秀旅游县"之列。忽然想起白天在风动石景区看到黄道周纪念馆，原来明朝末年著名的书画家、文学家、儒学大师黄道周就出生在这里。更重要的是东山地理位置独特，是福建漳州市最南端的一个县，东临台湾海峡，和宝岛台湾遥遥相望。此刻，眼前不断迭现着戚继光抗倭练兵时那威震八方的阵势、郑成功收复台湾前从这里出发时的满怀豪情……1958 年炮击金门，我军将士为保家卫国，在这片平静的海滩上英勇地洒下一腔热血。

这是一块英雄的土地、一片壮烈的沙滩！

这里还诞生了一位优秀的县委书记谷文昌，他致力于风沙治理，让 3.5 万亩荒滩变成了绿洲，老百姓从此免受风沙之苦。这是一位真正的为官一任、造福一方、一心为公的好干部，是领导干部们的楷模，是老百姓心中永恒的丰碑！2019 年，新中国成立70 周年之际，党中央在东山成立"谷文昌干部学院"，以学习、弘扬、传承谷文昌精神，锤炼广大干部坚强的党性！

走到岸边再次回头，金銮湾海滩依然那么祥和、安宁、魅力无限。远远地，轰鸣声从灯火明亮的捕小管的渔船上传来。

2022 年 8 月

叩问王爱

王爱，是宁海西乡的一个地名，坐落在平均海拔 300 米以上的山岗上，厚厚的黄土，逶迤 17 公里，因而人们喜欢把"王爱"和"王爱山岗"等同起来。一直以来，对于宁海的老百姓来说，"王爱山岗"貌似是贫穷落后的代名词，没有工业，粮食产出又少，那些梯田、禅寺、山岭、茶园及一些遗址，在很长一段时间里并没有让它富裕起来。

但就是这样一个地方，却和名人、望族、光荣传统有着千丝万缕的瓜葛。比如，400 年前，我国著名地理学家、大旅行家徐霞客探访天台山，两次经过王爱山岗；又比如南朝陈后主陈叔宝的长子吴兴王陈胤，据《王爱山岭头陈氏宗谱序》记载，竟是这个村子的始祖。陈胤的第十一孙、被封为龙瑞大英王而闻名的陈仲翁，是宁海置县以来有史可查的最早的县令之一；此外，还有"文化大革命"期间办起来的人才辈出的"五七中学""冠峰中学"。

对拥有很多传说和故事的王爱，以前我并不怎么了解，这个地方离我似乎很遥远。但一个历史人物、一段历史时期、一部旅游日记成就了一个地方的传奇，听闻多了，便心心念念地想着：什么时候去王爱山看看，那里究竟是一个怎样的地方呢？

过年前后，连着造访了王爱，颇有感慨。佛经上有"浮屠不三宿桑下"之说，意思是在一棵桑树下连续住三个晚上，那么僧人也会产生一种依恋的情怀。而我，到王爱爬山、游览、寻古、吃农家菜，就那么几次，便也喜欢上了这个"峰峦耸峙，地若眠牛，山水秀丽，林木荫翳"的地方，甚至有点流连忘返之意。

早春二月，乍暖还寒。徐霞客研究会（简称"徐学会"）借着对历史的尊重，组织二十多人驱车前往王爱。大家揣着一颗炽热之心，在车上便兴致勃勃地讨论开了。其中，老家在王爱山的几位干部更是热情有加，他们操着浓浓的乡音，向同伴们介绍着王爱的民风民俗，介绍着王爱近几十年的变化和很多事件、故事。我抱着去学习的心态参加了徐霞客研究会，很是惭愧自己才疏学浅，因而一路上只是静静地听着，想象着王爱的前世今生。

几场春雨将王爱山岗洗刷得清新靓丽，阳光下，天空明净，林木秀丽，树梢、田塍、地头处处萌动着春的气息。怒放的梨花、梅花、杏花、玉兰花点缀在村尾路边，真正是"云开日朗、人意山光"。400 年前的春天，风雨中辛苦赶路的徐霞客在他的旅游日记中记载着山岗上的美景：叮咚的山泉，漫山遍野的娇艳山杜鹃，满山满坡的青青麦苗，一座小小的庵庙，深山峁中听一夜的潇潇春雨……

原来，王爱山岗素来景色如画！

车子到达山岗深处的冠峰林场，停在曾经的"冠峰中学"、如今已挂起"宁波冠峰生态农业发展有限公司"牌子的大院前，显然当年的校舍变身成了公司办公室和农家乐。

密林深处有人家!

看到"宁海县徐霞客研究会走进王爱"的横幅拉起来的瞬间,我心里俨然有了一种神圣的使命感。挖掘王爱山岗深厚的历史底蕴,弘扬霞客精神,提升王爱内在的思想品位,任重而道远!

悠久厚重的历史凝结起深深的岁月,王爱,这个山岗陡然深沉起来!

在键盘上敲下"叩问王爱"四个字,我的思绪忽然清晰起来。形似鲤鱼背的王爱山岗,不应该是贫穷和落后的。这里本就是一个富有而美丽的地方,西有白溪、东有永溪,两溪相拥着一个狭长的山岗,这种地形地貌据说遍寻全国的山水也都是少有的。400年前就存在的美丽的"仰天湖"、特别给力的登山宝地"鸡冠尖",还有"王爱"这个地名的来历、奋力抵抗"义军"的县令、"百廿官兵山"的英勇、"银子坑"的传说、"牌位岩"的神奇、"陈军七打虎处"等,这些人文、自然的宝贵资源,都是财富,更别说游圣徐霞客曾经留下的足迹了。虽然四百年的沧桑巨变,已无法循着徐公的足迹完整行走故道,但研究会志存高远,孜孜以求,执着探索。这次走进王爱,就是以探访和求证古遗址为目的!

一问弥陀庵。这是一处非常重要的遗址,只有确定了庵的位置,才能将徐霞客故道在宁海段完整地连接起来。但是,庵早已了无痕迹,研究会里的热心学者、老师们一遍遍探访、找寻,却依然难以定论。这一天,在横路庵这个村子里的一个水塘边,听王老师高声解读、周老师激动论证,大家围着盈盈一池碧水,希望从中识得一丝丝弥陀庵的影子。尽管现在各徐霞客研究会众说纷纭，疑似的弥陀庵竟有五处之多，但作为一个宁海人，感情上更愿意接受横路庵这个地方为弥陀庵。当然这是笔者的一厢情愿，而非学术考证所得。

二问筋竹岭。"……过筋竹岭，岭旁多短松，老干屈曲，根叶仓秀，俱吾阊门盆中物。"岭边居然有如盆景那般漂亮的景观，那么这条岭在王爱的哪里呢？大家为了求征筋竹岭，离开冠峰山庄后就不顾疲累，一路走过天台县界。王爱通往天台县永溪镇的路上的确有一条细长的山岭，叫"金竹岭"，此岭就是彼岭吗？仍然不能下结论，因为路旁景致实在相差太远。那么徐公描绘的筋竹岭到底在哪里？重重疑问，纠缠着研究会的每位成员，大家兴致高涨，继续走访、找寻。

三问筋竹庵。王爱乡贤在众信友的帮助下，在山岗上盖起一座崭新的筋竹庵。我不知道真正的筋竹庵在哪里，或许就在附近。新庵的四合院建筑风格在寺庵中颇为罕见，所供奉的菩萨新颖独特，别具匠心，堪称江南一绝。料想 400 年前，如果徐霞客路过此庵，必定有大篇幅描写，绝对不会仅仅留下"可饭可宿"四个字。那么筋竹庵旧貌究竟如何、徐霞客当时吃的又是什么？这又是一个百年之谜，有待徐学会成员们进一步研究和考证。

离开王爱已近黄昏，夕阳西下，温暖的晚霞洒下绚烂的光辉。车子在盘山公路中绕行，看着徐霞客当年风雨中一步步攀爬的松门岭、王爱山岗一闪而过，不禁怀想：不知徐霞客有没有想到过 400 年后，这个岭岗，山再高、路再远，任凭再陡峭、险峻的山岭，也就几个时辰便可轻松游历？

耳旁回响着研讨会上研究会领导的讲话：王爱山岗自古是宁海与外地进行经济文化交流的重要通道，是宁海文明乡村的一个缩影。如今弥陀庵等正在考证当中，而新筋竹庵、蒋家衮庙及国家级登山步道的建成，冠峰露营基地的兴建，西山桃园、嘉京桃园的芳香，势必会让王爱山岗成为一方新的旅游热土。

　　王爱，真正的春天到来了！

2014 年 2 月

漫步迈步岭

迈步岭，古代宁海到宁波的一段官道，一直是商贾们南来北往的必经之路。后来省道 S214 全线贯通后，走的人便少了。但它仍然是西店镇的一条南北通衢大道，岭的两边有超市、饭店、宾馆、烟酒店、速递公司、舞蹈培训班等，当然还有不少生产电子、文具、轴承及电器的企业。

慢慢地晃悠在迈步岭上，阳光正好，柔和的春风带来一股幽远而淡淡的樟香。

400 年前，明代著名地理学家、文学家、旅行家徐霞客撰写的《徐霞客游记》中提道："又十里，抵松门岭……自奉化来，虽越岭数重，皆循山麓，至此迂回临涉，俱在山脊。"徐霞客自奉化来，到宁海，然后又出西门，他必定经过西店，那么徐公是否也曾经过迈步岭，并在此歇过脚呢？带着疑问，我踅进岭边小小的迈步岭庙，一位老人跟在我身后也走进庙里。敞开式的小庙中，供着几尊菩萨，我转身问老人庙里供的是何方神圣，老人居然摇头说不知道，也许这是一位路过的闲人。我不再理他，自顾自地在小庙里走走看看。看上去小庙是近几年新修的，但存在显然已有年头了，陈设单调、简陋。

慵懒地靠在门口的石狮子旁，眼前的迈步岭上人来车往，好不热闹。一辆辆呼啸而过的汽车把我的思绪带到了400年前，那一天似乎是这样的：位居石屏山和天门山之间的迈步岭，百姓疾走、车马叮当，商人们或马驮或用双肩背着货物艰难爬坡。徐霞客偕书童一行从奉化而来，走到西店已累得唇焦口干，这会儿踏上迈步岭这条官道，豁然开朗，疲劳顿时消解了不少。岭上来来往往的行人不少，他们都讲着西店方言，徐霞客听不太懂，干脆放下行囊，掏出干粮，掬一捧山泉解渴消乏。他知道自己远离明州府，来到了属台州府的宁海县境内。此番，28岁的徐霞客是去天台山考察，正是"四月芳林何悄悄，绿阴满地青梅小"的季节，漫山遍野的山花开始盛开，桃花、梨花、杏花争相吐蕊。徐霞客心情大好。他想，这迈步岭一路下去，再走个三四十里就是宁海县城了吧，那么可以歇两天，整理一下所需之物，然后轻松开启下一程的路途。这般想着，徐霞客便打起精神重新背起行囊，沿迈步岭一路向南走去，而书童背起装满书籍、衣服、雨伞等杂物的箩筐，亦步亦趋地紧随其后……

显然宁海是个令人难忘的地方，以致徐霞客把这儿作为巨著《徐霞客游记》的开篇地，留下珍贵的数百字，可谓字字是金、句句是宝，为我们宁海留下了一笔巨大的财富。我们以这部游记的开篇地为荣，喊出"天下旅游，宁海开游"的响亮口号，同时也十分珍惜这一宝贵的人文资源，做足、做好徐霞客游记开篇文章。

一阵手机铃声打断了我的思绪，原来是西店镇一位朋友的来电，得知我已在迈步岭，说要过来陪我。等待的过程中，我在岭上漫步，阳光从樟树缝隙中漏下来，斑斑点点洒在身上，在一个岔路口看到有家名为"万步岭超市"的超市，才知它还有一个叫法叫"万步岭"。

老百姓真有智慧，这个山岭或者要慢慢爬才能上去，抑或这个山岭须走一万步才能上去？不得而知，而我却选择了庙上写着的那个"迈步岭"。

寂寞中有无限的想象和不可言传的灵动。我忽然又想到朱熹，他不仅是宋朝著名的理学家、思想家、哲学家、教育家、儒学集大成者，还是一位清正、耿直的好官。他以"敦礼义、厚风俗、劾吏奸、恤民隐"的治县之法管理县事，整顿县学、主张减免经总制钱，处处为老百姓着想。1181年8月，浙东大饥荒，刚过知天命之年的朱熹因在南康救灾有方，临危受命，被宋淳熙任命为浙东提举茶盐公事，专事赈灾。看到百姓们生活的艰难，朱熹心急如焚，他体恤民情，一个县一个县地去察看慰问，在迈步岭这条南北唯一的官道上留下了"朱行桥"。他行至台州府，了解到前知府唐仲友无视百姓、贪赃枉法，非常愤慨，竟不顾唐仲友与当朝宰相王淮是姻亲的利害，前后六次上奏书，弹劾唐仲友，直指王淮与唐仲友上下串通勾结的事实，终致王淮迫于压力免去他姻亲的官职。当然，朱熹也因此遭到不公，任期未满就被调任他职。但朱熹的节气和勇敢为他赢得了浙东人民的信任，留下了很好的口碑，朱行桥即是其一。

迈步岭上朱熹远去了，又走来一位书生，他就是高明，元代著名戏曲家，出生在浙江瑞安，长大后曾去杭州等地做过几年小官，为官清廉，不屈权贵，关心民间疾苦。他后来喜欢上了宁波栎社这个小地方，喜欢常乐寺的莲花池，还喜欢在慧泉井边品茶、诵诗。晚年他隐居在栎社瑞光楼，被誉为"传奇之祖"的《琵琶记》在此写成。从家乡瑞安到栎社，据说他喜欢走临海、三门、宁海、奉化这条官道，那么迈步岭想必也是经常经过的。迈步岭有过予其灵感吗？我不知道。我无法对话六百多年前的故人，只能在迈步岭上感叹《琵琶记》超高的艺术成就。《琵琶记》整部剧既有清丽的语言，又有本色口语，典雅生动、细腻贴切。这部剧在艺术上所取得的成就不只影响了当时剧坛，同时也为明清传奇学说树立了很好的榜样。

手机再次响起，原来是朋友驱车赶到。等她停好车子，我俩继续在迈步岭上散步。朋友不解，说西店有不少山岭，如铜公岭、杉树岭、栅墟岭等，为何独独漫步迈步岭？这可真的难以解释，历史的长影重重叠叠，或许因为它是一条官道吧，而且是北面县城通往宁海城关的一条大道。在这里我会放慢脚步，让思想飞越时空，一一回味在迈步岭上走过的历史人物和人生历程。

一路说一路走，我们又聊到了曾在中国流连 4 个月的朝鲜人崔溥。

1488 年，朝鲜官员崔溥在济州任上时得知父亲去世，于是坐船回家奔丧。没想到途中遇上风暴，船只无法掌舵只好任其漂流。14 天后在我国浙江的三门湾靠岸获救。随后他及一行数十人在宁海越溪巡检司城逗留，得到了当地居民的热情款待。后明朝政府派官员护送他返回朝鲜，历时四个月，行程四千多公里。崔溥回国后用汉文以日记体形式记述了自己在中国的所见所闻和经历，全书共五万多字，取名《漂海录》。这部书是一个古代外国人在中国明朝时期亲历的见闻录，也可以说是一部游记。他一路走一路游，见到了烟雨江南的诗情画意，看到了"京杭大运河"这一伟大工程，了解了明朝弘治初年经济、文化、交通及市井风情等情况。

据《漂海录》记载，崔溥起程回国经过迈步岭到宁海西店驿站时，因遇大雨曾留宿过一晚，第二天起来后仍暴雨如注。崔溥不想启程，还想多住几天，但明朝的护送官员因种种原因不允许，无奈他们在狂风暴雨中过栅墟铺、越拆开岭，然后到了宁波（当时称明州）。种种经历，崔溥在书中都有记录。

时光清浅，岁月绵长，如今的迈步岭上已没有旖旎的风光，没有暗香盈盈，也没有以往出现过的繁华景象。这里除了一座小小的新修的迈步岭庙和门口一对不知什么年代的石狮子，已找不到远古的痕迹，甚至想找出一块古道上的石板都难。但不管怎样，迈步岭拥有抹不掉的历史烙印，站在迈步岭，向南望去是一条长长的下坡路，向北看是西店镇镇政府和一条热闹的大街，遥望东面是茫茫大海。

岁月远去，看着一个个貌似熟悉而又完全陌生的身影，无论是欢快还是迟疑的脚步总是向前而去，那是追求也是放弃。

风月有意，宿命无情，以往的足迹早已埋进历史的尘埃。而今，一年又一年，迈步岭依然！

2021 年 5 月

那海，那岛，那些事儿

　　再一次站在强蛟横山岛峻峭的礁石上，我的心忽如眼前的大海，湛蓝湛蓝的。凝视、眺望，阳光下清澈澄明的宁海湾，一如以往的好脾气，轻声细语地诉说着人与自然的和谐强音。

　　星云替换、日月晨昏，宁海湾聚朝霞、揽星光，渐渐地便形成了一个如诗如画、风光旖旎的海湾。

　　这是一处温和、柔顺的海湾，这是一处有回味、有咀嚼、又有着许许多多故事的海湾。这里的海，物产丰饶、鲜美醉人；这里的岛，奇彩多姿、花果飘香。

　　第一次看到美丽的宁海湾并登上强蛟群岛是在1980年，当时宁海电力公司团支部去那儿搞活动，团员之一的姐姐把我也带了去。简陋的码头、飘荡着的浓浓的海腥味、几艘泊在码头边油漆斑驳好似历经沧桑的机帆船，是当年强蛟码头留给我的印象。

　　那时的横山岛还是　块处女地，以最原始的模样展现在我们眼前。崎岖不平的山道，古樟、古松异常茂盛，翠竹、绿草无比葱茏。岛上有所横山中学，它的前身是浙江水产学校，学校规模不大，却以教学质量高、学生品德好著称。如今，四十多年过去了，那一次游玩的经历，模模糊糊地浮在记忆里，但海岛的美丽却永久烙在了我的心里。

20世纪80年代末，栗果飘香的金秋，已参加工作的我也组织了一次团活动，首选的地方还是横山岛。

近10年的风雨滋润，岛上更加枝繁叶茂了。漫山的青竹婀娜秀丽，散发着阵阵清香。我们走进"镇福庵"，有数百年历史的明代小庵里三炷檀香孤寂而执着地吐着袅袅、淡淡的青烟；庵前那棵七百多岁的苍老桑树，占着一席沃土，生机勃勃。来到当年的横山中学所在地，这所优秀的中学已然搬离，只留下一幢空空的校舍。门扇不完整，窗玻璃更是残损破碎，密匝匝的青藤爬上了门楣，门上一个褪色的五角星图案还清晰可见……曾经的琅琅书声、悠扬琴声都成了过去，海岛已完全回归大自然。

这一次，我们还去了与横山岛相邻的中央山岛，因为岛上有农业部部属的动物隔离场，好奇的我们不想错过。岛上种有一大片橘树，金秋正是橘子成熟的季节，金黄的橘子沉甸甸地挂着，非常漂亮。虽然没有看到被隔离的动物，但好客的农场工人，让我们美美地享受了一顿甜甜的橘子宴。

那橘子可真是香甜呵，至今味蕾似乎还留有余香。

我们找了一处荒地，挖个坑，将带去的板栗、土豆、玉米棒、番薯等烧烤起来……都是一些二十来岁的孩子，玩着玩着就忘了时间。匆忙中央求机帆船的船老大送我们到峡山码头，然而仅有的一趟班车却已毫不留情地绝尘而去。

大家傻了眼，1989年秋，当时的强蛟没有店铺，没有酒店旅馆，路上行人稀少，冷清得连自行车都不多见，更别说汽车了。十来个姑娘小伙子气喘吁吁地抬着买来的两筐橘子，在码头上待着，不知道怎么办。

天越来越黑，一轮明月从海上升起，天边几颗星星调皮地闪烁着。可是大伙儿饥肠辘辘，无心赏景。海风吹来，冷得直打战，我的脑子里还不着边际地想象着，如果真的回不了家，可怎么办啊？

"找电话呀。"不知谁喊了一声，大家如梦初醒。于是一起抬着橘子沿路去找貌似工作单位的房子。最终我们找到了一家农村信用社，幸好里面有工作人员值班，他们帮着打电话联系了单位负责人。最后，当我们坐上公司派来接我们的大卡车时，大家都长长地舒了口气，连车子在沙石公路上的颠簸都无感了。一个半小时后回到城关的家时，已是半夜。

时光飞逝，三十多年转眼过去。今天，当我再一次来到强蛟，交通不便的问题已完全不存在了。平坦的临港公路直通码头，快艇、游船代替了老旧的机帆船，酒店、旅馆遍地开花，还有海洋生物博物馆等令游客流连。变身为临港经济开发区的强蛟，驶上了工业经济迅猛发展的快车道。

怀一缕淡淡的情思，在横山岛上踯躅。原来这个曾经来过数次的小岛已有了很大的变化，有各种风格的凉亭供游客休息，环岛还建了一条方便观光者行走的游步道，岛上的设施也更加人性化。

蔚蓝的宁海湾啊，海，还是那片海；岛，还是那座岛。但是，海，越来越美丽，海浪翩翩，浪花都溢出轻轻的笑；岛，越来越灵气，绿叶盈盈，藤蔓也缠着浓浓的情。岁岁年年，于平淡、于荣耀中，那海、那岛吟唱着悠扬的旋律，永恒地庇佑着这片土地上的人民。

2016 年 6 月

你来或不来，我都在

长街有个文殊道场，之前就听说过，于是很想去看看。去年曾邀约朋友同往，皆因种种事由，屡次错过。或许，将生活安排得太满，忙碌和喧嚣中，脚步走得有点匆忙；或许，是虔诚之心不够，佛缘太浅！

白露那天，应如意公司储吉旺先生之邀，和文友们一起相约文殊道场，参观宁海的石窟禅寺。想来，储先生是一位有心的人，白露到了，夏天的酷暑即将消退，秋凉舒爽，岁月静好。世间万物因缘而聚，此时此刻，大家漫步在这一方净土，朝拜安谧之地，必是有缘人了。

迷蒙细雨中，储先生早就候在道场门口，这位年近八旬的老人，丝毫没有迟暮之态，相反却是步履坚定、精神饱满，讲起话来思维敏捷、语气朗朗。

他是一位享誉海内外的著名企业家，产品名扬全国及欧美等地；他也是一位热爱文学、书法的文化人，已出版散文、随笔、传记等十多部作品；他更是一位一心向善的慈善家。他的快乐很简单，企业研发出新产品或获得大笔订单，他开心；空闲时间写出妙文、看到好书，他开心；做慈善，以一己之力，帮助受捐者解决困难，他更开心。四川汶川大地震，他捐了300万元；青海玉树地震，他捐了100万元；甘肃舟曲泥石流，他捐了50万元。数十年来，敬老、助学、助残、济困、救孤、赈灾……他没有停息过；他还在母校宁海中学设立"西林文学基金"，并一次次追加。这一切，当然也包括眼前的大手笔——独资捐建"文殊道场"，应该都源自先生深厚的慧根！

高高的峭壁上是储先生亲笔题写的"文殊道场"和"佛"五个刚劲有力的大字，并配有一首题诗："青山傲东海，灵石谱佛经……"。落款时间是2012年重阳节。自那时开始，他重金聘请中央美院毕业的优秀人才当艺术指导，在长街伍山石窟东南方向的一个石头山中，利用古代人采石留下的洞窟，精心构图、用心打造，经过六年的时光，让集佛教思想、文化追求和雕刻艺术于一身的文殊道场初具规模，引得老百姓交口称赞，纷纷赶来参观和朝拜，游客络绎不绝。

喜欢书法的同人则对道场门口众多的书法石刻倾慕不已，峨眉山释传法主持的"共享佛恩"，95岁老法师题写的"善用其心"，北京潭柘寺释昌悟主持所赠的"石窟佛光"……这些珍贵的墨宝无不闪耀着禅意、善心和智慧的光芒。

在储先生的引领下，我们一一参观了洞口边的送子观音、十八罗汉等菩萨造像。观音菩萨慈眉善目、衣袂飘飘，手上童子萌得可爱。十八位永住世间、护持正法的阿罗汉，每一位的面部表情都非常丰富，形象生动，栩栩如生。他们都是依照山石的原色雕琢，没有半点粉饰，天然纯真。

进入洞窟，便是安静的大雄宝殿，殿不大，四周岩壁上雕刻着祥云和一尊尊菩萨，六位披着袈裟的僧人正在用心念诵佛经。我们的到来显然打扰了他们，但师傅们淡定地专注在自己的精神世界里，空灵、愉悦的诵经声缭绕在袅袅香火中，置身其中，依心而行，让人暂且忘记尘世的灯红酒绿和烦琐俗事。储先生说：佛法真实不虚，只有真正领悟它的本质，才能拥有一份自信和非物质的心灵境界，才能拥有一份清明干净的物质世界！

持一份宁静的心态进入文殊殿，第一感觉竟然是"漂亮"。我不知道自己这个想法是否不够敬重佛门圣地，我也不懂石雕艺术，但窟内精心雕刻的东方聪明文殊、南方智慧文殊、西方狮子文殊等文殊菩萨造型饱满，神态超凡脱俗，真的给人以一种特别的美感。更有令人惊叹的杰作，洞顶岩壁上，象征着智慧的文殊菩萨端坐在莲花台上，披着祥云，脚踩狮子，手托如意，双目微微凝视着众生。不管站在哪个角度抬头仰望，都会和文殊菩萨的慧目相对，让你感受到一种慈爱的力量，给人以内心的平静。

"我就是要弘扬文殊文化，现在社会上很多做人处事往往浮躁有余，思考不足，而文殊菩萨的智慧是让人们静下心来，只有静下心才会好好地去思考……"

是的，没有思考的人生是苍白无力的。徜徉在文殊殿，回味着储先生的话，一块神龟上的碑文吸引了我："非一人之力，非一人之功"，不禁令我肃然起敬。储先生倾囊几千万人民币打造这个石窟禅寺，建起文殊道场，福佑一方百姓。这该是一份怎样的雄心和善良，然而他却谦逊淡然地题下这十个字，他该有着怎样的胸襟！

数年前，我曾去我国著名的甘肃敦煌莫高窟和洛阳龙门石窟旅游，这些千年古石窟历史悠久、规模宏大，无论是绚丽的壁画还是壮美精致的塑像，都具有浓郁的宗教色彩。正因为那个皇帝崇佛、百姓热衷、佛教盛行的时代，人力、物力和财力都非常雄厚，这些石窟才能历经数百年，成就了这些千古奇观。然而，眼前的石窟禅寺虽然没有那样的规模和傲人的历史，却有着独特的石雕艺术和佛教语言，百年千年后，同样能书写惊人的篇章。

善，为一切佛法之源。作为一名杰出的华夏儿女，储吉旺的血管里流淌着的是深沉厚重的血液，他的胸腔里跳动着的是磊落豪情的朴实之心。他的慧根、他的智慧成就了他生命的高度。

一片石是一尊佛，一座山同样是一尊佛。人生就是一趟单程旅行，来自尘世的人们祈求好运连连、福运绵绵，而长街的文殊道场正以朴素的姿态、从容的静默，迎接着来自红尘中的你我。

当然，你来或不来，我都在！

2018 年 7 月

舌尖上的东岙

　　纪录片《舌尖上的中国》忽然大火，年初第三季开播，不仅让人对画面上那些色香味俱全的美食啧啧称奇，也让人感叹我国广阔疆域中饮食风俗的精湛，它们延续着灿烂的文化和历史。这部纪录片，让国人燃起了对美食的热情，而这热情同样影响了宁海百姓，以至于在元宵佳节，因为对一市东岙吃馏的风俗的大力推崇，这一天，小小的东岙村居然涌进数万人之众，一度交通拥堵。

　　作为一市东岙人，可谓是有口福之人，因为这里有着太多的美食：青蟹、毛蚶、花蛤、生蚝……这些都是来自三门湾的最美味的海鲜。当然还有最最吸引人的一种叫"馏"的米糊羹。烧煮馏，是东岙主妇们的拿手好戏，平时也不轻易展示，只是到了正月十四——那天是东岙人的元宵节，她们才使出浑身解数，烧煮出鲜香无比的馏，来招待来自各地的朋友们。

　　东岙这个很特别的元宵食品——馏，其实在宁海桑洲、岔路等地也有同样的风俗，但选材不一样，口感便大不同，一是东岙馏的里面有特别鲜的海产品，二是东岙馏用米粉勾芡，而其他地方都用番薯粉勾芡。馏是一种鲜香美味的主食，它的美味恰如《舌尖上的中国》中所说："所有食材都来自大自然，是大自然的馈赠。"

春节一过，一市东岙、前岙等地的老百姓便为元宵节这一天必烧煮的馏而仔细地准备起食材来了。剥芥菜，要到菜地里挑最鲜嫩的；自己种的花生早就晒得干干的，届时现炒，再剥去薄衣；来自三门湾的牡蛎，进入腊月便去海边，冒着凛冽的海风，一只只采来，再把柔软鲜美的蛎肉挑出来放在北窗边或冰箱里冻着；蛏子一定要买最肥最壮的。煮甜馏的苹果、梨、红枣、莲子、枸杞子等一定要挑上好的买。一切准备就绪了，闲下来便一个个打电话，邀请亲朋好友正月十四夜前来吃馏。

正月十四那一天，一早便全家总动员，家家户户清洗出装馏的大脸盆、煮馏的大铁镬，然后拿出早就准备好的烧馏材料，洗的洗、切的切，主妇们更是围着围裙，灶前灶后、屋里屋外地忙碌着开心着。别看这些简单的活儿，其实很有讲究的，食材都要切得非常细小，铁镬里的开水沸腾了，就将准备好的东西依次放入铁镬煮，放的过程中，哪些材料先放哪些材料后放则直接影响着馏的口味。快熟时，将调好的米粉勾芡，然后把一盆盆鲜美无比的咸馏、清香扑鼻的甜馏放在家门口最显眼的地方，无论谁路过，都可以进来盛上一碗解解馋，而且来吃的人越多，主人家越是高兴。入夜，大家燃放焰火、烟花，共同庆祝元宵节。

数年前，曾应朋友之邀去东岙过元宵节，印象深刻。当时是第一次去，对于那种我国少见的独特的风俗民情感到特别的新鲜和好奇。全国各地都是正月十五过元宵节，唯独宁海将正月十四作为元宵节。传说东岙吃馏的习俗，与明朝戚家军抗击倭寇有直接的联系。五百多年前的那年正月十四这天，与倭军对峙多日的戚家军为了让将士们过一个难忘的元宵节，便将百姓凑起来的豆、瘦肉、花生仁、米、菜、咸鱼、香干、花生等食材切碎放到一口大锅里煮，煮成一锅汤，然后将白米渗水轧成粉，洒在汤里结成块，从而形成了馏状的食物，耐饥又美味。后来当地老百姓为了纪念戚家军，到了这一天，家家户户都做馏，然后敞开大门欢迎任何人来品尝。几百年过去了，世世代代的东岙老百姓依然延续着这一美好的风俗，可见民族英雄在百姓心中的分量。记得那次去东岙过元宵节时，发现来吃馏的人并不多，基本是当地村民，大家开开心心地拿着一碗，互相走吃、品尝、评价。而我们几位来自县城的外乡人则瞬间变成了整个东岙的客人，过街串巷，总是能听到主妇们热情的邀请，那种感觉特别的亲切。

处在三门湾一隅的东岙有这一风俗，以前人们并不以为然，也许是交通不便，山路十八弯太难走（当时枫槎岭隧道还没有开通），去一趟东岙特别麻烦。"文化大革命"那十年，因物资匮乏，又大力提倡移风易俗，东岙正月十四夜馏曾一度被老百姓冷落，有些实在想过节的，只偷偷地在家悄悄煮上那么几碗，根本无法与大家共享。而今，百姓生活无忧，情趣、品位更是日益提高，随着对非物质文化遗产的重视，传统的民风民俗越来越被挖掘、被喜爱、被发扬光大。

那么，今年舌尖上的东岙会是怎样一番景象？怀着一份期待，我应朋友之邀再次去东岙，天气出奇地好，暖风拂拂、薄云淡淡。可是枫槎岭隧道塞满了车子，这些人莫不是都去东岙吃馏的？疑问在经过一市镇时得到证实，因为车子都是朝一个方向去的，那就是东岙！这不禁让人担心起来，瞧这车辆之多、人数之众，小小的东岙盛得下吗？

这不，还没到东岙呢，半道山腰中便堵车了。一辆下山的大货车和一辆上山的小车子在交会时发生困难，一时被堵的车子如一条七彩长蛇横在山岭上，煞是好看。瞧这架势，东岙肯定是人车拥挤不堪了，但越是这样，我们去吃馏的兴致越高。到村口，看道路两边都停满了车子，正纠结怎么停车时，一位家住村口有个宽敞院落的村民，热心地让我们将车子停到他家的院子里，并热情相邀我们尝尝他家的馏。

好客的村民、淳朴的民风，让我心里暖乎乎的。

徒步进入村子，路口边是一个"王家祠堂"，祠堂里一派热闹景象，几口大镬同时煮着咸馏，热气腾腾，浓香四溢。灶膛里噼里啪啦地跳跃着红红的火焰，边厢房里一字溜排着几张圆桌，桌上放着一沓沓小碗，两大桶已烧好的甜馏正冒着袅袅热气。大伙儿你一碗我一碗喝得有滋有味。我们也不客气，自己动手盛了一小碗，闻一闻，呵，那份香甜，醉人。细看，馏里有红枣、莲子、苹果、香蕉、菠萝等，香甜又不腻口，美妙的感觉令味蕾无比享受。

才下午四点多，吃馏就开始了哦。

好客的东岙，街街巷巷挂满了大红灯笼，盛装迎接着远道而来的人们，看来今年的元宵节比以往任何一年都热闹。

古朴的民宅、洁净的小巷，踟躅村子里，发现家家户户大门敞开。熙熙攘攘的人流摩肩接踵，不时能碰见相熟的人，真是酒香不怕巷子深啊，而且好多都是携家带口来东岙过元宵节的。老家在东岙的人，更是竭尽地主之谊诚邀同事好友来这里共度正月十四夜。

空气中弥漫着鲜香的味道，东岙居民都把餐桌架到了路边或院子中。忽然听到开心的哈哈大笑，循声望去，原来一位主妇拿出一大盆东岙特有的花蛤，大家都抢着品尝呢。主妇又变戏法似的捧出一大盆煎得焦黄、喷香的麦饺筒，这种用面皮子包裹住各种蔬菜、面条等做成的食品同样是舌尖上的美味。

"来吧，来吧，都来吃吧！"爽快热情地相邀，幸福二字写满主妇的脸。

此时此刻，什么矜持、害羞统统离开了我们，桌上的麦饺筒、玉米棒还有米馏，都成了我们的腹中美食。

陈家二媳妇是个勤劳善良、能干的主妇，每年过节她便是忙碌而开心的，因为家里的大伯和小叔子常年工作在外，只有到春节、元宵节等节日，才有时间回到东岙老家。这一天，她总是竭尽自己所能，拿出最好的食品、烧出最美味的菜肴来招待归家的游子。特别是元宵节，大伯和弟弟都有很多朋友，每年元宵节吃"十四夜馏"辰光，陈家二媳妇都会义不容辞地煮馏招待客人，大家开开心心地共度元宵佳节。今年她更是重视和精心准备。因为大伯家新娶了儿媳妇，新媳妇进门，按当地风俗便要煮新娘馏，也叫媳妇馏。与普通人家的区别是必须要煮很多甜馏，取意今后的生活甜甜蜜蜜。烧煮媳妇馏用的食材特别讲究，而且必须由新娘子亲自烧煮。于是人们有凑热闹来看新娘子的，有想尝尝新娘馏风味的，那贴着喜庆大红对联的主人家便如再次办喜事一般，洋溢着兴奋之情。但现在的姑娘很少有会煮馏的，大伯家才进门的新媳妇工作生活在宁波，或许见都没见过这种叫馏的美食。于是，陈家二媳妇帮助初做婆婆的大嫂一起烧煮新娘馏。妯娌两个早早地便准备开了，而且还特地买来移动灶架在院子中。

大火烧起来，咸馅、甜馅，煮了一镬又一镬，认识的不认识的客人来了一拨又一拨，只要有人来，他们便要不停地煮，而且一定得有剩余，意为年年有余，图个吉利。

天色渐渐地暗了下来，圆圆的月亮高高地挂在纯净的夜空中。享尽了独特民风的人们挺着喝馅喝得滚圆的肚子，告别好客的东岙。当我们快要走出村子时，路边一扇小门边一位老婆婆引起了我们的注意。老人花白头发，着一件灰色棉袄，戴着围裙、套着袖套，看上去清清爽爽的。

她乐呵呵地叫住我们："你们要不要再到我家里来吃一碗啊?"哈，真是一位热情的老人呢。

我们停住脚步和老人拉起了家常，原来老人是"一人吃饱全家不饿"。虽然孤身一人，但她说一点也不感到孤独，今天看到这么多的人来东岙，老人高兴坏了。她说从来没见过像今年这么多的客人，看来东岙真的因馅出名啦。于是81岁高龄的她也不甘寂寞，动手烧起了馅，居然也烧了一大盆的咸馅和一小盆的甜馅。老人感慨：现在的日子过得多好啊，政府很关心我呢。以前从来没有烧过那么多的馅，主要是经济条件不好，节日到了，只能拿出珍藏的平时舍不得吃的一点点东西做成馅让孩子们解解馋。

老人忙碌地拿出小碗要给我们盛馅，我们婉谢了之后便自己动手，每人都盛了一点点，尽管这会儿肚子已快撑破了，但我们依然表现出有非常旺盛的食欲似的，并一个劲儿夸老婆婆的馅好吃，老人开心得呵呵直笑。

正月十四夜，无眠的东岙，美味在每一个人的舌尖上绽放。

2018 年 3 月

神山秀水天台行

　　《徐霞客游记》这部六十多万字的巨著，开篇即是《游天台山日记》，第一句便是："癸丑之三月晦，自宁海出西门……"尽管后人对徐霞客游记为何从宁海出发游天台山的记录众说纷纭，但有一点是可以肯定的，那就是宁海、天台都是了不起的地方，这两个地方让徐霞客怦然心动、欣然提笔！从而也成就了今天的"中国旅游日"。

　　四年前，宁海、天台的一些学者曾因"中国旅游日"的设置而各抒己见，论战激烈。后来文化和旅游部组织"中国旅游日"征集活动网上投票，以游圣徐霞客作为设置依据，将江阴的 3 月 29 日、宁海的 5 月 19 日、天台的 5 月 20 日三个日子作为备选项进行角逐。这三个日子都是在山花烂漫的春日里，都非常美好。为弘扬霞客精神，加强全民的旅游意识，进一步推动国民经济的发展，三地政府不失时机地携手各种媒体、举办各项活动，加强舆论宣传，进行自我展示。最终具有台州式硬气的宁海"十年磨一剑"，以坚持举办数届"徐霞客开游节"、以"天下旅游宁海开游"的响亮口号、以满腔的热情和充足的理由拔得头筹，抢得

"绣球"，获得国家的认可，最终"中国旅游日"花落宁海。

　　这，并不是偶然，天台、江阴两地的徐学家们也非常清楚。他们没有失望和泄气，深以为"中国旅游日"只不过是一个节日，而学习徐霞客坚强的品格、不折不挠的精神，用足霞客文化资源，推动旅游业的发展才是根本。特别是天台，2013 年，在徐霞客首游中华大地四百周年和第三个"中国旅游日"来临之际，成立了天台山徐霞客文化促进会。此后，该组织加强与宁海、江阴等地徐学组织的联谊交流合作，将促进徐霞客文化研究、弘扬徐霞客精神作为共同的使命。

　　此次宁海、天台两县的文化交流活动便由旅游揭开序幕，考察的首选地是天台著名旅游景点"琼台仙谷"和华顶山，也是游圣徐霞客曾经两次游览的地方。

　　华顶山、石梁桥、国清寺、济公故里，走街串巷的卖货郎，以及很多美味的点心、天台乌药、铁皮石斛……天台留在我印象中的故事不少。曾经在暖暖春日，欣赏到了华顶山姹紫嫣红、漫山遍野的云锦杜鹃；也曾经在细雨迷蒙中走到石梁桥边，观赏石梁飞瀑的奇观，体味石梁窄桥的奇险。而国清寺，自少女时代起便曾游览，那千年隋梅留给我的印象尤为深刻。这次两县徐学文化交流活动却让我更进一步了解了天台，知道天台是一个有着悠久历史文化的县域，天台山文化底蕴尤其深厚。天台既是人文荟萃的文物之邦，又是风景秀丽的旅游胜地，更有儒、释、道三教圆融并存。这次游览的"琼台仙谷"景区中就有道教南宗祖庭"桐柏宫"，堪称一绝。

　　自古有"五岳归来不看山，黄山归来不看岳"之说，而天台则打出"琼台归来不看谷"的广告，那份自信足见此景的神奇迷人，很是令人向往。

那天天公并不作美，细雨蒙蒙，寒风凛冽。远眺，只见峭壁悬崖上刻着"琼台仙谷"四个大字，很大气。景区入口有点别致，从一扇小门进去便是一条短隧道，或者说是山洞，出洞口便是绿水盈盈的八仙湖，一座廊桥架在湖面上，我们穿过廊桥沿峡谷北行，一路有灵溪相佐。这是一个比较典型的花岗岩峡谷景区，山崖对峙，怪石林立，奇峰、峡谷纷呈，碧潭、泉瀑相伴。

早在四百多年前，明代尚书王思任经实地考察，将琼台列为天台景之首，称为"琼台夜月"。而游圣徐霞客是这样描述的："……出饭馆中，循坞东南行，越两岭，寻所谓'琼台''双阙'，竟无知者。去数里，访知在山顶。与云峰循路攀援，始达其巅。下视峭削环转，一如桃源，而翠壁万丈过之。峰头中断，即为双阙；双阙所夹而环者，即为琼台。出风口三面壁，后转即连双阙。"寥寥几句便生动地描绘出琼台仙境景色的精髓。其实，历代无数文人雅士也都钟情此景，如王羲之、李白、杜甫、白居易、孟浩然、苏轼、米芾、唐寅、郁达夫等。有诸多名人到此一游的加持，足以让"琼台仙谷"厚重，更别说还有传说中的黄帝祭坛，有葛玄、吕洞宾、白玉蟾等高道清修的地方，更有"百丈坑"30米的瀑布、"仙人座"、名人题刻等。行走在峡谷中，峻秀的山峦、葱茏的佳木，令人恍如进入仙境一般。但遗憾的是，这个景区的游览线路是单向设计，原路去，必须原路返回，未免略显单调。但瑕不掩瑜，部分景色甚至可比肩"黄山四绝"。

华顶山，是天台山脉的主峰，海拔1098米，是一个远离尘嚣、空气清新、饱含负氧离子的"天然氧吧"，也是徐霞客当年特别钟情的名山之一。

冬日的华顶山特别寒冷，气温比山下低了许多。茶园、松树、山岩，都安安静静的，如打坐的僧人。一只云雀孤独地从树梢上掠过，消失于山间丛林，显然是我们一行打搅了它。

进山的路是一条石阶小道，很干净，随着山势增高，路也湿滑起来。

正讶异山路两旁白霜的浓稠，不知谁一声惊呼：哇，雾凇！猛一抬头，发现晶莹剔透的雾凇，恰如玉树琼花一般惊现眼前，好似"忽如一夜春风来，千树万树梨花开"。莽莽林海全部变成了银白的世界，冰凌花闪着冷艳的光芒，奢侈地挂满了枝枝丫丫。

云海、山花、日出、雪景，是华顶山四季美景的代表。而华顶山冬景之一的雾凇，更是江南极少见的景色。今天我们幸运地偶遇到了！

雾凇，总以为当数东北松花江的最为壮观。曾经在某年春节特意去哈尔滨看冰雪看雾凇。在松花江畔，那个如童话般的冰雪世界里，面对美轮美奂的雾凇，欣赏得酣畅淋漓。没想到，这种感觉在华顶山再次体验。

因为暖冬，冷，始终没感觉到，但在这高高的山上却真正体味到了浸入肌肤的冷。然而这是一种痛快的、开心的冷，置身于"琪花玉树"之中，在这个似乎被尘世遗忘的仙境里，我完全忘却了寒冷，抛开了矜持，拿出手机尽情地拍摄。横着、竖着、凑近……似乎每一个角度都是一景，恨不得把眼前的冰雪美景全部装入相机。想必，到了夏天，拿出来看看就是最好的消暑佳品了。

目醉神迷、惊愕感叹之余，不禁羡慕起天台丰富厚重的旅游资源，这真是一个神山秀水、造福百姓的好地方，于我们来说更是一个意外的惊喜。今天我们作为华顶山的过客，大山便以它最美最纯的冰山雪海来回馈我们。

当年，徐霞客也曾在初春登华顶山，"……循路登绝顶。荒草靡靡山高风冽，草上结霜高寸许，而四山回映，琪花玉树，玲珑弥望。岭角山花盛开，顶上反不吐色，盖为高寒所勒耳"。

想来，那"结霜高寸许"，必是雾凇无疑了。

明末清初文学家张岱的《湖心亭看雪》一文中有曰："雾凇沆砀，天与云与山与水，上下一白。"今天，眼前那一球球、一朵朵的雾凇银丝闪闪，将整个华顶山染成银白，装扮成一位素颜的"妖娆美女"。

风过处，雾凇如盎然怒放的冰花，又如特别设计的盆景，赏心悦目。呼吸着清新的空气，享受着壮丽迷人的"北国风光"，我尽情释放着自己的至情至性，流连忘返！曾几何时，地处天台山脉东坡的宁海，也曾和天台一样同属于台州府，而今，绵绵八百公里的天台山脉、一条发源于天台山的清溪、一本千古奇书《徐霞客游记》，再次把两县紧紧地连在了一起；还有诸多相近的方言、饮食、民风民俗等，终究让宁海、天台两地的百姓结成了难忘的一家亲。

2015 年 1 月

诗路文化皆雅韵

多年前，出差顺道去新昌，当时游走了一个大佛寺，直觉中，那是一个嵌在山岙中的小县城。回程时大家为了抄近道，误入一条山间公路，结果在大山中绕了近三个小时，一个同事晕得发誓再也不坐车了。此行我留下印象的就一大一小：大佛寺和小金生（花生）。

正是染柳如烟、春和景明的好时光，徐霞客研究会组织人员赴新昌交流学习，可谓一个春天的诱惑。徒步霞客古道、游班竹古村、参观唐诗之路博物馆，都是想象中就能治愈的活动内容，且各地徐学会间的交流活动既能提高专业素养，又能获得丰富的知识点。意想不到的是，这次新昌之行完全颠覆了我原先对它的印象，这个深藏在万山岙中的千年古邑，彰显出的大气、大智和浓浓的文化氛围令人赞叹。

下午安排访天姥山，走霞客古道和班竹古村。如果说中学时代有比较喜欢背诵的课文，李白的《梦游天姥吟留别》算是一篇："越人语天姥，云霓明灭或可睹""脚著谢公屐，身登青云梯。半壁见海日，空中闻天鸡"。神韵清美浪漫，却又气势磅礴、情感丰富，那种奇谲多变、缤纷多彩的表现手法令人着迷。那时以为诗仙魂牵梦绕的天姥山、剡溪很遥远，甚至怀疑是虚无缥缈的，后来才知道原来真有这么一座山，而且就在家乡隔壁的新昌县。

春风春雨已然唤醒沉睡了一冬的天姥山，远山含黛，满目苍翠。山间公路盘旋而上，把我们送到一个富有创意的山顶露营平台，"我爱天姥"几个白色的镂空大字面朝群山自成一景，且"爱"字富有创意地用一个大大的红心取代，引来无数人打卡。正当大家拍照留影时，一朵祥云翩然而至刚好入镜，这是为宁海、新昌两地徐霞客研究会的友谊加持么？远眺，群峰林立，层峦叠嶂，几个山峰遥遥相对，不知道是不是天姥山的最高峰——拔云尖。逗留的数十分钟里，大家在草坪上享受着山顶的阳光和清风，无人机上阵为我们留下了美好的影像。虽然没感受到李白诗中天姥山的梦境，却也欣赏到了群山连绵的雄浑和壮观。

下山去班竹古村，我们走的是谢公古道会墅岭段。明崇祯五年，也就是 1632 年 4 月，一个山花烂漫的季节，徐霞客就是沿着这个步道来考察天姥山的吗？我想他一定心存感激，感激南朝永嘉太守谢灵运率众徒砍荆斫棘、伐木开道，为后人留下一条通往台州的古道，更为他游天姥山提供了方便，得以"大道自南来"，顺畅抵达。这条连接天台、天姥及临海的千年古驿道，并没有湮灭在历史的长河中，至今仍被当地百姓使用。

古道崎岖、蜿蜒，但并不陡峭，部分卵石清晰可辨，涧深道长、风光秀丽，古朴之风习习而来。进入群山怀抱的班竹古村，一些保存完好的古建筑令人眼睛一亮，如章家祠堂古宅、司马悔庙古庙、落马桥古桥、古街，还有古色古香的天姥驿站。虽然有修葺的痕迹，但始建于初唐的驿站，似乎等着我们来寄情赋诗，有慕谢公屐而来的李白、明代旅行家徐霞客、清代诗人袁枚、现代文学家郁达夫。当年徐霞客自台州过来，走天姥古道，夜宿班竹村，《徐霞客游记》中是这样记载的："十八日晨，急诣赶赴桃源""下牛牯岭，三里抵麓。又西逾小岭三重，共十五里，出会墅。大道自南来，望天姥山在内，已越而过之，以为会墅乃平地耳。复西北下三里，渐成溪，循之行五里，宿班竹旅舍"。徐霞客以简洁的文字记录了18日这天的情况，奇怪的是他过天姥山竟没有去爬山看景，更奇怪的是也未对林木森森、云雾飞涌的班竹古村有所记载。接下来便是28日在黄岩，从班竹到黄岩需3天时间，那么没有记载的七八天里，徐霞客在干吗呢？他又去了哪里？民国徐学专家丁文江及现代徐学研究者们对此有各种的猜想，而我更愿意想象徐霞客是在这个古村中遇到了心仪的姑娘，令他驻足不前，从而喜欢上了这个幽静的小村子。两个人每天举杯邀月、吟诗作赋，在惆怅溪边好好谈了一场恋爱，洗去了一身的风尘和疲累……391年过去，这成了一个不解之谜。

在现代，天姥山是名不见经传的，享誉海内外的是黄山、泰山、庐山、峨眉山等三山五岳及很多道教、佛教名山。即便是浙江省内，雁荡山、江郎山等的险、奇及美景也在天姥山之上，可是为什么李白等众多诗人会醉心痴迷这条山脉并留诗于世呢？对于这座文化名山，我显然是一叶障目了。然而在古代，天姥山被道家称为十六福地，是文人学士"自爱名山"探幽访胜，或"求慕先哲"问道论学，抑或"镜中看月"寄情山水的一个好地方。如太白梦游、少陵壮游等唐代诗人，他们且歌且行、赋诗抒怀、咏叹人文。正因为有无数文人墨客的到访并留诗作，从而形成了一条独特的唐诗之路。

唐诗，上承赋骚下启词曲，雄壮浑厚，是我国文学史上的一座高峰。最早提出"浙东唐诗之路"这一学说的是新昌学者竺岳斌先生，他在 20 世纪 80 年代就见解独到地提出曾有一条"浙东唐诗之路"，通过大量的研究文章论证，共统计出 460 位诗人，他们分为水路和陆路两条线路游历浙江及天姥山等地，诗人们踏歌而行，留诗一千五百多首。可谓诗星闪烁、灿烂耀眼，李白、杜甫、孟浩然、白居易、刘长卿、李贺、崔颢等，他们为浙江后人留下了珍贵的文化遗产。据悉，早在 2011 年 10 月 20 日央视《探索·发现》栏目，就曾播出大型纪录片《唐诗之路》，浙江诗路文化在全国文化界引起震动，学者们纷纷关注、撰文。遗憾当时没看过纪录片，近年才知道并深入了解这一文化瑰宝。

西有"丝绸之路"，东有"唐诗之路"，浙东唐诗之路的首倡地和精华部分都在新昌，当地政府当仁不让，不惜花大手笔在鼓山公园建"唐诗之路博物馆"，于 2018 年 6 月建成开放。博物馆位于新昌城中央的鼓山。鼓山是新昌的历史文化名山，因山顶平坦如鼓面而得名，是历代诗人游剡中名山的必经之地，唐诗之路博物馆建在此处，无疑赋予了鼓山公园新的文化高地。

唐诗之路博物馆由李白纪念馆、唐诗文化碑廊和唐代仿古建筑天姥阁等组成。李白纪念馆中，李白半身塑像后面是一大幅山水画，那些山山水水想必是诗圣喜欢云游的地方，塑像两边则详细展示了他三次入剡中、两次登天姥山的一些内容。李白"此行不为鲈鱼鲙，自爱名山入剡中"及千古名篇《梦游天姥吟留别》，实实在在是剡中、新昌和天姥山最珍贵的留墨。纪念馆右侧是长长的碑廊，陈列着很多与新昌有关的唐诗碑刻。走进天姥阁，唐风气息扑面而来，展厅布置大气优雅、图文并茂，并有多媒体播放，让参观者了解发现唐诗之路的传奇故事，大量的文化史实、地图标识，给我们一行上了一课。登上天姥阁顶层，欣欣向荣的新昌全貌一览无余。

写到这里，忽然想起座谈会上新昌徐霞客研究会顾问徐跃龙、会长何鹏鸿等人的介绍。新昌这座拥有着数千年历史的古城，山有天姥沃洲之胜，水有剡溪水帘之奇，山水文化源远流长、底蕴深厚。当地政府凭借丰富的自然资源，深入挖掘文化内涵，走文旅融合的道路，发展新昌的文化、经济事业，特别是成立徐霞客研究会后，抓住霞客文化旅游完美结合的契机，增加了文化自信和文化自觉。他们把唐诗之路与霞客古道有效地结合起来，推动了霞客游线的深度开发和利用，很好地助力了新昌县创建国家全域旅游示范区的进程，向世界展示了一张亮丽的名片。

这张名片，令人百读不厌。

2023 年 3 月

十月半深甽庙会

　　站在甽水河边的"光明禅寺"前，脑子里不停闪现出那些飞檐翘角、金碧辉煌、雕梁画栋的豪华庙宇。可眼前的寺庙只能用"简陋"两个字来形容，左右两边各一个小小的钟鼓楼，中间并不高大恢宏的"真君殿""大雄宝殿"，就是全部的家当了。禅寺东面紧邻深甽镇中心小学，西面是一幢私人豪宅，占地面积不足三亩的寺庙就这样安静地蛰居中间，低矮的门楣上是"光明禅寺"四个大字，左右门柱上书写着一副对子："墨山不墨千秋画，甽水无弦万古琴"。轻轻迈入寺内，眼前是窄窄的前厅，没有青葱翠竹，没有郁郁华木，没有宏伟的殿宇，素净、简单却蕴涵着肃穆。

　　夏日的午后，阳光依然暴烈，蝉鸣"吱吱"的一声紧似一声。寂静的寺内除了一位卖香烛的阿姨，就我这个不速之客了。真君殿内的清凉暂时驱走了七月溽暑，找把椅子坐下，且让青灯黄卷陪伴，让三百多年历史的寺庙在眼前慢慢洇开琐碎的故事。

　　就是这么一个古朴、沧桑的庙宇，居然在每年的十月半吸引数万信众从四面八方慕名而来；也就是这么一个小小的寺庙，举办的庙会居然百年不衰且历久弥新！

难以想象！其实，庙会在我脑海里的画面是这样的：寺庙门口，一条清澈的小溪边，熙熙攘攘的集市，摩肩接踵的人流；石拱桥上佳人相约，桃花溪边侠士把酒……感觉这种庙会该是北方才有的风景，比如北京及山东、山西、陕西等中原及黄河流域一带，老百姓热衷于各种庙会，赶一赶，买个年画，给孩子捎上一串冰糖葫芦，再买点家用零碎。然而，在江南宁海的深甽也有名闻十里八乡的"十月半庙会"，这不能不令人侧目。想起居住在深甽长洋的胡姐，几乎每年的十月半庙会前夕，都会来电邀我去玩。胡姐是我二十年的朋友了，就像自己的大姐，我常常满口答应，却又任性地不去。于是，胡姐就会追过来一个电话：忙什么呢？就是让你来深甽聚聚，你不知道，现在的庙会越来越有意思了，真的不想来看看吗？

咋不想呢，今年的庙会再过几个月就到了，届时，我一准去！

一

相比较大雄宝殿中的释迦牟尼佛，真君殿里的真君大帝显得低调而内敛。这位由抗金名将宗泽化身的"真君帝"怎么会安家在深甽一个小小的寺庙内呢？疑惑中，"深甽十月半庙会"非物质文化遗产的传承人俞官邦，一位出生于1944年，热爱历史、喜欢传统文化的热心老人给我讲了这样一个故事。

深甽地处深山沟谷，"甽"既可解释为"田间水沟"，亦可认为是"山壑"，是一个多溪流山沟、群山环绕的山区，百姓生活艰难困苦。所谓"无庙不成村"，在古代，它是人们的精神护卫。明崇祯年间，马岙俞氏先祖在深甽溪北月星山之麓，建起了一个叫作"集善庵"的庙（光明禅寺的前身），以庇佑俞氏子孙，让老百姓有精神信仰之所。清乾隆年间被大水冲毁后重建，因为和村子隔着一条河，因而更名为"隔水庵"。老百姓去庵里求神问卦，颇为信任。那一年，新昌沃洲的老百姓抬着"真君大帝"的塑像去奉化还愿，在回家的路上适逢暴雨，他们看到前面有个隔水庵，于是匆匆避雨入内。

"真君大帝"即南宋抗金名将宗泽元帅。

那一年，宋徽宗、宋钦宗被金兵掳去，宋王朝面临灭亡。宗泽（1060—1128年）力主抗金，1127年正月，他率部进军开德，先后大战13次，均获全胜。军心大增，百姓拥戴。六月，宗泽以67岁高龄知开封府，招义兵近200万，分署京郊16县，与金兵隔黄河对峙。此时岳飞投奔宗泽，宗泽赏识岳飞的英勇，给他一支500人的骑兵队。岳飞听命而行，杀敌无数。从此岳飞就在宗泽部下南征北战。正当他们将继续挥师北上时，宋高宗和几个奸臣打起了退堂鼓，把宗泽招了回来。宗泽想不明白，两年时间上书24次，力劝宋高宗回京，以恢复北方失地，均被奸佞所阻。宗泽忧愤交加，患上重疾，吟诵杜甫诗句"出师未捷身先死，长使英雄泪满襟"而长逝。这是一位百姓心目中最骁勇的抗金名将和忠义之人，受到四海八荒老百姓的拥戴是必然的，特别是他又是我们浙江人，因而更有一层深刻的意义。

深甽的老百姓早就耳闻新昌真君大帝的神灵，这次菩萨避雨进入了隔水庵，说明与深甽有缘，是喜欢上这里了，何不趁此机会把菩萨留住呢？于是族长们商议，想尽办法和新昌寺庙的住持商量。最终请"真君大帝"住了下来。从此真君菩萨护佑深圳一方安宁，老百姓感念之，因而隔水庵的香火特别兴盛。

宗泽元帅塑像双目炯炯有神，看起来正直、慈悲，散发着温和、博大的气息。一缕清香缓缓飘来，似乎提醒了我，赶紧买来香烛，虔诚地在真君菩萨前拜了三拜，不为别的，只为宗泽元帅的骁勇和昭然可见的爱国之心！

卖香烛的阿姨是外地人，她说已住在这里15年，以庙为家了。她的小屋子里，挂满了香客们要求的签，东面墙挂的是运气签，南面墙上挂的是药签。我好奇地端详着，这就是传说中的万能药签吗？可都是一些普通的药名呵，比如第二十六签：百合3克，贝母3克，麦冬6克，桔梗3克，熟地10克，生地6克，当归3克，艾一团，白勺3克，甘草3克，元参2克，共需服三贴；又比如第二十三签：陈荆芥2钱，白槿树花3钱，生军3钱，玉桂2钱，煎服当茶喝，一贴便行。这些都是老百姓能买到的普通中草药，喝着有益无害，有病治病、无病预防之。我看了一下，真君菩萨前的案几上放着4只求签筒，其中一只便是求药签的。看来，一百多年了，这些药签至今仍在沿用，这不能不感念药方的创始人，深圳胡氏家族名中医胡学恕（1766—1841年）。他自幼学习诗书、文章，书法造诣深厚，但始终与仕途无缘，"屡试童试，限于命，不获售，乃退而习医"。深圳境内群峰叠翠，山清水秀，除了"干柴白米岩骨水，嫩笋茶芽石沟鱼"，还有丰富的中草药资源，这正好为胡学恕学习中医提供了良好的条件。胡学恕学医如读书，行医更如做慈善，他不摆架子、不收重金，富贵人家、平民百姓一视同仁，年纪轻轻就已名扬周边县市。在行医的几十年中，他本着救人济世的情怀，潜心研究各种处方，针对当时乡村条件差以及积劳成疾所致的综合病症，如感冒、咳嗽及"大脖子"病等，他编审出通俗易懂的成人中药方和小儿中药方各一百个，并把它们编辑成册。

胡学恕辞世后，他的后人贡献出这两百个中医药方并委托隔水庵僧人印刷，然后放在真君殿的神像前，供百姓需用时求签问药。那个时候，这些看似平常却药效极佳的中药方签，为老百姓带来了药到病除乃至"起死回生"的神奇疗效。从此，隔水庵更是名声远扬，一传十，十传百，香客如潮，有跪拜求签的，也有病好后跑过来感谢还愿的。殿内挂满了"有求必应""心诚则灵""保我黎民"等匾额，而胡学恕也被视为一位悬壶济世的药师菩萨。

二

俞官邦老人端起桌上的水杯喝了一口，能感觉到他在讲这些先人故事时的激动。他说"真君帝"的塑像，上海、南京、杭州、宁波、奉化、新昌都有，那是人们为了纪念抗金名将宗泽。但胡学恕只有一个，虽然胡学恕没有神像，但他的药方签就是最好的神像，一百多年来，深甽隔水庵的药签不但周边县市有名气，江西、安徽等邻省也有百姓慕名前来。寺庙里的香火这么旺盛，神医胡学恕的药签功不可没，没有这些灵验的药签，这里不太可能会有一个兴盛的庙会。

站在真君菩萨前，看着药签筒，我纠结了，是否求一个药签？小心地拿起来，轻轻地晃了晃，迟疑着又放了回去。缘来缘去，心诚则灵，我担心自己一俗心辜负了先人的一份真心和仁心，此刻，不求也罢。

庙会，也被称作庙市，往往在寺庙的节日或特定的日期举行。隔水庵节日便是真君大帝的生日。每年十月初十，善男信女们都来庙里抬"真君大帝"的神像，游走于街头巷尾和乡村田塍，场面热闹非凡。队伍由"肃静""回避"开道，大锣鼓敲起来，火铳、鞭炮放起来，銮驾威武庄严地先行，然后村民抬着真君大帝神像，浩浩荡荡环村巡游。后面还有鼓亭、抬阁、高跷、舞龙护卫，老百姓紧跟其后，祈求风调雨顺、国泰民安。

一百多年来，老百姓虔诚地遵守着这一习俗，乐此不疲。在农村文化生活相对匮乏的年代，有这样的民俗佛事活动，老百姓们自然奔走相告。亲戚朋友们相互邀约，小商小贩们也看准商机纷至沓来，趁机拿出平时积攒的一些手工艺品和自己做的食品兜售，慢慢地便形成了一个集市。这就是深畎十月半庙会的由来，随着时间的推移，其规模和影响力逐渐扩大，从十月初十开始直到十六结束，持续一个星期。其间，请来各种戏班子唱戏，丰富老百姓的娱乐生活；也有"每逢庙期，妇女辐辏，远者大车以载，近者联袂而来，夜则执香坐卧庙中……"的盛况，说的是在十月十四这一晚，善男信女们在隔水庵里打地铺陪夜，有的整夜不眠，烧香拜佛，以示诚心。

太阳已渐渐西斜，不再明晃晃的刺眼。一所小学的围栏里伸出几枝紫薇，紫色的花朵在柔和的微风中摇曳，暑期的学校和寺庙一样安静。离开禅寺，转身重新打量眼前这幢明黄色的建筑，洁净、素雅，一砖一瓦都刻着曾经走过的岁月。

桥、庙、溪……深畎十月半庙会，作为百姓社会生活中的传统活动，它以特定的模式，约定俗成地一年又一年举行着，虽然都是老百姓自发组织，但它不仅是民间智慧的结晶，也有传承传统文化的意义，对社会更有整合、凝聚与规范作用。虽然它是一项民间佛事商贸活动，但在一次次的举办过程中，它也在不断地去其糟粕取其精华。如今，这一天已成为当地老百姓心目中神圣和重要的日子，它凝聚着人们对美好生活的追求与向往，也寄托着人们对来年的祝福与希冀。

三

驱车到新街也就几分钟，只见一块大大的花岗石上刻着"缑北第一桥"五个大字。在新街的一幢别墅门口，巧遇年近七旬的林阿姨。她告诉我，"文化大革命"期间，破四旧，大小寺庙都被关闭，深甽庙会也被淡化甚至取消。庙里的"真君大帝"被请到后山的一个小庵庙里。隔水庵改成了"木材加工厂"，后来又改成了塑料厂，她就曾在塑料厂上过好几年班。十月半庙会被视为"资本主义尾巴"而取缔。改革开放后，传统文化受到重视，农村民俗文化也再度兴起。1991 年，深甽恢复十月半庙会。迁走了塑料厂，修建了隔水庵里的大殿，请回了"真君大帝"。1995年，经县宗教事务管理局批准，隔水庵更名为"光明禅寺"。2003 年，寺里新建大雄宝殿三间。为让商贩们有序经营，还特地在庙门口和老街划出数百个摊位。

想起从庙门口出来时，看到一个个沿墙划定的方格子和标着的数字，想必那都是庙会期间的各种摊位。茫茫大山养育着勤劳的山民，据说一百多年前那些用来交易的物品主要是山货，如竹椅、箩筐、罩、畚箕、扫帚、烧炭等，也有鸡鸭鱼肉及布匹、水果、糕点什么的，如甘蔗、黄岩蜜橘、油赞子、糖果等。老百姓们拜佛、求签，完了逛逛庙会，买些吃的、穿的、用的回家，热闹场面一点也不亚于过年。

靠着桥栏杆，内心平静淡然，眼前这条马路上有车子疾驰而过。近年来，在庙会中，除了光明禅寺，这条马路也成了主角。宁绍台三地特色小吃美食展和商品展销会等都在这条新街举行，街道人流如织、水泄不通。前几天和镇政府几位干部聊天，她们说现在每年的十月半庙会已成为镇政府重要的工作之一。庙会节目很丰富，如农民戏迷擂台赛、乡村歌手比赛、宁象两地农村职业剧团演出及宁海民间艺术展演等，老百姓恨不得有分身术呢。需要准备的事项特别多，特别是民间艺术展演尤其精彩，有舞龙、舞狮、锣鼓、民乐、山歌、渔歌、船灯队、腰鼓、扇子舞及鼓亭抬阁等，各村的宣传队有二十多支，你方唱罢我登场，着实为老百姓带来了一道道丰盛的文化大餐。

经济发展，文化领先。优秀的民俗传统，尤其是那些在历史发展中形成的良好的礼俗和道德规范，对社会稳定起着一定的整合和促进作用。为此，自 2007 年开始，深甽镇政府参与引领十月半庙会，不仅在传统庙会的基础上融入了新鲜的文体元素，还不断推陈出新，以丰富传统节庆内涵。特别地，他们还增加了不少传统文化元素，将庙会从民间民俗的层面升华到了文化的层面，并将"十月半庙会"更名为"十月半民俗文化节"，致力于打造一个传承历史文化、展示地方特色风貌的平台。

2019 年 8 月

临海的四张名片

明初，隶属台州府的宁海出了一位名震九州的忠臣、硬汉方孝孺。两百多年后的明末，台州府邸临海再次出现了一位大思想家、文学家、学者——"硬汉"陈函辉。他们都有着"台州式硬气"，这股硬气让两位学者英年早逝，这是国家的损失、学子们的损失，也是百姓的遗憾。他们的铮铮铁骨，为后人留下了宝贵的精神财富，同时也给后世提供了丰厚的历史文化资源。

初冬，云高日朗。县徐霞客研究会部分会员在麻副会长的带领下走进临海，探访陈函辉故居，考察这座国家级历史文化名城。陈函辉与明末文学家、地理学家、旅行家、千古奇人徐霞客的相识、相知及相交，他们的友谊、他们的"烧灯夜话"，留下了一段著名的佳话。可以说，陈函辉在徐霞客的一生中是举足轻重的。徐霞客众多游记写成后都与陈函辉探讨，他们之间诗书来往五十多首。台州著名学者丁式贤在《再论徐霞客与陈函辉》一文中，称两人的友谊对徐霞客影响巨大，说陈函辉是徐霞客"三游台荡的引荐者，西南遐征的策划者，霞客墓志的撰写者，志同道合的爱国者"。不能不说他们是一对挚友！

台州市文化研究中心主任周琦迎接我们时第一句话便是：临海和宁海本就是一家，两地很近，相依相偎，很多民风民俗和文化都是相连的，今天相见显然是一种水到渠成的缘分！

是的，自唐代以来，宁海一直归属于台州府，1954 年划归宁波专区管辖，1957 年宁海划到台州；1958 年 10 月又把宁海这个山清水秀的地方并入象山县。三年后恢复宁海县建制，最终属宁波地区。因为有了这么长时间的来来往往，很多临海人在宁海安家就不足为奇了。比如我的公公婆婆就是新中国成立初期来宁海人民银行工作的临海人。他们那批临海老乡遍布宁海的各行各业，着实为宁海的建设和发展出了一份绵薄之力。而我自从成了临海人的媳妇后，自然对这个地方有了一份别样的感情。

对天台山文化很有研究的周琦主任风趣幽默、博学多才，他很有意思地拄着一根登山杖当拐棍。大家在龙兴寺暖殿喝茶小憩，听周主任介绍台州历史文化名人名事，周主任亮出的临海的"第一张名片"便是"神龙古刹"：距今一千三百多年历史的唐代"龙兴寺"。该寺在抗战时曾遭毁坏，但元代千佛塔却基本完好，这可是浙江省仅存的两个元代佛塔之一，很是珍贵。寺庙在灵江之畔，巾山西麓，古城墙内。修缮一新的古寺香火旺盛、古风犹存，自唐代以来，就是中日佛教文化交流的重要场所。天宝年间，寺僧思托，随鉴真东渡，他"四渡造舟，五次入海，始终六渡，经逾十二年"。思托不离不弃地跟着鉴真在日本讲说天台宗义、弘传天台章疏，为弘扬中国佛教天台宗做出重要贡献。迈进西边一座偏殿，院子里竖着一块石碑，是日本传教大师最澄受戒处。贞元年间，日本僧人最澄入唐求学，驻锡龙兴寺五个月，研习天台教观，抄录并授菩萨戒，回国后创立日本天台宗教派。之后，两国僧人来往学习传教绵延不断。

巾山探访尚书陈函辉读书处及与徐霞客夜谈的小寒山，是我们此行很重要的一个环节，也是周主任介绍的"第二张名片"。

濒灵江的巾山并不高，也就一百来米，台阶都是青石板铺就，拾级而上，半山腰有一座规模不大的天宁寺，寺前一个五层古塔，看介绍得知是明万历年间的南山殿塔。三两香客走出寺门，满脸的幸福和知足。

其实，以前也听婆婆说起过巾山，说山上有几个古塔寺庙，可是一直没有去游玩，还想当然地以为是"金山"，没想到原来是"巾山"。据传当年皇华真人修炼得道升天，遁入天庭的刹那，一块头巾掉落灵江边，化成了一个小山包。这个传说让这个本不起眼的小山沾染上了仙气，引来无数文人学士在此留下墨宝、情思和佳话。

金黄的银杏、深红的红枫，此刻的巾山山色烂漫。缠绕着青藤的古树遍布山坡，右手边是一个悬崖，远眺便是滔滔灵江，也是临海的母亲河。转个弯，一座明黄色的二层楼房前，三尊白色的塑像赫然而立，近看才知道是三位名士：徐霞客、陈函辉和王士性。王士性年长前两位四十来岁，是他们的前辈。在徐霞客还没出生时，临海人王士性便开始游历全国山水，有意思的是他一边做官一边游走，一路走一路写。游了21年，"宦辙所至遍游五岳兼及各地名山大川，除福建外，其余两京十二省均留下他的足迹"。王士性是我国古代著名的人文地理学家，他的著作《五岳草游》《广游志》《广志绎》，已成为我国研究历史地理的重要文献。那么，少年徐霞客是否也是看了王士性的文章后开始热爱并游历考证全国各地的地理地貌的呢？

其实徐霞客成年时，王士性已去世数年。徐霞客分别于1613年和1632年4月和5月份分三次去临海造访同时代的文人陈函辉，除了欣赏、仰慕陈的渊博学识，是否也含有对同样是临海人的王士性的敬意呢？

眼前的小寒山已没有了当年陈函辉读书处和与徐霞客促膝夜谈的房子，但历史的踪迹不可磨灭。距徐、陈第一次会面之后19年，徐霞客已45岁，但依旧保持着谦虚好学的态度，面对比他年轻三岁的陈函辉，他毫无保留地分享了自己半生的游历经历，两人相谈甚欢。当谈及徐的温州雁荡山之游时，陈有心问徐有否到达山顶。徐霞客当即一惊，他已去过两次雁荡山，怎么可以不考证仔细就下定论呢。辗转反侧一夜，徐霞客天没亮就起床拜别还在就寝的朋友直接去了温州乐清，第三次向雁荡山进发。正是这一次，徐霞客涉足大小龙湫，爬上山顶，找到了大龙湫的源头，得出了科学的结论。十天后，他再度去临海看望陈函辉，告知这个重大收获。自此，两人的情谊更加深厚。

也就过去八九年，徐霞客西南之行途中，身体每况愈下，弥留之际，让儿子去找陈函辉给自己写墓志铭，可谓真情相托。他知道陈最了解自己，唯有陈函辉能给自己一个合理中肯的定论。陈函辉不遗余力，写出六千多字的墓志并让徐霞客亲自过目。没想到，在徐逝去五年后，不满朝廷当政的陈函辉也愤而告别人世。两人的友情为世人留下了许多的佳话。

拜别小寒山，心里五味杂陈，为他们难得的友谊，为徐霞客严谨的科学态度，为陈函辉刚烈的个性。先人已去，作为后人的我们是十二分的敬慕！坚持陪同着的周主任提议我们下山去看看"紫阳古街"，说陈函辉的故居就在紫阳街边。看来这是周主任亮

南门外

出的"第三张名片"了。

说起紫阳街还是有点熟悉的，20 世纪 90 年代初有一次清明节去临海，和家人一起去逛过，那时候感觉很破旧，拥挤不堪，两边都是木结构的小楼房，一间间店铺毫无章法地挤在一起。那时我并不知道这条街有一千多米长，横穿台州府城，而且历史悠久，是台州府曾经最繁华的一条商业街。

好吧，去看看！

下巾山，走过龙兴寺便到了古城墙的南门兴善门，向北，眼前是一条洁净的古街，两边房子在原基础上做了修整，一家又一家商铺飘着黄色的店幡，看上去很有特色。朱氏泥塑、王天顺小吃、岭根草编、胡本草堂，然后到了邵家渡大鼓，其中好多家店铺都上过中央电视台，都是百年老店，店里卖的商品是非物质文化遗产，如海苔饼、姜梨糖等。大鼓真是壮观，尺寸惊人，专门造了一个亭子和架子放置，左边是双眼井，右边抬头能看到巾山及两个文峰塔和亭子。再往北走是蔡永利木杆秤店，那一杆杆小巧的秤子，观赏性比较强，除了秤一些中草药及小物件，估计还真没什么用处。再走下去是中国人民银行台州支行旧址，是 20 世纪 50 年代台州的金融中心，当时在中国人民银行宁海支行工作的公公一定来过这里，宁海隶属台州府啊，就不进去细看了。然后到了窄窄的丹桂巷，拐进去便是陈函辉故居，徐霞客曾借住他家，两人一起探讨学术、吟诗作画，或许谈得兴起还一起喝酒猜拳呢。故居还有人住着，不知道是不是陈的后人，看上去很破旧，但曾经的讲究和豪华依稀可见。周主任介绍说，这里有四百多年历史了，当年陈函辉的父辈就住在这里。临海的文史工作做得很不错，可是也有遗憾的地方，这里为什么不进行修缮保护呢?!

最后,我们听从周主任的建议,从城隍山进入临海古长城,这样可以走一半江南长城,熟悉一下"第四张名片"。

高高的城隍庙掩映在绿树浓荫中,台阶宽宽的,但比较陡,周主任说这是"江南八达岭"。七十多岁的王高富老师童心大发,可爱地数着数儿登阶梯,一数正好是98个台阶,好数字,不知道有没有寓意。这个城隍庙供的城隍爷是谁呢。跑进去一看,原来是临海第一任郡守屈坦,他是三国东吴尚书仆射屈晃的儿子,心地善良,处处为百姓着想,于是老百姓在唐武德年间建造了这座城隍庙,供着这位为民造福的好官,距今有1400年的历史了。

一棵奇特的大树吸引了我的视线,只见它扁扁的,裸露着树心,一块祈福石竖在树前,旁边挂满了祈福的红布条。再细看,原来这是一棵樟树,植于隋朝,因遭雷击,仅留下半个躯干,但顽强地活了下来,至今也有1400多岁了。天台县的国清寺有一棵小巧的隋梅,这里有棵高大威猛的隋樟,这是台州的宝贝,也可以说是两棵吉祥树吧。离开隋樟,我们从龙头亭开始向南走。

江南长城始建于晋朝,全长6000多米,完整保存下来的部分有5000多米,是一座具有军事防御与防洪双重功能的府城城墙。1700多年来,多次拆毁、重建及修缮。临海籍地理学家王士性认为,浙江当时的11个大城池中,数台州临海最险要,它西南两面临江水,西北两面是陡峭的大山,悬崖边上连鸟的飞行路线都没有,由此可见临海的地理位置多么重要。抗倭名将戚继光在临海任职的8年中,为保一方安宁,曾对城墙进行改造,加高加厚,并创造性地修筑了13座空心瞭望台,极大地增强了防守能力。他带领民众大战倭寇,九战九捷,这座古长城不能不说发挥了重要的作用。那时，灵江经常有洪水泛滥，东海回潮之祸，让临海古城每每被淹，痛定思痛，官民一心，历朝都沿江修筑城坝，以防水患。

眼前的这座古长城，或者说是城墙，是 20 世纪 90 年代中期修筑的。长城沿山脊逶迤，在陡峭的山间游走，具有江南特有的灵秀和精巧。红枫绿叶装点着古朴的墙头，爬山虎舒展着妖娆的枝叶沿城墙壁攀援……徒步其间，鸟雀啾啾，山泉叮咚，站在长城上俯瞰，远山空蒙，城池沉静，灵江如一条巨龙盘踞在古城南面。

回到兴善门，周主任已在此等候，他说这点儿时间你们走过了大部分台州文化旅游区，很不错了。要知道除了台州府城、紫阳街、巾山等文化景区，临海还有灵秀东湖、桃渚景区、牛头山度假区、石塘等。宁海、临海那么近，当年徐霞客三次造访临海，与名士陈函辉传佳话，我们也可以再次相会相见这座古城。其实这次领略的四张"名片"，已让我对这座拥有"文化之邦"美誉的古城有了不少的感怀！

2018 年 11 月

许家山石屋

　　一个小小的山村，搁在山冈上经风见雨，默默地守望了700年。700年啊，历经数个朝代、数世轮回！彼时，这个小村子刚刚被背着相机，喜欢游走乡村、热爱乡土文化的人们发现。他们惊喜地发现，它竟有着很不一样的建筑风格，村子里居然都是谜一样的石头房子。老百姓世世代代就在这些石屋里生生息息，绵延不绝。这一发现不打紧，当人们重新审视这个小山村时，忽然感觉如获珍宝，摄影家、作家、学生、研究地质的学者们⋯⋯各路人马纷至沓来，想一看究竟，当然还有源源不断的喜欢乡村游的游客们。

　　一个沉睡了数百年的村子瞬间被唤醒了，茫茫然睁开双眼，憨厚地露出如村姑般纯朴的笑容，喜忧参半地迎接着一批又一批前来参观的人们。安静质朴的小村子被写进了文章里，深幽细长的石巷被刊登在了报刊等媒体上，石屋石桥石花窗被摄录进了影视画面中⋯⋯可是，每一个人的双眼看到的是不一样的许家山石头村，当然我也一样，当我进入山村，置身于林立的石屋群怀抱中时，讶异的何止是满眼的石头房子？

一眼望不到边的黑褐色的幢幢石屋错落有致、静静地卧在山冈上，一如古代身披盔甲的将士。互相毗邻的屋舍几乎都是由一块块形态各异、大小不一的石头堆砌而成的，乍一看似没什么技巧，也不见得精细，然而墙面光整，整体棱角分明，而且看不到一丝钢筋水泥。所有长长短短的缝隙都迎合得恰到好处，任凭狂风暴雨、任凭寒冬烈日，纯手工的石屋却是村民们最温暖的"宫殿"。

　　狭窄悠长的乡村小道也是用碎石块镶嵌而成，石窗、石门、石桌、石凳、石板桥……偌大一个村子，视线所及竟找不出一幢完全是砖瓦结构的房子，好一个"石头王国"。

　　一场春雨松软了一个季节，树枝嫩叶上缀满了一颗颗闪亮的"星星"，村口的池塘里几只鸭子在欢快地戏水，偶尔几声鸡鸣狗吠，为宁静的村子增添了不少的声色。

　　走在石头小巷中，脚下不停地打滑，是因为昨晚的那场春雨吗？本以为春雨潇潇，采风活动会被取消，没想到，春风春雨中更有一种春情春意，从而心底里有了一种绵长浓郁的情怀，这种感觉只有徒步在古老朴实的山村中时才会产生，我很珍惜这种感觉，放慢脚步，抚触粗糙而色彩丰富的石墙，仿佛听到一声轻轻的叹息。

　　一位瘦高的老人拄着拐杖出现在小巷的转角处，步履蹒跚、小心翼翼地迎面走来，拐杖一下一下落在石头上发出清脆的声音。看着湿滑的地面，我有些担心老人走得稳不稳，然而老人家虽然缓慢却非常娴熟地行走在小路上。遇见我们这些陌生人，老人也不奇怪，或许这一年来出现在村子里的陌生面孔太多了，他只是乐呵呵地站在一边让我们先过去。

可是偏有好事者问："大爷您老高寿？"

"八十六啦。"哈，眼不花耳不聋。

"大爷您一直住在村子里吗？"

"可不是，打小就住在这。"老人清晰简练地回答着。这有什么奇怪的呢，生于斯长于斯，石头村就是祖祖辈辈的家啊。

哦，这路上光滑、圆润的石头，显然是世世代代的村民一步一步踩出来的。

有着太多的话语想和老人聊聊，可是队伍继续前进，第一次来到石头村，就别落单了吧。

软软的春风犹如一双素手，将我的思绪拉得悠长悠长。据说这个村子的先祖姓叶，是南宋宰相、宁海大儒叶梦鼎的后人为了躲避纷乱的争斗而在此安家落户的，算起来有七百多年了，后来又有了张、王两姓的村民，最多时有近四百户人家。许家山村却没有许姓人家，这就有点奇怪了。七百多年前这里发生了什么故事？先民们为什么会建造那么多的石屋？石头是从哪里采来的呢？我看着翠绿的青苔想问；看着坚固的石墙想问；看着一头闯入眼帘的小黄狗也想问；透过一扇石窗，看到里边长长的野草想问；看到那口古老的水井想问；看到呼啦一下飞过头顶的燕雀还想问……

有太多的问题。

石屋无语，两位坐在门口聊天的六七十岁的村民却告诉我们，这里的石头都是很早很早以前火山爆发时留下的铜板石，质地特别好，先祖们就就地取材，建造石头屋来避暑取暖，安居乐业。没想到这种房子却是冬暖夏凉的，孕育了一代又一代子民。

走一路，聊一路，问一路……我们的疑问让老人们很是开心，他们热心地把知道的点点滴滴都告诉我们。石屋中走出的老人越来越多，他们是石屋的坚守者，这些石头房子因了他们而有了生活的气息。

读书，工作，为了生计迁居他乡……如今石头村子里仅剩一百来户人家。我们先往村子中心走，再绕着村子周边走，发现有好多石屋都已人去屋空、门窗紧闭。那些生锈的铁锁似乎把人生所有悲欢离合的故事都锁了起来：那些曾经有过的浪漫和恩爱、勤劳和勇敢、悲伤和无奈。因为没人住，原本好好的石屋不少都垮塌了，有些只剩下一扇石块托着的门楣，有些只有半堵石墙，更有一些没有了屋顶没有了门窗，仅有一鳞半爪的石墙稳稳地矗立着，留下的是饱经沧桑的岁月。但墙上那石窗花依然经典，墙上的色彩依然斑斓，透出的是原始生命力的执着和坚韧。在这偏僻的村子里，在这清幽、宁静、质朴的石屋中，人们生活着，荷锄躬耕，生老病死、繁衍后代。

一处几乎荒芜的院落边，一声奶声奶气的童音吸引了我的注意力，抬头一看，在一扇小小的石窗口，看到一张稚嫩的孩子脸，看上去也就两三岁吧。孩子穿着一身红毛衣，兴奋地伸出小手臂啊啊地叫着，似乎想挣脱紧紧抱着她的一位老妇的双手。她一定奇怪怎么会有那么多人出现在她的视线里呢，我解下脖子上的丝巾，挥了挥。小女孩咯咯咯地笑了起来，瞬间，石屋也明亮了起来，那抹艳红是那样的醒目、那样的富有活力。那喁喁细语、那咿呀学语赋予了石屋永久的灵魂和生命！

是的，小山村已成为公众的村子，一拨拨的人群涌动在巷子里、石屋中。村民们是淳朴的，他们不明白看似如此普通寒碜的石头房子，怎么呼啦啦一下子成了宝贝。

"原来这些房子那么吸引人，看来，我们要好好保护。"一位大叔如是说。我不知道他是普通村民还是村干部，不管怎么样，保护古村的思想已深入人心。

离开村子，满坡神奇的石屋始终萦绕在我的脑海里：苍苔斑驳、藤蔓披垂的石墙，远离尘嚣、古朴厚重的石屋，还有纯朴善良、充满热情的村民。曾经的贫穷落后，曾经闭塞的交通，成就了一个颇具特色的石头村。这里没有都市的喧闹浮华，没有钢筋水泥的冷漠，也没有六朝金陵的王奢之气。可是这里拥有一种难得的宁静和优质的生态，有弥足珍贵的田园气息，更有一种本色的从容和祥和。

走到村口坐上车子的我再次回头，春雨迷蒙中，刚刚被人们认识的石头村静立在那里。村民们特别纯朴，看上去也没什么想法。我不禁没来由地担心起来：今天我们来，明天他们来，后天呢？随着媒体的宣传，来参观的人会越来越多，不久的将来，这里会不会也像全国各地的景区一样，不知不觉中便有了浓浓的商业味呢？这是一个未知的问题，却也是一个应该考虑的问题！

但愿，这是我一厢情愿的胡思乱想！

2013 年 4 月

这个春天，约在西藏

从西藏回来，无数次打开电脑准备写作，却总是无从下手。拿起手机翻阅着一张张美轮美奂的照片，一次次陶醉在当时的情景中。一次又一次地纠结，那么有厚度的西藏，我写还是不写？精美绝伦的雪域高原美景，人手一串佛珠的宗教信仰民族，神奇的村寨图腾，悠闲懒散的慢生活民风……该怎么写呢？写每天头疼、胸闷、喘息困难，处在高反状态下的身体状况？写虽饥肠辘辘却总是为吃什么而愁肠百结？或者写去林芝的路上（高速公路当时正在修建中）被车子颠得五脏都移了位的痛苦？该如何写好这个神圣而美丽的地方？布达拉宫、罗布林卡、纳木错、羊卓雍措和美丽的林芝，我要如何写出它们特殊的地貌和风情，写出它们博大精深的藏文化精髓？

我想，我要缴械了！真的担心自己的文字会辜负那美丽的景色和民俗民风，担心自己的表达无法诠释美好的圣地，更担心自己的拙笔写不好上天赋予西藏的神秘和圣洁！

西藏，每一个神的孩子都要去的地方。她是那样的遥远，感觉远得很不真实。然而就在这个春天，我去了，和朋友相约，毅然决然地踏上了西去的列车。

3月25日下午7点35分，火车上海站始发，虽然是软卧，但窄小的车厢仍感逼仄。陪伴我的有水杯、零食、书、手机……实在烦了，就在车厢过道上做广播操。期待着在茫茫的戈壁草原上看到成群的牛羊，没有；期待着可可西里原野上有藏羚羊跳跃，依然没有。但车窗外的景色却令从小生活在江南的我惊叹不已。过了西宁、格尔木，火车就好似在无人区奔驰。翻越唐古拉山时身体出现高原反应症状，于是再也不敢在车厢间走来走去，老老实实地在卧铺上躺着不动。后来干脆打开手机上的QQ音乐，跟着韩红的《天路》学唱歌："……那是一条神奇的天路，带我们走进人间天堂，青稞酒酥油茶会更加香甜……"唱着歌，更期待路那头的人间天堂了。这一次着实让从没坐过长途火车的我，结结实实地在车上待了个够。两夜两天，过足了瘾。第三天黄昏，终于来到了天路的那一头——拉萨。

带着一身的疲惫和风尘，整理行装下车。崭新的火车站高深空旷，互相间讲话都有嗡嗡嗡的回音，哪怕数列火车的客人同时出站，都不会显得拥挤。这里的安保出奇的严格，陡然间感受到边疆地区与内地的不同。大家排队出站，每一位旅客的身份证都要经过电脑扫描才能通过。下午6点，如果在我们江南，天色已差不多完全暗了下来，而在3680米海拔的拉萨，此刻，阳光却还是异常的强烈，说它骄阳似火一点都不为过。

"日光城"就这样以亮得刺眼的灿烂之光迎接着远道而来的我。

出现高反

"你去西藏吗？进藏第一天绝不能洗澡的哦，不然感冒了，很危险的！"

"在西藏，讲话要轻言细语，不能跑，不能跳，走路要像老人一样的慢。"

"那儿氧气特别稀薄，切记不能激动，不能大笑！"

……

叮嘱的话儿一箩筐。尽管有充分的心理准备，尽管包里塞满了红景天口服液，但事实不容乐观。两个晚上在火车上没好好睡觉了，看到酒店洁净柔软的大床，想当然地觉得应能好好睡上一觉。我也不听劝，洗了个热水澡，倒头便睡。可意想不到的是，人莫名地难受起来，翻来覆去无法入睡。一会儿嫌枕头太高，一会儿又感觉床上有异物。干燥，干燥，还是干燥，不停地起床喝水，半夜竟发现鼻腔出血了。唉，曾不以为然的高原反应还是强势来袭了。

入住的岷山饭店坐落在拉萨市中心的雪新村路上，步行5分钟就可到达布达拉宫背后的龙王潭公园，推窗可享受雪域天堂的不少美景。可我已然无心赏景，一夜无眠，头疼欲裂，好不容易挨到天亮，先生的电话追了过来。

"怎么样？有高原反应吗？如果不行，赶快买张机票飞回来！"还没容我说话，他直接下了命令。身在大洋彼岸的儿子，这会儿正是晚上，待在图书馆的他心里记挂进藏的老妈，微信也一条又一条不断嘱咐我不要硬撑，说什么生活在江南50多年的身子骨很难适应高原恶劣气候，不要逞英雄云云。我一边心里美滋滋的，一边捧着手机泪花四溢：有两个男子汉牵挂，尽管头疼胸闷，可心里面已暖得没话说！可是千里迢迢，坐了48个小时的火车，难道就因为高反打退堂鼓吗？太不甘了！但不争气的头晕、胸闷、气短还是令我有点担忧，不得不先去医院。我故意语气轻松地回复他们，让他俩放心，然后请朋友陪我去医院吸氧。

拉萨街头和我们江南一样也已露出初春的端倪，夹竹桃迎风摇曳，娇嫩的樱桃花星星点点地缀满了街头。附近有一所小学，背着书包上学的学生不少。雄伟的布达拉宫就在眼前，而我却无心赏景，灰蒙蒙的拉萨，说真的远不如我们江南的城市来得洁净、悦目。

在医院，毫无悬念地吸上了氧气。

我懒懒地靠在椅子上，环顾四周，长方形的吸氧室非常简陋，墙上斑驳的水痕，坏掉的开关，裸露的电线……这还是拉萨人民医院呢。我不由得叹了口气，毕竟在雪域高原，怎能和沿海城市的家乡相比？两盏幽暗的日光灯下就我一个鼻梁上挂着个氧气管的外乡人。听着哧哧哧的氧气吸入的声音，似乎好受点了。其实，我知道这可能就是心理作用。

不一会儿，进来一对中年夫妻，听口音像是南方人。我不知道他们是谁需要吸氧，反正大家都是外地人，就搭讪起来。果然他们来自广东，妻子已是第三次来西藏，感觉特别好，对高原反应似有免疫力，因而一有时间她就跑到西藏来玩，还准备把东南西北几条游览线路都玩个遍，当然这需要时间。这次她是和老公及几位朋友一起进藏的。没想到做丈夫的却撑不住了，高反令他无法陪妻子出游，只好来吸氧。当护士帮他吸上氧气后，又进来一位个子不高的中年男人。中年夫妻喊他李师傅。原来这位师傅来自四川成都，是做旅游包车生意的。这次他应这对夫妻之邀，自己开一辆丰田越野车，又叫来一辆，从成都沿318国道进藏，为广东客人提供包车游西藏服务。

在西藏，做这种生意的人特别多，司机有西藏本地的，也有来自河南、河北及四川的。来西藏玩，除了旅游团，自助游的人同样特别多，他们来自全国各地，以年轻人和大学生为主。辽阔的高原，地广人稀，景点之间离得非常远，更有诸多美景都深藏在偏远又惊险的地方，没车子还真的不行。因此，很多勇敢、胆大、身体倍儿棒的司机便做起了这种租车生意。

很开心和李师傅认识，他对西藏的几条旅游路线都非常熟悉，说起来如数家珍，原来司机几乎都兼当导游的呢。想着如果时间凑巧，那么我们也可以租李师傅的车去玩。这边还在吸氧，我却冒出一个大胆的念头，届时回家时何不坐李师傅的车，沿着美丽的318国道去四川成都，再飞回宁波？

想则想矣，终究才刚到西藏，感觉这个饼还画在纸上，早着呢！

大昭寺、八廓街

尽管推窗就能看到布达拉宫，尽管步行十几分钟就能到那心心念念想去的宫殿，可是，就像看一本杂志，总是要把最喜欢的那篇文章留在最后看。布达拉宫，心中的圣殿，就留待明天或哪一天完整地去看吧，我要慢慢地品、细细地咀嚼。下午也就半天时间，就去大昭寺、八廓街走走。

因为大昭寺附近都是步行街，出租车过早地把我们扔在了街边。我们一路走，一路逛，来到一个四四方方的建筑旁，前面有个广场，这便是大昭寺。偌大的广场居然围成一个入口，还设着一道安检关卡，每一位进入者都要经过安检，背包也要在机器上过一遍。广场上有不少值勤的警察，皮肤都晒得黑黑的，戒备特别森严。庙前立着的五根很高的柱子上面缠满了经幡，估计是"避邪"的，后来才知道它们都有名字，"达尔钦"就是经幡柱的意思。东北角的这根叫"噶丹达尔钦"，是为了纪念一位骁勇善战的噶丹将军。东南角的这根叫"夏迦仁达尔钦",据说宗喀巴大师（藏传佛教格鲁派的创立者、佛教理论家）的手杖珍藏在这根经幡柱里。余下就不一一介绍了，反正每一根都有传说和故事在里面。

大昭寺看上去并不恢宏，共四层，白墙上描着西藏特有的朱红漆，与江南的寺庙有着很大的差别，它融合了汉藏两地特色，还带有尼泊尔、印度等地的建筑风格，据说大昭寺是西藏式宗教建筑的典范。寺前香火萦绕，地上坐满了虔诚的信徒，男男女女，大有在寺前安营扎寨的味道，铺盖卷、热水瓶、水杯、食物堆在墙角，最多的是各色垫子，朝拜磕头时用的。他们有的在休息，有的则旁若无人地一下一下地磕着长头，寺庙门前的青石板上留下了等身长头深深的印痕，幽幽的酥油灯长明着，留下的是朝圣者坚韧的决心和毅力。

我们立在旁边看了一会儿，对他们的虔诚敬佩不已。说真的，在路上风餐露宿、磕头朝拜的信徒，我们还没看到过呢。去售票处买票，被告知下午寺庙不开放，要进去参观必须早上来。午后的阳光非常强烈，蓝天白云下的大昭寺神秘莫测。这座建于公元 647 年的寺庙，经过了元、明、清几个朝代屡次修改扩建才成为今天这个规模。算了，不能进去参观那到八廓街走走吧。

这是一条非常干净的大街，街上从早到晚都是转经的藏民和信众，他们摇着转经筒，不知疲倦地一圈又一圈地走着。看着那么多人在走，其中不乏游客，想想反正庙里进不去，那干脆也蒙上头巾、戴上墨镜跟着转圈吧。

转经是藏传佛教特有的一种礼佛活动，即以顺时针方向沿一定的路线行走并祈祷。一般人手一串佛珠，一边摇着转经筒，一边口诵佛经，在西藏，这是非常普遍的一种现象。后来我在布达拉宫、纳木错、羊卓雍措、林芝都有看到转经的队伍。不管是佛殿、佛塔，还是神山、圣湖，那些被藏民视为神圣广阔的大地上，都留有信徒们虔诚而坚定的脚步。

跟着转经队伍围绕八廓街走，一边是寺庙，一边是一间又一间的商铺。我们的视线总是被寺庙的墙吸引，因为墙上有看不懂的经文，这些文字于我们就如一个个符号，让人好奇不已。

据传，大昭寺所在的位置原来是一个湖泊，和亲的文成公主嫁过来以后，认为拉萨这个地方的形状像一个仰卧着的女人，而这个湖泊正好是心脏的位置所在，湖水好比血液，只有建座寺庙，镇住了心脏，这座城市才会平安无恙。藏王松赞干布当然唯文成公主之命是从，于是填湖建寺。当时条件有限，沙土只能靠山羊驮运，寺庙的建成，山羊功不可没，因此，藏王为了纪念这些"功臣"把这座城市叫作"惹萨"，在藏语中，"惹"是羊，"萨"是土。听说大昭寺内的墙上还有神羊"惹姆杰姆"的画像——这个佛教圣地其实还有很多的美丽传说。寺内供奉着释迦牟尼12岁等身的佛像，是唐贞观十四年文成公主带来的，可惜我们不能进寺参观，只能来日择机再来一次了。

走在光溜溜的石板上，我的内心被一种莫名的力量鼓舞着，沉甸甸的。难道这就是宗教信仰的魅力?！显然大昭寺不是这样走几圈就可以领悟透彻的，我们就是一个过客，远道而来也就看它一眼。眼前一大群膜拜的信众们，或许宁愿把自己融进幽幽的酥油灯，化作一缕轻烟吧。

想起在哪本书上看到："寂静的经堂里总有一卷经文在默默地诵念着，祈盼着有一束伟大的佛光带他们进入人生的轮回。"藏民深信转世轮回之说，然而，我们更应珍视的是当下的生活。

天边的宫殿

以前一直都是从图片上欣赏布达拉宫，感觉她是那样的遥远而神秘，现在这座名扬世界的圣殿就在眼前。远远地望去，蓝天下，洁白的白宫气势恢宏，中心位置正好是红宫，恰如一朵雪莲花，静静地盛开在雪域高原，开放在拉萨市中心。它是藏民心中最神圣的一座建筑！在那个科技落后的年代，能够建造起这样一座雄伟的宫殿，实在让人对那些技艺高超的民间工匠充满敬意。

听说门票都是提前一天在西门预约的，或许今天我们来得比较早，居然让不明就里的我们买到了当天的票，运气不错。

在门口逗留了片刻，不想急着进去，本来就是抱着买不到票的心理准备来的，那么先在布达拉宫广场拍几张照片，好好欣赏一下布达拉宫的雄姿再进去也不迟。朋友又建议，反正有一天时间呢，不妨到老酸奶店里喝几杯酸奶再进去。

好吧，所有的杂念都没有了，我们才开始参观布达拉宫。

布达拉宫依着玛布日山，分布着庞大而完整的建筑群。相传在七世纪，藏王松赞干布为迎娶尺尊公主和文成公主而建，后毁于战火。这其实是不成立的，布达拉宫初建于公元 631 年，当时文成公主才 6 岁，且还不是文成公主。松赞干布又怎么知道十年以后的事呢。现在的布达拉宫于 17 世纪也就是五世达赖时期开始重建，经过而后不断的建设，渐渐地达到了今天的规模，前前后后算起来有一千三百多年。它也是达赖喇嘛的冬宫所在地，当然也是西藏政教合一的统治中心。

拉萨海拔三千六百多米，布达拉宫又高出 200 米。拉萨规定所有建筑不能高过布达拉宫。进入宫殿如机场般严格的安检，无形中又给此建筑增添了一份威严。走在"之"字形的台阶上，过程特别艰难，每一步都让我喘不上来气儿，"高反"持续，双腿不断打软，可是心里却有着坚定的信念。走几步休息几步，终于又到了一个安检处。一个布达拉宫竟要设两道安检，防卫如此森严，里面究竟有什么呢？

布达拉宫的白宫因外墙墙面是白色而得名，墙体非常牢固，据说是用白灰和牦牛奶调和起来糊上去的，或许是这里的牛奶不稀罕，而且虔诚的老百姓每年都把家里最好的牦牛奶和白糖、蜂蜜加特制的白灰调和，然后将其泼到白墙上。因此白宫的墙体看上去总是洁白如新。白宫基本上是达赖喇嘛们生活的地方，墙上有色彩鲜艳的佛教绘画，长廊、殿堂里的陈设也很讲究。我们随着人流参观一间间房子，遇到旅游团，就站在边上听导游介绍，不过大部分是自己看，慢慢感受其所蕴含的文化内涵，当然一时并不能完全理解，仅一知半解而已。我们惊叹于大门、楼梯及房子上金银铜的装饰，以及五彩经幡、宝瓶及一些神鸟的点缀，它们看上去无比奢华。

到第四层时，发现一个较大的殿堂，正好碰到一位导游在起劲地介绍着，于是赶紧过去蹭听，了解到了一点内容。原来这个殿叫东大殿，达赖的坐床就设在高处，高高挂着的一块匾额上是同治皇帝书写的"振锡绥疆"。布达拉宫里的很多活动和典礼都在这里举行，如坐床礼、亲政礼等。那么，当年14岁的仓央嘉措也是在这里受的坐床礼吗？这位农奴出身的六世达赖喇嘛自被认定为五世达赖喇嘛的转世灵童后，其人生际遇就发生了翻天覆地的变化。他仅仅在这个宫殿里住了8年，1705年被废以后，他的行踪就成了一个谜，是在被流放过程中圆寂了，还是隐匿人世间过起了无比向往的自由生活，不得而知。

这位天才诗人，他的人生是否就像他的诗所写的："一个人需要隐藏多少秘密，才能巧妙地度过一生。这佛光闪闪的高原，三步两步便是天堂，却仍有那么多人，因心事过重而走不动。"作为一名宗教领袖，他身陷政治旋涡中数年，虽没有为百姓做出多少实事，但他是一位杰出的诗僧却是不争的事实。他灵性的艺术气质、浓郁的宗教情怀或多或少体现在诗文中，并流传至今，仍为人们所喜爱。我很喜欢唱的歌《那一天》，歌词便出自他的诗。

在白宫的西面有一部分建筑也是白色的，那里是普通僧人住的，据说最多时可住两万多人。难道有那么多房间吗？显然没有的，那么这些僧人可能仅仅容身在一个铺位上而已。他们在这里习经、学佛，将生活质量降到最低，就是为了心中那一份永久的信仰"普度众生"？不能不令人动容！

红宫开放了一部分，供奉的都是灵塔和佛像，那些灵塔看上去既华丽又庄严，有的非常高大，有的却只有一米左右高。听说里面供奉着活佛、上师法体或骨灰，感觉有点异样，可是这是藏族一种特殊的丧葬模式，是藏传佛教特有的，不管怎样也得参观一下。我还特别仔细地看了松赞干布、文成公主、尼泊尔的尺尊公主等的佛像。他们的佛像前，酥油灯灯光幽幽，灯油满满，有虔诚的佛教徒手拿佛珠拎着油瓶一路添着灯油，口中念念有词。藏民们其实并不富有，可是他们每个人都会心甘情愿地拿出收入的一部分来供奉寺庙。我们看到佛像、灵塔上镶嵌着的无数黄金珠宝、珍珠玛瑙及名贵的绿松石，显然也是信众世世代代自愿捐奉的。信仰在藏民心中是坚定而至高无上的！奇怪的是，走着走着，内心惧怕的感觉没有了，竟充盈着满满的圣洁感。回望红宫，感觉它是那样庄严和神秘，据说红宫墙体是由一种西藏特有的白玛草堆砌而成的，这种植物耐寒耐腐耐高温且轻巧，对白宫没有压迫感。古代人的智慧真是不可小觑，或许这也是布达拉宫屹立千年的原因吧。

安静地参观着，没有喧哗，也不拍照，因为布宫是严禁拍照的。蓝天下，似乎心灵已在雄伟壮观的布达拉宫里荡涤干净了。

林芝桃花别样红

出发去西藏前有朋友说，你这个时间是那里最美的季节，林芝的桃花应该开了。

清晨从海拔 3600 米的拉萨出发，翻越海拔 5013 米的米拉山口，然后又下山来到海拔 3400 米、含氧量充裕的巴松措。我的小心脏经历着过山车一样的历险，面对高原反应，它最终还是勇敢地经受住了考验。离开巴松措，那一汪绿如美玉般圣洁的湖水还在心间荡漾，一大片如云似雾的绯红便闯入了眼帘，那就是著名的林芝桃花。

桃树，开始是零星的一棵一棵，慢慢地便看到了那片霞云，花团锦簇地浮动在五彩的原野中。到了嘎啦村，路边的围墙里正在举办"林芝第十三届桃花文化旅游节"。桃花节已举办了 13 届，看来这是一张林芝市旅游开发的大名片。四邻八乡的百姓聚集在这里，人头攒动、彩旗飘扬、音乐欢快。花 10 元钱买张门票入内，走上山坡，"雪域江南"的旖旎风光，那温婉秀丽的景色便徐徐展现在眼前。远处雪山巍峨耸立，眼前是生机盎然的桃林，婀娜嫩柳相间其中，桃树下是一畦畦刚刚苏醒钻出泥土的青稞苗。清澈的尼洋河在阳光下闪着钻石般点点金光。太美啦！我看到的分明是一幅精美的油画，说这里也是"世外桃源"一点都不为过！

身着厚厚的冬装，却闻着春的气息，欣赏着明媚的桃花，或许这就是青藏高原的特色吧。桃花节内容丰富，唱歌、跳舞、跑马、射箭、摔跤……漫步其中，醉在花香，桃林锁住了我的脚步。

漫山遍野的桃树大多粗壮高大，数百年的树龄诉说着经历过的风霜雪雨，然而它们依然有着勃勃生机，生命力顽强。瞧，黑褐色的树枝上花朵虽然不大，却开得热烈奔放，恣意狂野如猛汉，娇美脉脉又如姑娘。相较江南桃花的妖娆，林芝的桃花浓密绚烂且色泽偏淡，采一朵柔软的花儿，贴在眼睛上，透过薄薄的花瓣看湛蓝的天空，竟有一种别样的美。

这是一个浪漫的季节，这里有西藏最美丽的春天，桃花掩映中，"爱心锁""爱心手"等以爱为主题的雕塑随处可见，连地上铺的步道也是爱心形的。心里有爱，处处有爱，原来一百多年前，这里曾上演过一场轰轰烈烈的爱情故事。说的是清朝末年有一位将军叫陈渠珍，被派到这里守防，巧遇工布县的藏族女子西原，一个勇武有加，一个活泼俏皮，两人一见钟情。雪山为证，桃花相伴，明丽的尼洋河为他们歌唱。两人两情相悦，相爱相随，演绎了一段生死依恋的爱情佳话。爱，是一个永恒的主题，爱情是那样的美丽、芳菲，足以让人一生灿烂。

"爱我，就带我去林芝看桃花吧。"这是不是最煽情的一句广告语呢。

要离开了，我才知道巴宜区林芝镇嘎啦村是西藏桃花第一村。尽管当地人说这些都是野桃林，结成的果子不能吃。可是，我有幸看到了最美的桃花，这难道不是最珍贵的收获吗？！

2015 年 4 月

遇见五里泉

　　阿尔山原来不是一座山而是一座城市，差点与之失之交臂的我，和它终究是有缘的。中青旅在会员专号上推出了一个"阿尔山秋季行摄六日游"的特别策划，我草草瞄了一眼便很快划走。不日，有朋友邀约，于是再度细看阿尔山的宣传策划，"梦幻童话、特色美食、绝美的视觉盛宴……"煽情的广告语看得我心痒痒的，上百度查了一下这个号称全国最小城市之一的地方，好奇心令我再度选择出游。

　　爱上旅游是一种"病"，但我没想过要去治疗，喜欢看世界没有错，就让自己一直病着吧，痊愈不了，也没什么不好。

　　白露已过，江南秋老虎仍在挥洒着余威，天天艳阳高照，执拗地延续着夏日的炎热。但阿尔山已凉风习习，走出小小的伊尔施机场，呼伦贝尔大草原的劲风越过兴安岭，顿时令人神清气爽，这可是在江南期待了一个夏天的凉风啊，就这样在这个位于内蒙古东北部的边境小城和它不期而遇了。

　　在距阿尔山不远的地方，车子停了下来，导游苗苗说，请大家喝喝阿尔山的水。哈，原来这也是游程之内的活动。

阿尔山有着丰富的泉水资源，分布着世界上第二大的矿泉群，号称蒙古的"百泉之城"，热泉、冷泉、清泉……"阿尔山"这个词源于蒙古语，意思是"热的圣泉"，然而五里泉却是冷泉，是一种优质的矿泉水。

一股泉水在2000多米深的地底下孕育，然后寻寻觅觅找它最爱的地方，最后从侏罗纪火山岩的缝隙里挣脱出来，欢快地奔向阿尔山。含有国内外罕见的氡、锶、锂等13种人体必需的微量元素和宏量元素的天然矿泉水就这样馈赠给了阿尔山的百姓，这是大自然最好的礼物。人类都择水而居，因为水不但孕育了人类，也孕育了人类文明，水有润泽万物、滋养生灵的特性，还有什么比水更珍贵的礼物吗？"所以说车子停在这里，是让大家去取水吗？"我问导游苗苗。

"是啊，用我们最好的东西来迎接远道而来的客人喽。"

"五里泉，这名字真好听。"

"因为这个泉眼距离阿尔山正好五里地，于是人们就简单地叫上了。"

阿尔山人取名字有意思，很多都以距阿尔山多少里路命名的，比如有一个火山熔岩堰塞湖，因为距阿尔山八十一里，就叫八十一号泡子，后来因为湖边开满杜鹃花而改叫杜鹃湖。

一座蒙古风格的房子建在了泉眼上，房子边有一块刻着老将军杨成武题名的"圣水奇泉"的长方形大理石石碑，旁边用大大小小的火山石装点。说泉水中含有丰富的偏硅酸，对人体主动脉具有软化作用，还对心脏病、高血压、风湿、类风湿、神经功能紊乱、胃病等疾病都有良好的辅助疗愈功能。阿尔山老百姓很多都不喝自来水，每天拿个大桶来这里取水喝。为了方便取水，当

南门外

地政府还建了一个小水池，池中有几个出水管口，简单方便，清清的泉水就从一根根白色塑料管中流出来。

看着眼前的一溪清泉，看着大家毫无顾忌地喝着，我忍不住把从杭州萧山机场带过来的开水倒掉，用水杯接了喝一口，要知道我平时是从来不喝生水的。泉水味道不错，冰冰凉，有点甘甜，像刚从冰箱里取出来一样，沁人心脾。正叹息水杯不够大装不了多少水，池边一个卖矿泉水塑料桶的黑瘦中年人恰到好处地嚷开了：水桶、水桶，小的十元一个，大的十五元……呵，边远地区的人也挺会做生意呢。大家没有多想，纷纷拿出手机扫码付钱，不管拎得动拎不动，接上满满一桶拎回酒店，这几天就喝这个水啦。

遇见一位头发花白的大爷正在接水，他直接把白色的塑料壶对着出水口，接完了看看还没满，又用勺子接了倒进去。

"大爷，您拎得动吗？"

"拎得动，我每天拎两桶，够一天烧饭煮菜沏茶用。"

大爷说他是本地人，每天来取水就是锻炼身体，现在政府修了接水口方便多啦。

"大爷，你们什么时候知道这里的水直接可以喝的呢？"

"那早咧，从小我爹妈就喜欢来这儿取水喝，几百年了吧。"

"听说你们这里冬天很冷，零下二三十度，这水会结冰吗？"

"不会，地底下的水不会结冰。"

说话间不停有人来取水，有游客也有本地人，大家在台阶上站着直接喝水。

一位拿着四个蓝色矿泉水桶的中年人，风风火火地过来接水，原来他是来阿尔山自驾游的，早就知道五里泉的水好，于是多打点，路上可以喝。

　　抱着水桶走在木栈道上，正午的阳光晒在身上暖洋洋的。栈道两旁一边是染上斑斓秋色的湿地，一边则是巍峨的大兴安岭。山岭仿佛是任性的自然理发师随意修剪的结果，一片是枝繁叶茂的树林，另一片则是裸露的、光秃秃的山脊。苗苗说这里冬天有7个月之久，而无霜期只有短短的90天，因此阳光照不到的北面，树还没长出来就又到寒冷的冬天了，因此总也长不出一棵好树。可五里泉清凉爽口的泉水却源源不断，每天以一千多吨的流量滋养着阿尔山，神奇的是水温不随季节的变化而变化。我国著名泉水专家张勃夫教授赞其为"天下第一奇特大泉"。

　　二十分钟后，我们的车子便进入了市区，一座漂亮的小城市，大气、整洁，虽已深秋，路边依然鲜花摇曳，宽阔的大街两边是欧式建筑风格的房子，乍一看还以为到了某个欧洲小镇。这个全国最小城市之一的地方仅有一条大街，貌似步行半个小时就可以从城市的这头走到那一头。全市四万多人口，应该是全国最小的城市了，听说它的前身是以林业为主的一个小地方，1996年6月才正式成为一个城市。城市决策者的前瞻性、创新思路已让这座小城发展成为一个小众而富有特色的旅游城市。

2022 年 11 月

远方

第三辑

漫步湖畔，鲜花簇拥、碧水涟涟，一幢幢色彩鲜艳的别墅掩映在绿树丛中，淡灰的天空令人沉静和安宁。

——《风情卑尔根》

阿森斯的暴风雨

阿森斯（Athens），一个位于美国俄亥俄州东南部只有四万人口的小地方，如果不是儿子在那儿上大学，我根本不会知道有这么一个小城市，更不会飞越千山万水来这里度过难忘的十几天。

阿森斯虽小，却非常美丽安静，绿色漫漫的小山丘、清澈蜿蜒的河流、丰厚茂密的森林……因为安静、环境好，美国好多老人都选择来这里度过退休后的晚年生活。这儿的万圣节活动是全美最出名的，据说许多鬼故事及传说都发生在这里。每年的万圣节活动就是为了这一个历史悠久、充满灵异传说的风俗。活动盛况空前，来自美国各地的人们绞尽脑汁地把自己装扮起来，有打扮成女巫、法师、恶魔、鬼怪的，也有装扮成精灵、卡通人物、天使的……记得儿子开学没几个月就遇上过万圣节，第一次参加这个活动，小子好奇又兴奋，拍了好多照片发给我，而且自己也戴着个面具吓唬人。

大二那年暑期，儿子不想回家，说留在学校修学分，于是我就请了年休假飞过来陪他。

夏日的大太阳天天当空挂着，骄阳似火，早上竟被热醒。

拉开百叶窗，外面白生生的阳光已非常刺眼，天空瓦蓝瓦蓝的。儿子住的公寓楼建在半山腰上，周围都是葱郁高大的林荫树，空气特别新鲜。高栖在茂密的枝丫间的夏蝉更是不知疲倦地"唧唧"聒噪着，吵得人不得不起床。儿子早已去学校，桌上放着牛奶面包，看来是为我准备的早饭。我是中国胃，不想吃面包，就自己煮了点绿豆汤。

午后，儿子从学校回来，满头大汗，连声说：好奇怪的天气，两年来感觉今天是最热的！房间里的窗式空调轰轰地响着，噪音很大。这种空调在国内已不多见，据说它不用氟利昂制冷，特别环保，但噪声太吵人。

再怎么热，晚饭还是要吃的，一天就喝了点早上熬的绿豆汤还真不顶事。已是下午的 5:30，平日里这个时间阿森斯的阳光依然炽烈，类似于国内正午的骄阳，但这时太阳竟躲进了云层里。不过，之前的强阳光还是将车子晒得滚烫，方向盘也好似烧红的烙铁，热得几乎无法触碰。空气特别的燥热，天上密布着灰色的厚厚的云，让人感觉仿佛置身于一个巨大的蒸笼之中。

"这是什么情况啊，热得好像有点异常噢。"从车上下来，平时不太出汗的我都浑身冒汗。

"可能是要下雨了，我们快快进去吧。"来到一家中国人开的餐馆门口，儿子停好车子，拉着我的手匆匆走了进去。

餐馆里面的冷气很舒服，清凉怡人。餐馆老板和儿子似乎很熟，他们谈笑着点菜，而我则看着窗外飞快驶过的汽车发呆。忽然，也就一瞬间天色暗了下来，接着狂风大作，树叶和树枝夹带着碎石到处乱飞，呼呼的，特别吓人。儿子担心我害怕，赶紧回到我身边。桌边就是大玻璃窗，看着窗外，我们正庆幸赶在变天前进了餐馆，接着便雷声隆隆了，一道道闪电划破天际，餐厅里也不安生，一会儿停电一会儿又有电，连着折腾了三次，终于彻底没电了，只有一盏应急灯幽幽地充当照明。服务员很快在客人的餐桌上点起了蜡烛，看来他们是有准备的。不一会儿，一场猛烈的大暴雨如期而至，雨点噼里啪啦敲打着窗玻璃，发出令人心悸的声响。这哪里是下雨啊，简直像是从天上泼下来的一盆盆水啊！

停电没有影响上菜。

"这儿的暴雨都是这样的吗？"借着摇曳的烛光吃饭，我有些焦虑。联想到媒体上经常报道，美国是龙卷风最多的国家，这种雷电闪闪的天气不也一样吓人吗？看到儿子从容淡定地往嘴里扒拉着饭粒，看上去一点也不担心，我不禁问他。

"是啊，这里的天气就是这样的。你看吧，这种雨下不长，十几分钟可能就会停的。"

"是吗，看那架势一会儿会停吗？"我有点怀疑。

儿子说，去年四五月份美国出现龙卷风灾情时，所有的学生都集中躲到了地下室以防万一。当时阿森斯附近的一所高中受到龙卷风袭击，学校毁损得非常厉害。

啊，我不由得倒吸了一口凉气，这个鬼天气，一会儿蓝天白云，一会儿又狂风暴雨肆虐，原来以为很遥远的龙卷风，其实距离儿了很近！

曾经听儿子说起过美国的天气特别奇怪，因龙卷风，导致时有"海鲜雨""血雨"情况的出现，夏天甚至有"火焰旋风""超级冰雹"等。虽然这些情况他没碰到过，但听听也是可怕的。

阿森斯的夏季，气候还算可以，但冬天仍然会有非常恶劣的天气出现，大雪、严寒，天寒地冻，有时还下冻雨，这种雨下到地上就好比给地面铺上一张冰毯子，下到车玻璃上马上结成冰，把车窗玻璃弄得一片模糊。而地上滑溜溜的，行驶着的车子轮胎就会打滑，去年儿子和同学就碰到过一次。他们下午去哥伦布时天气还好好的，没想到晚上回学校的路上竟下起了冻雨，本来一个半小时的车程，他和朋友一起胆战心惊地开了三个多小时。好不容易挪到学校，人都累瘫了。途中有一次车子在路上打滑，竟掉头一百八十度，幸亏路上没车，不然不被撞飞才怪呢，事后想想真是害怕极了。

事情都过去一年了，儿子现在说起来还有些后怕。这小子瞒着我，这会儿我听了头皮发麻，惊得不知说什么才好。

我无心吃饭，看着窗外如注的暴雨，天昏地暗。忽然想到曾经看过的美国灾难大片《后天》。虽然这是一部科幻片，但题材源自美国国防部一份机密报告，报告中提到全球气候变暖，在未来二十年内将引发人类浩劫。导演罗兰·艾默里克，这位特别擅长拍摄科幻灾难片的电影人，把全球暖化和全球寒冷化后所带来的灾难场景拍摄得震撼人心、发人深省……地球是人类生存的根本，人为破坏生态，人与自然不能和谐相处，那么，真正的"后天"不定什么时候就会来到你我的身边。

一辆疾驰而来的车子，也许看不清道路，"唰"地一下停在了餐馆边。豆大的雨点敲打在车子上，溅起一片白茫茫的水珠。我讶异，说真的，这样气势的暴雨在中国的江南是非常少见的。车子里的人并没有走出来，其实他们也不敢出来，因为雨实在太大。

果真如儿子所说，晚饭后雨就渐渐小了，天也一点点亮了起来，这变化真是快。走出餐厅，看见车子上落满了断枝、残叶，路边的树一律作倾斜状。雨后的风儿吹在身上无比的凉爽，一场暴雨冲走了令人难耐的酷暑。

　　返回宿舍楼的路上红绿灯也没有了，可能电还没来，看来刚才这场暴风雨闯的祸不小，但我没有看见堵车，在十字路口，只见所有开车的人都非常自觉地等横向的车过去后才启动。一两分钟后，横向的车子又自觉停下，等纵向的车子通过。这种自觉，就好像有红绿灯指挥着似的，秩序井然，给人的感觉便是特别的温暖和舒服。

　　学校门口不远，有一棵粗壮的大概需两三人合抱的枫树被狂风刮得拔地而起，侧翻在地上，幸好树边没有房子也没停着车子，不然肯定遭殃。那树的根基看上去不是很深，不知道为什么这么粗的树，根基却那样浅……

　　公寓楼所在的住宅小区里，也有数十棵小松树被风吹得连根拔起。路边停着的几十辆自行车集体倒地。小区里也没电，一些租住在这里的老外学生聚在各自的住宅楼梯边聊着、玩着。

　　这么说来，整个阿森斯都停电了！

　　雨终于完全停了，乌云消遁，天空亮堂了起来，天边甚至出现了一抹灿烂的红霞。一个多小时前，人还热得喘不过气来，现在下车，我居然情不自禁地打了一个寒噤，好冷，温度降得真快呀。

　　走进家里，我们打开所有的窗子，清凉的风儿便从纱窗细小的空格中吹进来，特别舒爽。虽然没有电，但手机还能看新闻，并且已有不少关于这场暴风雨的新闻报道。于是得知刚才的这场狂风暴雨竟席卷了美国整个东部地区，俄亥俄州大部分地区发生了大面积停电，哥伦布、阿森斯等市共有近 42 万人遭受停电之苦……第二天，在手机上读到了更有完整的新闻报道："6 月 29 日，暴风雨袭击美国东部地区，造成至少 11 人死亡，首都华盛顿和 4 个州宣布进入紧急状态。暴风雨同时破坏了供电系统，一度致使东部各州至少 400 万户居民和商户断电。鉴于破坏范围广，电力企业需要几天以至一周时间全面恢复供电，地方政府和居民只能借助各种临时举措应对酷暑和缺电。"

这可是一个什么都用电的国家，没有电，居民们日子难挨是可以想象的。儿子开玩笑地说："老妈，我来这儿两年了，这种情况好像是第一次碰到，而你才来几天啊，就见识了惊人的狂风暴雨，看来你可以去买彩票啦。"

"儿子，彩票不着急买，接下去我们也将和几十万美国东部民众一起面对一天甚至数天的停电之苦，这可如何是好？"

"他们怎么过我们也怎么过，现在我们马上去超市买吃的和蜡烛、手电筒等必需品！"儿子果断拉上我，再次出门。

原载于 2013 年 3 月 8 日《宁波晚报》

北欧旅行之芬兰篇

　　北欧之旅，首站是芬兰。搭乘芬兰航空公司 AY058 航班，于上午 9:20 从上海浦东机场起飞，直飞首都赫尔辛基。

　　芬兰有 1/3 的国土在北极圈内，全国人口仅五百多万，不如我们一个宁波市。飞行信息显示全程 7630 公里，飞越欧亚大陆需 8 个小时。看来感觉遥远的北欧并不是很远。飞机上邂逅一位来自上海的空姐，年轻漂亮且很亲和。鉴于中国客人特别多，很多国外的航空公司都聘用国人为航空服务人员。长途飞行乏味，就和空姐聊了起来，她说一个月也就飞三四趟，其余时间都在家休息，工作还是蛮轻松的。这 8 个小时他们也换班上岗，有几个小时可以躲在舱内睡觉。

　　准点，飞机稳稳降落在赫尔辛基万塔国际机场，芬兰时间比国内晚 5 个小时，因而到达时还是正午的 12 点半，这一天我过成了 29 个小时。从舷窗望出去，阳光正烈，恰逢极昼时期，北欧国家此时几乎都是太阳不落。接机导游 30 来岁，看上去特精神，他介绍自己说叫刘军，来自北京。小刘帽子反扣在脑袋上，俏皮活泼，说干导游已十年，国内干了七年，因姐姐在芬兰发展得不错，便追随而来，结果做了几份工作都不合适，最后又做回了导游老本行，这一干又是三年。芬兰语、挪威语不行，但英语还可以，与老外沟通问题不大。

小刘介绍说，芬兰号称"千湖之国"，共有大小湖泊 18 万个，世界上著名的芬兰浴，最后一个步骤便是跳进冰冷的湖水中……小刘依照方便的原则，把我们的行程略微调整了一下，先去参观世界上独一无二的没有尖顶没有钟楼的岩石教堂。

岩石教堂也叫坦佩利奥基奥教堂，因坐落在赫尔辛基市中心的坦佩利奥基奥广场而得名，是斯欧马拉聂兄弟的精心杰作，建成于 1969 年。它是在整块岩石中建造出来的，是该市的地标性景点。到了教堂门口，看到一个极简陋的大门，不禁令人怀疑，可是进进出出的游客告诉我这就是北欧五国之行的首个景点。

小刘买来门票，即每人一张小圆贴，粘在衣服袖子上权当门票。门口一棵树形模型上都是小圆贴，原来参观完教堂的人们随手都把门票粘上去，这个创意不错，一会儿我也把自己的那张留在树杈上。入内大家便自然轻声细语起来，走过欧洲不少国家，进入教堂都不会高声喧哗。神坛肃穆，外国人安静地坐着，或许在静思在祈祷，这样的情形在国内真的不多见。神坛的右侧则立着管风琴和钢琴。

环顾四周，发现墙壁是没有任何装饰的原生态岩石，凹凸不平，却有一种自然的美感。左边角落放着一架钢琴，据说某大人物访问芬兰，参观岩石教堂时曾弹奏过，现在被绳子围起来，不能摸、不能碰更不能弹，貌似成了摆设，原来外国人也崇尚名人效应，不知道他们周日做礼拜时用不用。教堂特别吸引人的还有金碧辉煌的圆形拱顶，四周用一根根铜梁柱支撑着，据介绍有

100 根之多。上面有玻璃覆盖，阳光透过玻璃洒在教堂里，给人以无比的温暖和明亮。我们默默地坐了十来分钟，既是休息也当是好好静思一下。

去参议院文化广场途中经过一座古老的火车站，小刘说它直通俄罗斯的符拉迪沃斯托克，是世界上最长的铁路之一。火车站古色古香，很想进去看看，可是不在行程之内，只能远观。

赫尔辛基市政治文化中心都集中在参议院广场边，漂亮的白教堂也叫赫尔辛基大教堂，赫然耸立在高高的台阶上，气势恢宏，教堂有希腊风格的圆柱，通体洁白，淡绿色的圆顶好像又是俄罗斯式的。相比而言，广场周边的政府大楼、内阁办公大楼，虽然也是古典建筑风格，但显得朴素、低调而沉稳。曾被俄罗斯统治了一百多年的芬兰，广场上仍立着一尊沙皇亚历山大二世铜像。1917 年芬兰独立之后选择了宽容，因而保留了铜像。很多游客都在铜像前拍照留影，我看见沙皇头顶上站着一只鸽子，鸽粪洒了铜像一身，这情景是无奈又尴尬。

高高的台阶上三三两两地坐着不少人，他们晒着太阳聊着天，轻松悠闲。与大教堂毗邻的是赫尔辛基大学。白教堂大门虚掩着，我和同伴走了进去。里面人不多，静悄悄的，壁画、雕塑都非常精美。我们安静地欣赏一幅幅壁画，一架硕大漂亮的管风琴正倾泻出唯美的音乐，宗教永远带给人以坚定和宁静。听说赫尔辛基大学每年的学生毕业典礼都在这个教堂举行。

广场边有不少咖啡馆，外国人喜欢把咖啡桌放在店门口，铺上漂亮温馨的台布，再围放几张舒适的椅子。看集合时间还早，就和同伴们一起坐着休息一下，抑或喝杯咖啡。6 月是芬兰的仲夏节，学校企业都放假，人们走出家门，悠闲地在草坪上广场上看书嬉耍。

终于吃上了离开上海后第一餐饭，时间已过去了三十多个小时，中国胃已对自己国家传统的美食有了强烈的需求，感觉那不很地道的中餐也特别对胃口，大家顾不上矜持，服务员端上一盆吃一盆，很快光盘。

走完了一天的行程该去酒店了，此时，国内应该已是午夜，然而这里还是艳阳高照，一路上森林葱郁，大片的草坪铺满了公路两边。那绿，绿得耀眼、绿得酣畅、绿得奢侈。去酒店需一个多小时的车程，吃饱了就让人有点昏昏欲睡，全车的人似乎都睡着了，我也闭起眼睛休息。

漂亮舒适的酒店建在森林里，远离城市、远离民居，是怕扰民吗？周边是空旷的草地和森林，很想去散个步，小刘马上提醒，不能走太远哦。算了，拿到房卡赶紧休息吧。一觉醒来，芬兰时间凌晨两点半，睡意全无。此刻正是北京时间早上七点半，就是平时起床的时间。尽管有那么多的森林草地，可我依然感到口干咽燥，喝了点水去阳台透气，居然没有黑夜的感觉，灰蒙蒙的夜色看上去如阴雨天的白天，院子里一位老者在打太极拳，看着像咱中国人。旅游都不忘锻炼，有一个健康的身体才能去看世界啊！

这就是极昼吗？天似乎根本没黑过。远远的，天边出现一抹红霞，正当我凝神远眺时，那抹红霞慢慢漾开了、漾开了，瞬间天空美得无法形容。我赶紧跑进房间叫醒室友，然后穿上外套奔到楼下。此刻的天空越来越红，好似熊熊燃烧的火焰，又好似喷涌而出的火山。阳台上站着好多早起的客人，看来时差还真是个问题。大家都在欣赏、议论、感叹。说真的，这样的空中现象从没见过，这就是传说中的火烧云吗？就在这时，我再次被惊到，粉色的空中陡然现出一条完整的彩虹！什么情况啊？北欧之行第二天以如此美景欢迎远道而来的我们吗？这也太给力啦！

我陶醉了，痴痴地立在酒店院子中仰望天空。一滴，二滴，三滴……清凉的雨滴落在脸上，居然下雨了。我跑回三楼的房间并再次去阳台，发现红霞迅速退去，取而代之的是蓝灰色的天空。不一会儿，雨下得越来越大，天空已完全恢复到原先灰蒙蒙的色彩。我重新上床，强迫自己闭目休息，可是脑子里还是刚才那明艳的火红色的天空，睡意顿消。算了，起来看书吧，如果在国内，该是上班时间喽。

上午在暴雨中出门，第一站西贝柳斯公园。到达公园雨就停了，但浓云密布，小小的公园坐落在海边，鲜花烂漫、绿树成荫，鸟雀啾啾。公园里最显眼的是竖着的一座钢管铸成的纪念碑，是为纪念芬兰著名大音乐家西贝柳斯铸建的，600 根钢管看似随意其实很有讲究地靠在一起，组成了一个类似于管风琴的造型。旁边还有一尊银色的头部塑像，音乐家脸部神色凝重，看上去特别严肃。所谓隔行如隔山，西贝柳斯我根本不熟悉，但这座纪念碑很别致，钢管上的花纹看上去精美而富有现代气息，站在旁边能听到海风穿过钢管发出的奇特乐音，或许这就是设计者的初衷。

芬兰靠近北极圈，一年里数月见不到太阳，有这么一个生机勃勃的公园也是难得。我们在公园内流连了不少时间，然后去参观芬兰堡。

在码头等渡轮时，看见几名七八岁的孩子在老师的带领下准备去岛上上课。天气还蛮寒冷的，衣着单薄的孩子们外面套着救生衣，兴奋地轻声说着话。不到十个孩子，却有三位老师陪着。都说在芬兰上学是最幸福的，哪怕是小学老师也必须是硕士毕业，而且是百里挑一的、最优秀的才有资格教学生。学校不对老师进行严格的考评，也不考核不督查，但老师要制订出一整年的教学目标与教学方法，与学校探讨如何更好地提高学生的学习能力和素质。也就是说，老师要自觉把教好学生当作首要的事，而不是整天应付上级部门考核、督查，也不会一门心思搞课题写论文来提高自己的职称。学生十五岁之前一般不考试，课堂小测试是学生和老师之间相互了解的桥梁，学期结束，学生没有成绩单，只有学习报告。各学校之间也不会搞竞赛和排名，不会去评估学生成绩的优劣。这就使得学校的老师们可以把更多的时间和精力花在学生身上，了解学生、帮助学生、教育学生。或许这就是芬兰教育排名全球前列的原因之一吧。当然不是说每一个国家都可以效仿，毕竟国情不同，但在某些方面还是有借鉴价值的。

十五分钟的渡轮，一路上海鸥翩翩地围着游轮飞，特别的诗意。不一会儿便到了芬兰堡。正是芬兰堡最美的季节，到处都是绿树、鲜花，碧绿的草坪上居然懒洋洋地卧着数十只麻鸭，憨态可掬。

之前，我以为芬兰堡是一个古堡，其实完全不是那么回事，而是赫尔辛基南面海上的一串小岛，是一个古老的军事要塞，叫斯沃门林娜要塞。1747 年，芬兰还是瑞典国土的一部分，经常受到俄国等国家的入侵，于是国会决定建起一个岛链以抵御列强的侵略，最初取名为"瑞典堡"。1854 年，俄国与英法及奥斯曼帝国联军作战，爆发了著名的"克里米亚战争"，芬兰堡由于其显著的地理位置，曾遭遇炮火轰炸，导致这座海港城堡千疮百孔。

1917 年，俄国的十月革命引发芬兰的独立，之后芬兰于 1918 年重新收回了这座曾经被瑞典和俄国统治多年的城堡，并舍弃原先的"瑞典堡"名称重新命名为"芬兰堡"。后来在芬兰国内解放战争时期，这里又成了战败的激进派分子的监狱，保留至今，就成了世界上最大的海防军事要塞之一，如今，这个占地面积 80 公顷的芬兰堡已成为一个著名的旅游景点，也是孩子们上课的第二课堂。

走走看看，两个小时过得很快。眼前的芬兰堡俨然是芬兰的后花园，成为人们聚会、疗养的最佳场所，曾经的血雨腥风、曾经的硝烟弥漫、曾经的战争杀戮，随着时间的消逝而渐行渐远，只有古老的教堂、城墙，沉重的炮台、弹道，曾经的军营、监狱……在承载着难以忘却的历史。1991 年，这里被联合国教科文组织列入世界遗产名录并受到保护。

我们在芬兰的最后几个小时，是在南码头边的集市及周边商店、公园中度过的。南码头集市有一个个移动摊位，上面有遮风挡雨的布篷，色彩艳丽。集市兜售的物品很多，吃的、穿的、用的，空气中弥漫着各种味道。游客挺多，呈现难得一见的、摩肩接踵的情景。百货商品很多貌似来自我国义乌小商品市场，大家兴趣不大，但几个水果摊位吸引了我们，樱桃又大又新鲜，买来一尝，甜。

一边是人来人往热热闹闹的集市氛围，一边是美丽的芬兰湾，蔚蓝的波罗的海平静、温和。远处广场中有一尊"海的女儿"雕像，姑娘左手托在下巴上似在沉思，或许她在想，为什么这里忽然来了那么多的中国人？改革开放 40 年，中国发生了翻天覆地的变化，如今国力强盛、国民生活水平大幅度提高，人民的生活方式和质量有了很大的提高，普通百姓已完全有能力走出国门看世界！

下午 4 点半，我们登上"诗丽雅"游轮前往瑞典。夕阳下，金色的余晖晒满了"诗丽雅"的甲板，靠着栏杆，目送渐渐远去的芬兰，这个国家以后还会来吗？来北欧之前有位朋友说：都说北欧是世界上最富裕的国家之一，低个头便能看到"银子"，你可得拾点回来哦。当然是玩笑，但不知道为什么有这么一个传言，当我身临其境时，却觉得这些国家极其低调朴素。比如南码头边的那幢普通的黄色房子竟然是王宫，你信吗?! 没有亭台楼阁，没有深深庭院，更没有奢华瑰丽的装饰，普通到你走在旁边都不会多看一眼。

芬兰，一个高度发达的资本主义国家，看不见豪宅，街上没有豪车，民众衣着朴素，尽管面临着高税收、高消费，但他们享有高收入。绿色、环保、重视教育，以人为本工作制度，如弹性的上班时间，让这里老百姓的幸福指数始终位居世界前列。

2017 年 6 月

打卡波士顿

　　波士顿是我和儿子在美国自驾游的最后一个城市，原本并没有列在计划之中，只因儿子大学校友——一位来自天津的大男孩张钊考到了全美最棒的商学院之一的本特利商学院攻读硕士，而本特利商学院就坐落在波士顿。

　　波士顿是美国马萨诸塞州的首府和最大城市，创建于1630年，是美国最古老、最有文化价值的城市之一。波士顿有很多项美国乃至世界之最，比如世界第一条电灯街道、第一条电话线，美国第一条地铁；更有世界一流的大学，如哈佛大学和麻省理工学院。总之，这是一个非常有意思的城市，值得一游……张钊邀请道。他还很乐意做我们的临时导游。于是我们离开纽约北上，驱车至波士顿。抵达时已是晚上10点，静悄悄的街道，星星点点的路灯散发着淡淡的光晕，除了疾驰的汽车，几乎没有行人。好安静的城市！我们转了两条街才找到一家小西餐店，没想到这家名不见经传的小店做的面包夹肉味道超级棒，大口把自己喂饱，竟然睡得很香，一夜无梦。

第二天张钊如约开车来接我们，身高一米八五的张钊，有着北方人特有的热情和豪爽，礼貌谦逊，让人一见就喜欢。他来波士顿求学也就一年时间，但似乎对这座城市已很熟悉，在市区里驾车，怎么看都是那种熟门熟路的样子。

波士顿有一种游法很特别，那就是坐鸭子船。这城市中心有一条查尔斯河拦腰穿过，有非常美丽的城中湖泊，因此，他们开发出让游客坐鸭子船游览波士顿的旅游项目。这种游船其实是一辆车，但它可以开到水里去，就变成船了。80 分钟的游程，40 分钟是一辆敞篷的游览车，在市中心转悠；另 40 分钟则变成一艘游船，让客人在湖里欣赏美丽的湖边景色。船（或者说是车）很高大，需要登梯子才能上去，但也就只能坐 20 个人。船身漆成鲜艳的颜色，如粉红、粉蓝、绿色、黄色等，上面画着花花绿绿的鱼、水草什么的，看上去赏心悦目。船的窗口开得很大，就用塑料布遮挡，但游船公司的服务人员把它们都卷起来，让游客可以赏景。这种彩色的鸭子船就停在大路边，生意不错。儿子让我等在船边，他们两人去买票。

上车稍等片刻，一位司机就登上车背朝我们坐进了驾驶座。只见她头戴一顶海军帽，金发梳成两根羊角辫，身穿白色的紧身衣、黑色的高腰宽腿裤，脚上穿着高跟鞋。看这一身打扮，还以为是小姑娘，没想到当她转过身来面朝我们调整话筒音量时，发现竟是一位瘦瘦的看上去跟我年纪差不多的中年妇女。她满脸笑容，看来既是司机又是导游。只见她俏皮地晃了晃脑袋，便开始自我介绍。当然，我一句都听不懂，经两个孩子翻译才知道她不是波士顿本地人，她的先生在这个城市，有三个孩子，她很喜欢这个城市。好家伙，就一个介绍就把自己的"户口"如数倒给了游客，而不管你愿不愿意听。看她一会儿做手势，一会儿唱歌，一会儿又问车里的客人一些问题……从上车开始直至将车开到水里变成一艘船，最后又回到岸上，整整八十分钟的时间里，她几乎没有停歇过，一直都在热情洋溢地介绍着，并不停地制造让游客开心的氛围，她对这份工作的敬业和热爱着实令人敬佩。我们也不失时机地配合她，鼓掌、开心地大笑或惊喜地高声叫嚷……引得她特别有成就感，不时喜笑颜开地拉拉小羊角辫，像极了一位青春美少女。

车上有五位中国人，除了我们仨还有一对父女模样的应该也是中国人。其余的都是金发碧眼的外国人，还有好多孩子，孩子们都非常可爱。美国的父母不太摆家长的谱，比较尊重孩子，出门旅游绝对是拖家带口，不管家里有几个孩子，都一个不落地带着，所以满大街都能看到带孩子的外国人。无论哪个景点，随处可见抱一个、牵一个或推一辆婴儿车的年轻父母。当然这可能与这个国家的法律有关，父母不能将未成年孩子单独留在家里，也不能随便打骂孩子，不然就触犯法律了。

波士顿算不上大城市，高楼大厦远没有纽约、芝加哥多，但它非常漂亮、碧波荡漾、绿荫浓得化不开。几乎所有的建筑看上去都有漫长岁月的痕迹，特别是车子经过市中心、经过中央公园时，竟看到两处公共墓地，规模都不大，商场、办公楼、住宅就在墓地旁边。估计波士顿以前是个小城镇，早期居民把故去的亲人安葬在城外，但随着城市的扩大，这些郊区的墓地逐渐被纳入了市中心，成了城市景观的一部分。

半个多月美国游走下来，经常有看到墓地，他们的墓地似也没有恐怖的感觉，相反看上去都是环境优美的。大多数墓地就是一大片绿草坪，上面有很多浓荫如盖的大树，树下立着一块块小小的墓碑，有的干脆就插着一枚小国旗或一小束鲜花、一个风铃什么的，代表地下躺着一位亲人。特别是在一些乡村，我们车子开过时经常看到墓地的旁边除了有一个小小的教堂，还有好多百姓的房子，似乎可以时时缅怀亲人或者陪伴亲人。

结束鸭子船的游程，张钊把车子开到了马萨诸塞大街，来到了波士顿一个叫剑桥城的地方，原来著名的哈佛大学就坐落在这里。说是因为哈佛大学的创建者中有很多人都是英国剑桥大学的毕业生，所以哈佛大学所在的区域也叫剑桥区。张钊介绍说这条街可厉害了，一头是哈佛大学，一头是麻省理工学院，就像一根扁担，挑着两所全世界顶尖的一流大学，他们的财富和影响力，名列世界前茅。

史料记载，15世纪末，欧洲通往美洲的大西洋航道被哥伦布开辟出来以后，欧洲人纷纷远涉重洋来到美洲。17世纪初，首批英国移民到达北美，就是在波士顿上的岸。他们在那里开拓自己的"伊甸园"——新英格兰。移民中有一百多名清教徒，曾在牛津和剑桥两所大学接受过古典式的高等教育，为了让他们的孩子们也可以在新的家园受到这种教育，他们于1636年在马萨诸塞州的查尔斯河畔建立了美国历史上第一所学府——哈佛学院。其实原来这所大学的名字叫做"剑桥学院"，1638年，也就是学院建成两年后，一位名叫约翰·哈佛的学院院长去世，之前他曾将自己积蓄的一半和 400 本图书捐赠给了这所大学。这对于一所创建仅两年、第一届只有 9 名学生的学校来说，显然是"雪中送炭"。后来经过议院的投票，决定将这所大学命名为哈佛大学。美国于 1776 年建国，那么说哈佛建校比这个国家的成立早了近 140 年。如此，说波士顿是美国历史上最悠久的城市之一是当之无愧的。

哈佛大学和美国其他大学一样没有围墙，没有正规的大门，学校、小镇混在一起，你无法确定是否已进入校园。我们从一扇不大的侧门进去，里面参观的人很多，草坪上有不少塑料桌椅。学校教学楼、宿舍楼几乎都是红砖墙、白窗框，耐看又古朴。校园里绿树浓密、碧草茵茵，活泼的小松鼠在草丛间自由自在旁若无人地跳来跳去。

走到一幢高大的楼房前，好多人在拍照，原来这是哈佛怀德纳图书馆。我们也拍了几张。继续参观，校园内走着的除了学生、教授，还有很多游客，也有老师带着中小学生参观的。

图书馆不远处有栋白色的行政大楼，大楼前高高的台子上有一尊铜人塑像，身着英国绅士服装，端坐在一把椅子上，右膝上放着一本书，眼睛注视着前方，似在沉思问题，给人以高远、睿智的感觉。塑像底座上面刻着"约翰·哈佛，建校者，1638 年"几个字。那么这位就是约翰·哈佛先生吗？张钊说眼前的塑像其实不是哈佛本人，因为他去世时没有留下任何影像资料，当后人计划要建一尊雕塑时也就没有了模板，因此只能在当时的哈佛大学里找到一位长得比较帅气的学生作为雕刻的模特，充当哈佛先生。由于影像资料的欠缺，让帅气的学生来代替作为雕刻的模特，这种情况在美国大学中据说很多。张钊说，这个就是著名的"三大谎言"雕塑，大家都知道不正确，但就是不改！居然还有这种事，即便不对，仍然让它存在，而且还是一个著名的学校地标，奇葩吧?!

大家纷纷在铜像前留影，而且每个人都去哈佛先生的皮鞋上摸一把，说会带来吉祥，学生可以考上哈佛这所名校。结果那鞋头被摸得露出了锃亮的黄铜底色。

漫步在哈佛校园，闻到的是文化、知识、历史的芬芳，绿荫浓浓的大树高大挺拔，莘莘学子步履匆匆。看到的是来自世界各地、各种肤色的学生们那种自信的神态，感受到的是拥有 100 个图书馆和各种一流实验室、教学设施的大学氛围。更令人侧目的是，这样一所集教学科研于一体的严肃的高等学府，却可以让游客们在校园里随意参观、游览、拍照，还可以坐在绿草坪上或空余的椅子上休息。不能不说，这一点确实够人性化。

哈佛大学共出过 8 位美国总统、40 名诺贝尔奖获得者和 30 名普利策奖获得者。此外，还涌现出了一大批富豪、知名的学术创始人、世界级的学术带头人、文学家、思想家等精英人物。中国著名戏剧家、教育家熊佛西，著名气象学家、地理学家竺可桢，以及著名学者陈寅恪、林语堂、梁实秋、梁思成等都是这所学校的毕业生。哈佛大学的商学院是全球知名的商学院之一。哈佛以其规模、财富、声誉和权威而闻名，被认为是全球教育领域的佼佼者。

都说哈佛是"常青的不老松",我想它的成功与高要求的教学质量是分不开的。当然,教学方法的不断创新、重视教科研也是哈佛成功的秘诀。这所学校其实就是"奋进、自信、博大"的象征。

离开哈佛大学,我们又去麻省理工学院参观。这所学校有"世界理工大学之最"的美名,也是"全美最有声望的学校"。张钊开车围着学院绕了一圈,然后又绕到查尔斯河边,将车子停好后沿着河边慢慢走了一段路。查尔斯河里泊满了大大小小的私人游艇,听说这种泊位非常昂贵。

走进校园,校园有一种融书香和自然之美于一体的安静。这里和哈佛的校舍一样,也是红砖墙、白窗框,但环境比哈佛安静多了,因为游客不多。校园内的道路都很直,除了一条条路,其余都是常绿的草坪和一棵棵高大的树木,单从这些大树上就可以看出这所学校的历史。

麻省理工学院于1861年由著名的自然科学家威廉·巴顿·罗杰斯创立。他希望创建一个自由的学院来适应快速发展的美国。由于南北战争,直到1865年麻省理工学院才迎来第一批学生。

随后因为第二次世界大战,美国政府在自然及工程科学上大量投资,使得麻省理工学院在这段时间内迅速发展,成为全世界最为重要的高科技知识殿堂及研发基地。过去的五十多年麻省理工学院也为美国政府研制出了许多威力极大的高科技武器。20世纪麻省理工学院最主要的成就是由杰·弗里斯特领导的旋风工程，制造出了世界上第一台能够实时处理资料的"旋风电脑"，并发明了磁芯存储器，为个人电脑的发展做出了历史性的贡献。而在20世纪80年代末，麻省理工学院大力帮助美国政府研发出了B-2"幽灵"隐形战略轰炸机。

漫步静悄悄的校园，我们不知不觉走进一座教学楼。这是一幢很大的楼房，彼此相连围成一个类似于北京四合院的格局，正厅面朝查尔斯河，中间是一片宽阔的草坪。图书馆、实验室、餐厅、教室……我们一一走过，看过。里面走着的几乎都是学生和教师，他们背着书包、抱着资料书籍，目不斜视地快步奔走，对我们三个走进学校的陌生人根本就不关心。今天是周二，他们可能都有课在身。其中还看到好多亚洲面孔的学生，心想，他们是中国人吗？忍不住问儿子，他笑说不一定的，亚洲人区别不是很大，谁知道他们是日本人还是韩国人，不过东南亚地区的人还是能区分出一点的。于是暗自好笑，毕竟，我有美好的愿望，希望我们自己国家的学子多多在这所名校读书。好学校很多，比如张钊就读的本特利商学院，就是全美最好的商科学院之一，又比如儿子所念的创办于1840年的俄亥俄大学也是一所非常不错的大学。

走了一圈，发现一个用许多数字焊接起来的很抽象的人像雕塑，还有那座计算机科研中心，那不规则的造型，别致得惊人，可能全世界也找不出第二幢了，似乎这幢建筑就能诠释麻省人的聪明和才智。

走累了，我们便在哈佛广场边的一家冰激凌店歇息。这是一个充满生机与活力的地方，人来人往，非常热闹。广场边有画廊、餐馆、咖啡店、书店和卖纪念品的小店等。路边还有表演魔术、弹着吉他、行为艺术及趴在地上画画的艺术家们……在这里，你看不出谁是教授、谁是学生、谁又是像我们这样的游客；在这里，大家都是自信从容、友好和谐的。

盖因在这里，大家所遵守的是"求是崇真"的哈佛校训么！

2012 年 7 月

大西洋"追"鲸

在波士顿的那几天，儿子的朋友小张极尽地主之谊，陪同玩了两天，然后问我们愿不愿意花一天时间出海，去大西洋看看鲸鱼！

鲸鱼？总感觉它离我们很遥远，以前只能在荧屏中观看的世界上最大的哺乳动物，而今可以亲眼看见它在大海中的姿容？这种不是鱼的"鱼"真的可以近在咫尺欣赏吗？它会在离我们游船几米远的海水中跳跃、喷水？难以想象！看鲸的诱惑实在有点大，惊讶之余我们决定第二天就去海港小镇普罗温斯敦（Provincetown），从那里上船经过美国科德角国家海岸公园去大西洋看鲸鱼。

一个蓝天白云的好天气，清风徐徐，凉爽宜人。港口，帆船、游艇林立，码头上有好几座彩色的小房子，那儿便是售票处了。买好船票准时登上游轮。看来这里的"看鲸"生意不错，因为相同的游轮有好几艘停泊在港口。游客很多，老少皆有，大家在船上随意找自己喜欢的位置坐，有的干脆站在船头或靠在船舷边，自由且随意。

大西洋的海水是深绿色的，开始波浪并不大，洋面如丝滑的贡缎一般，又如一块纯绿色的玻璃，凝视久了竟有一种想纵身跃入水中嬉戏的冲动。

游轮渐渐加速，慢慢地离港口越来越远。海浪有点高，船晃得越来越厉害。

从上船到驶入大西洋，时间已过去一个小时，茫茫大西洋浩瀚无垠，让人产生无边的遐想。船速慢了下来，船上广播员不停地用英语介绍着，我听不懂，只好去船头找来儿子当翻译。原来女广播员说，船快到鲸鱼经常出没觅食的地方了，也就是说第一个观鲸地点就要到了。现在是 7 月末，正是鲸鱼活动频繁的季节，因此是观赏鲸鱼的最佳时间。正当我怀疑这片平静的海域中到底有没有鲸鱼出没时，人们忽然呼喊起来。

哇，真的有鲸！

我跑出船舱，只见不远的海面上，一条黑色的鲸先探出上半身，接着快速带出它圆圆的脊背，然后钻入海面，同时翘起分叉的尾巴，一下子没入海水中。这一连串动作瞬间完成，快得我都来不及拿出相机拍下来。它令人联想到跳水运动员从跳台跃下，一连串动作完美到令你眼花缭乱，然后便遁入水中，不见了。

这时，游轮完全停了下来，游客一会儿跑向左边船舷，一会儿又涌向右边船舷，试图找个看鲸的最佳方位。

"哇……"人们又喊了起来，这一次看得真切了，鲸鱼就在距离游轮不远的地方，海水中横着它肥胖的身子，背上"哗"地喷出一股细细的类似于喷泉的水，看上去就像一朵美丽的浪花，一眨眼，又沉入水中，海面上立马出现一滩有点油汪汪的水域。

正当大家还沉浸在观看鲸鱼喷水的喜悦之中时，远远地又有两条鲸追逐翻腾着同时跃出海面。广播员也激动地叫起来，同时游轮开足马力快速追了上去。遗憾的是等我们到了那儿，鲸鱼已逃之夭夭，不再出现了。5分钟过去了，没有；又一个5分钟过去了，还是没有。终于，大家的耐心等来了更大的奇观，一条特别大的鲸在船边出现，只见它"哗哗"地在海浪中骄傲地施展着庞大的躯体，似乎在刻意表演，又似乎在自娱自乐。看来，它是游泳能手，风平浪静时，固然可以优哉游哉；在波涛汹涌时，同样能闲庭信步。这会儿，鲸的表演惊得游客连连感叹，而我当然也拍下了这难得一见的景象，虽然因为人太多，拍得不够完美，但我还是满足了。

游轮追着鲸的踪迹不断加速，它要把客人带到更远的海域去观看呢。

船上广播员在不停地激昂地介绍着，述说着鲸鱼带给人类的种种快乐，讲述着人类应该和野生动物和平共处的原则。如今鲸鱼的很多品种都濒临灭绝，因为人类经济发展所造成的空前的海洋污染对鲸鱼等海洋生物构成了很大的威胁，尤其是飞速发展的产业化捕鱼更是极大地影响了鲸类等海洋哺乳动物的食物来源。当然，令人不能忍受的是，至今仍有一些国家借着科学研究之名直接捕杀鲸鱼，大家应该声讨并阻止这些国家。

这不由得让我想起很早以前看过的一部小说《白鲸》。这是美国作家赫尔曼·麦尔维写的一部貌似自己亲身经历的小说。小说主人公捕鲸船船长亚哈，遭遇一头叫"莫比·迪克"的白鲸时被咬掉一条腿，亚哈船长发誓要追杀白鲸以报此仇。为了实施报仇计划，亚哈不惜违反捕鲸业的一切行规，不顾大自然的一次次警告和船员的反对，搜遍全球海域，终于和他的宿敌白鲸"莫比·迪克"狭路相逢。白鲸有着魔鬼般的聪明和神话般的力量。但亚哈船长还是向不可战胜的对象发起了注定要失败的挑战，最后的结局是玉石俱焚。那么，那些借科考之名疯狂捕鲸的人不害怕吗？也许有一天，聪明而愤怒的鲸鱼忽然群起而攻之，他们的命运说不定就会和亚哈船长一样了。

但美国如今对自然和动物的保护却是可圈可点的，当发现海洋中鲸等珍稀动物被过往船只误伤或被螺旋桨意外击中致死时，他们甚至不惜改变航道，让船只绕行鲸鱼生活区域，从而为鲸类及很多海洋动物提供更好、更安全的生存环境。

半个小时后，游轮又停住了，大家期待更多的鲸鱼出现，希望这些充满灵性的海洋巨兽能为我们带来欢乐。尽管我无法辨认出眼前这些鲸鱼的具体种类，但可以肯定的是，这片海域是它们的乐园，在这里，它们可以健康快乐地生活。

原载于 2012 年 10 月 19 日《宁波晚报》

冬日多伦多

多伦多，加拿大最大的城市，以其独特的多民族的多元文化诱惑着我。离开尼亚加拉瀑布城，沿着安大略湖向西北行驶，一个半小时左右就到了。多伦多，有近一半的居民来自一百多个国家，有一百四十多种语言汇集在这个国际大都市，华人社区也有近五十万人。奇怪的是这么多国家的人移民到这里，犯罪率却相对较低，或许大家都深知生活的不易，因此和平共处成了人们共同遵循的原则，使得这座城市显得特别和谐。

冬日的多伦多以寒冷著称，晚上出去吃饭用围巾、帽子和手套把自己裹了个严严实实。因住在市中心，一出酒店便感觉人来人往，有点像国内的某个城市。说实话出国半个多月，第一次发现晚上走在街上不寂寞。除了欧洲，美国、澳大利亚等好多西方国家都以卫星城模式分布。市中心几乎不住人，商店也早早关门，居民都住郊外。因此，在这些国家如果没汽车几乎寸步难行，人们下班后也只能待在家里看看电视、做做家务或手工劳动。西方国家的人工费特别贵，因此家里一般的活儿如刷墙、修屋顶、剪草坪、修整院子都自己动手。在阿森斯，儿子曾带我去逛 Lowe's（美国劳氏公司，美国第二大家居装饰用品连锁店），里面都是建材和工程所需工具，从建造房子、整修园艺到入住安家，一应俱全，什么样的工具、材料都有。

晚上儿子看手机的气象预报说多伦多要下雪，并持续到早上 6 点多。我想象着明天或许能够看到童话般的白雪世界。晚上 10 点，果然下起小雨，我美美地枕着雨声入眠。哪曾想，早上拉开窗帘居然看到蓝天白云，阳光唰地一下透进了 15 楼的房间。哈，这天儿也太适合出游了！赶紧地，准备出门。

儿子在多伦多的两位朋友已热心地为我们安排了游玩线路。在星巴克喝了杯奶茶吞下个面包算是解决了早饭，然后去第一个参观点——卡萨罗玛城堡（Casa Loma）。

出发前设置好的导航显示 17 分钟就能到达。因为已过上班高峰期，路上并不拥堵。沿途欣赏着多伦多市的街景。有轨电车慢悠悠地从容驶过，电网纵横如蛛网般分布在空中，这样的情景在我国的城市中已不多见。

街边先是出现中国红，然后便有了中文，几乎都是繁体字，显然这儿是中国城了。多伦多的华人分布在五个中国城中，有一个还是全球最大的，可以和美国旧金山的中国城媲美。这应该是其中的一个唐人街吧，人行道上走着的大多是亚洲面孔，且水果店、服装店都把东西挪出来摆放在店门口的人行道上出售。不禁想起 2012 年在纽约唐人街法拉盛看到的情景也是这样，如出一辙。

到了城堡，停好车子，门票是昨天晚上在网上购买好的套票。或许是周一的原因，游客没有想象的多，但也不少。20 世纪初，加拿大富商亨利·佩雷特爵士聘请著名设计师设计，雇佣

300名工人历时3年，仿中世纪古堡建成了这座卡萨罗玛城堡作为他的私人别墅。

城堡客厅里，一位漂亮的女演员在音乐伴奏下表演布幔杂技。虽然看了个结尾，仍感觉十分精彩。城堡内共有98间房，没有完全开放。我们挑了几个房间参观，如有一张华丽宫廷床的女儿房间；设施先进、竭尽奢华浪漫的夫人房间；铺着华贵虎皮的亨利·佩雷特爵士自己的卧室……可以说每个房间都各具特色，豪华的装修、精美的摆设，特别是浴室，当时多伦多居民连自来水都没开始用，而城堡已用上了抽水马桶和淋浴设备，不可谓不先进。一楼有一个大暖房，种着各种花草名木，两扇大铜门价格不菲，五彩斑斓的玻璃屋顶非常漂亮。多伦多市位居安大略湖的北面，气候寒冷，而植物又不太耐寒，因此需要这么一个暖房，想来花费可观。

最高一层，展示着第一、二次世界大战时加拿大的军队军事建设，以及战功赫赫的将军的图片、军服、武器装备等。走到地下室，共分两层，上一层有室内泳池、酒窖，还停着数辆他们当时驾驶的私家车。下一层有长长的通道，有锅炉，工人烧煤供城堡取暖。

城堡内的护栏、墙壁、房顶及家具等，细节都非常完美。据说女主人亨利夫人喜欢收藏，单藏品当时就价值两千万加币。他们于1914年入住，夫妻俩带着孩子在这里幸福地生活了11年。遗憾的是第一次世界大战爆发，亨利破产，城堡易手，一家人黯然搬离。至1932年，亨利已身无分文，只能寄宿在原来的马夫家里。那年他最后一次去看自己喜欢的城堡，回忆起过往种种，神伤不已。战争，有人发了横财，而更多的老百姓却家破人亡。曾是加拿大最富有的富翁之一的他又怎会想到短短的十几年，自己的生活会是这样冰火两重天！

1937 开始，城堡成为旅游景点，后来又开设了旅馆。供游客使用的听讲器有中文讲解，显然经营者考虑到了华人这个群体的需求。回到一楼看了宣传片才知道，这十多年来，好多电影导演都看上了这个城堡，到这里取景拍片，如《X-MAN》《燕尾服》《超级奶爸》等，这让城堡风光无限。

朋友建议，如果我们在多伦多还有时间，可以去安大略皇家博物馆看看。这座 1912 年创立的博物馆是加拿最大的博物馆，据说集世界文化和自然、历史于一体，包罗万象，馆藏丰富，坐拥近六百万件藏品。

那就去吧，天气那么冷，室外也没什么地方可去，博物馆走走挺好。

这座博物馆就在多伦多大学校区内，和名品店、奢侈品店仅一街之隔。我们把车停在校园，步行到博物馆也就 10 分钟。博物馆门口的青灰色玻璃幕墙棱角分明，设计独特，富有创意，远远看上去就像水晶。原来这座建筑就叫"Lee-Chin 水晶宫"，由 5 座相互联结支撑的菱形结构组成。进馆大厅是一个气势庞大的恐龙骨架，令人惊叹。看了中文导览手册得知，博物馆共有四层，一楼两边分别是加拿大馆和中国、日本、韩国馆。这布局似乎跟商场一样，往往把最吸引人的部分布置在一楼。按捺住好奇心，我们决定从楼上开始看。

乘电梯直上四楼。四楼是鲁夫本尼展厅，展品为纺织品和服装。三楼主要展示人文和历史，如希腊文明、青铜时代的爱琴海文明，展示努比亚、埃及及拜占庭帝国时代的一些藏品，还有很多欧洲、非洲、美洲和南亚的藏品，琳琅满目，令人目不暇接，且陈列得很有意思。浓厚的历史文化令人大开眼界，特别是一具埃及木乃伊，居然是直立着的，却没有给人带来恐惧，此外，还有种类丰富的恐龙化石。二楼主要藏品以自然生物和动物为主，主题是生物多样性、生命危机。各种鸟的标本很多，据介绍所有鸟类动物等都是真实的标本，为让孩子们能进一步了解，不但配有图文说明，还特别开设了实务操作区。这天是周一，老师带领学生来参观的不少，大多是小学生，也有推着婴儿车的年轻父母。一些四五岁的孩子有旺盛的求知欲，看到好多家长耐心、慈爱地坐在孩子身边，让孩子们尽情地玩耍、提问。

最后来到一楼的中国馆，不承想门口居然是一个圆形的明代墓，令人大跌眼镜，墓的主人是明末清初将领祖大寿（学术界对此存疑——编者注）。把墓穴搬进博物馆，真的很少见。墓穴边上还有马车、石刻拱门、石人石马……中国馆很大，一楼差不多一半的面积陈列着中国的珍贵文物。有很多的唐三彩和汉代的陶俑，其中有一个三彩抱膝罗汉，面容饱满，五官清秀，一副闲适参禅的模样，令人喜爱。我们慢慢走慢慢看，有殷商废墟中挖掘出来的甲骨文、民居建筑模型、青铜器、明代石雕、刻有十二生肖的木雕，还有一棵东汉时期的青铜"摇钱树"……展示大致分四部分：古代艺术、建筑艺术、佛教艺术和雕像艺术。我们被三幅巨大的保存完好的壁画所吸引，壁画被小栅栏围着，灯光也特别暗，说是为了保护。画上人物衣裙飘飘，面容生动……它们都来自山西。中间最大的一幅名为《弥勒佛的乐园》，来自山西兴化寺，是元朝壁画的精品，画中弥勒、普贤、文殊普萨都慈眉善目，神态各异，栩栩如生。听说山西兴化寺在抗日战争中被毁，寺里什么都没有留下来。此刻看到这幅被盗挖的壁画，心里五味杂陈，一方面为这些文物流失国外而愤怒，同时又为珍贵的古董在这里得到完好保护而略感宽慰。

走出博物馆，朔风迎面扑来，返身回看，今天在中国馆中看到了好多据说在国内都看不到的文物，它们都在恒温恒湿的环境中安然存放。

20世纪20—30年代我国战火纷乱、动荡不安，一些外国传教士和列强国家趁机在中国搜刮珍宝和古董，并将它们偷运出境，或据为己有，或充盈他们自己国家的宝库。说实话，参观中国馆时，我的心情是复杂、愤慨、无奈的。一方面，我国在战乱中失去了许多文物瑰宝，还有很多遭到破坏和毁损，这无疑是一种巨大的遗憾。另一方面，有些流失海外的文物却在国外博物馆得到了精心的保护和科学的管理，使得它们得以完好地展示给世人，这又让人感到一丝慰藉。回顾我国文物保护历史，实在有太多的惨痛教训！

但有一点是肯定的：历史永远不会重演！

2016 年 12 月

风情卑尔根

挪威之旅从美丽的港湾城市卑尔根开始，这座千年古城犹如一颗闪亮的明珠镶嵌在西部海岸陡峭的峡湾线上。受墨西哥暖流的影响，这里终年烟雨迷蒙，一年里有 200 多天在下雨，有那么一天降雨量竟达 192 毫米，似乎太"丰沛"了。有个笑话足以说明这个城市雨水的缠绵。一名游客问一个小男孩，下个不停的雨什么时候会结束呢？男孩子摇摇头说："不知道，我才 12 岁呢。"

飞抵卑尔根是中午，居然没有下雨，尽管是阴天，这也很难得了！6 月中旬，国内正是炎炎日头、酷暑难耐的天气，而这里却冷得够呛，我们把围巾、外套都拿出来，把自己裹得严严实实。北欧国家大多属温带大陆性气候，冬季漫长寒冷，夏季短促凉爽，真是一个避暑的好地方。

漫步湖畔，鲜花簇拥、碧水涟涟，一幢幢色彩鲜艳的别墅掩映在绿树丛中，淡灰的天空令人沉静和安宁。小小的城市到处都是鲜花和雕塑，在托加曼尼根广场，我们被一群鸽子吸引，拿出面包一边喂一边逗。这些小家伙一点都不怕人，它们从容而镇定，与人类互动着，奏鸣出和谐之音。走着走着，我们远远地望见了著名的百年歌剧院，门口矗立着一座很特别的人物雕塑。我好奇地拿出手机，用"有道"词典一扫，原来他就是挪威著名的戏剧家亨利克·易卜生。我看过他的《玩偶之家》，对娜拉的勇敢印象深刻。这部创作于1879年的作品，在现在看来依然是一部洞察力极强的社会剧。

都说只有登上佛罗伊恩山顶才算真正到过卑尔根，于是大家自由随意地乘上佛罗伊恩索道全玻璃车顶的观光缆车。缆车开得很慢，一路上尽可以慢慢欣赏景观。数分钟后，缓缓上升的缆车就将我们带到了海拔320米高的山顶。坐在观景台阶上，便可俯瞰卑尔根，饱览市区和周边海域的全景。这就是挪威第二大城市吗？在我看来其大小如同我国一个小城镇。城市濒瓦根和普迪峡湾，蔚蓝的波罗的海仿佛近在咫尺，碧海映衬着色彩缤纷的房子，缆车轨道沿山边蜿蜒，可以说任选一个角度眺望都是一幅美景。

卑尔根在中世纪就是斯堪的纳维亚半岛最大的港口和贸易中心，而今是欧洲最大的邮轮港，挪威半数鱼类及其制品从这里运往世界各地。在山顶走了一圈，雾气渐渐浓了起来，阴晴了几个小时后，天空这会儿毫不留情地飘起了雨丝，气温也急骤下降，该是下山的时候了。

卑尔根曾经是挪威的首都，千百年来，虽经海盗洗劫、宗教破坏、纳粹轰炸及大火等劫难，但在当地政府和老百姓的精心保护下，依然有好多历史古建筑得以保存完好。如历代王宫卑尔根古堡、13世纪维京人举行宴会的霍昆厅、罗马式的圣玛丽教堂及全木结构的范托夫特教堂等。位于城市北面瓦根湾边的布里根是城中最古老的地方，这里完整地保存着一排排古色古香、式样别致的木屋。看上去，临街都是高大的尖尖的人字形屋顶，色彩艳丽。穿行于鳞次栉比的木屋间，犹如一脚踏进了18世纪。不规则的凹进凸出的阳台，木条拼成的彩色山墙，楼梯间、门楼旁到处是后来加上去的保护板，窄窄的弄堂幽暗狭长，小小的店铺布置得干净浪漫。一个木头山妖、一盆随意摆放的绿植，给人的感觉是原始、安静又朴实无华。

北欧是世界上最富有的地区，这里高收入、高税收、高福利，当然也是高消费的，居民幸福指数也高。但是这几天在北欧走下来看，无论是芬兰还是瑞典，抑或眼前的挪威，给人的感觉却异常的平民化和朴素。没有豪宅，也少见豪车，街上行人的衣着休闲随意，人们悠然地生活在平和的氛围中。就算是王宫，同样也是简单平实的建筑，普通得你都不敢相信里面住着一国之王，比如芬兰的王宫，那幢坐落在海边的淡黄色的房子，那规模看上去远不如我国一些企业的办公大楼。

木屋之间的空地上分布着好多让游客休息的桌椅。走走停停，发现一个由枯木雕成鱼形的雕塑，五六名小学生围在旁边指指点点。这条"鱼"好大，一位貌似老师的中年男人正在起劲地讲解。或许讲到风趣的地方了，孩子们开心地笑着，纷纷走近雕塑争着抱着亲吻，而老师则拿出手机拍下了孩子们天真无邪的瞬间。

雨，不知道什么时候停了，流连在布里根彩色房子里的我忘了时间。这里有近七百年的建筑历史。13世纪，德意志北部沿海城市为保护他们的贸易利益而结成一个商业政治同盟，即"汉萨"同盟。"汉萨"一词德文为"会馆"的意思。加盟城市最多达160个。当时德国商人纷纷来此地经商，特别是经营鱼类的交易，他们就住在这些木屋群里，因而这里曾被称为"德国码头"，当时特别繁荣。可是木质的建筑总是经不住大火的侵袭，因而毁了建，建了毁。眼前的房子建于1702年，但在1955年时又一场大火烧毁。不屈的布里根民众根据老屋的图纸和传统的建造方法进行了重建，基本还原老房子的主体结构。这也是北欧地区历史上比较普遍的木质住宅的代表，保持了中世纪原始的城镇风貌，特别有意义。1976年，这里被列为世界文化遗产。

走出布里根古城，眼前是泊满帆船、游艇的码头，海鸥在低空盘旋，一股鲜腥的海洋气息迎面扑来。往左边走，有一个红砖白边的类似于教堂的建筑，特别漂亮，据说是"汉萨"同盟博物馆。很想去参观一下，可是同伴要去鱼市，说一起去吃个饭，于是遗憾放弃。大家沿码头一路向南，十几分钟就到了卑尔根最著名的露天鱼市。我来自东海之滨，对鱼市之类很是不屑，家乡情结总让我认为东海海鲜是最棒的，这里的海鲜能与之媲美吗？可是这个类似于国内大排档的市场，热热闹闹的，对全世界的游客都有着非凡的吸引力。说实话，与其说是该市著名的景点之一，还不如说是个消费的好地方，去领略一下也无妨。

和同伴走进鱼市，一个个摊位大都用红色的篷布搭成，摊位的冰柜上，鳕鱼、三文鱼、帝王蟹、北极甜虾、淡菜等深海海鲜琳琅满目，好多海产品见都没见过，自然也叫不出名字。摊主微笑着用各种语言招揽游客，当然也夹杂着不怎么地道的中文。导游介绍说，政府要求这里的摊主一年里起码要出摊三百天左右。这真的有些强人所难了，要知道这里夏天只有短暂的三个月，在长长的严寒天气里，怎样才能吸引客人来排档品尝海鲜？瞧，暖心着呢，排档里的座椅上都铺着毛皮坐垫，旁边还有取暖的红外线灯和烤火的火炉，即便现在是夏天，他们也没将其换下。约上三两好友，喝喝啤酒、品品海鲜、聚会聊天，这里俨然成了该市一个最受欢迎的社交场所。我们挡不住诱惑，再说异国他乡的海鲜没有不品的理由，于是和几位同伴一起坐在了排档的椅子上。

点菜的眼镜姑娘长发披肩，是中国同胞，好奇地问了一下，说是在这里读书，空余时间打工。她帮我们点了几只大虾、一大片三文鱼、螃蟹、蔬菜色拉。虽然价格有点吓人，4只虾就要人民币400元，但现场烹饪的美味着实让我们饱了口福。

只住了一个晚上，依山傍海的卑尔根却留给我非常美好的印象。这座只有二十多万人口的港口城市，有大学、研究所，还有歌剧院及渔业和工艺艺术博物馆，文化气息特别浓厚。2000年获得"欧洲文化之都"的美誉。更有老城区的木结构民居和新城区的华美建筑相映成趣，形成一种独特的城市风貌。卑尔根作为一个著名的旅游城市，不仅仅在北欧，在世界上也可谓是独具魅力和特色的。

2017年6月

加州的阳光

　　加州的阳光清朗、迷人，加州的阳光温暖、美丽。

　　那肌肤能触摸到的透明般超强紫外线，犹如一位热恋情人火辣辣的爱情誓言，灼得人不得不含羞掩面……

　　小暑节气临近，国内差不多已天天高温预警了，而美国加州的洛杉矶却以它灿烂的阳光、凉爽的微风迎接着我。这里是我美国之旅的最后一站，假期还剩几天，就去看望定居在这儿的朋友。

　　清晨，一声声清脆的"啾啾"鸟鸣，吵醒了我浅浅的好梦。拥着柔软的被子伸伸懒腰，感觉一道白亮的光线在房间写字桌前的镜子里晃，定睛一看，原来是一束阳光从没关严的窗帘缝隙溜进来，和鸟儿一起催人起床呢。

　　哦，又是一个好天气。旅美十多天，感受最深的是这个国家清新的空气、似火的骄阳、蓝得让人心醉的碧空。下午五点的太阳居然如国内正午阳光般强烈，晚上七八点钟，太阳还高高地挂在天空。这使得一直生活在柔风细雨、潮湿闷热的东海之滨的我很是惊奇，这里的太阳也太慷慨了吧，它就那么不管不顾地天天渲染着、挥洒着夏的热情，让你在这个夏天过得实实在在、明明白白。

因为时差，从踏上这块土地开始，想睡一个好觉便成了我的一种奢望。然而，就如这个清晨，那一缕明晃晃的阳光就像一面镜子，迫使我不得不睁开双眼。睡不安稳了，干脆起床吧，才早上六点多一点，那么昨晚又只睡了不到四个小时，看来还得做"白天补觉"这个功课。

打开房门轻轻地走下楼梯，屋子里静悄悄的，朋友和孩子们都还在熟睡。这是一幢豪华别墅，大气、简约，室内各种摆设和软装都透露出优雅与品位，同时兼顾实用性，处处体现着人性化的设计理念。别墅内设施齐全，台球桌、露天泳池、烧烤区、中西餐厨房、大小客厅、西餐厅……最让人迷恋的是那几个天窗。清晨，明亮而清新的阳光便从通透的玻璃洒入室内，如此，让你的心情便和房子一样一下子明朗起来。

一阵轻微的洒水声从园子中传来，是谁那么早就在花园中浇水呢？推开拉门，俏皮的阳光瞬间跳入室内，是因为漂亮的廊沿上没有屋檐就搁着几根木头的缘故吗？走下台阶是一大片草坪和被常绿的矮树围起来的游泳池。原来园子安装了自动浇水的水龙头，现在可能到了浇水时间，它自动工作了。喷洒出弧形的水柱，在强阳光下闪着亮晶晶的光，深深浅浅的绿叶被水滋润后，又恢复了翠翠嫩嫩的模样。它们要备足精气神，才能迎接一天十多个小时的暴晒。

昨天，朋友从机场把我接回家时曾说，坐落在美国西海岸的洛杉矶是个很少下雨的城市，春夏秋冬，终年阳光明媚，每家每户屋子周边那些看上去很漂亮的绿化其实都是用水浇出来的。

用水浇出一座城市的绿化，那得用去多少水呢？

站在花园中极目望去，不远的山上却是寸草不生，褐色的石块、淡黄的沙子布满了整个山头。美国人似乎特别喜欢远离城市居住，于是那些山上只要有房子建着，必定是绿树葱葱，生机盎然。原来这个国家有明文规定，住宅周边必须绿化一定的面积，要安装自动浇水器，如果你没有时间打理，只要拿出钱来，社区中自有工人来帮你打理。这是生活在这个国家的一项必要的开支，家家户户都一样。一个小小的措施，反映出该国对生态环境保护的重视，使得这样一个工业制造和汽车大国依然拥有灿烂的阳光、清新的空气，还有蓝蓝的天上白云飘。

加州的阳光不知道什么叫吝啬，才清晨，它便洒满了城市的角角落落，金色的光华如一根根银丝般毫无阻拦地刺穿棉花般的云朵，又把它们织成一幅幅美丽的图案。

徜徉在洒满阳光的园子里，晨风吹在身上有一丝丝凉意，那风是柔和的，夹杂着幽香、淡雅的味道，我不再如平常那样貌似讲究地撑把小阳伞，就让自己沐浴在有点灼人又有点温暖的阳光中吧，好好地享受着它的芬芳，享受着早晨清爽的空气。

2012 年 7 月

凯奇坎，安静的阿拉斯加小镇

从加拿大的温哥华坐游轮出发，一路向北，经过两个晚上一个白天的航行，第三天早上七点，游轮终于泊在了美国阿拉斯加凯奇坎市（Ketchikan）的码头。

不巧的是舱外寒风凛凛、阴雨蒙蒙，但不管怎么样，第一站游轮靠岸，我们还是要下船玩的。游轮公司为旅客们准备了轻巧漂亮的透明雨伞，原来这里经常下雨，差不多大部分时间，阿拉斯加的这些海岛及城市都是以阴雨天气示人。

人口才八千多的凯奇坎，说它是市，在我看来不如称小镇更合适。镇上以旅游和捕鱼业为主，所有物资要么空运要么就从海上运过来。每年夏季的几个月，游轮公司会为小镇带来几十万人次的游客。小镇以码头为界分为南北两个部分，基本上建在沿海地带。

游玩的项目不少，有乘水上飞机、狗拉雪橇等，但价格昂贵而且有冒险的味道。我们不想在遥远的国度出意外，因此选择坐一种旅游车，深入小镇看原住民、图腾公园，看鲑鱼，运气好或许能看到棕熊什么的。买了车票，九点钟出发，还有半个小时，大家随意站在门口等车。因没有经验，带的厚衣服不多，没想到八月的阿拉斯加这么冷。尽管穿上了所带衣服中最厚的外套，但仍然挡不住阵阵寒意。看见街对面有个超市，于是迎着风雨走过去看看有没有防寒服卖。超市不是很大，商品却蛮丰富的，除了没有水果、蔬菜，其他吃的、穿的、用的都有。特别是防寒服，非常便宜，一件绒里的厚冲锋衣加一条厚绒裤共售价 40 美元，尽管不怎么好看，我仍然毫不犹豫地马上买下穿上，身子顿时暖和了。回到客服中心，不一会儿一辆白色的面包车便来了，大家鱼贯上车。

坐定，只见一位戴着鸭舌帽、胡子拉碴、极度瘦削、撑着两个拐杖的中年人上车来点人数。我以为他是客服中心的服务员，没想到这位大叔转身下车，然后一拐一拐地坐进了驾驶座。咦，他是驾驶员？这就有点悬了，看他的样子自己都保证不了安全，如何开一辆载着近二十位游客的车子，还要身兼导游？

我知道美国非常重视残疾人人权保障，《美国残疾人法》禁止歧视残障人士，保证残疾人享有公平权利。如他们拥有均等的就业机会，得到政府的服务，享用公共和商业设施等权利。因此听说很多政府部门公务员中有一定比例的残障人士。没想到，在旅游行业中，居然还有腿部残疾的司机。当然，可以肯定的是这位大叔一定能够胜任工作，但看他穿着一条牛仔裤，细细的麻秆似的双腿，实在让人有些放心不下。

雨，仍然细细密密地飘着，山峦中白雾缭绕，远处的雪峰若隐若现。我们乘坐的车子在依山公路上飞快地行驶着，我暗暗祈祷，心其实已提到嗓子眼，幸亏路上车子不多，十五分钟后在一个海湾边停了下来。尽管此处空无一人，也没有其他车辆，但这位大叔在停车场开来倒去，规规矩矩地把车子停稳当了才让我们下车。大家撑着伞随他走到一棵大树下，聆听他的讲解。虽然全英文的讲解我们一句都听不懂，但从那些外国游客连连的笑声中，我们可以推测他估计讲得蛮风趣的。

显然，高度的社会文明、纪律性和自觉性是确保残障人士有尊严地活着的基础。

后来经儿子翻译才知道一鳞半爪，原来这个海湾每年都有大量的三文鱼游来，棕熊最喜欢吃鱼了，如果你看见吃鱼的熊可不能转身跑，不然它会追上你的，云云。这会儿，我们却看不见一条三文鱼，于是大家上车，继续剩下的旅程。

开了二十来分钟，车子又停下了，大叔一拐一拐地带我们走到一座小桥边，看河里的鱼，这下我们看到了好多三文鱼，在清清的溪水中挤来挤去，这是在产卵吗？远处，一位钓鱼者吸引了我们的视线，只见他钓上一条鱼，看一下，又扔回溪里。很奇怪，虽说这里号称"三文鱼之乡"，但也不能随便垂钓的，这个人为什么又把钓上来的鱼扔回去呢？难道嫌鱼不够大吗？一问，原来这个人是旅游公司请来专门做钓鱼表演的，他的工作就是站在溪水里钓鱼，游客们走后，他也可以回家休息了，真是一项奇怪的工作。

这种游览方式也是蛮令人神往的，在一个完全陌生的国度，面对未知的旅程和可能遇到的景象，你能相信的就是眼前这位腿有残疾的中年司机。二十来位游客除了我们七人来自中国，其余都是西方人，看上去大家似乎都非常相信他，由着他带我们游玩。其实人与人之间的信任并不难，对他人的信任也是对自己的认同。虽然我们与他仅仅是一种服务关系，但尊重他的工作，相信他一定会很好地完成对他来说或许是养家糊口的这份工作！信任就这么简单，无关东西南北。

大叔把车子开到了一个有很多图腾柱的广场边，原来这里就是阿拉斯加图腾湾州立公园。一根根色彩艳丽的柱子，上面雕满了奇形怪状的动物、怪物造型，有高有矮，有细有粗，它们看上去有规律，又好似随意地分布在广场边。每一根柱上都有鹰的形象，原来这里是美国国鸟白头海雕的故乡，这么多的图腾柱集中在一个地方，我还是第一次看到。以前无论是在国内旅游还是去国外，也看到不少图腾柱，但不是很多，阿拉斯加的凯奇坎据说是世界上图腾柱最多的地方。"图腾"一词源于印第安语"totem"，意思为"它的亲属""它的标记"，指记载神的灵魂的载体，或古代原始部落迷信某种自然或有血缘关系的亲属、祖先、保护神等。那时候他们还不懂科学，只能运用图腾解释神话、古典记载及民俗民风，这是人类历史上最早的一种文化现象。古人认为图腾有一种超自然的力量，可以保护自己，并且获得他们需要的力量和技能。社会生产力的低下和对自然的无知是图腾产生的基础。不同国家和地区有不同的图腾崇拜，有的是动物，有的则是植物。如我们国家主要的图腾是龙，而韩国崇拜木槿花，日本崇拜樱花，俄罗斯的图腾是北极熊等。

这里本来是美洲原住民即印第安人居住的村落，从 20 世纪初开始，这些印第安人纷纷离开村子去城里找工作，村落便渐渐地荒芜了，那些漂亮的图腾柱因风吹雨淋、阳光暴晒，腐蚀了不少。为保留这些原始文化部落的标志，当地政府斥资修复了一部分，又建了一所供原住民聚会的房子。如今这里已成为北美一个著名的景点。很多图腾其实在讲述着一个又一个的故事和传说。

这些姿态各异的鸟、青蛙、鹰、怪兽、马头等图腾柱，最大的特色是造型夸张、色彩鲜艳，让人欣赏之余不禁惊叹印第安人丰富的想象力和工艺水平，确实散发着独特的艺术魅力。

　　大叔毫无悬念地将我们安全送回码头边。这位挂着拐杖的导游兼司机，认真负责地陪伴了我们三个小时，在他轻松风趣的讲解中，在他有礼貌的服务中，我能体会到这个小镇纯朴、温婉而安静的一面。

2015 年 8 月

浪漫 "星空保护区"

  凌晨起床看星星，悄悄进山洞观萤火虫，乘直升机飞越千年冰川，坐英式平底船在清澈如许的雅芳河上荡舟……无须想象，单单看字面，在新西兰这个南太平洋国家游走，你不想浪漫都不行，特别是在小小的特卡波（Tekapo），那令人难忘的一夜，那份浪漫让我至今意犹未尽。

  离开皇后镇去旅游城市基督城的半道上，我们在特卡波住了一晚。这是一个迷你小镇，只有三百来个居民，说真的不如说它是个小村子更合适。但是别看它小，它可是新西兰旅游人气最旺的地方之一，因为这儿有一个美得令人窒息的冰川堰塞湖——特卡波湖、一个全世界爱侣都想来此举行婚礼的小小的好牧羊人教堂、一片世界著名的"星空保护区"！

  "星空保护区"？孤陋寡闻的我还是第一次听说！

  春末夏初的新西兰，天亮得早黑得晚，白天似乎特别长。这不，来到小镇已是晚饭时分，阳光依旧猛烈，紫外线灼得人睁不开眼。下了车，就看到好牧羊人教堂了，教堂后面便是有着魅惑般妖娆的特卡波湖，想来远处那白雪皑皑的山峰便是南阿尔卑斯山脉了。

看过欧洲很多历史悠久、富丽堂皇的大教堂，眼前这个仅有八十多年历史的袖珍型教堂，感觉是那样的朴素和特别，虽然面积不到 30 平方米，但"麻雀虽小五脏俱全"，教堂该有的设施一样不少。这会儿没有新郎新娘在此举行婚礼，却有成群的游客不停地摆着姿势拍照。教堂以木结构和全石结构组成，人们喜欢来这里举行婚礼，是希望自己的婚姻像石头般坚固吗？据说举办一场婚礼约需人民币 35000 元，也不是很贵，可以向喜欢西式婚礼的小情侣推荐。

特卡波湖畔非常漂亮，我们在湖边拍照、在草坪上休息，留恋美景之余一心想着领队眨着小眼睛卖关子说半夜十二点起床去看星星的事，他说特卡波有世界上最干净的空气和夜空。

同伴已在被窝中呼呼大睡，而我却烙饼似的在床上辗转反侧，想象着、感叹着：等一下就要起床了，深夜起床去看星星，多有趣的事儿啊！不知从什么时候开始，看到满天星斗，已是生活中的奢望。现在，看星星居然成了一项旅游内容，有点奇葩。儿时，家里没有空调、电视，更没有游戏机。清朗的夏夜，我们一群丫头片子在晒谷场上疯玩结束回家时，母亲早已用冰凉的井水冲走了院子里滚烫的暑气，小竹椅、小板凳、竹躺椅随意放在鹅卵石铺设的院子中供家人纳凉。大家争着去抢躺椅，因为可以舒舒服服地躺着仰望星空。印象中，只要天气晴朗，深邃高远的夜空便有满天繁星，我常常挑最亮的星星数，一颗、二颗、三颗……数着数着就睡着了。

那时候不知道它们叫北斗星、天王星、海王星……那时候看到流星坠落划过，不知道它们是宇宙尘粒和固体块等空间物质，不知道那是受到地球引力的摄动而被地球吸引从而进入大气层与大气摩擦燃烧所产生的光迹，还真傻乎乎地以为是老人所说的有一个人去世了，所以星星掉落一颗。

终于挨到十二点，把自己像粽子一样裹起来，新西兰南岛靠近南极，晚上特别冷。大伙儿上车后，车子悄没声息地驶出了酒店。白天都看不到一个居民的特卡波，夜晚更好像一座空城。不一会儿车子拐进一个山口，司机竟将灯光完全熄灭，然后摸黑开车，怪吓人的，我情不自禁地紧紧拽住座椅拉手。

工作人员说，不远处便是星空保护区赏景点，大家不能打开手机、不能拍摄，车子不能开灯光，尽量减少光污染。一方面为了更好地观星，另一方面当然为了保护这一区域，要知道，在这个区域飞机都要绕道飞行！不一会儿，在山坳的一块空地中我们下了车。大家迫不及待地抬头，瞬间发出一片惊呼，空中景象把我们惊呆了，只见清朗、高远、澄明的夜空中，一颗颗、一簇簇、一团团的星星在闪烁、在微笑、在向我们问好，灿烂的银河清清爽爽地挂在天边。世界上竟有如此美丽的星空，星星的密集度大大超乎想象，即便是小时候，也未见过那么多那么耀眼的星斗呢，晶莹璀璨、宁静美丽……此刻的我顿感词汇贫乏，竟不知道如何形容头顶这片纯净的星空。抬头遥望着、遥望着，舍不得眨眼，生怕一眨眼这些星星就会逃遁，就会消失。今晚我们运气好，遇上了一个好天气，所谓月明星稀，看星星可要避开月亮的哦。这会儿月亮已经隐去，满天星星就像一颗颗闪烁着的钻石镶嵌在浩瀚的夜空中。

一位熟知天文的年轻小伙接待我们，显然也是中国同胞，他向我们介绍天文知识，娓娓道来的话语虽带有较重的港台口音，但中文讲得还算明白。

"这颗是天狼星，那是猎户星，星团由十几颗或者上百万颗恒星组成，它们是天体系统……瞧，那就是南十字架星座，可以找到南极星。这里是南半球，我们看不到北斗星的哦……"小伙子拿着超级手电也有可能是激光棒（我不知道是什么东西，光束居然可以直指星空）耐心地回答着我们的提问，告诉我们如何利用南十字架星座找到南极星，不时还讲些天体银河的传说和故事给我们听，他的风趣幽默让欢笑声荡漾在幽静的山谷中。

快凌晨两点了，感觉头发都沾上了露水。没有月亮，星空下，脸庞迷离，你看不清我，我看不清你，真的好浪漫。逼人的寒气令人直打哆嗦，浪漫的代价还不小呢，当然心里还是暖暖的，为这辈子都没看到过的星空这会儿让我看到了，也为自己增加了不少天文知识开心，内心无比的充盈！

观星活动快结束时，小伙子到一个小黑屋里打开两台特殊的天文望远镜，让我们近距离"对视"星空。大伙自觉排好队伍，安静地凝神屏气地轮流上前观星。望远镜超神奇，几分钟的体验，恨不得让双眼贴在小小的视镜上，因为，我看到了世界上最亮的"钻石"，一颗颗亮闪闪的，漂亮得无法言说。

回酒店的路上，我一直在想，这是上苍对特卡波的厚爱吗？是，也不全是。特卡波小镇从 20 世纪 80 年代初开始保护这片星空，三十多年来，制定了很多措施，比如合理布置路灯，没有玻璃幕墙，杜绝工业、制造业，从而最大限度地减少光污染，这才拥有了这一片灿烂的星空！

2018 年 11 月

迷失在马尔代夫

去马尔代夫度假特别方便，直飞加落地签，便捷的旅途让这个位于印度洋上亚洲最小的岛国——马尔代夫，成了新婚燕尔小两口度蜜月的首选之地。显然，珊瑚礁、阳光沙滩、椰林舞动、水影潋滟，这些元素都会给情意绵绵的情侣们添彩。在上海浦东国际机场托运行李时，长长的队伍中几乎都是情侣档，我们两个大妈夹杂其中，突然觉得自己也是小年轻了。

经过八个多小时的长途飞行，飞机终于在维拉纳国际机场降落，从舷窗望出去，蔚蓝的大海貌似就在机翼旁边，似乎我们走下舷梯就会跌落海中。机场孤独地窝在海域之中，与首都马累隔着一个海峡。看来，去首都观光还得坐渡船。

一辆简陋的小面包车将我们送至机场的另一边，码头泊着一架架色彩鲜艳的水上飞机。它们就如同陆地上的巴士，迎来送往，接送到各个小岛度假的客人——这是这儿的特色之一吧。购票、等待、登机，一切都是慢悠悠的，任你怎么着急都没有用。看来，慢生活便是我假期的开始。仅能坐 10 位客人的水上飞机，将我们送往新开发的萨芙莉岛（Safari）。

飞机飞得并不高，窗外是湛蓝的天空，下面是墨绿色的海水，不时有一个个环礁小岛跃入眼帘。这些形状迥异的小岛镶嵌、点缀在蔚蓝的大海中，雪白的沙子环绕着小岛。岛上有树影、房屋，它们错落有致地分布着，沙屋、水屋排列成各个形状，看上去就像项链上的一颗颗珍珠，美得让人舍不得眨眼。

马尔代夫由 1200 多个小珊瑚岛组成，其中只有 202 个岛屿有人居住，人口不足 40 万。因为是岛国，所以这里没有铁路、没有高速公路，也没有重工业。但这个国家却拥有丰富的海岛资源，其优质的环境被誉为"失落的天堂""印度洋上的乐园"等。虽然 1965 年才独立，但其历史却非常悠久，据考古，可以追溯到公元前 5 世纪，说那时候就有雅利安人居住于此。

曾几何时，那还是一个处在赤道的遥远的国度，谁都不怎么了解这个群岛小国家。近年来，地球变暖、环境恶劣越来越被世人所关注。2009 年 10 月 17 日，马尔代夫召开世界首次水下内阁会议，视频中所有西装革履的与会部长戴着水中呼吸器在海底开会的情景，令人忍俊不禁。在引发对全球变暖关注的同时，也谣传这个平均海拔不到 1 米的国家，不久的将来或许会被茫茫的海水所淹没。这一"爆炸"性新闻让人们记住了这个国家，一时去那儿旅游的人趋之若鹜，因而总有朋友相聚时调侃，什么时候我们也去看看那个即将被海水淹没的国家。

水上飞机停泊在距离海岛 1000 米左右的一个人造浮台上。服务生伸出被太阳晒得黝黑的双手扶我们下飞机，然后在摇摇晃晃的浮台上站定，再用快艇接我们去岛上。

上岸，就有一个小凉亭，两位年轻的小伙子用托盘托着一杯杯酸酸甜甜的饮料迎接我们。哈哈，正好解除旅途的累、乏、渴。喝完饮料发现水上飞机已瞬间远去。此刻，北京时间是下午六点，而当地时间才三点，海水被正午的阳光映照得晶莹剔透，迎面凉风习习。那么接下来的五天四夜，我们将在这个小岛上度过了。

小伙子用三轮小推车将客人们的行李推到客房，我们一身轻松地走过架在海上的木制栈桥，来到预订的水屋（建在海水上的房子，用一根根钢筋固定在水面上）。棕色的水上屋分别建造在栈桥的两边，一长溜，看上去足有三四十间，结构一模一样。打开房门，清清凉凉的，原来服务生早早就将房间的空调打开了。环视房间，有四十多平方米，酒店物品一应俱全。床、椅子、桌子都是竹制的，更神奇的是竹制的茶几竟然固定在地面上，地中间掏空，透过玻璃的茶几面，就能看到水晶般的海水，碧波荡漾，一条鳗鱼安静地懒洋洋地飘在海水里，半天不挪窝，做沉思状。

房子的形状如八角凉亭，但它不是通透的，每间房子都独立于海水中，侧边还有木栅栏隔着，非常的私密。推开落地玻璃推门，阳台上的围栏粗犷却不失环保，两把舒适的白色躺椅并排放着，一架很简陋的梯子直接伸到海里，如果愿意，随时可以下海游泳、浮潜，做一条自由自在的鱼。

晚饭时间尚早，我们收拾了一下行李，便穿上沙滩拖鞋走出房间去探访小岛。小岛非常安静，骄阳下只有几位小伙子在劳动，他们默默地拔草、扫沙、修理损坏的门窗，看见游客则害羞地笑笑，并不说话。虽然知道他们大多懂英语，但我们英语不咋地，因此也只能以微笑和他们打招呼。小伙子们于是也回报我们一个特别灿烂的笑容，让我们心情大好。小岛上的酒店大堂也是用木头和竹子建造的，屋顶用竹子编得非常漂亮，也不知道这些竹子是哪里来的。餐厅是白色的布幔支撑起来的，一眼看去，所有的建筑物处处都那么环保和返璞归真。

萨芙莉岛位于马尔代夫北阿里环礁的中心位置，这些礁石群被分成二十个行政环礁和首都马累，面积只有3000平方米，是一个新开发出来的度假岛，没有一条商业街，也没有一家商店，是纯粹的旅游胜地，如一杯纯净水，清新舒服。环岛沙滩细腻如粉，椰林婆娑摇曳，一串串青绿的香蕉就那样突兀地挂在路边的蕉树上。面朝海滩的沙屋掩映其中，浪漫神秘，海鸟清亮的鸣叫声吸引我们走向沙滩。海水清澈无比，拿出相机，镜头对着任何一个角度拍摄，都是一张热带花园美景图。

午后，骄阳有所收敛。散步时看到碧绿的泳池闲着，可能客人都去海里游泳了，于是便回房间换了衣服跳入泳池游个畅快。不承想，还没过瘾呢，刚刚还是灿烂的太阳，转眼间便狂风怒吼。听说现在正是马尔代夫的雨季，莫非要下雨吗？我顶着狂风继续游，可泳池边的细沙却被大风呼呼地吹落水中，人不能出水，一出水，那含着细沙的大风便会像鞭子一样劈头盖脸地抽打过来。瞬间，身上头发上都沾上了细细的面粉似的沙子，而泳池底部也一下子积起了一层白沙。我们赶紧离开泳池，躲到帐篷下，不一会儿暴雨夹着狂风倾泻而至。没想到在遥远的南太平洋的小小海岛上欣赏了一场大暴雨，雨哗哗哗地下，海天一色，已分不清哪是海哪是天空。神奇的是雨下得很干脆利落，不到一个小时便停了，太阳又露出了笑脸。这是什么天气呀，暴雨说来就来说走就走，也太干脆了吧，这会儿沙还是柔软的沙子，水还是清清的水，木栈桥看上去也是干燥的，竟找不出曾下过一场大暴雨的痕迹！

晚上，海风呼啸，屋檐上一种类似稻草的海草发出"沙沙沙"的声音。满天的星星悄然隐去，乌云密布，看来又要下雨了。果然，不到一刻钟，豆大的雨滴便拍打着门窗哗哗地下了起来。来自印度洋的海风刮得越来越强劲，刺耳的声音好似要把房子掀翻似的，非常可怕，这会儿甚至有点担心海啸来临。原来拥有阳光、沙滩、绿树、蔚蓝海水的马尔代夫也有吓人的一面。同样，晚上的雨仅持续了几个小时便停住了。早上起来，空气特别清新，天依然蓝，水依然清，沙子更干净了。

这是一次真正意义上的度假，不用起早为赶旅游景点而长时间坐车，没有扰人的电话，没有烦琐的事务，每天悠闲地有大把的时间看书、看电视、聊天，累了则闭上双眼吹吹海风、听听浪涛。兴致来了，换上泳衣滑入大海嬉戏。亮晶晶的海水虽然咸得发苦，但泡在里面却舒畅无比，成群的小鱼调皮地在身边钻来钻去。运气好的话，还能看见海底漂亮的珊瑚。短短的四五天时间，便让人情不自禁地迷失在那一片广阔深远而又迷人的海天之中。

黄昏，夕阳西下，赤脚漫步在洁白松软的沙滩上，任海水拍打着脚背，心灵则放飞在茫茫的大海里，有一种天人合一的美妙。

此刻，我想说："累了，就去马尔代夫吧！"

我的朋友不无感慨地说，如果以后有时间还会到马尔代夫度假，可以睡到自然醒，可以享受岛上懒洋洋的慢生活，让慵懒和宁静包围自己的感觉特别好。她说她已经把半颗心留在这里了，我又何尝不是呢！

2013 年 7 月

尼亚加拉大瀑布

　　心心念念的尼亚加拉大瀑布，终于完美地呈现在眼前！惊讶，这个横跨美国和加拿大两国的瀑布居然距离加拿大瀑布城市区最热闹的街道仅几分钟路途。之前，我曾无数次设想，这个跨国瀑布一定深藏在地势险峻的崇山峻岭之中，事实却大大出乎我的意料，它偏安一隅，与城市相依相伴，人们逛个街便可轻松地走过去欣赏，不需要门票。城市，因瀑布而兴盛；瀑布，也因城市而显得更有存在的意义！腾空而起的水雾遮天蔽日，仿佛一架天梯连接上了空中的白云，乍一看竟融为了一体。随风飘荡的白茫茫水雾下，瀑布如万马奔腾，排山倒海般的雄壮气势震撼人心。它那令人叹为观止的气场，正是大自然鬼斧神工的杰作！瀑布犹如一块流动的翡翠，那透彻心脾的绿意无比迷人。而河流则如同一块深邃的绿色玻璃，清澈透明。这水是否会有流尽的一天？——这个荒谬的念头不过一闪而过，毕竟，这壮观的瀑布已气势磅礴地流淌了千万年，而且，它还将继续奔腾不息，流向无尽的未来！

　　正当我沉醉在雷声如鸣的瀑布美景中时，旁边的人们欢呼起来，原来一道美丽的彩虹横空出世，惊艳在天边！瞬间所有的游客欢呼雷动，显然是为自己的好运而开心！我的感觉是，自己的运气好得不要不要的，刚刚还是乌云密布，难道是我万里迢迢仰慕而来，感动了神灵吗？

人们暂时忽略了大瀑布，把相机齐齐对准了美轮美奂的彩虹。赤橙黄绿青蓝紫，彩虹被灰蓝的天空衬着，如此清晰，如此完美！彩虹下，是连接美国和加拿大两国的著名彩虹桥；彩虹下，是美国的美利坚瀑布、新娘面纱瀑布和加拿大的 U 形大瀑布；彩虹下，是洋洋洒洒的伊利湖，当它飞身跃下时却变成了温润细腻的安大略湖！在这摄人心魄的彩虹下，是兴奋的游客，是虔诚的信徒，是因瀑布而醉的我！

景区围栏边的地面永远被飞舞着的瀑雾洇湿着，如果夏天来，那会多么凉快啊！此刻已近年末，我不顾寒冷举着手机尽情拍着，唯恐这份美丽稍纵即逝。不知有多久没看到过这么完美的彩虹了，无疑这是一场视觉盛宴！想起昨天从彩虹桥入加拿大边境，原来名称是从这儿来的，据说只要给点阳光，瀑布区域必现彩虹！太给力了，昨天下大雨，而今天竟有蓝天白云。可是，美，终究短暂，如昙花一现，如惊鸿一瞥，不到一刻钟，蓝天就被乌云笼罩，彩虹渐淡渐远直至完全消失。

彩虹消失了，游客依然在数千米的观景平台边观瀑、留影、玩耍！"飞流直下三千尺，疑是银河落九天。"这滔滔瀑水的高度虽然没有三千尺高，宽度及流量却位居世界第一！腾飞的水雾可以被风带到远方。瀑下激流湍急、白浪滔天，千万只白色水鸟在水雾中任意飞翔，翩然起舞！它们栖息于这个瀑布的河床上，与之相依相偎，如同瀑布的精灵。我一边观赏瀑布一边沿着观景路慢慢地走着，想着。遗憾的是现在是冬季，如果春夏季，那么绿树掩映、葱茏点缀中的瀑布该是更有活力的！如果到了隆冬季节，那便是一个童话般的冰雪世界，零下二三十摄氏度，那强劲的瀑布会成为冰挂吗？如果会，那一根根冰凌垂下来定会成为一种奇观，该是多么奇妙的人间仙境。这一切，只有居住在此地的市民才有福气观赏到。在瀑布城，一眼看去亚洲人还是挺多的。加拿大位于北半球，靠近北极，是一个移民国家，移民来自世界各地一百多个民族和国家，单华人便有 150 万之多。加拿大的官方语言以英语、法语为主。虽然加拿大国土面积比我国大，但人口稀少，不到 4000 万，且大多集中在五大湖周围，北部很大部分地区都是荒凉的土地。世界上很多奇景都是被欧洲探险家发现的，这个瀑布也一样，据说其实一万多年前就有了。最早于 1625 年被欧洲探险家雷勒门特发现，但那时候很闭塞，因此 1678 年法国传教士路易斯来这边传教活动时发现这个壮观的瀑布后，就说是他最先发现的。其实这也无可厚非，他回到欧洲宣传，可是那时交通落后，不会有很多人来看这一奇观。因此，瀑布又孤芳自赏地奔流了数百年，任日月晨昏变幻，任风霜雪雨装扮，一如既往地呈现着绝佳的、奇妙的、无法言语的美景，只有水鸟陪伴，只有牛羊驯鹿观赏！它雷霆般的轰鸣被当地印第安原住民认为是雷神在说话，因而该瀑布又有"雷神之水"一说。

据说最终让瀑布声名大噪的是拿破仑的兄弟吉罗姆，他突发奇想带着自己的新娘不辞辛苦地坐着马车去大瀑布边度蜜月。这个为他们的蜜月增色不少的奇迹般的美景，他们回到法国后大肆宣扬。一时，喜欢猎奇的欧洲人纷纷效仿，也来此地观光度蜜月，乃至今天仍有很多新婚夫妻会选择去瀑布城度蜜月。这个横跨美国和加拿大的奇景、这块价值无量的风水宝地曾一度让美加两个国家大打出手，他们都想据为己有。1812—1814 年，两国甚至发生激烈交火。最后停战，协议规定两边各有份，加拿大这边为马蹄形即 U 形瀑布，美国这边则是美利坚瀑布和新娘面纱瀑布。如今他们和谐共处，一架彩虹桥连接着友好邻邦，这是明智的，也是共赢的。两个国家各建一座城市，都叫尼亚加拉瀑布城，分布在彩虹桥两边，加拿大这边属安大略省，美国这边属纽约州管辖。两国居民不受限制，可任意往来，两座城市成为真正的姐妹城。

一艘被瀑雾笼罩着的游轮进入视野，原来还可以坐游船进去和大瀑布零距离接触。已近黄昏，为了赶上最后一个班次，我们几乎小跑着过去，终于买了票并领到一件红色的一次性雨披，娘儿俩穿戴好上船。这种游船，美国、加拿大都在经营。美国游客统一穿蓝色雨披，加拿大这边的客人则穿红色的，如此很好区分。船在安大略湖上缓缓前行，本来天气就非常寒冷，站在甲板上被风一吹，更是冷得发抖，可是内心却无比期待走进瀑布的感觉。彩虹桥在我们身后渐行渐远，左边美利坚瀑布咆哮着跌落在湖边的乱石堆中，溅起如盐霜般的白花花的水花，显得勇武威猛。旁边的新娘面纱瀑布则丝丝缕缕，格外秀气，真像新娘即将撩起的面纱。水鸟在我们身边任意飞翔，或许它们早已经习惯了一艘艘游船，并视之为朋友了吧；或许它们还会致欢迎词：来吧，和我们一起去接受大瀑布的洗礼吧！船越来越靠近高大的马蹄形瀑布，溅起的水花劈头盖脸地打在身上，如狂风暴雨。我有一种强烈的窒息感，眼睛也睁不开，雨披根本挡不住，瞬时衣裤都淋得透湿，鞋子更是湿漉漉的。别说好好拍照，人都站不稳，可别摔下船沿哦，于是赶紧躲进船舱里，透过游客缝隙拍下几张近照。

灵动的水鸟，湍急的瀑流，激动的游客……游船把我们带入一个地老天荒的处所。时间，似乎在这里凝固了！

回到酒店，洗漱一番吃个晚饭，已是华灯初上。我鼓动儿子驾车去看晚上的瀑布，霓虹灯下的瀑布流光溢彩，神秘、魅惑，风情万种。

第二天，将要离开时我们再次绕道去看瀑布，硕大的飞瀑如发怒的马群从空中奔驰而下，巨大的声音如狂狮吼叫，震耳欲聋。

儿子打趣说："那么喜欢，干脆移民到这里来吧！"说笑了，虽然希望时间在这里停留，可是终究不是自己的家国啊。

2016 年 11 月

挪威峡湾之旅

　　一直以为挪威是一个群山吐翠的森林王国。风靡 20 世纪 60 年代的甲壳虫乐队唱响了世界著名的曲子《挪威的森林》，1987 年日本作家村上春树创作的一部青春恋爱小说就以《挪威的森林》为题目，后来伍佰又创作了一首以《挪威的森林》为名的歌。那么挪威定有一大片茂密葱郁让人着迷的莽莽原始森林了。于是心中便存下了这片迷人、秀丽、令人无比神往的密林，虽然她是那么的遥远而神秘。

　　北欧之行第三站是挪威，是游程里的精华部分，挪威的森林下藏匿着一个又一个令人震撼、幽深瑰丽的神奇的峡湾。

　　原来，挪威最著名的不是森林而是峡湾！

　　之前我并不知道"峡湾"这两个字，因为这种在冰川作用下形成的地貌在我们国家或者说亚洲是没有的，它是一种特有的地理现象，除了新西兰、智利等国有少量的峡湾，世界上 80% 的峡湾在欧洲，而欧洲的峡湾又主要在北欧。位于斯堪的纳维亚半岛西海岸的北欧国家挪威，因得天独厚的地理位置而拥有着欧洲 80% 的峡湾，因而有"峡湾之国"的美誉。我在挪威的三天可谓是名副其实的峡湾之旅了。

第一天，松恩峡湾。

晨起，烟雨迷蒙，邻队小刘说这样的天气在峡湾特别正常，他提醒我们把雨具放在随身包里，因为不知道什么时候就会下雨。果然，路上一会儿雨一会儿晴，幸好大家都坐在车上，这种捉迷藏似的天气也奈何不了我们。大巴车几乎都在山路中穿行，路况很好，车子也不多，只是隧道很多，不过这些隧道看上去很简陋，跟我们国家的没法比。每小时 60 公里的限速可以让我们尽情欣赏沿路风景，优美的沃斯小镇，山色空蒙、云雾缭绕，大大小小的瀑布数不胜数，清澈的溪流潺潺远去。忽然，陡峭的岸壁之间一抹深绿跃入眼帘，这就是峡湾吗？湾里的水平静得很不真实，如一匹墨绿色的锦缎飘浮在山涧。大家按捺不住，拿出手机，拍下了几个峡湾的远景。

坐落在古德旺恩小镇的峡湾码头不大，一艘游船就我们二十来人。天气也给力，居然不下雨了，尽管阴云密布，但景色更美，峡湾两岸的山峦浓雾缥缈，朦朦胧胧恍若仙境。全长 204 公里、最深处有 1308 米的松恩峡湾在我们眼前徐徐展开，渐渐地视野也开阔起来。两岸连绵的群山深沉静谧，悬崖峭壁，瀑布成群，远处"七姐妹峰"上还覆盖着皑皑白雪。峡湾之水碧波荡漾，绿色山坡上散落着几幢童话般的房子，如一幅至纯至美的绝美油画。

游船驶出码头不久，一群海鸥翩翩而来并一路伴随。这种在浩瀚的大海才能看到的小精灵，在这青山绿水间翱翔，特别唯美。我们拿出从家里带出来的麦饼喂海鸥吃。一开始这些小家伙可能不知"麦饼"是什么东西，成群地飞过来，那种热情程度足以让你宁可饿着自己也要舍下一口喂它们。可是当它们啄了几次之后，居然抗拒这种纯中国的食品，任你怎么吆喝就是不予理睬。后来同伴灵机一动，拿出面包喂它们，好家伙，居然以迅雷不及掩耳之势"唰"地一下叼走了一大块。看来饮食习惯不是轻易能改变的，哪怕是鸟儿。于是大家纷纷从包里搜出大大小小的面包，欢快地逗着、玩着，一只只胖海鸥也很配合地吃着，或许这游船便是它们的粮仓，不需要太远去觅食，游客自然会喂它们。

　　游船慢悠悠地行驶着，我喜欢这种闲适和不慌不忙的游览，享受着海鸥的相伴，享受着群山和静静的绿水。小刘介绍说，峡湾的形成需要三个条件——高山、大海和冰川，挪威有绵绵的群山，有两万五千公里蜿蜒曲折的海岸线，在地图上我们会发现它的海岸线是支离破碎的。这是因为在冰川的作用下，海岸线的波涛和海浪不停地吞噬着内陆，陆地无奈地被切割，最终海水延伸到内陆，形成幽深壮观的内陆"河流"，成就了挪威别具一格的最宝贵的峡湾资源，令世界各国的旅游爱好者蜂拥而至。

　　游船蜇进松恩峡湾的支流艾于兰峡湾，然后到了弗洛姆小镇。我们很好奇这种伸入内陆掺杂着冰川的海水的味道怎么样，一位大哥在码头用水杯盛了点水让大家尝，哈，还真有点咸呢！

　　小刘哈哈大笑道：你们怀疑这不是海水吗？

　　接下去我们坐弗洛姆高山火车前往米达尔，然后原路返回，共需一个小时四十分钟。这条 20 公里长的火车线路是北欧地区最陡峭的铁路线，曾被《孤独星球》选为"欧洲最美火车旅行之一"，今天我们幸运地体验了。火车里的电视屏幕上有各种语言的说明，当五星红旗出来时，一长溜的中文显示：1940 年 8 月 1

日开通这条高山铁路，是因为运送货物，一年后开通客运。这条铁路是松恩地区的重要交通动脉，短短的 20 公里修了 20 年。山中有转弯 180 度的隧道，20 条隧道中的 18 条都是手工凿成的，可以说隧道的每一米都凝聚着铁路工人艰苦的劳动！

火车以 40 公里的时速不紧不慢地在蜿蜒的山峦中穿行，从海拔 2 米到海拔 864 米，落差之大令人惊奇，一路上都是令人惊叹的壮丽景色，高山森林、悬崖耸立、峡谷幽深、瀑布飞泻，小木屋点缀在翠绿的山坡上，山顶皑皑白雪闪着莹白的光与翠绿的挪威森林相映照，美不胜收。火车在廖安内弗森大瀑布旁停留了 10 分钟，大家跳下火车去拍照。高大的瀑布，听说有 160 多米高，瀑水湍急奔腾而下，飞溅起的水雾像滂沱大雨劈头盖脸扑向我们。忽然音乐响起，伴随着胡德拉的歌声，长发飘飘、着一袭红衣的"山妖女神"在瀑布中翩翩起舞，瞬间惊到了所有的游客。看着瀑布、听着歌、欣赏着狂放的舞姿，大家甚至忘了重新上火车，当上车笛声再次响起时，才撺着被打湿的衣襟飞奔向火车，继续高山美景之旅。

结束经典的轮渡和火车观光，晚上入住哈当厄尔峡湾边育尔维克小镇的巴卡内丝酒店，这家百年家族酒店坐落在秀丽的峡湾边，环境美得无法形容。

高纬度的北欧国家在夏季差不多 6 月 22 日左右会出现极昼现象，晚上多晚天都不黑。到了冬季便会出现极夜，即便大白天，天也没法亮起来，因而都说北欧国家的百姓中抑郁症患者和科学家特别多，也不知道真假。反正这次极昼让我们碰上了，感觉一天特别漫长。尽管如此，你也没法多玩，这里对旅游大巴有硬性规定，一天必须停车 12 个小时，司机每驾驶两个小时要休息一下，不然车子启动不了，有记录仪监督着。这是对游客负责，不让司机疲劳驾驶的好办法。因而虽然极昼，睡眠时间到了，酒店里的外国人都休息了，而来自中国的我们则兴奋得睡不着。半夜了，我们还舍不得去睡觉，在小镇散步、在峡湾边拍照。

第二天，哈当厄尔峡湾。

一早起来，蓝天白云，空气出奇的清新，发现天气好得令人心醉。多雨的峡湾居然有难得的好天气，是顾念我们千里迢迢来此地一游吗？

去看布里克斯达尔冰川（Briksdalsbreen），要沿着当厄尔峡湾翻过一座座雪山。山路蜿蜒，雪山上大片大片的白雪呈雪花状分布在高山上，让一座座山头像一头头卧着的奶牛，特有意思。在一个休息区，碰到一列自行车队，队员看上去都是即将退休或已退休的老人，穿着专业运动服，高山寒冷，6月天气温才7摄氏度左右，老人们却精神抖擞地穿一些紧身短衣裤，露出一身的腱子肉。小刘上去和他们聊天，得知都是一些自行车骑行爱好者，趁着休假骑车游峡湾呢。真是一群勇敢的老人。

挪威和其他北欧国家一样是一个高收入、高税收、高福利国家，国民喜欢慢生活，每年的夏季会有一个带薪休假期，他们会全家出游。一般挪威人都有两处房产，一处在城里，另一处则是乡间别墅。想起一路上看到很多车子拖着个房车在疾驰，还看见不少房车基地，据说基地提供水电，费用每辆车仅象征性地收取几元钱。

一路走一路游，茂密的森林、一望无际的草地、成群的牛羊、小小的木屋，无比的诗意和浪漫。到达冰川时已是午后了。外国游客们大多步行进山，为了节约时间，我们分坐几辆车子上山。冰川雪风冷得让人打战，大家裹紧外套并用围巾包着头，貌似进山剿匪。十来分钟的车程，远远地就看到山顶那片神奇的蓝光，那就是布里克斯达尔冰川。体积硕大的冰川填满了山谷，像一条凝固的蓝色河流，从山巅洋洋洒洒地淌到山脚，山脚下是一条清澈的溪流，猜想那冰雪消融流入的河水一定刺骨寒冷，可惜够不到，不然一定脱了鞋袜感受一下。

站在这片神奇的景观地，为高山冰川的奇妙风光而惊叹，阳光下，冰川反射出一种淡蓝色的神秘光芒，无比惊艳。想起 2014 年 8 月，我曾从美国飞抵加拿大坐游轮去阿拉斯加，在阿拉斯加也看到了好多神奇的冰川，而且规模要比这里壮观得多。这些冰川像大山一样覆盖了地球 10% 的面积，储存着地球 70% 的淡水。有科学家测算，如果地球上所有的冰川都融化了，那海平面将会上升 66 米，全球主要城市都将被淹没。人类当然会竭尽全力保护地球、保护环境。保护环境，人人有责！

第三天，盖朗厄尔峡湾。

这一天依然是个好天气，沿着盖朗厄尔峡湾继续前进，奔向利勒哈默尔。盖朗厄尔峡湾是挪威峡湾中最美丽神秘的一个峡湾，全长 16 公里，两岸高耸着海拔 1500 米以上的群山，山腰上有众多的瀑布，给峡湾平添了一层灵动之气。沿着挪威西海岸 63 号公路走，其有着著名的"老鹰之路"和"精灵之路"之称。63 号公路全长 106 公里，是一条曲折蜿蜒的景观公路，也是世界上 12 条最危险的公路之一。离开盖朗厄尔镇不久，沿着断崖峭壁盘绕而上，险峻得令人心惊肉跳。在海拔 620 米的"老鹰之翼"观景平台，大家下车摄影、拍照，纷纷把自己的身影留在这个难得一来的景观地。据说这一名称是因为常常有老鹰聚集于此而得名。

　　离开"老鹰之路"，又绕过一个峡湾，便到了著名的"精灵之路"。挪威街头和风景区域到处可以看到精灵的雕塑。这条公路也是因传说而得名，传说中挪威侏儒精灵或者说山妖就住在这片峭壁森林里。"精灵之路"以连续 11 个曲折的"之"字形急转弯而闻名，因为西海岸特别曲折，又被群山相隔，因而修建盘山公路特别不容易，这条路历时 8 年才建成，于 1936 年通车。当地百姓对这条路有着深厚的感情，因而亲切地称之为"精灵之路"。一条白练似的瀑布穿过"之"字形公路，好像一条白色的布幔飘逸而下，美哉。

　　三天的峡湾之旅，我们仅仅走了几个有代表性的景点，无穷无尽曲曲折折的峡湾和无数的冰河遗迹构成了壮丽唯美的峡湾风光。夏季正是雪水融化时期，我们看到特别多的浩浩雪水从悬崖倾泻而下，这些奇妙的瀑布如白练般挂在山腰，为峡湾之美添上了精彩的一笔。

　　流连于峡湾的自然景观中，我深深沉醉于这绚丽夺目和宏伟壮观的景色之中！

2018 年 6 月

匹兹堡，曾经的"钢都"

结束尼亚加拉瀑布之旅，和儿子驱车去匹兹堡。匹兹堡位于美国东海岸宾夕法尼亚州的西南部，向东去华盛顿、纽约只需数小时；向北直通美加交界的五大湖，仅四五个小时的车程；向西去克利夫兰、费城一两个小时就到了，可以说匹兹堡是美国东海岸连接中西部的重要城市。它还是一座古老的钢铁城市，2009年G20峰会就在此召开。

儿子提议去看看，我当然没意见。

12月8日下午离开瀑布城，阳光正好，透进车窗晒在身上暖暖的。窗外是深沉的冬景，裸露着深褐色的土地，有那么一丝丝绿意调皮地跃入眼中。偶有几间农舍，孤独地点缀着寂静空旷的原野，路边密密匝匝的树林一律向一边倾斜，可见这儿风力之威猛。

晚霞渐渐隐去，黄昏，我们已驶近匹兹堡。正是下班高峰，迎面而来的都是出城的汽车，如流的车灯清晰壮观，形成一条绵延不绝的美丽灯河。虽有隔离带，却也不妨碍我们欣赏"车河"。

美国所有高速上的隔离带都很简陋，有的是一排几十厘米高的水泥墩子，有的干脆就一条宽宽的干沟，造路成本特别低。

慢慢地，进城的车子也堵成一团，最后彻底在一座桥上"歇脚"了。不知是什么桥，我们上网搜了一下，才发现原来这个城市是桥梁之都，全城有446座大大小小的桥。有桥必有河。果然，这个城市坐落在由阿勒格尼河、蒙隆梅海拉河汇合成的俄亥俄河的河口。虽然堵在车道中间，仍能看到钢铁铸成的大桥之雄伟。远远看出去，桥边华灯闪烁，倒映在河里非常漂亮。匹兹堡的路特别复杂，稍不留神便会走错道而南辕北辙。幸亏儿子熟悉导航的规律，最后终于在河边车站广场找到了我们预订的"喜来登酒店"。奇葩的是酒店居然没有停车场，只好把车停到附近的付费公用停车场。

酒店前台很人性化地询问儿子，要景观房还是普通客房，如果是景观房需加付50美金。儿子几乎没有犹豫就多付了50美金，我却不明就里地埋怨他不知道节约。没想到当我拉开窗帘的瞬间，惊呆了，顿时觉得多花钱是值得的。窗外是一条大河，不知是蒙隆梅海拉河还是阿勒格尼河，河对岸便是匹兹堡最繁华的中心地带，高楼林立，灯火璀璨，流光溢彩；远处桥上的灯火同样华美闪烁，倒映在河里呈现七彩斑斓的光影，让整条河都是彩色的，有一种油画般的美感。没想到夜色中的匹兹堡那么漂亮，简直是风情万种。我们娘俩坐在窗边欣赏到半夜，才很不舍地去休息。

早上九点我们被一阵紧似一阵的警报惊醒，伴随着广播里一遍遍的播报，因听不懂英语，我慌得赶紧穿上外套、拿起手机，不知如何是好。儿子却很淡定，他从床上坐起来，静静地听了一会广播，然后叫我放心，不用害怕，说这是日常演习，酒店有义务让客人也保持一定的警觉性！晕死，酒店怎么可以这样，这警报拉响好可怕啊。以前看过媒体上关于酒店、酒吧、商场出事的报道，今天来这一出，以为自己也中彩撞上了不测。唉，不把人吓死才怪！看来，美国在安全防范方面不仅硬件过硬，软件也不含糊。

在美国，匹兹堡算是个历史悠久的城市，17 世纪就有欧洲皮毛商在此贸易，19 世纪就通了火车。它曾经是全美最有名的钢铁城市，有"世界钢都"的美称。不过随着 20 世纪 80 年代中国钢铁产量的提高，匹兹堡渐渐淡出这一行业，20 世纪 90 年代以来，匹兹堡已转型为医疗、金融及高科技为主的都市。

这儿有著名的匹兹堡大学和卡内基梅隆大学，均享誉世界，今天得去看一下，但是有一个地方也是我心仪的，那就是华盛顿山，可居高临下看匹兹堡，说是能看到匹兹堡的天际线，不过昨晚已看到夜色中的整个城市轮廓，而白天由摩天大厦构成的局部景观又会是怎样的呢？

昨天进城时就发现匹兹堡地势高高低低，道路交叉复杂，河流众多，错落有致。今晨起来一看，原来华盛顿山就在酒店的后面，但是如果开车去，得绕好几圈，最直接的方式就是坐小火车上去。这可是儿子的朋友——一位毕业于匹兹堡大学的同学推荐的。瞧，那辆红色的小火车就静静地斜斜地停在轨道上。

寒冬的早晨街上几乎没人，我们很快找到了火车站，房子很老旧，里面静悄悄的，转了一圈没找到卖票的人，倒看见墙上一个"说明"，原来这辆小火车叫"杜库尔斯斜面电缆车"。通往山顶的轨道建于 1877 年，倾斜度只有 30 度，以每小时 6 英里的速度爬行约 400 米就可以到达华盛顿山顶了。呵，电缆车已有一百多年的历史，难怪儿子朋友说去坐一坐绝对值得。美国人特别钟情历史旧物，所以这种电缆车依然保养得这么好，而且还在运行。

我们等了一会儿，终于来了一位工作人员，她让我们坐进车厢，去山上买票，两张往返票共 7 美元。车厢里非常干净，两条长凳相向放着，约莫可以坐六到八人。电车开得很慢，斜斜地往上爬行，山下的风景徐徐展现。河对岸的市中心、别致的钢铁大桥、停车场、彩色的房子……一切尽收眼帘！终于到了山顶，原来山上面就是一个平台，像建着另一个城镇，有好多房子。走出古老的电缆车站，门口是一条公路，沿路向东走，有几个观景台。站在那儿，视野非常开阔，市中心林立的高楼，彰显着都市的灵魂，但远不如大上海的繁华和独特。三条河流形成一个"丫"字形，洋洋洒洒的河水上横亘着好几座钢铁大桥，大桥漆成黄、兰、灰等各种颜色，两条火车轨道沿山脚蜿蜒伸向远方。尽管"钢铁都市"已名声不再，但一眼望去依然能看到那些硬家伙留下的印痕。

山上寒风凛冽，冻得手脚麻木，手机都拿不住了。曾经的钢都白天景色远不如晚上，灰蒙蒙的似乎有点单调。想着还要去两所大学看看，于是我们匆匆别过华盛顿山，坐电缆车回到了山脚。

驱车来到匹兹堡大学，在学校的地标性建筑"学习大教堂"

边转了两圈才好不容易找到一个付费停车位。正是期末考试阶段，校区里都是背着书包步履匆匆的学生。这些看上去肤色各异、不同年龄的学生，在这样寒冷的天气里，有的穿着沙滩裤、夹指拖鞋，难道他们不觉得冷吗？儿子说这就是美国式的自由、自我！他们不会在意众人的目光，随心随性，自己喜欢最重要。比如大学的课堂里也同样很自由，只要不影响其他同学学习，吃东西、离开座位去教室外，基本没人管。

　　所谓的"学习大教堂"，就是校区里一座42层、高163米的高层教学楼。教学楼造得如此高，显得很另类。听说俄罗斯有一座世界上最高的教学楼，这算是第二高吗？这座教学楼为哥特式建筑，设计华丽。站在楼门口，看到的是雄伟的高耸入云的建筑，同时也看到很多直线条设计，这些是在告诉前来这里学习的学子们学无止境吗？进去，拱门、廊柱都非常的漂亮，风格和教堂相似，只是这里没有神像神坛、没有做礼拜用的一排排桌椅、没有管风琴，有的是供学生们学习的用具。楼道里很温暖，边上一个架子上放着很多挂衣架，估计是让学生放外套的，这么大一所学校却考虑得如此周到、贴心。休息区摆放着供学生自习的桌椅，复习迎考的莘莘学子都在认真地学习。中间是一个宽大的大厅，布置着几棵圣诞树，彩灯闪烁。还有一群人似乎在拍电影。我们坐电梯上36层看景，在等电梯时，看到墙上居然有这座建筑的剖面图。

　　这座教学楼是1921年当选的第十任校长约翰的想法，始建于1926年，1937年完工。当时搞了一个非常感人的鼓励学童募款计划，叫"帮匹大买一块砖"，学童捐出10美分并写一封信给匹兹堡大学，信中说明这 10 美分是怎么赚到的，为了建这座教学楼他们努力了！这真是一个特别有创意的"众筹"。教学楼初期的建设款就是来自一些公司、外国政府、17000 名个人及近 10 万名小学生的贡献。这座教学楼还有一个特点是有 26 间国际教室供教学及参观使用，每一间都可以看到这个国家一段历史时期的家具和装饰。其中有我们中国教室，它带有 18 世纪北京故宫的元素，里面有雕龙、彩漆，还有孔子像……听说中国元素体现得非常到位。一楼有个柜台，是参观各个教室的钥匙租借处。我们去找了一下，碰巧工作人员不在，于是我们就先到 36 层观景。

回到一楼，儿子和同学在电话里聊事，我一个人去校区晃悠。校园里的绿草坪上飘满了枯黄的枫叶，不禁想起家里那几本王小波写的小说。20 世纪 80 年代初，王小波和妻子李银河曾在匹兹堡大学东亚研究中心求学，王小波打工洗盘子，因心高气傲无法适应，自己炒了老板的鱿鱼。当时他非常苦闷，抽烟、闭门写小说，并在 1986 年获得硕士学位。这个才上了一年初中，当过知青、工人、老师的才子，1978 年一举考入中国人民大学，后与妻子到美国留学，回国后曾在北京大学、中国人民大学担任讲师，但他最终还是致力于学问和写小说。

天空阴云密布，飘起了细细的雪花，时间已是午后，儿子说得赶紧走喽，还要返回位于俄亥俄阿森斯的学校呢。于是我们迅速到与匹兹堡大学毗邻的卡内基梅隆大学看了看。气温急骤下降，卡内基梅隆大学同样是开放式的校园，这个以当地曾经最富有的人命名的大学还有一幢与著名人士有关的教学楼，那就是比尔·盖茨捐赠的楼。卡内基梅隆大学的一个雕塑特别有意思，犹如一个个学子攀登学术高峰，非常形象生动。

　　雪花密了起来，忽然想起忘了看匹兹堡大学"学习大教堂"里的"中国教室"，想返回去。儿子不同意，说没时间了。他说留点遗憾也好，以后有机会还可以再来一次。回阿森斯需三个半小时的车程，于是我们驾车匆匆拐上那座曾经的钢铁城著名的桥，然后上高速奔驰在雪夜中。

2016 年 12 月

土耳其乘热气球

　　地球上最适合乘坐热气球的地方有两个，一个是非洲的肯尼亚，另一个是横跨欧亚大陆的土耳其，具体位于安纳托利亚地区的卡帕多西亚，被美国《国家地理》杂志社评选为地球上十大美景之一。

　　七月中旬的土耳其之旅，从最大的城市伊斯坦布尔开始，沿马尔马拉海，渡达达尼尔海峡，经爱琴海，到美丽的地中海沿岸城市安塔利亚，最后直奔卡帕多西亚，一路游历花了五天时间，到卡帕多西亚的洞穴酒店住下时已是繁星满天的深夜了。

　　第二天凌晨三点，闹钟吵醒了我浅浅的睡梦，匆忙起床，穿上行李箱中最御寒的衣服，脖子上再缠上丝巾。虽是盛夏，但山沟里的清晨，好冷。

　　热气球公司的车子接上我们，在乡村小路中绕啊绕，绕得大家哈欠连天。想来，坐个热气球也是奋拼的，不但起早受冻，还得忍受瞌睡虫的侵蚀。整个卡帕多西亚似乎还在沉睡，零星的几盏路灯闪着昏黄的光晕点缀着村子。车子终于绕出了村庄，两边黑乎乎的，好像是一排排葡萄，据说卡帕多西亚的葡萄非常好吃，土耳其最有名的葡萄酒便产自这里。

十几分钟后，车子在一排平房前停下。这里灯火通明，来自世界各地的游客这边一堆、那边几个地站在室外空地，手里捧着水、咖啡或者面包，吃着、喝着、聊着。原来大家都是来坐热气球的，都在这儿等待着气象官的通知呢。热气球对风速的要求很高，驾驶员没办法操控热气球左右移动，只能掌控升降。选择在凌晨去坐热气球，就是因为这会儿的天空最平静，安全系数最高，而且还可以欣赏到日出。这里每天有一百只气球升入空中，以每个气球的篮子平均坐 20 人计算，将有两千名左右的游客在空中飘。想象着一会儿有那么多的热气球升上天空，壮观的场面该是怎样地震撼人心。

据传，热气球最早是三国时期的诸葛亮发明的，当年，诸葛孔明被司马懿围困于阳平，孔明算准风向，制成会飘的纸灯笼，系上求救信，后来果然脱险，而欧洲人到了 18 世纪才第一次在空中升起能充热空气的气球。

在喝干了一杯热水，吞下小块面包后，终于传来好消息。据测，现在的风速可以让热气球升空。为了安全起见，各个热气球公司都有自己不同起飞点，相距都挺远，必须用车子接送游客。

黑暗中看到摊在地上用尼龙布做成的热气球大得吓人，麻藤做的篮子半旧不新，四五位工人正在将摊开的气球与放在一旁的吊篮连接在一起，用一个不是很大的鼓风机将风吹入球囊。气球一点点地膨胀起来，当完全展开后，工人开始点火，点燃时猛烈的火焰蹿得老高，热浪袭人。

要说不害怕，是自欺欺人，毕竟气球将升入空中近千米，又没有安全带之类的防护设施，篮子里还有燃料罐、喷灯等易燃品，世界各地热气球事故也偶有报道，其实这也是一项高风险的极限运动。我心里忐忑起来，陪同来的土耳其导游阿穆似乎看出了大家的心思，他用在中国待过七年所学的普通话告诉我们，不用害怕的，驾驶员都是经过五年培训，再经过几年实践才可以带游客飞上天，技术非常熟练，因此是安全的。

吊篮分隔成六个区域，燃料罐放在中间，我想离它远一点，于是站到了篮筐的一个角落里。不一会儿吊篮便装满了人，一数，居然挤了28个，包括5位小朋友和4位满头白发的欧美老人。此刻大家都非常激动，显然都是初次体验乘热气球，有一位同胞模样的姑娘居然掏出手机打电话给妈妈，说坐在热气球上，要和妈妈分享。或许她是紧张，想从妈妈那儿获点勇气吧。

在地面几个工人的帮助下，大气球立了起来，喷灯的火不停地从开口处喷向气球腹部。据说是用比一般家庭煤气炉大150倍的能量燃烧压缩气，才可以让热气球升空的。不一会儿，我们乘坐的这只蓝灰色的热气球便稳稳地腾空而起。此刻，天渐渐明朗起来，阿穆不失时机地掏出手机把我们惊呼的表情和篮子离地的瞬间拍了下来。

热气球不停地向上升，地面上的工人越来越小。奇怪，空中风真的不大，气流也稳定，更没有想象中的寒冷。驾驶员拉起了操纵杆，喷灯的火让我们无比的温暖。大家纷纷拿出手机拍照，有的还扛着单反相机。空中色彩缤纷的气球越来越多，远远近近、高高低低地飘在我们的周围，那情景就好像置身于一幅画中。

东方露出了鱼肚白，一抹红霞跃进了我的视线，远山好似镶上了一圈金色的花边。啊，太阳快要出来喽。在高山之巅、大海之中、茫茫草原我都欣赏过日出，今天居然在千米高空，在热气球上看日出，太刺激了！期待的心情无比雀跃，霞光映红了灰蓝的天空，东方一个亮点露出来了，大家拼命高呼，我也急忙将手机调到摄像，对准亮点拍摄。慢慢地，慢慢地，小圆点越来越大、越来越亮，一圈圈亮闪闪的光晕层层护着太阳，光芒四射，映衬着满天空飘浮着的热气球，美得心醉、美得让我全然忘却了恐高。

俯瞰地面，千奇百怪的地貌一直延伸到天边，被朝霞映照得灿烂无比。卡帕多西亚高原是三百万年前火山喷发形成的，而今地表上有各种形状的模样，锥状的高低不等、大小不一的镂空石，有的如烟囱，有的像水牛、大象之类的动物，更多的如月球表面，有深深的裂谷，有白光波浪起伏，有一根根戴着帽子的柱子。颜色亦是赤、橙、黄、绿、灰皆有，古老的村庄和山脉、纵横交叉的公路、绿色的葡萄园点缀其间。感叹之余，不得不折服大自然的鬼斧神工。如此雄伟壮丽的景色，让人真的有一种在"月球"上飘、在外星球上迈步的奇妙感觉。

一个小时很快过去了，驾驶员果断地开始下降，还没"飘"过瘾的我们要求增加时间。帅气的司机耸耸肩、摊摊手，笑眯眯地忽然让气球再度升高，正当大家开心欢呼时，他又神奇地让气球慢慢降下，同时用手指指下面，原来一辆皮卡车正远远地朝我们的热气球驶过来，看来那车是来接游客的，刚才他是忽悠我们呢。

气球降到了一定的高度后，驾驶员抛下两根粗粗的绳子，地勤工人用尽全力拉，将气球拉到了车子上方，并把整个篮子准确地安放在了车厢上。大家为他们娴熟的技术鼓起了掌，更为我们安全返回地面而开心。有着粗大轮子的皮卡车载着装有 28 位游客的篮子和沉重的仍然圆鼓鼓的热气球，向起飞的地点开驰。一路上尘土飞扬，路边所有的植物都好像洒上了一层雪花，我只好用丝巾遮住整张脸。

到了刚才起飞的地方，只见一张简陋的长条桌上放满了香槟、T 恤衫，还有摄录有我们在气球上情形的 U 盘。这是要庆贺我们坐热气球的壮举吗？是的，还有一叠证书呢，一位貌似负责人的工作人员依次叫着我们的名字给大家颁奖，虽是一纸薄薄的证书，却证明我们都有一颗勇敢的心。大家打开香槟，一只手拿着证书，另一只手喜气洋洋地举杯开怀畅饮！

2014 年 8 月

普罗旺斯，闲适的法国南部

一直以为普罗旺斯是一座城市，没想到是泛指法国东南部地区，犹如我国的华东、华北地区一样。它由艾克斯（Aix-en-Provence）、马赛、阿尔勒（Arles）市、石头城葛德市、阿维尼翁（Avignon）等城市组成。自古这里就以明朗的阳光、蔚蓝的天空和迷人的地中海享誉世界，更有绚烂、醉人的薰衣草吸引着无数游人的目光。

从意大利的米兰到摩纳哥，再到法国的戛纳、尼斯，几天时间里都在沿着地中海绵长的海岸线行走。车行一路，真真切切地领略到了著名的地中海阳光和那柔软精细的沙滩、温暖清澈的海水。当我们游到法国美丽而迷人的普罗旺斯地区时，更是被其独特的风貌迷住了。

一进入普罗旺斯地区，映入眼帘的便是缤纷的五彩世界，满山满坡翠绿的橄榄树、金色的向日葵和连绵不断的葡萄园，还有那挂满了果子的果树。一座座土黄色的民居散落在广袤的田野上，散发出浓郁的乡村风情。

到达这一地区的省府城市艾克斯市才下午三点，安顿好行李，我们便去市中心逛。之前导游曾介绍，艾克斯市是法国印象派画家塞尚（1839—1906年）的故乡。在欧洲，塞尚、高更、凡·高号称"后印象派三杰"，其中尤以塞尚对后来西方艺术发展影响最大，堪称"现代艺术之父"。虽然对绘画艺术我是门外汉，但既然来到世界名人的故乡，那故居总是要去看看的。然而导游却以行程中没有安排为由拒绝了。但他陪我们在市中心漫步时，指着米拉波（Mirabeau）林荫大道边的一个咖啡馆说：这个叫双叟咖啡馆，塞尚便是这儿的老顾客，一会儿你们逛累了，可以在这里喝杯咖啡。

艾克斯是一座古老的城市，精致典雅的中世纪建筑及很多雕像遍布街头。米拉波林荫大道被誉为世界上最优美的大道，大道以戴高乐广场为中心向东延伸，两旁是近百年树龄的法国梧桐，高大的树荫挡住酷暑，形成了凉爽的咖啡馆一条街。浪漫的法国人看样子特别喜欢坐在露天喝咖啡，因为所有的咖啡馆门口都排满了小圆桌和椅子，排得密密麻麻的，等待客人到来。塞尚喜欢的双叟咖啡馆也不例外，土黄色墙面的四层小楼前搭着墨绿色的帐篷，上面清晰地印着"Les Deux Garcons 1792"。这家店，真的有两百多年的历史吗？塞尚，这个制帽商的后代，用现在的话说应该是"富二代"，当时因为特立独行、桀骜不驯的绘画风格而遭到很多人的排挤。

或许，他就是坐在这儿一边喝咖啡一边排解烦恼的。

我们一行8人在门口的椅子上坐等服务员，瘦高个儿的男服务员不急不躁，慢慢地一趟趟为客人递送咖啡、小甜饼，有时还与客人聊会儿天，全然不顾我们焦急的目光，还时不时友好地耸耸肩，指指大街上布满了青苔的喷泉。我猜想，他的意思是表示现在他很忙，让我们先欣赏一下喷泉，别着急。

既来之，则安之。街边一位中年艺术家在忘情地拉着手风琴，我们先免费欣赏着。

据说普罗旺斯地区的人都喜欢慢节奏生活，什么都有条不紊地慢慢来。这里的百姓喜欢过简单、轻松的日子，悠闲恬适之中懒懒地看庭前花开花落，哪怕在着急繁杂的环境中，依然能保持一种安静的心态，时不时看看云卷云舒。这位服务生，用导游的话说便是"非常普罗旺斯"。其实这已不是一个地名的意义了，它代表一种生活态度、一种生活方式。

尽管大家都不懂法语，只好说着蹩脚的英语，服务生居然也能领会。接过小小的一杯蓝山咖啡，不禁大跌眼镜：5 欧元，才30 毫升？甚至都没法解渴。看那些外国人喝咖啡纯粹是品的，他们坐在那儿轻声地聊啊聊，半天不动眼前的咖啡。好吧，在悠扬的琴声中，在著名画家塞尚曾经坐过的咖啡屋，我们也品一品有200 年历史的咖啡，这未尝不是一件有意义的事。

第二天，车子沿着法国著名的 A7 阳光大道行驶，我们去看薰衣草花田。路上疾驰着很多小轿车，原来 7 月和 8 月是欧洲人休假的时间，辛苦了大半年，他们喜欢拖家带口去度假。

薰衣草花田位于沃克吕兹群山里，一座古老的塞南克修道院默默地坚守在山坳中，这里有一大片紫色的薰衣草花海，风儿轻柔，蜂蝶群舞，空气中流淌着一股醉人的芳香。一缕阳光从摇曳的树叶缝隙漏下，紫色的浪漫混合上点点碎碎梦幻般的诗意，极似一幅乡村油画或一首田园乐曲。都说薰衣草的花语是爱情，或等待或示爱，可是对于我们二十多年的老夫老妻来说，同游薰衣草花田，感受的是那份淡淡的清香，品味的却是生活中的平凡、安宁和恬适!

离开薰衣草花田我们又去参观曾经的教皇宫所在地阿维尼翁，教皇宫不仅是教皇的宫殿，也是一座要塞。14 世纪，阿维尼翁教皇宫是天主教教廷所在地，这里曾居住过七位教皇，教徒们经常来朝拜，因此这个城市的性质类似于教都罗马的梵蒂冈。

大块方石砌成的城墙看上去非常坚固，城垛、城塔和城门都保护得很好。城墙外是著名的圣贝内泽桥，也叫阿维尼翁桥，建于 12 世纪。传说那个时候，15 岁的牧羊少年贝内泽受到神灵启示，决定在罗纳河上建一座桥。他独自将一块巨石搬到河边，确定了桥的位置，当地民众在他的率领下，历时 8 年，终于将大桥建成。在很长的时间里，这座桥是罗纳河下游唯一的桥，是朝圣者及商务人员往来的必经之路。大桥本来长 900 多米，有 22 个桥拱，是欧洲中世纪建筑的杰作。几百年来，这座桥数次被洪水冲垮，然后修修补补，最终成了一座断桥。如今仅剩 4 个桥拱，却有着一种特别的残缺美，是来此旅游的人必到之地。

风情万种的阿维尼翁，有着欧洲最大、最重要的中世纪哥特式建筑，游人如织。在宽阔的广场边、大街旁，有很多艺术家在拉小提琴和大提琴。这是一个艺术家及各种经纪人云集的地方，每年都举办艺术节，我国的"千手观音"及金华婺剧团等也都曾来到这个城市参加演出。8 月的阳光晒在人身上焦辣辣的烫，不想太累，我们坐上了环阿城游一圈的游览小火车。火车司机水平一流，驾车在小小的巷子中灵活穿梭，很是刺激。一个小时的车游，我们把阿城看了个遍，发现这里好多房子的墙上画着假窗。原来，古时候阿维尼翁城按家里是否有钢琴、开了几扇窗户来征税，有些人为了少纳税，建房时就少开窗子，待房子建好后在外面画个假窗。这种独特的收税方式，催生出了一道别样的风景。

晚上，入住亚维浓的一座城堡酒店。酒店坐落在密林深处，周围都是高大的梧桐树，环境幽静。古老的酒店、古老的围墙，幽幽的烛台，微火明灭，感觉像是走进了中世纪。仅有的一名女服务员胖胖的，穿一身标准的普罗旺斯民族服饰，讲话细声细气，笑容温柔甜美。我们旅途已很累，都急于进入房间休息，可她一点都不理会大家着急的心情，固执地拿着一大串钥匙，不怕麻烦地笑眯眯地亲自领着每一个客人去房间，其余的人只好或站或坐，在小小的酒店前台边干瞪眼。这也是普罗旺斯慢生活的表现吗？全部入住完毕，天已完全黑了，想去林子里看看的念头只好打消，只能寄希望于明天，早点起床去散步。

清晨，天刚蒙蒙亮，窗外便雷声隆隆，不一会儿居然下起了瓢泼大雨。雷雨惊扰了我们的好梦，我不再有睡意，想去密林散步的愿望也泡汤了，心里顿感失落，周边环境那么好，行程里已安排不出时间散步，感觉好浪费。

在古堡酒店里用完早餐，就接到通知要集合离开了，参团旅游就这样不自由，那么诱人的一个地方，甚至不能多待几分钟。胖胖的女服务员撑起一把大布伞为我们遮雨，并把大家一个一个送到车上，然后安静地立在暴雨中，微笑着目送我们的大巴驶离神秘的古堡酒店，整个酒店似乎就她一个服务人员。

那微笑，也是普罗旺斯式的吗？！

2013 年 8 月

秋韵漫画阿森斯

来到美国的阿森斯已两天，正好 12 个小时的时差，根本倒不过来，晚上通宵看书、玩手机，白天却窝在温暖的被子里迷糊睡觉。儿子觉得这样不行，午后不由分说地把我拉出了家。

学生公寓建在矮山上，初冬，嫩枝绿叶随风飘零，一派荒凉。但气温还是蛮舒适的，秋意绵绵。儿子说：我们去道斯湖看看吧，中国留学生联谊会常常在那儿组织活动，也是当地居民喜欢休闲旅游的地方，可以划船、烧烤、打沙滩排球、徒步⋯⋯

阿森斯位于俄亥俄州东南部，是一座历史悠久的大学城，也是一个安静的小城镇，用儿子的话说是乡村旮旯。俄亥俄大学建于 1804 年，1818 年阿森斯开始发展成一个小镇。目前四万多人口中一半是学生。这里土壤肥沃，文化底蕴深厚。阿森斯市也是美国十大鬼城之一，流传着千奇百怪的鬼故事。特别是"阿森斯疯人院"尤其令人恐惧，说这个医院自 1874 年开业至 1993 年关闭，常常发生医生对病患的暴力事件，导致好多病人惨死，因而原址上时有鬼魂现出，云云。每年 10 月底的万圣节，附近的人们都到这里参加活动。儿子大学期间也常常打扮成鬼怪模样去参与，还把照片发过来吓唬我们。自从他读研究生后，貌似没有再参加过。

车子开进山路之前须连续经过 3 个墓地，与墓地隔条马路便是一幢幢民居。当然他们的墓地不可怕，绿草茵茵的草地上立一块小小的墓碑，有的干脆把碑覆盖在地面上。据说这里有 6 个公共墓地，环小镇呈六角分布，叫作六芒星，也叫所罗门封印或犹太星，是犹太教和犹太文化的标志。墓地这样分布或许是小镇先人要保护后代子民的一个良好愿望！也许是入乡随俗，在这里待了几年的儿子对这些墓地也丝毫没有惧怕的迹象。

半个小时后，我们到了湖边。远山含黛，湖水泱泱，狭长形状的湖泊，水浅处已干涸，裸露着黑色的淤泥，湖边堆着铁壳小船、钓鱼玩的脚踏船和一些彩色的塑料帆板。

这会儿，静静的，就我们娘俩在散步，几只水鸟惊起，远远地飞走了。据说这里原来是个水库，现在已废弃，改成旅游景点。边上还有一个登山步道可徒步运动，但安全自负，如果被虫蛇咬了，当地政府概不负责！这有点奇葩，或许这里生态环境太好了，毒虫什么的特别多，因而有此规定。当地居民于是都带着狗进山，以自我保护。

我们在安静的湖边转悠了近一个小时才离开，车子转出山岙，又开进了环境幽静、优美的校园。美国的大学均没有围墙，街道、商店、餐馆甚至还有教堂都分布在校区内，错落有致。经过一个熟悉的门口，原来两年前和先生来参加儿子本科毕业时曾在这里拍过照片，边上石碑记载着学校两百多年的历史。时光荏苒，转眼又近两年，儿子硕士毕业了，他在这所大学留下了最美好的六年。年年岁岁花相似，岁岁年年人不同，眼前的儿子虽然一如从前的阳光开朗、善良憨厚，但怎么看都成熟了不少，做事沉稳，喜欢思考，为娘的内心颇为慰藉！

天色渐渐暗了下来。校园的烂漫秋色让我惊叹不已，高大的树木，有的片叶不剩，有的却仍然华盖郁郁，红叶似火，绿柏耸立。翻飞的落叶飘飘洒洒。正是期末考试阶段，校园内大都是背着书包步履匆匆的学子，不同肤色，各种体态，他们为了一个共同的目标和梦想，在这所殿堂用功努力着。

秋叶绯红，地上依然一片绿色，绿草上铺满了翩然飞舞的枯叶，渲染着这个多彩的季节。

校办门口很多走廊地面上，铺着赤黄、黑灰等五彩的长条砖，仔细看了一下，砖上都刻着"ATHEMS BRICK"的字样。儿子说这些砖上的字是阿森斯的名称，和学校的历史一样悠久。保护得真好，看上去那么好的砖，竟然有两百多年的历史了！为此，儿子很为自己学校有悠久的历史骄傲。走着走着，看到一个精致的小教堂，说当地大部分人的婚礼都选在这里举行。想象着婚礼进行曲中，一对对爱侣在此结为秦晋之好，我暗暗地祝福所有的新人们！

秋韵令人陶醉，忍不住在铺满红叶的草地上小憩，轻轻抚触，静在秋里。

下一站便是学校图书馆。该大学的图书馆全球闻名，在全美排名前列，馆藏书达 200 万册，有一万多种期刊、160 万份缩影片……想着这几年来儿子在这么好的环境和条件中求学，心中漾起一丝欣慰。再过一周就要期末考试了，二楼三楼四楼都是复习的学生，来自世界各地的学子们都非常认真，人手一台电脑，电脑有图书馆配备的，也有学生自带的。有的一个人独自默默看书，有的三两个人在轻声讨论。六楼七楼都是满满的藏书，四周有桌椅，学生可以坐着复习或随便看书查资料。在书架上发现很多中文书，有历史的也有政治经济学的，种类繁多，还看到一本《状元的故事传说》。藏书分门别类，编号清楚，可见管理之严谨，当然学生自觉也是优秀图书馆的保证之一。

　　走出图书馆，天完全黑了，路灯闪亮，灯柱上装饰着圣诞花环。期末考试结束学校便要放寒假过圣诞节，氛围先营造起来。200 年前学校的校门，至今保存完好。这所被蜿蜒的河流、茫茫群山及森林围绕着的学校，温馨美丽。学校共有学院 11 所、学生组织机构 300 多个，不但有丰富的社交文化活动，更有诗意浪漫的校园文化。学习空间宽阔、学生关系和谐，学术氛围浓郁！或许，这就是当初我们选中这所学校并把儿子送到这里深造的缘由吧。

2016 年 12 月

史凯威，醉美、最北

　　史凯威是这次邮轮之旅最后一个靠岸游玩的地方。这个有阿拉斯加"花园城市"美誉的小城，带给我的不但有美景，还让我了解了一段热血沸腾、悲壮泣血的美国、加拿大淘金者的历史。当真应验了人们所说的，好东西往往放在最后才拿出来分享！

　　先坐巴士，到美加边界育空地区——白隘（White Pass）山口，再坐观景火车返回，全程大约四五个小时。出国前申请的加拿大签证，再一次派上用场。

　　我们这辆巴士的游客不多，耳机可以调到自己国家的语言区。我调到5，这是普通话音频区。在车上等另一拨游客时，因为不知道前方是什么地方、有哪些景色在等着我们，因而有想象空间任我驰骋，这感觉不错，很让人心仪。20分钟后，车子慢慢驶离码头，沿克朗代克公路向山区驶去，柔声细气的美式普通话讲解也开始了。

　　史凯威位于阿拉斯加东南方内湾航道的最北端，气候寒冷，一年中有一半时间积着厚厚的冰雪。8月21日，算是当地最暖和的日子了，但也必须穿上厚厚的外套才能抵御寒风的侵袭。在克朗代克公路的一边，有一排类似于路灯的标杆，原来这里冬天的积雪可达数米之厚，因为一边是悬崖，这些标杆是为避免扫雪车看不清路面跌下悬崖而设置的。

在 1898 年淘金潮之前，史凯威是一个安静的只有二百多人口的小乡村。村民们打猎捕鱼，安居乐业。1896 年，白人卡马克（Carmack）与两名印第安人来到加拿大育空（Yukon），发现育空河与克朗代克河（Klondike River）汇流处蕴藏着丰富的黄金矿石。之后从 1897 年开始，在短短的 2 年时间里，平时人烟稀少的史凯威硬是挤进了两万多的淘金人。一时间，小乡村的宁静被打破，经济也迅速发展，商铺、酒吧、旅舍林立，外乡人、商贩游走在大街小巷，更有醉汉、失意者、破产的人寻衅滋事。显然，这里已成淘金客找寻发财梦的乐园。

巴士开得很慢，感觉一直在爬坡。当年疯狂的淘金者就是沿着这条路，冒着严寒做着黄金梦的吗？如此平滑的一条公路，难以想象当年是一条陡峭的山道，有些地方还没有路，只能靠淘金者一步一个脚印地踩出来。由于路途遥远、气候酷寒，他们都要准备一年的食物带着上路，有条件的雇一匹马驮，没条件的只有肩挑背扛了。

车窗外的山崖上生长着一些长不高的耐寒植物，别看长得非常矮小，可都有几十甚至几百年的树龄了。美国人崇尚自然，保护也非常给力，呈现在游客眼前的景色都是最原始的风貌，纵然空旷的原野却也透着一份自然的美，令人陶醉。

耳机里不停地介绍着当年冒险者的情况，听着那段鲜为人知的历史，在脑海中不禁浮现出这样的画面：朔风怒号，鹅毛般的雪花劈头盖脸打在拓荒者身上，他们用破布皮袄把自己裹得严严实实，仅露出两只眼睛，艰难地跋涉在山谷沟壑中。我猜想支撑他们坚持下去的信念是找到金矿赚到钱后，如何改变贫穷的生活状态。据说当时才二十岁出头的美国穷小子杰克·伦敦，也曾想去淘金，结果在史凯威染上了败血症，差点命赴黄泉。算是他造化，后来成了美国著名的现实主义作家，但偏激的性格导致了他的短寿，四十岁便离开了人世。

生命，是如此的脆弱。一座金矿一部血泪史，更何况史凯威恶劣的自然气候，从而使成千上万的追梦人未到矿区便已丢了性命。

半个小时后，车子停下了。大家下车来到悬崖边拍照留念。原来峡谷对面的山口有一条白练似的瀑布，断断续续的很长，在浓绿的森林间一直跌到谷底，旁边有一根白色的水管，看上去就那么随意地搁在山体上。恰好，山腰有一列观光火车开过，人们欢呼起来，估计那个就是等一会儿我们要坐的回史凯威的火车。

巴士继续往山上开，到了山顶，司机说这里是美国加拿大边境，停留 15 分钟观景。

观什么景呢，就一个空空的山顶。不过面朝加拿大方向立着一块牌子，牌子看上去很粗糙，却蛮有特色，右上角刻着阿拉斯加州地图，中间有三行英文，意思是"欢迎来到阿拉斯加，这里是通向育空的大门"。极目远眺，视野开阔，重峦叠嶂，远处是洁白晶莹的雪峰，山坡上的柏树、杉树犹如来自小人国，矮得可爱，甚是秀气。

接下去都是下坡路，不一会儿，一个叫弗雷泽（Fraser）的车站出现在眼前。这是加拿大育空地区，也是观光火车和巴士的中转站。旁边有一个非常漂亮的湖泊，可能是育空河，水质清澈，倒映着的蓝天白云清晰可见。车站很简陋，只有几幢房子，人也不多。房子都是板式房，除了自动饮料售货机，见不到一家商铺，更没有一个摊位，一星半点的商业氛围都没有。

这是一个纯粹的旅游胜地。

我们陆续登上观光火车，因为人不多，没有固定的座位，大家随意挑自己喜欢的位子坐，火车两面是玻璃窗，可以欣赏湖光山色。

一位年轻的外国人蹦跳着进入我们这节车厢，语调轻松地讲了一通，大意是大家要注意安全什么的。不一会儿，火车便开始翻山越岭，耳机可以继续使用，有男女两位讲解员，他们共同的特点是语速都非常的柔和缓慢，听他们讲解真是一种享受。

这条窄轨铁路全长 110 英里，是 1898 年淘金热鼎盛时期修建的，一方面为了方便淘金者往返加拿大和美国，另一方面可以将矿石运出来。在异常严寒的气候条件下，铺铁轨、架桥梁、凿隧道，困难程度可想而知。为了加快速度，当时采取南北两支施工队同时修建，于 1900 年 7 月成功会合。遗憾的是，那个时候淘金热就像一阵风似的过去了，铁路的使用价值没有发挥出来，直到 1988 年邮轮航线开辟，来自世界各地成千上万的游客才让这条有着百年历史的铁路重新焕发出了新的生命。

这是一条号称"世界上最美景致的铁路"，火车沿着陡峭的山坡行进，美国国家公园完美地呈现在眼前。澄碧的蓝天下，雪山高耸，峡谷深深，瀑布、冰河、湖泊及郁郁葱葱的森林……美景一览无遗，高寒的原野、秀丽的山峰，透着一股无法描绘的美。我们拿着手机拍摄完全停不下来，拍到手机没有电为止。

火车经过美加边境，一座小房子边有五面旗子在迎风飘扬，据介绍它们分别是美国国旗、阿拉斯加州州旗、加拿大不列颠哥伦比亚省省旗、育空特区区旗和加拿大国旗。虽说这里是美加边境，却看不到一个人，这难道是一个无人把守的边境吗？过了这座山，我们又回到了美国。

途中，看到河对岸有几间绿色屋顶的房子，介绍说那是美国的海关，这也太简陋了。

火车开得很慢，如同蛇一般在山中游移，一会儿穿过一个山洞，一会儿驶过一座桥梁，万丈深渊就在脚下，山谷中湍急的溪流发出轰鸣声。地势是如此的险峻，那可是一百多年前淘金者冒着生命危险走过的路线，今天，我们用另一种方式追随他们的脚步，尽管无法体会当时的千难万险，但频频出现的险象还是让我感叹：为了美好的生活，他们都是以付出生命作为代价的。

景随车移，山里多样化的生态不时跃入眼帘，植被越来越好，青翠如黛，繁花点点。偶尔也会看到一块木牌什么的，其中有一块用英文写着：昔日淘金营地。边上散落着不少木头、马鞍、粗麻绳等，可见当年淘金者生活之粗放。

火车速度渐渐慢了下来，车站到了。空地上一群金发碧眼的青年男女在玩橄榄球，与火热的画面相伴的是一组静默的淘金者雕像。其中最醒目的是一辆圆圆的类似火车头的红色机车，原来那是以前冬天下雪时用来扫雪的火车头推进器。我赶紧拍下来，这个东西别处可看不到。

距离回到船上还有一段时间，我们决定先用午餐。在一家海鲜酒店坐定，想着既然来到阿拉斯加，就点一份著名的阿拉斯加大螃蟹吧。没想到价格奇贵，居然要 39.99 美元一磅，但十天前，我们在洛杉矶的中国餐馆用餐，每磅才 19.99 美元。这种明显赚游客钱的做派，原来在国外也流行啊！

饭后，我们逛起了小镇，或许还可以拾到一些零碎的历史碎片。

镇上大多数的房子都是彩色的，几乎没有高楼，很漂亮。教堂、邮局、市政府办公楼分布在大街两边，街道宽敞洁净，很难想象这里曾经有过的疯狂，显然这是近十年新修的街道。走进车站博物馆，看到玻璃柜内展示着当年淘金用的一些工具，如马灯、锄头、铁盘及一些瓶瓶罐罐，都非常的古朴、老旧，星星点点历数着当年的艰难困苦。另一条街有一些商铺，商店里售卖印第安人手工娃娃、印着雪山森林画的水杯，以及一些大大小小的毛绒玩具，还有很多普通的 T 恤，美国人的穿着就是简单，除了 T 恤还是 T 恤。在一家小店门口，一块木板上写着一长溜的名称，孩子们翻译说这是告诉游客当年淘金者一年所需的物品。木板很破旧很有沧桑感，不知它是不是也有百年历史？

儿子笑说：老妈别天真了，外国人也会做生意的哦。

哦，难道是我被史凯威的美醉晕了？

2015 年 8 月

吴哥的微笑

误点 3 个小时，飞行 6 个小时，凌晨，飞机终于降落在柬埔寨暹粒省的机场。黑暗中看到小小的航站楼，完全是那种尖顶两边挂下来的东南亚建筑风格，看上去像一个公交车站。

导游小李笑着问：大家是冲着我们的吴哥窟来的吧？

可不是吗？去柬埔寨就是冲着吴哥遗址去的呀。这个遗址和我国的万里长城、印度的泰姬陵及印度尼西亚的婆罗浮屠并称"东方的四大奇迹"。

直到小李说早上去大吴哥、下午去小吴哥，我才知道原来吴哥窟还分大小。通常人们所说的吴哥窟其实是小吴哥，大吴哥是吴哥城。吴哥城是真腊王国时期吴哥王朝的都城所在，建于 1181 年至 1219 年，1431 年迁都金边时，放弃了它。从此这座曾辉煌了两百多年的都城悄无声息地淹没在热带雨林中四百多年，直到 1858 年被法国探险家亨利·穆奥发现，吴哥古城才重现人间。

驱车到大吴哥已是日上中天，高大的热带植物也挡不住炎炎酷暑。这是一个只有雨季和旱季的国家，终年炎热。我们去时恰好雨季开始，积雨云还在空中徘徊，最高气温却有四十多摄氏度。背包里带足了水，指望吴哥古城能给予我们一丝清凉！

古王城有5个门，除了东南西北门还有一个胜利之门，据说是让战胜归来的将士们走的。我们是从保存比较完好的南门进，门前是长长的护城河桥梁，桥两边各塑着54尊雕像，一边是佛陀，另一边是阿修罗，虽然好几个雕像都已不怎么完整，有的缺头，有的缺眼睛鼻子，很多都断了手臂，但仍能看出每一尊塑像的表情都是不同的。它们均呈坐姿，由一条巨大的石雕蛇连在一起，类似于眼镜王蛇的蛇头高高昂着，扇形的蛇头上雕着一个个佛陀，看上去非常有意思。

南门口，是一尊由很多精美雕刻烘托着的微笑四面佛，估计有二十多米高。四面佛代表着慈、悲、喜、舍。历史上这个国家曾数次在印度教和小乘佛教间相互更迭，很多雕塑换来换去，但更多的是并存。现在老百姓的主流信仰还是小乘佛教，佛教在柬埔寨除了宗教意义外，还承担教育功能。因此这个国家的男孩都会选一个时段剃度出家，一方面为了报答父母恩，另一方面是为了接受免费教育，当然几个月后就会还俗，这只不过是他们人生中一段修持操守和品德的经历而已。来大吴哥游玩的游客不少，有骑着大象的，有踩着自行车的，还有的摩托车后面挂着个三轮车，游客就坐在三轮车里。景区里开来开去的都是这种叫"嘟嘟车"的出租车，很是新鲜。

大吴哥古迹很多，有巴戎庙、斗象台、古皇宫、巴本宫等，其中比较重要的是巴戎庙。该庙主佛教，和我国的庙宇有很大区别。庙里供的是由石块雕刻、堆砌而成的四面佛，没有过多的色彩，也没有高悬空旷的殿堂。还没进门就看到好多石条石块凌乱地散落在广场上。从一扇小小的石门进入，两边都是容貌不一、姿态优雅的仙女塑像，大大小小，数量繁多。当然，更多的是四面佛，头顶莲花，带着神秘莫测的微笑俯视着游客，很震慑人。在一尊尊四面佛像中，有一座特别高的佛塔，供奉着一尊巨大的佛陀。石墙上一组组的浮雕，记录着当时老百姓生活、战争及国王巡视的情景，虽然经过八百多年的风化，但看上去仍然栩栩如生。

我穿梭、徘徊在佛像之中，感觉真的很震撼。这么一个小小的东南亚国家，一千多年前就拥有如此精湛的工艺建筑，堪称奇迹，可以想象当时其国力之雄厚。高大的49尊四面佛像，再加上5个城门上的5尊，这可不是一般的规模。那么，这些大石块是怎样堆上去的呢？脸部生动表情是怎么雕刻出来的呢？看来，这工程就像埃及的金字塔、我国的万里长城一样，是一个无法破解的谜，但可以肯定的是，必定凝聚着千千万万老百姓的血汗，是无数工匠的智慧结晶！

遇见导游，他问：看到笑得最灿烂的那一尊佛像了吗？就是周围用绳子拦起来的那尊！

哎呀，还真看到过，以为拦起来修复呢，所以没仔细看。顶着烈日，我返回巴戎庙，再次攀上高高的石阶，寻找那尊笑得最灿烂的塑像。

那是一种怎样的笑？哦！看到了，塑像是一个很年轻的佛陀，显然是一个特别阳光的男孩，方方正正的脸，高额头、厚嘴唇、塌鼻梁，典型的东南亚人种脸谱。但是含笑的双目，微微上扬的嘴角，展示给人的是灿烂甜美的微笑。

有西方学者认为，柬埔寨又称"微笑高棉"，可能就是由此而来的。也有的说，因为建此古城的加亚华曼七世笃信佛教，所以这些佛像所塑的面容是他自己和佛陀尊容的合体。国王嘛，想永久留下自己的容颜，这也说得过去。可是众多微笑的四面佛，它是那么的诡异，其存在的吴哥王朝是该国的极盛时代，那时笙歌达旦，百姓富侈，国库丰盈，商业贸易繁荣。可是到了13世纪末，国家开始走下坡路了。于是西面的邻国如当时的暹罗趁火打劫，入侵柬埔寨，并把国王赶到了金边。从此吴哥城逐渐衰落、杳无音信。3平方公里的建筑群，似乎转瞬就在这个国家消失了。说起来真是非常奇怪，因此历史上有几种说法，一说是泰国人屠城，二说是发生了瘟疫，三说是这个古城战争以后就闹起了鬼……总之，柬埔寨没有了吴哥的微笑，国家从此多灾多难，战争不断。越南、法国、日本都曾侵占柬埔寨。直到1953年，在西哈努克亲王的努力下，柬埔寨成为独立的君主立宪国家。

按理说，早在1858年就发现的吴哥遗址，可以好好地开发旅游业了吧，但好景不长，1970年3月，时任总理朗诺趁西哈努克出访期间发动政变，西哈努克只好与"红色高棉"联手打游击，从此这个国家陷入长期战乱，直到2002年才结束内战，满目疮痍的国家才开始搞经济建设。他们着急啊！轰动世界的吴哥古迹作为濒危遗产在1992年被世界遗产委员会列入世界文化遗产名录，已然引起人们的极大兴趣。但迄今为止，柬埔寨竟没有一条高速公路，暹粒省最好的一条公路还是我国援建的！

吴哥窟是柬埔寨的瑰宝，他们的国旗也以小吴哥的佛塔作为图腾。而今随着旅游市场的不断开发，每年去柬埔寨探究吴哥窟的游客已经有上百万人次。相信，吴哥的微笑会越来越甜蜜，也会给这个国家带来美好的前景。

2015年10月

一路向南，意大利犹未尽

国土形状犹如一只靴子的意大利，好似不小心一脚滑进了地中海，于是就那么蛮横地永远"踩"在了地中海边。那年暮春，我的意大利之旅便是从靴腰上的米兰开始，一路向南，直到脚踝处的南部港口城市那不勒斯。十天时间游走在这个欧洲古国、中世纪时文艺复兴的发源地，感受着一个文明、先进、浪漫的国度。遍地盛开的鲜花，芳香四溢；厚重的历史、辉煌的建筑、多达51项的世界遗产；更有罗马、威尼斯、佛罗伦萨等富有风情、极具个性的城市……真的令人"意"犹未尽！

米兰大教堂：一首大理石的诗

飞抵米兰，当地时间是早上七点多，时差六个小时，此刻国内是下午一点多。一辆豪华大巴接上我们直奔第一个景点：米兰大教堂和艾玛努埃莱二世购物长廊。

米兰是欧洲南部重要的交通要点，城市历史悠久，因建筑、时装、艺术、绘画、歌剧、足球和旅游而闻名于世。2013 年夏天，我曾和先生一起游走欧洲的法国、意大利、瑞士三国，首先到达的城市便是意大利的米兰。当时蜻蜓点水般地看了一下米兰大教堂和购物长廊便去酒店休息了，第二天一早便离开去了法国，剩余时间都在瑞士和法国南部的普罗旺斯地区游玩。

　　时隔三年，再次来到这座城市，恍若昨日。达芬·奇塑像还是默默地注视着来来往往的游人，斯卡拉歌剧院也依然故我。然而这里最吸引人的还是米兰大教堂，欧洲的教堂多得不计其数，但是一座教堂的建成历经五百多年的却不多见。米兰大教堂始建于 1387 年，历时风风雨雨五个多世纪才完工，这座欧洲最大的大理石建筑有"大理石山"之称，美国作家马克·吐温称之为"大理石的诗"。德国、法国、意大利等国的建筑师先后参与主教堂设计，因而这座教堂汇集了多种民族的建筑艺术风格，既有哥特式、新古典式，又有巴洛克风格。还有惟妙惟肖的人物雕像，貌似有好几千个。整个教堂的外形轮廓尤其迷人，尖拱、壁柱、花窗棂……美轮美奂。一百多个尖塔直指天空，神奇的是每个塔尖上都立着一位传说中的神和著名的传教士。蓝天白云下，处在塔顶上的金色的圣母玛利亚雕像辉煌炫目。遗憾的是此刻大门紧闭，没有对外开放。同伴们有点扫兴，于是，三年前曾进去参观过的我告诉他们，里面威严肃穆，有高高的大理石柱子，有气势恢宏的穹顶。这个教堂最有名的事件要数 1805 年拿破仑在这里举行的加冕仪式，教堂里面还有达·芬奇亲自设计的电梯……其实留点遗憾也好，可以为以后再来一趟找点借口。

　　我们马不停蹄，下午游览了坐落在阿尔卑斯山南麓的意大利最大最干净的内陆湖加尔达湖，据说它是在上一次冰河时期结束时因为冰川融化而形成的。湖水清澈、碧波荡漾，令人心旷神怡，将十多个小时飞行带来的时差及各种不适应一扫而光。

这天的最后一站是风景绮丽迷人的维罗纳古城，维罗纳有建于公元三世纪的斗兽场，清澈如许的阿迪杰河，以及传说中的莎士比亚名剧《罗密欧与朱丽叶》中朱丽叶的故乡。这个保留着中世纪传统风格的小镇鲜花摇曳、绿树葱郁，处处弥漫着浪漫气息。位于市中心的朱丽叶故居看上去古朴低调，小院里亭亭玉立却满脸哀伤的朱丽叶塑像前围满了游客；两个痴情人儿约会的小阳台上站着两位金发碧眼的小姑娘。门边一堵墙上贴满了无数青年男女的爱情誓言。罗密欧与朱丽叶的故事世代流传，这个故居是否真实已不重要，如今爱情在维罗纳被视为宗教般的存在！

威尼斯：亚得里亚海上的一颗明珠

对威尼斯心仪已久，学生时代读了莎士比亚的《威尼斯商人》，对善良的安东尼奥、聪明美丽的鲍西亚、奸商夏洛特等人物形象的记忆其实早已模糊，唯有水城威尼斯却牢牢地记在心里。感觉非常不可思议，在如今这个车轮上的世界里，威尼斯整个城市却没有一辆汽车，也没有交通指挥灯。这样的环境让生活在那里的居民享受到了与众不同的宁静与幸福。

既然是"水城"，我们只能坐船进入。码头边来自世界各地的游客很多，曾留学西班牙的导游介绍说，威尼斯城也就北京颐和园般大小，在2000年的统计中，当地居民人数为34万，可是随着水城知名度的不断提高，全世界的游客趋之若鹜，每年有近2700万人涌入，惹得岛上居民纷纷逃离，而今只剩下5万原住民了。旅游开发亦喜亦忧，喜的是可以增加不少财政收入，带动国民经济发展；忧的是或多或少会破坏环境，扰乱居民安宁平和的生活。

预约时间到了，我们先坐船游水城。威尼斯的水街纵横交错，四通八达，据说有一百多条河道，所有的交通工具便是冈朵拉——一种纯手工打造的两头尖尖、形状纤细奇特的船只，有两人情侣座的，也有多人座的，最多可坐6人，这种船已诞生一千年了。

穿着当地民族服饰的船夫风趣幽默、脸部表情丰富。船桨吱呀、吱呀，坐着古老的船只，我们好奇的目光穿梭在这个有着1500年历史的古老水城里，心里想的是《威尼斯商人》。说真的，城里的水并不干净，可能游客太多导致的污染。有些河道似乎比家乡的小胡同还要狭窄，两条船只能互相让着单行，难怪船造得这般细巧，而船夫的技术也了得，操纵娴熟，时不时还调皮地摆姿势当模特让我们拍照。各种各样的石桥或木桥高高地横跨街心，冈朵拉就像在陆地上一样自如地穿行其中。看来四百多座桥梁不是徒有虚名，岸边有老艺人深情地吹着萨克斯，陆地、水面皆游人熙熙，海鸥翩翩，鸽子逍遥，整一个婉约多情的水上之都！

坐完了游船，我们来到圣马可广场，这是威尼斯的城中心，是一个由教堂、钟楼、图书馆及总督府等建筑围成的长方形广场，最醒目的是坐落在广场东南角的大钟塔。这里的建筑好多都是文艺复兴时期留下的，石雕生动、逼真，建筑雄伟、富丽堂皇。广场上游人如织，鸽子更多，大家自由活动，拍照留念、逗鸽子玩、看建筑、看雕刻。背着单反相机、扛着沉重三脚架的摄影师很多，看来广场是他们的最爱。这里也是鸽子的天堂，人与鸟儿和谐相处，宛若相熟多年的老友。这个被拿破仑称为"欧洲最美的客厅"的广场，在欧洲可是独一无二的，我们就在这个"客厅"里，在行政官邸大楼边的一个露天咖啡馆用餐。咖啡馆旁边是一个音乐戏台，艺术家们拉着大提琴、小提琴，吹着单簧管、萨克斯，在悠扬的名曲中我们感受着浪漫。与其说在吃饭，不如说是在享受艺术，诗情画意久久挥之不去。

佛罗伦萨：艺术的天堂

一路向南，第四天我们来到了意大利的中部城市佛罗伦萨。佛罗伦萨是欧洲文艺复兴运动的发祥地和歌剧的诞生地，是著名的文化古城和艺术天堂，全市共有 40 所博物馆和美术馆、60 多所宫殿及许许多多的大小教堂，收藏有大量的艺术瑰宝。

为了让我们好好体味这座古老城市浓郁的文化氛围，导游安排我们徒步游览，踩着五百年前铺就的街道，漫步在古朴典雅、光线幽暗的小巷。墨绿色的百叶窗、色彩艳丽的墙壁、窗台上摇曳的花朵，为城市增色不小。想到唯美诗人徐志摩的《翡冷翠的一夜》，多情而敏感的他于 1925 年 6 月 11 日在佛罗伦萨写下了这首读来让人感觉复杂而又纷乱的诗，不禁好奇当年他是仄居在哪幢房子里思念着情人陆小曼，然后用极其饱满的感情、细致的语言表达内心的？走着、想着，便来到了这个城市的标志性建筑——圣母百花大教堂。相较米兰大教堂，它拥有文艺复兴式的圆顶，整个教堂色彩非常漂亮，粉红色、绿色和奶白色相间，光滑的大理石高贵优雅。据说建造这座教堂前后历时 150 年。为了追求艺术的完美，大师们不惜投入大量的时间、精力和财力，才最终创作出伟大的艺术杰作。边上一个高高的乔托钟楼，貌似是这座城市最高的建筑。广场上有好多马车停着，在招揽游客，马车装扮得很漂亮，真想坐上去，听着马蹄声在古城里逛一圈，可惜时间来不及，团队活动不能单独行动。

来到佛罗伦萨，中心广场不能不去，这里也叫米开朗琪罗广场，是可以眺望整个城市的最佳点。走到广场已是黄昏，听导游介绍美第奇家族（Medici）历史花去不少时间。原来正是这个统治了佛罗伦萨三百多年的家族，因其酷爱文化艺术，从而保护和资助了众多的艺术人才，使得这座城市成为世界上最丰富的文艺复兴时期艺术品保存地之一。广场里满眼都是精品雕塑，最有名的当属米开朗琪罗的"大卫"复制品。内行看门道，外行看热闹，对于雕塑艺术我是门外汉，感觉拍下的照片都不怎么满意。

佛罗伦萨，这是一个只有沉进去才能好好感受到历史、文化、艺术的城市。短短的半天时间，我们的游览充其量就是走马观花！

比萨斜塔：一座神奇的钟楼

一直以为比萨斜塔离我很遥远，然而真的呈现在眼前时，几乎被它的神奇惊倒。这怎么可能，这么大的一个圆形建筑，就那么颤巍巍地斜着，就像一个魔术师，不可思议地定格在地面上。

进入景区，首先映入眼帘的是广场上大片碧绿的草坪，草坪上三三两两地坐着休息的游客和玩球的孩子，那么漂亮的一大块草坪，却任人随意出入踩踏，边上是一组宗教建筑，分别是大教堂、洗礼堂及斜塔。和众多的游客一样，我也摆出各种试图把斜塔扶正的姿势拍照留念，拍出来的效果实在令人忍俊不禁，或许这便是旅游的乐趣之一。

　　绕着斜塔走了一圈，发现地基也蛮简单的，可是为什么会倾斜呢？好奇怪。看到一块石碑，不知记录着什么，正好我们团队中有一对度蜜月的小夫妻，英语特棒。经他们翻译，得知原来写着"此钟楼奠基于公元 1173 年 8 月"。如此看来，斜塔距今已八百多年了，所谓慢工出细活，钟楼建了五年多，才造到三层，可是已经发现塔身倾斜了。原来即便是慢工，活儿也有不精细的。奇就奇在建筑师和工人明明知道塔身已倾斜，还是执着地一层层造上去，直到造了 8 层才停止。这需要有多大的胆略和决心啊！正是大胆的奇思妙想，才成就了这一世界奇观。

　　钟楼门边排着长队，每个人都要经过严格的安检。他们是要上去参观吗？上到倾斜的塔楼里会有什么感觉呢？我和同伴也连忙去排队，正好导游过来，她说："你们不要排了，上去参观要预约的，而且限人数、限时间，不好意思，这个责任在我，上次带队来时不需要，所以这次我没约，抱歉了。"导游都道歉了，还有什么话说呢，我们只好遗憾地默默离开队伍。回头看着圆圆的比萨斜塔，我想起一位专门研究该塔的教授预言，称斜塔将在 250 年后塌掉。可是比萨人却不答应，他们认为教授的推算不靠谱，尽管斜塔的倾斜也让他们担忧，但更多的是骄傲。斜塔让比萨这个只有 10 万人口的小镇名扬世界，每年来这里一睹真容的游客达 2000 万之多。比萨人认为，家乡的这个斜塔可以和世界上很多著名的建筑媲美，大家都为此感到自豪，坚信比萨斜塔像比萨人一样健壮结实，永远不会倒下去。

永恒之城：罗马

　　罗马，一座令人兴奋的城市，是因为有着 2700 多年的历史还是因为它是意大利的首都，是该国面积最大、人口最多的城市？抑或是因为市内有天主教教皇和教廷所在的梵蒂冈？或者是因为城内有数不胜数的教堂、古建筑和闻名世界的古罗马斗兽场？……也是，也不是！罗马，留给我印象最深的原来是一部电影，那就是《罗马假日》。在那个年代，它犹如一颗闪亮的星星，照亮了我们单调枯燥的生活。虽然这是一部简单的爱情故事片，可是主演是格利高里·派克和奥黛丽·赫本，这对俊男靓女充满活力的表演，淋漓尽致地演绎出欧洲某公国公主与美国新报记者在罗马的爱情奇遇，整部片子洋溢着浪漫、幽默和善良。特别是美貌绝伦的赫本，美得让人怀疑她是不是来自月球的女神。

　　这部电影全程在罗马拍摄，取景大都来自罗马街头。我很期待去两位世界著名演员走过的罗马的大街小巷走一走，特别是西班牙广场和西班牙台阶，即影片中两个人奇遇并一起吃冰激凌的地方。

　　上午我们花了两个小时游览完古罗马斗兽场后，便来到了许愿池，剩下半天时间安排自由活动，然后在西班牙广场集中。这正合我意。

　　许愿池边的游客很多，大家挤在池边拍照、许愿。池里生动的雕塑上没有如影片中那样有孩童攀爬玩耍，清泉哗哗地流向池底，池底堆满了亮晶晶的游客抛掷的许愿硬币。许愿池边那家安妮公主进去剪掉一头秀发的理发店还在吗？回答是肯定的，虽然影片拍摄至今已过去近 60 年，可是当地人对旧建筑的喜爱和保护是没话说的。

离开许愿池，走街串巷，终于来到西班牙广场。广场位于罗马三一教堂所在的山脚下，因坐落在西班牙大使馆边而得名。广场边有一个"小舟的喷泉"。这艘小船在影片中也出现过。我赶紧跑过去，游客有点多，拍照的、弹琴的，还有带着孩子玩水的，太热闹了。没有太多留恋，我和同伴就去了边上闻名遐迩的西班牙台阶。

不巧的是台阶的一半被围了起来，可能在修缮，透明的围布上有一幅幅明星的照片，当然也有奥黛丽·赫本的。影片中，赫本扮演的安妮公主买了冰激凌，坐在台阶上津津有味地吃着，而格利高里·派克扮演的美国记者好似偶遇实则是一直跟踪追随而来，他们俩坐在台阶旁开心地聊着、聊着，聊出了一段难忘的爱情故事。

天很蓝，阳光也明媚，我在台阶上席地坐下，一方面感受一下影片中的情景，另一方面也确实累了，想休息一下。赫本如果还在世，那也是耄耋老人了，真的难以想象那么漂亮的人儿，老了会是什么样子。令人叹息的是在 1993 年，息影多年并做慈善的奥黛丽·赫本因病去世，时年才 63 岁，她的离去令人扼腕叹息。或许是上帝都不想让她容颜老去吧。

罗马，整个古城都是世界文化遗产，相较城中其他著名的名胜，西班牙广场和台阶实在不算什么。但是因为一部电影而赋予了这个普通的街景以不普通的魅力，实属不可思议。

离开罗马，我们乘坐高速列车去那不勒斯。接下来的几天，就在意大利的这个港口城市附近游玩。漫步美人鱼大道、远眺维苏威火山、游览庞贝古城都令人乐而忘返，更有唯美的阿玛菲海岸和有着迷人的阳光、海滩、古迹的卡布里岛。卡布里岛非常漂亮，有很多的传说，这个享誉世界的观光胜地，不仅蓝天碧海、鲜花妖娆、柠檬醉人，还有茂密葱绿的森林和姿态各异的小岛屿，说它是人间仙境一点都不为过。虽然最期待的"蓝洞"因海上风浪太大没有去成，但坐上游艇环岛游了一圈，领略了世界上最漂亮的悬崖峭壁和那不勒斯湾最迷人的洞穴，也醉了！

　　写着写着，似乎收不住了。意大利，这个欧洲悠久的历史古国，就像一幅多彩斑斓的油画，在你的面前徐徐展开，让你乐不思蜀，以致我在回国后第二天便想着什么时候再去这个国家游玩。

2017 年 7 月

雨落伦敦

　　雨，不紧不慢，缓缓地从阴云密布的空中落下，或者更确切地说是在飘。这样的天气坐船游泰晤士河显然不是最明智的，河两岸一切都浸泡在漫漫雨雾中，若隐若现，扑朔迷离，给人一种莫名的神秘感。

　　游船慢慢离开格林尼治码头，码头边的旧皇家海军学院渐行渐远，刚才在等待的一点点时间里参观了学院的一个角。这所创办于1635年、为世界各国培养了大批优秀海军顶尖人才的学院，在1997年被联合国教科文组织指定为世界遗产，现已改名为格林威治大学。

　　四十分钟的游程，总不能因为下雨就待在船舱里，怎么着也要看看伦敦的这条母亲河及河两岸的景观吧。紧一紧衣领走到甲板上，冷风细雨，不疾不徐地飘着，却刚好能淋湿衣服，柔软的雨丝落在脸上带来一丝丝冰凉。9月下旬，国内正是"秋老虎"横行之时，或许还很闷热，而在英伦，穿着薄羽绒服还冻得直打战。船开得很慢，河水看上去并不清澈，但水流平稳。这条发源于英格兰西南部的河流全长三百多公里，是欧洲第二长的河流，流经伦敦及沿河十多个城市，哺育着这个国家，创造出了古老而灿烂的英格兰文明。

河边那些数百年的老建筑都被雨雾笼罩着，若隐若现，朦朦胧胧，但前方的伦敦塔桥却慢慢清晰起来。这座桥可以说是英国的地标性建筑，在影视剧中常常看到。今天它在眼前，就那样静静地横亘在泰晤士河上。据说这座桥的诞生还颇费周章。原来，距离该桥不远有一座伦敦桥，历史最为悠久。一百多年前，随着汽车保有量和人口密度的不断增加，桥的负荷越来越重，甚至有人特意站在桥头测试：一天之内竟有两万多辆车、11万人次从伦敦桥上通过。如此，再建一座新桥似乎迫在眉睫，英国议会最终决定1886年开始建新桥，因选址在伦敦塔旁边，因而就叫伦敦塔桥。

有朋友说，你去伦敦，当感受满含英国元素的英伦之风。英伦风吗？我到达的第二天打卡大英博物馆、唐宁街、威斯敏特教堂、白金汉宫时就感受到了。街上多如牛毛的红绿灯，街边一个个古老的红色电话亭（在这个人人有手机的时代，应该还在行使着通信的功能），高高的双层巴士，戴着熊皮高帽的皇家卫兵，被雨水冲刷得铮亮的湿漉漉的地面，满大街的黑雨伞……数百年来这些几乎都没有改变。显然，眼前的伦敦塔桥也是英国元素之一。据说泰晤士河上有15座桥，而伦敦塔桥是设计最奇特、形状最漂亮的一座，有"伦敦正门"之称。站在游船上望过去恰好看到正面，只见两座高高的方形主塔上建有尖尖的石屋顶，四周四个小尖塔，好像两顶王冠。北面有历史悠久、号称英国故宫的伦敦塔，南面有最具现代艺术的碎片大厦。不过，此刻它们都有些模模糊糊。伦敦塔桥属于开悬索桥，中间可以打开，方便船只通行，但什么时候打开，时间是不确定的，遗憾的是我们没有碰上打开桥。靠着船栏，遥望泰晤士河，雨雾迷离，视线朦胧。

"叮"，一条微信闯进来，原来是远在家乡的一位好友。

她问："今天你在哪个城市了？"

"还在伦敦，现在正在泰晤士河上呢。"

"听说伦敦经常下雨，天气就如孩儿脸，你有碰到吗？"

"哈，碰个正着。昨天出门时蛮好的蓝天白云，当我们参观完大英博物馆出来时已黑云压城了，然后便是没有悬念的大雨。今天早上从酒店出来就阴雨绵绵，现在还在飘呢。"

时差 8 个小时，这会儿她该下班了，说不定正悠闲地躺在沙发上刷手机。

"都说伦敦的雨很温柔很浪漫哈。"对方发过来一个馋得流口水的表情。好友忙于工作，很遗憾错过了这次旅程，但她有很深的英伦情结，迷恋下午茶、喜欢读英国小说，一年四季长裙飘飘。

"温柔、浪漫？哈哈，当你来这里旅游时，碰上那些连绵不绝冷飕飕的雨，你还会觉得浪漫吗？不烦恼已经蛮好啦。"我回过去一个不淡定的表情，同时发过去一张阴霾下的泰晤士河的照片。

"唉，饱汉不知饿汉饥，我多么想来一次英伦之旅啊。对了，你照片多拍点，发过来分享哦。"朋友无奈挥手作别。

这个可以有，我打开手机里的相机模式，各种的拍，桥、桅杆船、游艇、建筑物、大本钟、河岸边的雕塑、游人……

高高矗立的伦敦眼、拱形的市政府都隐隐约约进入了相框里，哦，威斯敏斯特大桥到了，我们要下船喽，从北岸走上码头正好是大本钟景区和国会大厦。游人很多，蒙蒙细雨迎面扑来。匆匆走到大本钟下，可是这个世界上著名的哥特式建筑正在维修中，听说要修四年。这是精工细作呢还是工作效率低下？实在不好说。但这些无论是生活还是工作都慢悠悠的欧洲人，他们认为工作似乎就应该这样的。听说英国曾有一条7公里的公路，居然修了7年！他们在公路上"绣花"吗？难道每天的活儿干了一半都去喝下午茶了？我们还算幸运，大本钟的一面已修好并露出了"高贵的脸"，另三面仍严严实实地蒙着工布，看不到"庐山真面目"，我们只能"望钟兴叹"。

雨，仍在滴滴答答地落着，有一种没有商量的韧劲，街上的霓虹灯在雨线中给人一种神秘和暧昧的感觉。不管你喜不喜欢，现在的伦敦时不时的就是这样一副面孔示人。尽管有所准备，但鞋内还是渗进了雨水，走在路上湿漉漉的，内心便也潮湿起来。

早年曾看过英国著名现实主义作家狄更斯的小说《雾都孤儿》，后来又看了电影，因此对于英国伦敦的环境实在没什么好印象。以前伦敦的居民基本上使用的是燃煤，释放出来的烟雾弥漫在整个城市上空，因此人们"美誉"其为"雾都"。无疑这是让英国人头疼的"顽疾"，他们下定决心要治污，经过一百多年的改造和努力，"雾都"终于不复存在，但仍是一个多雨的城市，这应该和其所处的地理位置有关。据统计，英国年均降雨量为600毫米左右，如此，还不如说它是个"雨都"更合适。

都说伦敦是一个文明程度极高的国际大都市，也是一个非常奇特的城市，十个人来就有十种感受。感受着它的优雅、丰富和悠久的历史，感受着它的高傲、霸气和那么一点点的作秀！而我来到这里才两天，已感受到"雨都"的魅力，即便是下雨，人们同样可以从容自若。瞧，大街上，打着黑伞、身着笔挺西装的人们，在雨中气定神闲地走着，透着一种与生俱来的英伦贵族气质。

2018 年 9 月

云淡风轻瑞士行

　　瑞士，一个神奇美丽而又有很多特色的国家，虽然面积很小，却有诸多美誉加身，如世界花园、钟表王国、欧洲乐园、金融之国等，其钟表、军刀、雪山、温泉、巧克力、豪车更是享誉全世界，还有是联合国欧洲总部"万国宫"就设在瑞士日内瓦，这些让瑞士闻名遐迩。

一

　　一路上，导游喋喋不休地介绍着瑞士这个国家的历史沿革和地理位置。他说，瑞士是欧洲中南部的一个多山内陆国，东边是奥地利、列支敦士登，南邻意大利，西接法国，北边则连着德国。这个国家没有自己的语言，靠近哪个国家的地区，居民便讲哪个国家的语言，比如，靠近德国的北部地区居民讲的就是德语，靠近南边的居民则讲意大利语。尽管瑞士周边被各个国家包围，但这是一个有名的中立国，而且武装中立的历史相当悠久，1815 年后，便未卷入过国际战争。也许因为国泰民安，才有了这个国家快速发展的经济及富裕的生活吧。

到了瑞士的第二大城市日内瓦，首选景点当然是位于莱蒙湖畔的联合国办公所在地万国宫。令人诧异的是，联合国办公处虽绿树成荫，环境清幽，但整体建筑看上去很普通，大门更是简陋，远不如国内某些企业的门楣来得气派。在一个入口处，游客们排着长队等着进去参观，而我们因为还要走另外几个景点，时间不允许，只好外观。大家不无遗憾地在大门口拍了几张照片，算是到过联合国办公处所在地了，标准的蜻蜓点水。

沿着莱蒙湖驱车，在距离日内瓦港不远处停下，眼前一个高高大大的喷泉吸引了大家的目光。导游趁机介绍起来，他说这便是世界上最高的人工喷泉之一，是日内瓦的象征。初建于1891年，当时水柱高90米，后来重新修建，增加到了140米。喷口处的水速高达每小时200公里，停留在空中的水量重约7吨。太不可思议了！那么高大的一个喷泉，该用多大的动力才能形成啊。瞧，蓝天下，如擎天柱般的水花，宛若一把冲天的瑞士军刀，高空四散飞溅的水雾形成一幅白色的幕帘，在阳光下闪烁着晶莹的珠花，微风中又如一条曼妙无比的少女纱巾，非常漂亮。湖边建筑看上去历史悠久，很多关于手表的广告灯箱，高高地搁在建筑物上方，不用多想你便会联想到这是一个誉满全球的名表国家。湖面波光粼粼，湖边停泊着各式各样的游艇，海鸥在桅杆上轻盈地跳跃，野鸭、天鹅则在湖边快活地觅食、玩耍。

瑞士号称"世界公园"，单日内瓦一个城市就有一百多个公园，他们的园林行业成立得很早，有150年的历史。日内瓦湖边的英国公园内，有一个大花钟，钟面上的数字据说用几千种植物设计而成，时间精准，特别神奇。记得20世纪末，我去昆明参观

"1999年昆明世界园艺博览会"，大门口也有一个大花钟，那花钟是由花盆摆放组成的，规模挺大但精致不够。而眼前的大花钟，植物直接种在地里，修剪得非常精致漂亮，堪称园艺中的精品。午饭后，稍稍休息，我们便驱车去另一个历史文化名城洛桑。

两个城市相距不远，半个多小时后我们已经在洛桑的奥林匹克委员会总部了。总部设在美丽的日内瓦湖边，园艺特别有特色，高大的树木比比皆是，一栋栋房子外墙藤蔓缠绕，富有浪漫情调。记录着奥林匹克运动发展史的博物馆，是世界上奥运资料最齐全的收藏所。但我们来得又不是时候，博物馆因修缮而闭馆，没能进入里面参观，有点遗憾，但阶梯式的广场上有很多各种运动雕塑和宣传版画，依然能让我们感受到浓浓的奥林匹克精神。

傍晚，在依山临湖、风景优美的洛桑古城中散步，绿油油的葡萄园点缀在层层叠叠的建筑间，不时能碰到骑着自行车的骑行运动爱好者。踯躅街头，只觉鳞次栉比的古建筑扑面而来，如中世纪的时光再现。这是一个特有魅力的古城，欧洲很多大文豪都非常喜欢这个城市，很多人甚至都在这里居住过，比如雨果、伏尔泰、拜伦、狄更斯、卢梭等。他们在这里建立文学沙龙、喝咖啡、谈情说爱，继而写出名著……

二

这一次我们选的是深度游，少有马不停蹄的奔波和走马观花式的参观，在瑞士，还特意安排了一天去阿尔卑斯山看"少女峰"。少女峰是阿尔卑斯山脉的高峰之一，海拔4000多米，终年白雪皑皑，是瑞士著名的旅游胜地，也是欧洲人冬天度假滑雪的理想场所。

正是 8 月溽暑时节，去雪山很令人向往，要知道阿尔卑斯山是欧洲最著名的山脉，还要坐高山小火车，吸引人呢，即便是价格不菲的自费项目，团队成员依然一个不落地全部参加！

从洛桑到火车站所在地需一个半小时的车程，车行不久，便进入阿尔卑斯山脉地区，气温明显降了下来，大家纷纷拿出厚外套穿起来。不一会儿，天公不作美，刚刚还是云淡风轻的天气，瞬间黑云飘了过来，毫不客气地下了一场雨，然而也带给我们意外的收获，雨后的山巅景色如梦似幻，好像进入了一个童话世界。车子在山路中绕行，灰白色的云带在墨绿色的山峦中飘浮，山峰若隐若现，碧绿的山坡上点缀着一座座彩色的小木屋，简直如仙境一般。

美丽的阿尔卑斯山让我想起了一个名叫"海蒂"的小女孩。中学时，我非常喜欢听收音机里的广播剧。当时根据瑞士作家约翰娜·斯比丽的小说《海蒂》改编的广播剧深深地吸引了我。故事讲的是一个叫海蒂的小姑娘，与性格古怪但充满爱心的爷爷居住在美丽的阿尔卑斯山脚。小海蒂生性活泼、机灵幽默，后来，海蒂被姨妈送到城里一个富人家，她成了病中小主人的知心伙伴。但是做了城里人的海蒂并不开心，因为她离开了美丽的阿尔卑斯山，离开了爱她的爷爷。后来善良的海蒂还是很快适应了富人家的生活……最后海蒂又回到了她日夜思念的阿尔卑斯山。至今我还记得配音演员那富有感情又清新活泼的甜美声音。神奇美丽的阿尔卑斯山连绵的雪山、温暖的阳光、碧绿的草地、开满鲜花的山坡一直印在脑海中，很是令我向往。现在我真的来到了欧洲最高的阿尔卑斯山了吗？现代交通把人都变成了鸟儿一般，想飞去哪，都不难了。

火车站所在的小镇卢达本纳终于到了，下车，一股清冷的雪风迎面扑来，赶快披上围巾。当下正是酷暑季节，然而这里却全然一副寒冬的样子。大家戴帽子、穿厚衣，不过这些都是游客，当地人也有着体恤、穿短裤的，或许他们早已适应这里的寒冷气候。极目远眺，远处是洁白的雪峰，眼前却是郁郁葱葱的树木、碧绿的草坡，很多小木屋看似随意地散布在绿草坪上，云雾缭绕，恍若仙境。火车站的路边有好多穿工作服的工人在工作或指挥交通，看多了外国人，很难分辨他们是哪一个国家的人，不过这里应该以瑞士人为主吧。

小火车站没有候车大厅，大家随意站在路边。我随人流走到一条水流湍急的河流边，奇怪的是河水呈灰黑色，一点都不清澈，但绝对不是污染的脏，水里似乎有山上的矿物质，汹涌飞溅的水花却是白白的。导游买好火车票，大家便鱼贯上车。车厢小而简单，但非常的干净，火车开得很慢，似乎故意让游客好好欣赏阿尔卑斯的胜景。车厢里除了我们 22 个人，其余的都是上了年纪的外国人，他们笑容可掬地和我们点头致意，很是和善。十几分钟后，火车在一个小站停了下来，我们换了一辆火车，车厢里的客人也不一样了。原来这个火车票是套票，一天都可以用，可以在任何一个小火车站上下车。随着坡度一点点升高，视野越来越开阔，窗外的景色也随着移动，极具古朴欧陆风情的小木屋、随意吃草的奶牛散落山坡，煞是好看。接着又到了一个小站，我们坐上了一种齿轨火车。接下来将由这种特制的齿轨小火车把我们带到高高的少女峰。

渐渐地，草地和树林越来越少，植被发生了变化。不一会儿，周围都变成了光秃秃的岩石和白雪了。茫茫白雪覆盖下的洁白的冰川，发出淡蓝色的光。

是谁把火车轨道修在云端的呢？瑞士工业巨头"铁路大王"阿道夫·古耶塞勒便是这条高原铁路的建造者。1893 年，他在少女峰景区远足时有了修条铁路方便游客上山的大胆想法。1896 年 7 月正式开始施工，前前后后花了 16 年时间，投资近 1600 万法郎才修成。遗憾的是开工 3 年后，阿道夫因肺炎去世，此后，他的后人将他未竟的事业传承下去，直至全线通车。在海拔 3454 米的高原建造铁路，困难是不言而喻的。虽然隧道长度只有 7 公里，但整整花了 14 年才完成，而且有 3/4 左右的路段是在冰川底下隧道岩壁里通过的，工程十分艰巨，有些坡度甚至达到 45 度。如果不是隧道和齿轨铁路，火车根本爬不了雪山。这是一个了不起的创举，凝聚着瑞士工程师和工人们的心血，是他们智慧的结晶。

三

在隧道中的艾格墙站，火车特意停留了几分钟，让游客透过隧道岩壁上一个凿出的玻璃窗，欣赏冰川和少女峰周围的风光。随人流走到玻璃窗前，太阳光并不强烈，雪山呈雾白色，没有想象中的漂亮和惊悚。

一个小时后，齿轨小火车将我们带到了号称"欧洲之巅"的少女峰火车站。在铁路的终点，安放着阿道夫·古耶塞勒纪念碑，石碑上用四国文字刻着"少女峰铁路创始人"。

少女峰上来自世界各地的游客很多，车站里的服务设施也不少，还有一个高原邮局。好多游客在买明信片，寄给远方的亲人。想起数年前去日本旅游，曾在富士山顶也寄过明信片给家人。可眼前游人太多，挤不进去，只好作罢。乘坐电梯，我们到了海拔3571米的斯芬克斯观景台。这会儿正好有太阳出来，360度旋转的观景台，让山峦起伏、银光闪闪的阿尔卑斯雪山一览无遗地展现在我眼前。洁白晶莹的雪峰在阳光下闪着耀眼的光芒，连绵的山脊犹如披着白雪的少女长发。在瑞士，有一则古老的传说：天使来到人间，在一座美丽的山峰住了下来，为它铺上鲜花和森林，放养上好多的牛羊等可爱的动物，镶嵌上银光闪烁的珠宝，祈求人们亲近、赞美并爱上这座山峰，这座让天使都心醉的传说中的山峰便是少女峰。如今，天使的愿望已经实现，少女峰成为每一个来瑞士旅行的人几乎都不会错过的地方。

　　雪山景色瞬息万变，一下子漫过来的云雾遮住了刚才还无比妖娆的少女峰。眼前什么风景也没有了，于是我们又坐电梯下到了位于二层的餐厅。可能是刚才初到时有点兴奋，走路急了点，此刻高原反应来袭，头疼了起来。于是慢慢地走到餐厅休息，喝点热饮，吃点东西，待着不动才好受一点。

　　休息了一会儿，我又忍不住起身顺着路标进入著名的冰洞。据说这个冰洞是在冰川下30米的地方开凿出来的，走过闪着寒光的冰长廊，便置身于厚厚的冰层之内了。看到几个葡萄酒圆桶叠放着，有点奇怪：难道还有人在这里喝葡萄酒不成？再往里，便来到一个大厅，四周都是各种晶莹剔透的冰雕，企鹅、老鼠等栩栩如生，好像来到了童话世界一般。

　　冰洞里像迷宫一样，洞洞相连，里面的冰雕据说经常要重新雕塑，因为游人呵出的热气会破坏冰雕的形状。冰窟内太冷了，我匆匆拍了几张照片就跑了出来，然后去少女峰全景体验馆。神奇的全景电影带着我似乎在穿越阿尔卑斯山，在冰川、岩石、雪地和云雾中穿行。这里有震撼人心的视听效果，让游客在被高科技深深吸引的同时，也了解阿尔卑斯地区的特征和惊人的自然美。

沉浸其中，我忘了高原反应，看看下山的乘车时间快到了，于是依依不舍地离开，直奔最后一个馆——阿尔卑斯震撼体验馆。在音乐和灯光的辅助下，一幅幅记录少女峰旅游发展的画面呈现在面前，有阿道夫最初建铁路的构想，有工人们为了建设这条高原铁路所付出的种种艰苦努力。正因为有他们的付出，才有了我们快乐的阿尔卑斯少女峰之旅。

阿尔卑斯山脉横亘在六七个国家中，绵延1200多公里，其中400多公里在瑞士境内。3000米海拔以上的雪峰就有近百个，如今少女峰已被联合国教科文组织列为世界自然遗产。

下山，我们驱车来到山脚下美丽静谧的小城因特拉肯。在这里，就一个内容：逛表店。瑞士手表，精美绝伦，世界名表排名前几位的都是瑞士表，然而逛街时，我忽然发现，眼前怎么都是中国同胞呢？他们或三五成群地围在卖表柜台前，或一群群地在名表店门口休息，毫无顾忌地高声讨论着各种表的款式，或互相开着玩笑。当我们进入店里参观时，发现营业员好多都是黄皮肤的亚洲人，难道他们都是中国人吗？抽空，我和一位女营业员拉起了家常。得知她是上海人，在瑞士定居，本来她待在家里不工作，后来，来买表的国内同胞越来越多，商店需要会讲中文的营业员，于是她很容易地获得了这份工作。她说，因为关税的缘故，在这里买名表，比国内便宜多了，而且表越贵差价越大。难怪凡是来瑞士旅游的国人，很多人都会买一块表带回国。富裕起来的中国人旺盛的购买力为瑞士带来了大量的外汇。

晚饭在当地一家中餐馆解决，这是几天来吃得最不轻松的一次饭。因为中国游客太多了，显然，因特拉肯市的各家手表行是中国旅游团队行程的必走之地，大家都挤在这里，餐馆当然告急。好不容易腾出桌位，和同伴们匆匆将就了一餐，便离开了这个安宁、美丽的阿尔卑斯山脚下的小城。

晚上宿卢塞恩。

四

第二天，风和日丽，晨曦中，一丝丝云彩懒懒地飘在淡蓝色的天空中，清风柔柔地吹来，特别舒适怡人。想起昨天游雪山，却是不如意的阴天，对山区天气的无常真的很无奈。

卢塞恩市（Luzern）和我国的上海一样，原本是一个小小的渔村，如今因为拥有葱茏的湖光山色而成为瑞士最美丽的一个旅游城市。

我们先去一个公园看"最悲伤的狮子"。公园不大，进去一眼便能看到一个池塘，隔着池塘是一大块天然岩石，岩石中间掏空，雕刻着一头全世界最著名的狮子——"卢塞恩之狮"。乍一看，真的非常震撼，只见长十多米、高近四米的雄狮神情极度疲惫，背上插着一根折断的箭，痛苦地倒在地上，尾巴和左前爪无力地耷拉在地上，濒死的眼睛流下了悲伤的眼泪，神情看上去无比悲悯。旁边还有一个带瑞士国徽的盾牌。艺术家为什么要雕刻这么一头狮子呢？原来数百年前，瑞士是一个贫穷落后的国家，很多男孩子迫于生计去欧洲各国当雇佣兵。这些孩子以勇敢、善战、忠诚著称。

1792 年 8 月，法国大革命时期，为保护巴黎杜乐丽宫中路易十六和皇后的安全，近八百名瑞士雇佣兵奋勇还击，誓死坚守。但软弱的国王路易却开门投降，致使近八百名勇士全部被杀。痛定思痛，此事件之后，瑞士停止了雇佣兵的输出。现在看来，那时候这些士兵无疑是愚忠，但忠于职守、英勇不屈的精神还是值得人们纪念的，特别是瑞士人。

离开悲伤的狮子，我们去琉森湖游览，徒步走到湖边，码头边一大簇红艳艳的秋海棠开得正欢，几只白天鹅欢快地叫着似乎在欢迎我们。游船早就准备好了，一位英俊的白人小伙子是司机，他笑容可掬地和我们打招呼。上下两层的游船干净宽敞，下面一层有玻璃窗封着，顶上则是敞开的平台，大家随意坐，船上有中文讲解广播。船上就我们一个团的游客，大家可以自由地选择一会儿坐在下面，一会儿又去平台上欣赏美景、拍照。

游船在清澈晶莹的湖面上缓慢地航行，泛起的涟漪一圈圈散开如锦缎一般柔和。远处是秀丽的雪峰，山峦叠翠，绿树成荫。明艳的阳光下，一朵白云正好浮在山峰上，看上去宛若顶着一堆白色的棉花。湖边别墅成片，雪白的游艇桅杆林立。有几个外国人悠闲地躺在草地上看书、发呆。湖的另一边现出大教堂的两个尖顶，突兀醒目，街边是一排高大的建筑群，据说有商场、赌场，也有写字楼和住宅等。

泛舟湖上，如画的美景、清凉的微风令人陶醉。大家沉浸在一种难得的惬意中，广播里不停地介绍着，说湖边很多住宅都是享誉世界的电影明星的寓所，他们喜欢这里的湖光山色，因此选择来这里度假、居住。漂亮的明星奥黛丽·赫本的婚礼就是在这琉森湖边举行的。

迈步琉森街头，满眼都是中世纪的教堂、塔楼和各种宫殿，叮叮咚咚来来往往的有轨电车让我们感受到这座小城的悠闲和轻松。在天鹅广场旁边听到有嬉笑声，一看，原来几位喜欢行为艺术的年轻人很夸张地在下身绑着个大大的气球，摇晃着一头火红的假发和周边的人开心地说话。可并没有多少人围观，也许他们见多不怪了。

在广场逛了一圈，边上都是名表专卖店，如百达翡丽、江诗丹顿、卡地亚、欧米茄……逛得累了，就坐在著名的卡贝尔桥边休息。卡贝尔桥是欧洲著名的廊桥，鲜花映衬下的廊桥经典古朴，但有点沧桑。廊桥顶内由很多三角形撑着，每一块三角形上都是一幅油画，悠扬的琴声从桥那头传来。这座有着六百多年历史的廊桥，还有旁边那个八角形水塔，它们都是卢塞恩的象征。桥下，清澈如许的罗伊斯河，见证着卢塞恩的昨天、今天和明天。

马上就要离开这座城市了，还有一点点时间，我踅进一条巷子，幽深古老的巷子里有一些不大的百年老店，游客很多。在一家旅游纪念品店里，我挑选了一只旅行水杯，紫红色的杯子上印着瑞士国旗上的白色十字架，算是留个纪念吧。

2013 年 8 月

朱诺的冰川

　　清晨，在茫茫大海中航行了一夜的"千禧"号邮轮停靠在了美国阿拉斯加州首府朱诺市。

　　跑到阳台上一看，呵，几座连绵的大山突兀地横在眼前，山上的植被层次清晰可见，奶白色的晨雾如一层薄纱，在浓绿的山梁间缠绕、弥漫，宛若一幅意境深远的水墨画。

　　听不懂邮轮广播中的英文解说，只好拿起放在桌子上的介绍看（服务员得知我们是中国人，所以每天放的是中文介绍单）。朱诺有通加斯国家森林公园，有门登霍尔冰川，有大量的红鲑鱼和大马哈鱼在溪水里产卵，运气好的话，还能看到棕熊偷吃鲑鱼的情景。这真是一个神奇的地方。

　　在朱诺游玩的时间蛮宽裕的，早上下船，下午3点前上船即可。

　　下了船，是一个广场，广场边有游客中心和车站。我们决定先去看门登霍尔冰川，因为这是最受欢迎的一座冰川。有英文流利的孩子们兴冲冲地去车站买巴士票，不一会儿却空着手回来了，说这儿的人真奇怪，有钱还不愿意赚！原来，巴士票来回要20美元一张，我们一行7人，就要140美元；而这里的出租车可以坐 9 个人，单趟仅收费 40 美元左右，来回还不到 100 美元，于是他们建议我们还是坐出租车划算。你看，多么可爱的当地人，居然替我们算起了经济账。孩子们也不傻，马上拿回了递出去的美元，招呼爸爸妈妈们去出租车站。

只有 3 万多人口的朱诺市，面积却有 8000 多平方公里，不过有近 1500 平方公里是水域面积。它是全美各州府中面积最大的一个。这里有优良的不冻港，每年 5 月到 9 月是旅游旺季，游轮会给这座安静的城市带来近 100 万游客。不可思议的是朱诺那些漂亮的公路，不与其他任何城市相通，如果去别的地方只能坐飞机或者轮船。

这是一个有性格的城市！

出租车戛然停下，跳下一位穿短袖 T 恤的年轻司机。一阵寒意油然袭来，虽然是炎炎夏日的 8 月份，但阿拉斯加是高寒天气，气温很低，看看身上裹着的厚冬装，不禁哑然——真是乱穿衣，大冷的天，他们不冷吗？

孩子们和司机谈好了价格，司机兼导游带我们去冰川景点，单趟 40 元，但每人要再支付 1 美元的小费，也就是 47 美元。

半个小时的车程，司机一边开车一边介绍，他说门登霍尔冰川坐落在美丽的门登霍尔湖边，是朱诺冰原三十多个冰川中的一个，冰面长 19 公里、宽 2.7 公里，冰川最厚的地方有 30 米。这是一个后退冰川，每年后退二十多米……我一边听着孩子们的翻译，一边欣赏沿途的风景：山川秀美，雪山清澄，湛蓝湛蓝的海水，七彩的民居散落在绿茵茵的山坡上，宛如童话世界。

"Look，Look！"司机高声叫了起来，他很清楚我们期待看到冰川的心理。随着司机的视线，我们看到了远远的冰川的一角，就像一块淡蓝色的海绵衬在天边。哦，那就是冰川吗？之前也就从电视上看到过呢。

车子又转了几个弯，便抵达目的地。景点的游客不少，但景区很干净、安静，听不见高声叫嚷，几乎没有管理人员，没有售票窗口，因为这里根本不需要门票，所有景点都是免费的。游客们却非常有秩序地找寻自己喜欢的角度观景、拍照。

观景台就建在湖边，我们随着人流向前走，其实不需要站在观景台上，同样能看到高耸的雪山下如瀑布般倾泻而下的冰川。在淡淡的阳光下，冰川闪着晶莹的蓝光，表面上的冰凌有些像云南的石林。静谧如处子的冰川，静静地在两座大山之间沉睡着。冰原覆盖过的地方，寸草不生，裸露着褐色的岩石。

阿拉斯加位于北美洲的西北一角，面积的三分之一在北极圈内，气候非常寒冷，即便是夏季，依然冷得让人上下牙打架。这次我们坐阿拉斯加的邮轮就是为了体验船在冰上行驶破冰的那种刺激的感觉，当然能欣赏到如此壮观的冰川是没想到的，这是一个特别的惊喜。

司机告诉我们，这些冰川形成于4000多年前的冰河世纪，常年积雪不化，加上雪水，冻成了一种特殊结构的冰晶，因此看上去有魔幻般的蓝色。这个季节在这里来说算是高温了，湖边的冰川仍在融化，有时会有大的冰块崩解落入湖泊中，可惜我们没有看到。到了冬天，冰川就沉睡了，门登霍尔湖也会结上厚厚的冰。这里的冰川自1700年前开始每年都有融化，后退的速度还是很快的，至今已退缩了4公里，门登霍尔湖和边上的湿地都是冰川退缩形成的。这不由得让人有点担心，地球上有冰川3500万立方千米，相当于全球淡水总量的3/4，如果都融化了，难以想象那地球上的生态会变成什么样子。

先生拿出烟想抽一根，儿子赶紧把他拉到一个四面透空的帐篷下，里面立着一个接放烟灰的柱子。在美国待了几年的儿子知道当地很多抽烟规定——不但室内不能抽，野外也不能随便抽，何况在这个世界级生态保护旅游胜地，当然得给你指定一个地方过烟瘾。

在景区的游客中心，我们发现在这里观赏冰川的形式很多，既可远观，也可以乘坐皮划艇或者直升机观看，甚至还可以冰川徒步。由于时间有限，我们仅仅远观，但这已足够让人陶醉了。

冰川边上有一个呼啸而下的大瀑布，气势恢宏。听说这个瀑布之前是被冰川覆盖着的，冰川退缩后壮观的瀑布横空出世，给人们带来了一件意外的礼物。

去看瀑布的人很多，原路去，原路回，路两边是茂密的通加斯国家森林公园，浓浓的负氧离子，令人神清气爽。走了大约五百米，迎面走来几位外国游客，他们赤脚在冰冷的泥地上走，手上拿着鞋子。一问，原来前面有一段路被一条小溪流切断，当地人崇尚自然，既不架桥，也不垫几块石头，任由游客自己蹚水过去。想看冰川瀑布是吧，那可要付出代价的哦。我们好奇地继续走，来到小河边，果然一条宽约两米的清澈的溪流挡住了去路，水并不深，也就淹没小腿吧，孩子们脱了鞋蹚过去，而做爸妈的我们却在冰冷刺骨的溪水前退缩了。

不看也罢，瀑布，在我们国家不要太多，黄果树瀑布、黄河壶口瀑布、重庆万州大瀑布群等，还有浙江温州雁荡山著名的大小龙湫，每一个都非常有特色。不看瀑布就在这个天然氧吧里走走，也不失为一种享受！最主要的是我们看到了难得一见的冰川，已足够了！

2015 年 8 月

自由女神

经常在影视剧中看到自由女神像，因此来到纽约，不管怎么样总是要去看看的。

美国的自由女神像矗立在纽约市海港内自由岛的哈德逊河口，从中国城法拉盛过去实在有点远，我们坐地铁便花去一个多小时。

出地铁口，走百来米便是炮台公园，公园草坪上有不少人悠闲地躺着休息，有拖家带口的，也有独自一人的，其中一位年轻的姑娘竟穿着比基尼在草坪上旁若无人地晒着太阳、听着音乐。

游客那么多，她却表现得自然而落落大方。不远处一个小小的台子边坐着几排观众，好像在欣赏摇滚音乐，喝彩声、口哨声好不热闹。旁边一个小院子里便是售船票的地方了，儿子让我先去排队，他去买票。

大西洋的海水蔚蓝、清澈，海水拍岸，惊起朵朵浪花。海鸥在身边飞来飞去，一点都不怕人。泊在岸边的渡轮一艘艘都非常大，一艘已上满客人的渡轮"呜——呜——"地鸣笛，估计要开了。

另一艘满载客人从自由岛返回的船准备靠岸。坐船的游客很多，队伍都排到公园里了，但仍在不断地延伸。大家很有耐心地在烈日下排着队，而且每个人之间都留有空隙。

其实几天的美国之行，发现无论在哪里排队，人与人之间都保持着一定的距离，比如在商店收银台付款或宾馆里结账，前面一个人没办理完，后面的人绝对在一米以外的地方等待，没有人会靠在结账人的身边，更不会有插队现象，大家特别讲究秩序，尊重隐私。

海风很大，太阳很猛，面对强烈的日照，美国人似乎特别不怕晒。我从没见过他们撑伞挡太阳的，尽管骄阳似火，但无论老幼，就连躺在婴儿车里的小不点，都直愣愣地被太阳晒着。我不习惯刺眼的大太阳，依然故我地打开了伞。儿子戏称我是一顶阳伞"驰骋"在美利坚合众国。美国的太阳实在吓人，晒在身上烫得要命。因此，只要出太阳，我都打着伞，然而很可能整条街、整个广场就我一顶醒目的红伞（我恰好带着一把大红色的伞）。

其实在中国城，我还是看到很多妇女用伞的，当然大多数是中国人。然而，在曼哈顿大道，在芝加哥，在当地人比较多的地方，大太阳底下撑伞的，就十分鲜见了。

队伍边上有两位艺人，一位是黑人，戴着一顶艳丽的南瓜帽，抱着吉他，在游客身边摇头晃脑地唱着，一会儿唱英文歌，一会儿又唱中文歌，也许他看到队伍中不乏黄皮肤的人吧。还有一位艺人貌似是我们的同胞，六七十岁的样子，戴一顶礼帽，穿着短袖衬衫，看上去清清爽爽的。他很文静地垂着眼睛坐在一张小凳子上拉二胡，前面放一个纸盒子，里面有少量零钱。我并不怎么懂音乐，但很喜欢听二胡，便让儿子放进两美元零钱。不知道老人为什么要来美国的码头卖艺，或许是因为生活所迫，或许是喜欢，想问问，但排队的人太多，又在公共场合，再说美国人不喜欢被人问一些关于个人隐私的问题，他们认为这是不尊重人，所以最终罢了。

坐游轮前要先过安检，而且非常严格，甚过坐飞机，令人有些"刮目相看"。

手表、皮带都要取下来，口袋里的东西和包包都要"照"一遍。难怪排了那么长的队伍，美国人怕什么呢？难道害怕恐怖分子混进去对自由女神像图谋不轨吗？上船，船舱好几层可以随便坐。慢慢地，游轮驶近了自由岛，右手高举象征自由的火炬、左手拿着一本书的绿色的女神像完全呈现在眼前，船上的人似乎都很激动，纷纷举起相机，更多的人用手机在拍。

走到雕像边，人显得异常的矮小。女神像高46米，基座有47米，总共93米高，蓝天白云映衬下的自由女神像呈淡绿色。

"为什么把她漆成绿色呢？"儿子笑着回答，"哪里啊，雕塑的材质是铜的，一百多年来产生了氧化作用，铜绿生出来啦，所以是绿的。"我为自己的无知好笑，奇怪的是我怎么从来也没关心过这个女神是什么材料塑成的，甚至连资料都没看过。也许这个塑像不属于自己国家的缘故，不关心是自然的。平时也就知道美国有这么一个著名雕塑罢了，而今天才知道这个雕塑的创作者是法国人，名叫巴托尔迪，自由女神像是法国政府送给美国政府庆祝美国独立100周年的礼物。

自由女神像全名是"自由女神铜像国家纪念碑"，正式的名称是"自由照耀世界"。

女神像置于一座混凝土制成的台基上，该底座是由著名的纽约报人、《世界报》的约瑟夫·普利策筹集 10 万美元建成。现在的底座已成为美国移民史博物馆。整座铜像以 120 吨的钢铁为骨架，80 吨铜片为外皮，用 30 万只铆钉装配固定在支架上而成。

自由岛不大，绿树丛中有咖啡店、快餐店。一船又一船的游客涌上自由岛，其实也就是看神像的，因此逗留游玩的人不多，倒是排队等返程游轮的人特别多。

四面环海的岛上风很大，远眺，纽约湾一望无际，波光潋滟，游艇、白帆相映成画。天空中有好多直升机飞来飞去。自由女神穿着古希腊长袍，衣袂飘飘，头戴七道光芒的冠冕。据说这七道光芒象征着世界七大洲。手上拿着一本刻着 1776 年 7 月 4 日字样的书。史料介绍说这是一本法律典籍，象征着这一天签署的美国《独立宣言》。

女神像体内有螺旋形阶梯可以登上她的头部，相当于攀登一幢 12 层高的楼房。也有电梯可乘，估计是后来因为女神像太高，不方便游客参观而安装上去的。电梯口排队的人太多，因为时间有限，我们决定不上去了，拍了几张照片，环神像走了一圈就返回游轮。

坐在游轮里，我拿出手机看刚才拍的镌刻在神像基座上的美国女诗人埃玛·娜莎罗其那首脍炙人口的诗《新巨人》："让那些因为渴望呼吸到自由空气，而历经长途跋涉业已疲惫不堪、身无分文的人们，相互依偎着投入我的怀抱吧！我站在金门口，高举自由的灯火。"自由女神像是美国的象征，那么这首诗就是他们的自由宣言了。纽约港口进进出出的船只上，乘客从任何一个方向都可以看见屹立着的高举火炬的自由女神。对无数向往美国的移民来说，她似乎就是告别旧生活的象征。实际上，美国也是世界上接纳移民最多的国家之一。

但是管窥这个国度，也有太多自由种下的"恶果"。枪械的自由买卖、开放的红灯区、个人自由主义等。但是，这个国家更多的是依照法律法规做事，正如一位老华侨所言："在这个国家生活，不用担心有没有人脉资源，办事不用看任何人的脸色，只要做一个守法的公民，日子可以过得自由自在。"也许，这就是如今为什么许多家长送孩子去美国求学的初衷，应该说这个国家的包容性还是可以的。

2012 年 7 月

走在小哈瓦那街上

从冰天雪地的阿森斯飞到迈阿密已近黄昏。车子驶出机场，南国温暖湿润的空气迎面扑来。蓝天下一棵棵椰子树挺拔俊秀，像极了南国佳人。路边的绿植随风摇曳，惬意舒适感随之溢满全身。都说来迈阿密的游客基本上是贪恋这里的阳光、沙滩和海风，我也不例外，但仍然想去两个地方——大沼泽地国家公园和小哈瓦那街。儿子在电脑上查了一下说，去大沼泽地需三个多小时，且不说那地方特别大，或许只能看个沼泽角落、看个鳄鱼什么的，返程又要三个多小时，那么这一天会累瘫的！这显然不是我们这次度假的初衷。儿子继而提醒道："老妈，我们是来度假，不是来赶路的哦。"

好吧，这两者间有区别吗？那么第二天打个车去小哈瓦那街吧！

这条街用古巴首都哈瓦那命名，那么这里必定聚居着很多古巴人。好比中国人在海外各国城市集中居住的那条街就叫唐人街一样，自成一个区域，有自己祖国的文化礼仪风俗，过自己的新年，有自己的商会和各种组织等。或许在美国的土地上感受一下中、南美洲的情调，是一个不错的选择。我到美国的第二天便得知古巴原最高领导人老卡斯特罗以 90 高龄去世了。他是古巴社会主义国家的缔造者！正因为有了他，才成就了迈阿密市的一条小哈瓦那街！

迈阿密市的出租车蛮干净的，副驾座后都有一个刷卡器，很方便，这里停车、过收费站都可以刷卡，身上几乎不用带现金。黑人司机把我们放在街口，然后不失时机地递过来一张名片，说需要用车的话打电话。嘿嘿，还挺会做生意。事后儿子悄悄告诉我这个司机是古巴人。我惊讶："你咋看出来的？""因为他手臂上文着一个五角星呀。"哦，心中有祖国呢！

除了南沙滩，小哈瓦那街是来迈阿密市的游客最喜欢去的地方，大家权当去了一趟古巴！此刻是中午 11 点，游客不多，鲜花草坪点缀着街头，椰树婀娜。迈阿密是全美最干净的城市之一，昨晚在酒店门口的内港边散步时便感觉到了。

我们慢悠悠地走着，聊着，发现一个蛮大的超市居然只开一扇小小的门，人们推着购物车排队进去，有点奇葩。再看两边的店铺都装着严严实实的防盗窗。这时忽然开来七八辆警车，闪着警灯齐聚在一个路口。发生什么事了吗？我好奇地想跑过去看，可是儿子赶紧拉我躲进了一家餐馆。"老妈，不管有没有事，都别去！"在国外待了几年，这小子已熟悉这里的规则，尽量不要凑热闹！如此看来，这条街的治安秩序应该不咋地。曾经利用春假去过波多黎各和墨西哥坎昆的儿子说，中美洲、南美洲等国家貌似都存在一定的安全隐患。

路边一家古巴人开的餐馆，门口种着花花草草，蛮有感觉的。里面有很多电视播放着球赛，这是一家足球主题餐厅吗？我们走了进去。美国这种餐馆很多，比如在匹兹堡，我们曾在一家摇滚乐队主题的餐馆吃牛排，店里布置有乐队舞池，四周墙上挂着各种电吉他、摇滚乐明星的衣服等，且都用玻璃镜框精心地装起来。餐厅播放的音乐是撼动人心的摇滚乐，氛围极具浓郁。那么在这家店一边欣赏绿茵场，一边吃个古巴餐吧，把早餐中饭一起解决了。谁知端上来的一大盘食物的味道实在不敢恭维，饭粒硬得硌牙，量太大，最后剩下大半。娘儿俩自嘲或许没选对餐馆。

都说在迈阿密的小哈瓦那街走一走，犹如去了趟古巴，因为这里有太多的古巴元素。好多店铺都挂着古巴国旗，门口让人小憩的方桌和凳子漂亮得如幼儿园小朋友们坐的桌椅，我忍不住去坐了一下，可是我能返老还童做回小小孩吗？这里的房子都漆成缤纷的色彩，海兰、粉色、明黄……特别靓丽。路口街边昂立着一只只色彩鲜艳的大公鸡雕塑。这里的人认为起早的公鸡是勤劳的象征，会带来光明。因此，大街小巷有很多公鸡雕塑，当地老百姓喜欢大公鸡。原来古巴等中南美洲国家曾是西班牙等欧洲国家的殖民地，而法国、西班牙等国流行公鸡文化，因而也影响到了南美洲，自然，小哈瓦那也是大力推行的，毕竟离开了祖国，但文化还是永存的。瞧，大幅度的墙画酣畅淋漓吧？连垃圾桶都画得那么夸张可爱，这种浓浓的异国情调、古巴风情令人难忘、着迷。

走走看看，感受着从路边门店里飘出来的激情飞扬的音乐。

不经意间与一家纯手工雪茄作坊不期而遇，原来这条街上这种前店后场的雪茄店很多，我们走进去的是第一家。古巴有着最适宜种植烟叶的肥沃的红土，古巴雪茄名扬世界，是独步全球的极品。政治家丘吉尔、肯尼迪都喜欢抽古巴雪茄。"古巴国父"菲德尔·卡斯特罗就更不用说了，他每天抽的是特制的雪茄，特别喜欢用雪茄当国礼赠送给友好国家的领导人。门口一个做敬礼状的貌似印第安人的木雕特别可爱，旁边摆着一把椅子。两边的玻璃橱窗里陈列着关于雪茄的各种物品和爱好者抽雪茄的神态、姿势的照片，我们忍不住模仿着拍照，自己都笑出声来，因为怎么学都不像。

顺着烟叶图案铺就的路线进入店内，一股浓烈的烟味儿直冲脑门，芳香中蕴含辛辣，头一下子晕乎乎的。雪茄的劲儿好厉害呀，我定定神，看到店里案几上堆满了各种粗粗细细的雪茄，一个白人姑娘在算账。作坊里，身穿黑色体恤、迷彩沙滩裤的制烟大师正在把半成品做成雪茄。我拿起相机拍摄，他却目不斜视地专注在自己灵巧的双手上：娴熟精准地切割茄衣，三下两下卷好烟叶，然后来个漂亮的收尾，再拿在手上欣赏一下，最后将其仔细码放在工作台上。我也醉了，感觉这会儿他就是个艺术家啊！环顾四周，小小的门面既是店铺又是工厂，墙上挂满了油画和几束烟叶，当然还挂着一面五角星的古巴国旗。

儿子和皮肤黑黑的制烟大师聊天才知道，门口那把椅子是这家店 80 岁的古巴裔老板坐着抽雪茄的专座，老人是手工制烟大师、第一代移民，现在已有接班人，平时坐镇店里。可惜这会儿正好不在，不然一定邀他合个影。我们还知道了烟草从地里收割后再经过晒干、发酵等一道道工序，需要存放二年才可以制作雪茄。制好的雪茄收藏时间越长味道越佳。这个貌似和黑茶、普洱茶一样，都是越陈越香醇！柜台上摆放着一个大大的手握雪茄的木雕，很有意思，似乎在教顾客怎么拿雪茄。

我家先生不怎么抽烟，但是对雪茄又好像有点偏爱。机会难得，那么有名的古巴雪茄被我们遇上了，怎可错过？娘儿俩挑来挑去挑花眼，终于选定了两盒。虽然价格昂贵，依然"撒出去一把米"。

　　走出雪茄店，发现一个喧闹的中心公园，跑过去一看，小院子里好热闹呀，才知道这就是著名的以古巴英雄马克西莫·戈麦斯命名的公园。大胡子戈麦斯的半身塑像立在院子一边，一张张方桌旁围坐着下国际象棋或玩多米诺骨牌的老人们，看来我们走到这条街的中心地带了。老人们有的全神贯注于自己的游戏，也有人兴奋地抬起头和我们笑笑，他们讲的可能是西班牙语，因为只懂英文的儿子也听不懂。这个年龄估计是第一代古巴移民。

　　众所周知，古巴的移民潮可谓轰轰烈烈。20世纪60年代初，古巴革命胜利后，卡斯特罗政府对国内商人、地主及有钱人的财产进行清算。由于富人们的财富严重缩水，于是离开古巴流动到世界各国，据说人数达百万之众，占古巴全国人口的十分之一。相对自由的迈阿密成了当时最受古巴难民欢迎的城市。数十年后，几十万古巴人聚在迈阿密市老城区生活，渐渐地便形成了这条以他们祖国首都命名的大街——小哈瓦那街。经过几十年的发展，小哈瓦那现在不但是古巴裔美国人在迈阿密的文化和政治中心，如今好多拉丁美洲等地区的移民也选择到这里生活。尤其在2016年3月奥巴马总统访问古巴后，两国关系有所解冻，这条街的名声就更响了！

　　老人们玩骨牌玩得好嗨，都说朗姆酒、雪茄和甘蔗是古巴的三个宝贝，其实这种类似于我国麻将牌的多米诺骨牌同样是古巴老百姓生活中不可或缺的。瞧，连地上都铺着骨牌的图案。

走出小院子，公园口的凳子上坐着好多休息的老人。这会儿还真分不清他们是古巴人还是美国人或拉美人。可是这不重要，世界和平稳定、百姓生活安宁才是人类社会最大的目标！

2016 年 12 月

冰岛之旅喜忧录

　　冰岛，一个国家贫困、百姓富有的小国家，物价奇贵，这也是为什么我们的北欧之旅价格昂贵的原因之一。对此，我有强烈的好奇心，这个曾经申请国家破产的小国家，到底是一个怎样的国度呢？

　　6月底，从挪威的奥斯陆飞赴心仪已久的冰岛首都雷克雅未克，开始为期4天的冰岛之旅。或许习惯了自己国家那些机场的"高大上"，欧洲各国的机场在我眼里都小得不成气候。上午九点半飞抵凯夫拉维克国际机场，先入境，然后等待取行李。有了申根签，入境非常方便，一会儿我们就走到了拿行李的传送带边。传送带转啊转，一圈又一圈，看到同伴都陆陆续续拿到了拉杆箱，却始终没有我的。这一惊非同小可，吓出了一身冷汗。没想到，这个国家给我来了个下马威？

　　赶紧向领队小许反映，才得知同一团队的一位山东大姐的黑色拉杆箱也没有找到，总共25个人的团队有两人丢了箱子，这概率也太高了吧，看来我俩是"中奖"了。其实我是二度被"好运"击中，第一次发生在2017年3月中旬在加拿大旅游时，从温哥华飞卡尔加里，然后去班芙。当时该地大雪纷飞，飞机下降时，我开心地透过舷窗欣赏雪景，怎么也没想到下飞机后行李箱却不见了，最后 12 个人仅仅拿到了 5 只箱子，还有 7 只不知所踪。当时我并不着急，因为有那么多的箱子没找到，那一定不会丢。果然第二天我们都拿到了行李箱。不知是否是他们的机场工作不够严谨或者是英文拼音惹的祸，字母没看清楚，行李箱就南辕北辙了，这是在同一个国家内丢失行李箱的案例。而这次是从挪威飞冰岛，跨国飞行，箱子能找回来吗？我抱着侥幸的心理拉上山东大姐再度跑去行李传送带边，想看看是否是别人拿错了，或者说不定就随便放在旁边。可是我找了一圈，仍然不见箱子，但见一组不停转着的传送带上孤独地躺着一个棕红色的拉杆箱，不知主人在哪里，它在等主人，而我这个主人却找不到我的"它"。

或许见多不怪，小许并没有急我所急，只是去一个窗口和服务人员叽里咕噜了一会儿，就让我们上车。我和山东大姐急得不行，她却轻描淡写地说，没办法，在欧洲丢失行李很正常，是稀松平常的事！这是什么话呀，如此领队我也是无语了，不但没有安慰，竟还如此冷漠。行李箱里有吃的、穿的、用的，有我们在旅途中必须用的物品呢。

曾看到一篇文章，说一对夫妻是环保旅游达人，他们就背一个双肩背包走世界，一路走一路宣传环保。一个多月的时间，所用之物就全在这一个小小的背包里装着。说真的，我没有这种境界，北欧之行也就半个月，我却带了一个大箱子。团友们都为我们鸣不平，纷纷要领队想办法。可是，在这个语言不通的小国家，你又能怎么办呢？事情已经发生，只能等待航空公司去查证，希望有好运气！

冰岛，顾名思义以为是一个非常寒冷的地方，其实不然，它位于大西洋和北冰洋的交汇处，受北大西洋暖流和西风带的影响，属于温带海洋性气候，最冷也就零下五六度而已。大巴车驶出机场，开上了一条颇为平直的道路。记得曾看过毕淑敏坐游轮环游世界的散文集《蓝色天堂》，里面有关于冰岛的文章，她说冰岛的公路名称凡是个位数的都是路况比较好的，比如1号公路、2号公路；而两位数的基本上是泥土路，三位数的那就是沙石路了，很难走。由于丢了行李箱，我心神不定，不知这是几号公路，也不知道去哪里，看了行程才知这会儿去国会山国家公园，今天先走冰岛的"黄金旅游圈"。

公路两边都是荒漠，灰不拉几的地表凹凸不平，像月球表面一样，遍布着黑黑的火山石，间或点缀着一些苔藓，像极了我国新疆的戈壁滩，很荒凉，看不见一个人影，房子寥若晨星，难得有那么几间，默默地蹲在原野。也难怪，十万平方公里的国土上，只有三十多万人口。

云层厚厚的，灰蒙蒙天空下的国会山公园并没有多少建筑，景色苍茫开阔，远远的辛格瓦德拉湖闪着白光，溪流纵横，不规则地流向远处。在充分保持原状的情况下，公园铺设了木质地板道路，供游人行走。

这里是世界上古老议会的所在地，也是亚欧与美洲两大板块的交界处，千百年来地质运动造就了独特的地貌。议会的历史痕迹已没有，但一道道裂谷、熔岩、黑色的石崖却遍布公园内，这里就是欧美板块的断裂带，不知道此刻是否正一只脚踏在欧洲另一只脚却踩在美洲，这是一种很微妙的感觉。突然发现绿草丛中竟有娇嫩的小黄花和紫色的花朵，拇指般大小的花儿开得热烈奔放，给心情不好的我带来了些许安慰。

刚刚走到黄金大瀑布景点时，先生打来电话，看来他是收到微信后担心我，特意来安慰了。接到他的电话，我忽然委屈起来，眼泪忍不住啪啪地掉了下来，不幸怎么会降临到我的身上呢，还有八天的行程，什么都没有了，如何是好？领队居然还说这是很正常的事，看来找回箱子的希望有些渺茫……听了我的哭诉，先生居然哈哈大笑：不要难过啦，只要信用卡还在，怕什么呢，去买吧，新的衣服、新的箱子、新的所有要用的物品都去买，别心疼，全都用新的不是更好吗？唉，真是站着说话不腰疼，他当我在宁海呢，异国他乡，人生地不熟的，我去哪里买？要买齐东西有那么容易吗？不过，先生直爽的话还是暖暖地宽慰了我的心，有什么办法呢，也只能这样了！收起手机忽然发现自己因为打电话而落了单，同伴早已走到景区里面了，如果再深入进去，时间恐怕来不及，我索性就一个人在景区门口晃悠，远远地欣赏黄金大瀑布。

可是就算我站得那么远，身上依然被瀑布飘洒过来的水雾溅到，耳旁是震耳欲聋的轰鸣，好奇心驱使我又沿着阶梯步道走进去一点，从而看到了瀑布全貌。原来这是一个断层式瀑布，气势恢宏，宽阔的断层面，湍急的水流浩浩荡荡如万马奔腾般急骤下跌，水珠四溅，弥漫开来，空气湿漉漉的，能滴下水来，碰巧刚刚下过小雨，都不知道落下的是水还是雨。我想，如果是大太阳的晴天，那一定是彩虹满天了。因为之前曾在美国和加拿大交界的尼亚加拉大瀑布看到过异常美丽的彩虹，在太阳光照射下五彩缤纷，景色异常的瑰丽。这会儿阴雨天，看黄金大瀑布，其实就一个感觉：壮观。

景区是原路进原路出，游步道并不宽，人又多，我只能退出去站在山崖边，因为担心衣服被淋湿了没得换。

有同伴走出来，我们一起往回走。她劝我说，别多想了，运气好的话箱子说不定会找回来的，再说如果回不来也没事，她带了好多衣服，可以让我选几件穿。我听了心里便温暖如春，人也轻松起来。

下午，沉沉的乌云慢慢散淡了，我的内心也渐渐平复，不再焦虑，接下去便没心没肺地和同伴们一起乐呵呵地游走了"黄金旅游圈"的另几个景区。

冰岛地处大西洋中脊上，是一个多火山、地质活动频繁的国家，因此有着大量火山喷发后遗留下来的特殊地貌，比如盖歇尔间歇喷泉和凯瑞斯火山口湖。冰岛景区的最大特点就是原生态，比如凯瑞斯火山口湖，除了一个售票亭，几乎没有房子，路面是赫红色的沙石路，边上有乱石群，完全没有多余的围墙、隔离带等。火山口形成于6500年前，火山喷发后留下积水变湖泊，锥状的湖底成椭圆形，一汪深蓝色的湖水幽幽地闪着蓝光，岩壁比较平缓，游客可以走下去看个究竟。这个火山口特别像我国云南腾冲的大、小空山，只不过大空山呈锅状的火山口底部没有积水，只有大量蜂房状的火山碴堆着，这种火山碴叫浮石，记得当时我还买了两条浮石雕刻成的萌萌的鱼，至今还摆在书橱里。而这边却没有半点商业氛围，什么旅游纪念品都没有，就是一个很纯粹的景区。

游览时间不多，我们就在高高的火山口边走了走，拍了几张照片，也就"走马观花"吧。景区人不多，在国外，很难看到熙来攘往、摩肩接踵的拥挤，游客大多不怎么喧哗，而是静静地拍照、观景，悄悄交流。千人千景，美景在每个人的心中是不一样的，旅游其实也是一种很自我的生活方式。

到盖歇尔间歇喷泉景区已是午后，远远的一股难闻的硫黄味道直冲鼻腔，只见一个一个的间歇喷泉不规则地分布在原野上，粗糙的道路，路上有水洼、有细细水流形成的小溪，游客三三两两、自由自在地自己找地儿看，有的围着这个泉，有的去那个泉。喷泉周边的地上是一圈圈黄白相间的富含矿物质的流水痕迹，也有蓄着淡蓝色湖水的小池子，几分钟一次的喷泉就在池子中间慢慢拱起，然后"轰"的一声往上喷，有的水柱子几米高就悄悄地回落了，有的则冲上 10 米、20 米高，水花飞溅，我还特意伸出手去接热乎乎的水雾，也不怕烫着。

这会儿，我早就忘了行李箱的事，完全被眼前泉水喷发的奇妙景观所吸引，看了这个看那个，在几个间歇泉间跑来跑去。有时在一个泉水边痴痴地等了十来分钟还没有喷，于是转身去看另一个喷泉，结果刚离开，这边"轰"的一下喷雾冲了上来，水雾氤氲飘散，水柱顶端的水气在团团翻滚转动，飘向灰蒙蒙的天空，两三分钟后，又"哗"地一下回落，溅起一片白雾，不一会儿，湖面渐渐恢复平静，完全偃旗息鼓的样子。然而过了几分钟，它又一次"雄风再起"，如此循环往复，不知疲累。

盖歇尔，冰岛语为"爆泉"，最早的历史记载可追溯至 1294 年，是冰岛大地震引起的地貌，那么说这些美丽而壮观的间歇喷泉喷喷停停、停停喷喷已喷发了 700 多年了？搜索一下，发现这种间歇泉不但冰岛有很多，世界各地也不少，比如新西兰北岛的怀蒙谷、美国的黄石公园、我国西藏雅鲁藏布江上游搭各加地区等，甚至南极也有。冰岛的地热资源特别丰富，当地居民广泛利用地热充当热能，用地热热水，使得他们的生活处处被温暖包围着，因而也不知什么是冷了。

到酒店已是晚上九点半了，6 月中下旬正是极昼时期，看上去完全是白天的光景。见同伴们从车上拿箱子，我的心情忽然又跌落至冰点，默默地拿了房间钥匙去客房。团队姐妹们都过来看我，爱心满满地送护肤品、送衣服、送饼干，感动之余我也不能扫大家的兴致，见大伙儿去泡温泉，我也跟着去了，虽然没有泳衣，穿着裙子将就着泡了个舒舒服服的冰岛温泉。回到房间已十一点多了，同房间的小姐妹还要整理箱子，她准备整几件衣服出来给我，或许明天可以穿。我呢，啥都不想，窝在又小又窄的床上看书。

夜，静悄悄的，这家酒店孤独地坐落在原野上，一排排的单层建筑，没有二楼、没有院子、没有围墙，周边除了一个矮脚马的马场，就是草地、公路、酒店停车场，其他建筑就没有了。白亮的光线从窗帘缝隙中漏进来，一时都不知是白天还是晚上。正在这时，有敲门声响起，我俩吓一跳，这半夜三更的，谁会敲我们的房门呢？开始我们不理睬，也不开门。但敲门声固执地持续着，且传来地陪导游的声音。他说：你们睡了吗？一个箱子找回来了，起来看一下，是否是你们的？

什么，箱子找回来了？我一下子跳下床，鞋子都来不及穿。小姐妹比我还心急，赶紧打开了房门。哦，我的心爱的灰色的箱子，离开了我十多个小时的它，竟完好无损地立在房门口？我狂喜，一下子把它抱进了房间。谢过导游，得知山东大姐的还没找到，不禁为她难过了一下。当我问这箱子去了哪里时，他们居然说：不是很清楚，反正回来就好，管它曾去哪儿溜达呢。

这份失而复得的喜悦真的无法用语言表达，箱子并不值多少钱，里面的物品更无贵重可言，可是旅游途中没有了它，麻烦却会增加不少。这种跨国飞行丢失的箱子还真能找回来，我为自己的好运气惊讶，赶紧告知家里的两位男子汉，他们居然比我还开心，原来我飞赴北欧旅游，他们的心也时刻牵挂着我呢！

接下去的冰岛国之旅，再没有忧愁，只剩下开心了！

2018 年 6 月

后
记

　　入伏不久，结缘出版公司，于是大暑期间我都在各个旧稿文件夹中挑选、修改、整理……然后一个个稿子便通过微信飞跃千山万水，传到了公司小语的工作手机上。

　　省心省时、便捷便利。

　　《南门外》收录了近十年来陆陆续续写就的一些杂记和旅游记录。是的，仅仅是记录，很多稿子深感文学性不强，但走过了，看过了，记录了，我无悔。一直喜欢旅游，喜欢把看到的美景和想法跟大家一起分享。一位不方便出门的朋友曾说：谢谢你的分享，让我看到了不一样的风景，了解了未知的人文历史和不一样的民俗民风，这是一份小快乐。能为亲朋带来小快乐也是我的快乐。在这，我不想说旅游会拓宽视野、增加知识什么的，或者说什么读万卷书不如行万里路。不是的，这显然是两码事。我就是好奇心强，喜欢出去看看，走出夫才知道世上有太多不一样的精彩。这几年，体验了我国最北城市漠河零下30℃的极寒，穿越了西藏高海拔米拉山口（海拔5013米），自驾游了新疆独库公路、沙漠公路……还看了英国、法国及意大利的人文景观，瑞士、奥地利及北欧各国的山水风物等，每一帧美图、每一次旅途都令我着迷，抒我情怀。这个爱好，让我的生活始终保持着童心和愉悦。有人说爱上旅游是一种病，好吧，就算是病，我也没想过要去"疗愈"，喜欢看世界没有错，就让自己一直病着吧，痊愈不了也没什么不好。

但是，尽管喜欢走出去，可终究爱的还是家乡宁海，一直庆幸自己生活在这个东海之滨温润秀丽的江南小城，春雨缠绵、夏阳如火、秋气清高、冬寒舒爽……分明的四季孕育出如诗如画的小城风光和古老的民俗风情，还有舌尖上的美味。说实在的，每次一出门便想念宁海的青山绿水，想念家乡大街小巷的美味小吃和来自辽阔东海的海鲜，想念略带潮湿的气候、绵软清凉的那一捧清水。一踏上家乡的土地，我便会贪婪地深深吸上一口熟悉的空气，直到空气沁入心脾，才感觉真正回到了家，回到了风光旖旎的小城镇。

人，就是这样矛盾，虽然喜欢用脚步丈量世界，也喜欢用眼睛记录风情，但最喜欢的还是待在家里看看杂书、写写杂文。

和文字的缘分，始终如旧，不忘初心。

小乔

2023 年 9 月